Die Magd Teta Linek hat bei aller Einfachheit ihres Verstandes einen festen Lebensplan und den unbeugsamen Willen zur Unsterblichkeit und Seligwerdung. Um sich einen Platz im Himmel für alle Ewigkeit zu sichern, versucht sie durch einen Mittler, den Sohn ihres einzigen Bruders Mojmir, sich dort einzukaufen; denn hat nicht auch der Herrgott einen Mittler zu den Menschen gesandt, um ihnen auf den Weg zur Seligkeit zu helfen? Teta meint, nur gute Werke gelte es dafür zu tun. So unterstützt sie mit ihren Ersparnissen das Studium ihres Neffen, ohne freilich Liebe für ihn zu empfinden oder überhaupt ein persönliches Interesse an ihm zu nehmen, ja ohne ihn über dreißig Jahre lang zu sehen. Es genügt ihr, wenn er als Priester durch das Lesen heiliger Messen für ihr Seelenheil sorgt. Aber Mojmir ist keineswegs Priester geworden: er ist ein Hallodri, ein Schwindler und Betrüger und treibt sein Spiel auf die Spitze, indem er der Tante vorgaukelt, in ihrer beider Geburtsort eine Pfarrstelle zu erhalten und sie zu sich nehmen zu wollen. Sie reist dorthin und muß erkennen, daß alle seine Beteuerungen erlogen waren und sie ihre Seligkeit beim Teufel eingekauft hat. Sie glaubt, jetzt Gottes strenges Urteil erwarten zu müssen. Aber mit der ihr eigenen Härte, die zugleich eine Angst vor dem eigenen Gefühl ist, rafft sie sich auf und versucht die Ausführung ihres Lebensplans dennoch durchzusetzen, indem sie aufs neue gute Werke tun will: auf einer Pilgerfahrt nach Rom lernt sie einen jungen Priester kennen; dem will sie als Magd dienen; doch während einer Audienz beim schwerkranken Papst Pius XI. bricht sie zusammen und stirbt kurz darauf.

Werfel hat seinen Roman »eine Groteske, in der sich eine Legende verschlingt«, genannt und die Frage aufgeworfen, inwiefern ein Mensch – aus Furcht vor der Wahrheit – in die Schuld eines anderen mit verstrickt sein kann. Die Quintessenz dieses Romans lautet: »Der veruntreute Himmel ist der große Fehlbetrag unserer Zeit.«

Am 10. September 1890 wird Franz Werfel in Prag geboren; als Schüler schreibt er Gedichte und entwirft Dramen. Karl Kraus veröffentlicht später in seiner Zeitschrift ›Die Fackel‹ Gedichte von ihm. 1914 wird Werfel zum Militärdienst eingezogen; 1915 lernt er im Garnisonsspital in Prag Gertrud Spirk kennen, will sie heiraten – doch 1917 begegnet er Alma Mahler-Gropius, mit der er bis zu seinem Lebensende verbunden bleibt; er siedelt nach Wien über. Zu dieser Zeit sind bereits mehrere Gedichtbände von ihm erschienen, er hat kritische, pazifistische Aufsätze veröffentlicht. 1919 erscheint seine erste große Erzählung ›Nicht der Mörder, der Ermordete ist schuldig‹, 1921 wird sein Drama ›Spiegelmensch‹ an mehreren deutschen Bühnen aufgeführt. In den nächsten Jahren entstehen die berühmten Novellen wie ›Der Tod des Kleinbürgers‹ und ›Kleine Verhältnisse‹, die Romane ›Der Abituriententag‹ und ›Die Geschwister von Neapel‹. Dazwischen veröffentlicht er immer wieder Gedichte. 1929 heiratet er Alma Mahler. 1933 erscheinen ›Die vierzig Tage des Musa Dagh‹ – eine Mahnung an die Menschlichkeit; im gleichen Jahr werden seine Bücher in Deutschland verbrannt. 1938, als Hitlers Truppen in Österreich einmarschieren, hält sich Werfel in Capri auf – seine Emigration beginnt. 1940 wird Werfel in Paris an die Spitze der Auslieferungsliste der Deutschen gesetzt. Mit Alma und einigen Freunden, darunter Golo Mann, flüchtet er zu Fuß über die Pyrenäen nach Spanien. ›Das Lied von Bernadette‹ schreibt er als Dank für seine Errettung. Von Lissabon bringt sie ein Schiff nach New York. Die letzten Jahre verlebt Werfel in Los Angeles, Kalifornien. Am 26. August 1945 erliegt er seinem schweren Herzleiden.

Franz Werfel
Gesammelte Werke
in Einzelbänden

Herausgegeben von Knut Beck

Franz Werfel
Der veruntreute Himmel

Die Geschichte einer Magd

Roman

Fischer
Taschenbuch
Verlag

Veröffentlicht im Fischer Taschenbuch Verlag GmbH,
Frankfurt am Main, August 1992

Lizenzausgabe mit freundlicher Genehmigung
der S. Fischer Verlags GmbH, Frankfurt am Main

Umschlagentwurf: Buchholz / Hinsch / Hensinger
Umschlagabbildung: Paul Cézanne, ›Madame Cézanne im roten Sessel‹
Gesamtherstellung: Clausen & Bosse, Leck
Printed in Germany
ISBN 3-596-29459-2

Gedruckt auf chlor- und säurefreiem Papier

»Es ist, als hätten die Menschen gar nicht den Mut, sich recht lebhaft als unsterblich zu denken.«

Jean Paul

Inhalt

Erster Teil

Prolog zu Grafenegg

Kapitel eins

Das Heiligenbild

Ich habe Teta gekannt. Sie war eine alte Frau, untersetzt, rundlich, mit breiten Backenknochen und hellen Vergißmeinnicht-Augen, die einen aufmerksamen, eigensinnigen und oft argwöhnischen Ausdruck besaßen. Sah man sie dann und wann vorüberhuschen, fiel ihr eilig bemühter Watschelgang auf, der scheue Paß eines nächtlichen Tieres, das aus der menschlichen Gefahrenzone fort und seiner sicheren Höhle zustrebt. Damals hätte ich nicht vermutet, daß ich eines Tages den Versuch machen würde, die Geschichte dieser alten Magd aufzuzeichnen, die gerade noch lesen und schreiben konnte. Nun aber sitze ich da, an einem fremden Tisch in einem fremden Land, und rufe sorgfältig die sehr schmerzliche Erinnerung an eine vergangene Welt empor, in welcher freilich meine Heldin nur eine schattenhafte Dienerrolle spielte. Das Landhaus in Grafenegg steht vor meinen Augen. Und der wunderbare Park. Und der niederzwingende Blick auf die schroffen Einsamkeiten des Toten Gebirges, dieser im Sommer lunaren und im Frühjahr und Herbst neblig-saturnischen Landschaft auf österreichischer Erde.

Der schöne Besitz in Grafenegg gehörte der Familie Argan. Die Argans waren meine liebsten Freunde. Sie hatten von allem Anfang an zu mir gestanden und sich auch in meinen unleidlichsten Zeiten nicht abgewandt von mir. Als ein wenig erfolgreicher, vernachlässigter und ziemlich haltloser Junggeselle fand ich in ihrem Hause eine Heimat, so weit das überhaupt nur möglich ist. Unter den zahlreichen Gästen der Argans habe ich mich niemals als einen unter vielen betrachtet, sondern als ein rechtmäßig Zugehöriger, um nicht zu sagen Angehöriger, hatte ich doch die beiden Kinder, Philipp und Doris, von der Wiege heranwachsen gesehen, und sie nannten mich in frühen Jahren »Onkel« und später kameradschaftlich »Theo« wie die Eltern. Es fällt mir schwerer als ich sagen kann, die Argans, diese vier außerordentlichen Menschen, gleichsam nur im Vorübergehen darzustellen. Mein Herz mahnt mich, ihrem bitteren Schicksal ein Requiem in Gestalt eines eigenen Buches zu singen. Aber dazu fühle ich nicht die Kraft. Auch befindet sich ja alles noch in der Schwebe. Ich suche mir ein bescheidenes Geschöpf vom Rande ihres Lebenskreises, um dessen Weg bis zum Ende zu verfolgen. Meine lieben Freunde und ihr Haus bilden somit nur den Ausgangspunkt und werden später aus dieser Geschichte verschwinden wie ich selbst.

Was ich dem Hause Argans verdankte, war mehr als unbeschränkte Freundschaft und Gastfreundschaft. In unserer kargen und barschen Krisenwelt des motorisierten Unbehagens und der rekordschlagenden Verdrießlichkeit stand es da wie eine unzeitgemäße Insel der Freude. Was waren das für schöne, für volltönende Menschen alle vier, Leopold und Livia, Philipp und Doris! Sie bezauberten gleichermaßen alle, die über die Schwelle traten, durch ihr Leuchten, ihr Lächeln, ihre Stimmen, durch ihre herzinnige Wärme und ihr hochkarätiges Temperament. Ob in ihrer Wiener Stadtwohnung, ob draußen in Grafenegg, der Tisch war immer gedeckt, man speiste köstlich, der Wein wurde verschwenderisch geschenkt, und vor allem, die Musik regierte im Hause, denn die vier waren durchwegs Musiker und Musikanten, weit über das Maß des guten Dilettantismus hinaus. Leopold – wir waren gleichaltrig – hatte die Klavierklasse des staatlichen Konservatoriums als preisgekrönter Pianist verlassen, ehe er, dem Willen der Familie sich beugend, in den Dienst des Ministeriums des Äußeren getreten war. An Livias bestrickenden Sopran erinnern sich noch viele Opernbesucher, die sie in den Jahren knapp nach dem Kriege als Agathe, Amelia, Elsa, Leonore gehört hatten. Man konnte es nicht verstehen, daß diese blendende Frau und Sängerin in blühender Jugend ohne Not und ersichtlichen Grund der Bühnenlaufbahn entsagt hatte. Dabei war Livia im Gegensatz zu den oft so unförmigen dramatischen Sopranen eine mädchenhafte Erscheinung, sehr groß, mit dem feinsten Kameenkopf auf dem schlanken Hals. Die achtzehnjährige Doris hatte das dunkle Haar, den blassen Gemmenteint und die Stimme der Mutter geerbt. Philipp aber spielte alle erdenklichen Instrumente mit dem reinen Tonsinn eines musizierenden Engels, mit der gerissenen Kunstfertigkeit eines Jazzmeisters und dem trickreichen Witz eines musikalischen Clowns. Oh wie viele Nächte wurden bei Argans durchgesungen, gehämmert, geklampft, gefiedelt bis zum raschen und erstaunten Morgen hinan! Und dann ging man, taumelnd vor Entzücken, zu Bette, den bernsteingelben Rausch der Musik in allen Adern, diesen besten der irdischen Räusche, denn die von hundert Melodieteilchen durchmaserte Seele atmet sich mit einem »Seid-umschlungen-Millionen« in den Schlaf. Ich habe niemals Menschen gesehen, die so flügelweit offenstanden den einzig wahren Geschenken des Lebens, der Natur, dem Lied und dem Bild in allen Formen. Ich erinnere mich, daß mir einmal in Grafenegg Adalbert Stifters berühmte Schilderung der Sonnenfinsternis von 1842 in die Hand fiel. Nach Tisch las ich die wenigen Seiten vor. Bei der schönsten Stelle, jener, wo das »bleifarbene Lichtgrauen« überwunden ist, »die Dinge wieder Schatten geben, das Wasser wieder glänzt und die Bäume grün zu werden beginnen«, warf ich einen Blick auf die Runde. Unvergeßlich für immer wird mir der Ausdruck auf dem Gesichtchen der kleinen Doris bleiben, die damals noch keine dreizehn alt war. Dieses Zuhören an sich, die platonische Idee des Zuhörens gleichsam, dieses gespannte Versunken- und Hingegebensein, dieses ruhevolle Eintrinken der geistigen Schönheit, dieses reine Hervortreten und Sichtbarwerden der unsichtbaren Seele, – es war einer jener seltenen Augenblicke, in denen man um eines solchen Gesichtes willen von erschütternder Menschenliebe und Menschheitsliebe erfaßt wird. Was Zuhörer wie die Argans für einen Mann des Wortes bedeuten mußten, das wird jeder verstehen. Ich ließ keine Zeile drucken, ohne sie ihrem Urteil zu unterwerfen. Und dieses Urteil erfloß weniger aus den nachfolgenden Gesprächen als im unbestechlichen Kaltbleiben oder Warmwerden während meines Vortrags. Dieses Auf und Ab ihres Zuhörens bildete gewissermaßen ein Fixierbad, in welchem sich Wert oder Unwert, Gelingen oder Mißlingen, Sauberkeit oder Fleckenhaftigkeit meines Produkts unnachsichtlich entwickelte.

So lebten die Argans aus der Fülle ihrer starken und bewegten Seelen heraus in einer Art von glücklichem Jenseits, das sie sich aus der so ganz anders gesinnten Umwelt ausgespart hatten. Indes aber rückte von allen Seiten die Sintflut heran, das bleifarbene Lichtgrauen der geistigen und seelischen Sonnenfinsternis. Ich höre deutlich eine Stimme: »Ihre Freunde hatten es leicht, sich ein glückliches Jenseits aus der Zeit zu sparen und das müßig gesellige Leben von Ästheten, Musiknarren, Natur- und Bücherschwärmern zu führen. Die anachronistische Insel, von der Sie sprechen, mehr als anachronistisch, war sie nicht vor allem eine wirtschaftsbedingte Tatsache?« Schmach über uns, die wir immer und überall nur die Bedingt- und Gebundenheiten des Menschen zu seiner ausschließenden Erklärung heranziehen, die wir mit superklugem Augenzwinkern uns zu den hundert Formen der Schwerkraft bekennen, denen wir unterworfen sind, die wir in selbstmörderischer Schadenfreude uns in den polypenhaften Determinismus vergafft haben, der die Brust der Menschheit umklammert und dem Naturlauf gemäß ewig umklammern wird! Fast möchte man meinen, wir täten das, nicht um uns ein wenig Luft zu verschaffen, sondern um im dumpfen Ingrimm des Plebejers die göttliche Größe und Freiheit unserer Seele zu verraten. – Nein, die Argans wären unter allen Umständen und unter jeder Bedingung das gewesen, was sie sind. Kraft ihrer großen Begabung, ihrer echten Ursprünglichkeit und unbändigen Lebensfülle. Im übrigen war Leopold durchaus kein reicher Mann. Er hatte, wie man so sagt, sein gutes Auskommen, das er freilich alle Zeit bis auf den letzten Groschen verausgabte und leider auch darüber hinaus, wie es sich nach der Katastrophe zeigen sollte. Vielleicht entsprang sein goldener Leichtsinn, seine Gastlichkeit und Gebefreude einem dunklen Vorwissen. Was aber den Besitz in Grafenegg anbetrifft – das alte, ziemlich weitläufige Landhaus inmitten des traumhaften Parks am Fuße eines der eigenartigsten österreichischen Gebirgsstöcke – so wars keine Erwerbung, sondern ein Erbgut.

In diesem Hause besaß ich eines der Fremdenzimmer. Ich sage »besaß«, denn man hatte es ausdrücklich und ausschließlich mir eingeräumt, und niemand sonst durfte darin wohnen. Da ich seit Jahren schon meiner langen Reisen wegen keinen Wohnsitz hatte, auch in der Hauptstadt nicht, so war das Zimmer in Grafenegg der einzige Raum, den ich mein eigen nennen konnte, und ich hatte ihn auch mit all meinen Sachen vollgeräumt, wie sie im Laufe der Zeit zusammengewachsen waren. Dort lagen meine Bücher und Handschriften aufgestapelt, all die abgeschlossenen und unterbrochenen Arbeiten, von den vielen Anfängen, Entwürfen, Skizzen und dem heillosen Zettelwerk ganz zu schweigen, das sich innerhalb eines Jahrzehnts in den Schubladen eines Schriftstellers beängstigend ansammelt. Es ist möglich, daß sich diese Menge in qualvollen und enthusiastischen Nächten beschriebenen Papiers noch immer an Ort und Stelle befindet, denn wie ich höre, ist der Besitz in Grafenegg bis zu dieser Stunde weder enteignet worden, noch auch hat er einen Käufer gefunden. Mag mit dem Niedergeschriebenen geschehen, was da will. Der Verlust ist verschmerzt. Ich empfinde das Exil als einen Schicksalsruf zur Erneuerung. An alle Verbannten und Emigranten ergeht ja der Auftrag zum erbarmungslosen Neubeginn, gleichgültig welche frühe oder späte Stunde das eigene Leben geschlagen hat. Diesem Auftrag kann sich keiner entziehen, und von Tag zu Tag wirds für unsereins klarer, wie sehr alles Gewesene und Erworbene verwirkt ist. Dennoch will ich die Wehmut nicht verleugnen, die mich jetzt und hier erfaßt, wenn ich an das Haus zu Grafenegg denke und an mein schönes eigenes Zimmer dort. Es ist wirklich nicht der materielle Verlust meiner Manuskripte, der mich verstört, es ist vielmehr das von mir abgespaltene Leben, es sind die aus meinem Innern hervorgetretenen Geister, die ich dort in einem unbefriedigt-zwielichtigen Zustand umgehen fühle. Ich arbeite im allgemeinen sehr schwer. Welche Mühsal hatte es gekostet, welchen Aufwand an Glauben, Zweifel, schlechtem und gutem Gewissen, um diese ganze Gesellschaft heraufzubeschwören, die nun an meinem Fenster lehnt und über die hohe Rotbuche hinweg auf den höchsten Gipfel des Toten Gebirges starrt, auf den Großen Priel. Es sind meine Geister, so zugehörig mir wie mein eigener Schlaf. Alljährlich im Frühling, wenn ich zur Arbeit nach Grafenegg kam – lange bevor die Hausleute einrückten –, wurde ich beim Betreten des Zimmers von meinen selbeigenen, sich fleißig mehrenden Geistern empfangen. Eine sonderbar behagliche, ja kreuzgemütliche erste Stunde war das jedesmal. Ich schlenderte im Raum umher, begrüßte den und jenen, nahm dies und das in die Hand, las hier einen Satz und dort einen Vers, naschte gleichsam im Vollgefühl meines Reichtums an mir selbst. In dieser ersten Stunde hing ich nicht mehr vereinsamt in der Luft, sondern besaß zahlreiche Verwandtschaft, nahe und ferne, die mir äußerst ergeben war und auf den Wink parierte. Nein, ich war nicht zu beklagen und zweifelte nicht, es müsse so weitergehen und diese alljährliche Begrüßung werde sich wiederholen ungezählte Male, bis ich einst als behäbiger Urvater meiner Geistgeschöpfe sanft erlöschen würde, wills Gott in diesem Zimmer, das mir meine Freunde Argan auf Lebenszeit eingeräumt hatten. Dann erst, bevor ich mich an die neue Arbeit machte, stieg ich herab in die unteren Wohnräume des Hauses und begrüßte die weit froheren Geister von Livia und Leopold, von Philipp und Doris; die lebten hier als der lachende Nachklang ihrer schönen Stimmen vom vorigen Sommer, der zugleich ein glücklicher Vorklang des künftigen war.

In diesem Sommer zu Grafenegg, der schön war wie alle vorhergehenden, dem aber für mich kein künftiger hier mehr folgen sollte, hatte sich die Familie Argan schon früher eingestellt als sonst. Wir verlebten den Juni und halben Juli in guter Gemeinschaft. Um aber ganz aufrichtig zu sein, das Glück dieses Landaufenthalts war nicht mehr ganz so rein und voll wie früher. Wenn wir auch einer stillen Übereinkunft gemäß politische Unterhaltungen vermieden so gut es nur ging, so lastete das gegenwärtige und das herandrohende Weltgeschehen doch schwer auf unseren Gemütern: der spanische Bürgerkrieg und vor allem das ungewisse, zweideutige Schicksal unseres eigenen armen Landes. Alltäglich gegen vier Uhr, wenn der Briefträger, ein hinkender Bote dieses Weltgeschehens, mit den Morgenblättern der Hauptstadt vor dem Haustor auftauchte, hatten wir uns schon alle versammelt, und es begann regelmäßig ein heftiger Kampf um die Zeitungen. Auch das Radio wurde nicht so wie einst nur bemüht, um Konzerte und Opernübertragungen aus dem schwangeren Äther heranzulocken, sondern trotz Livias Protest drehte Philipp am Abend den Knopf, um die Hetz- und Lügenmeldungen der Despotien mit den allzu gleichmütigen Berichten der vorläufig noch freien Staaten zu vergleichen. Dabei waren wir alle in unserer Gesinnung und in unseren Wünschen bis auf leichte Schattierungen gleichgestimmt. Aber vorgestern hatte Doris einen Besuch in der Nachbarschaft abgestattet und dort Meinungen zu hören bekommen, die sie entsetzten, und gestern war Philipp in einem Wirtshaus der Ortschaft mit jugendlichen Rucksacktouristen ihres landfeindlichen Grußes wegen beinah in tätlichen Streit geraten. Die Kinder kehrten von solchen Erlebnissen tief verstimmt heim, und der Druck legte sich dann auch auf uns Ältere. Dazu kamen noch Livias ständige Befürchtungen wegen Leopolds höchst entschiedener öffentlicher Stellungnahme. Obwohl schon seit zwei Jahren aus dem Amte geschieden, hatte er sich mehrmals in Wort und Schrift für die von außen und innen bedrängte Unabhängigkeit Österreichs auf das schärfste eingesetzt.

Gegen Ende Juli verließen meine Freunde für eine Zeitlang das Haus in Grafenegg. Philipp und Doris waren auf ein Schloß in Tirol eingeladen. Dort gab es viel Jugend der konventionellen Art. Leopold meinte, es wäre für seine anspruchsvollen und sehr kritischen Kinder gar nicht von Übel, ein paar Tage unter harmlosem Allerweltskraut zu verbringen. Er selbst fuhr mit Livia nach Salzburg, um bei den Festspielen gewissen Opernaufführungen beizuwohnen. Seine Einladung, mit nach Salzburg zu kommen, lehnte ich ab. Bis zum zwölften August spätestens wollte alles wieder heimgekehrt sein, denn auf den siebzehnten fiel Livias Geburtstag, der jedes Jahr spaßhaft-festlich mit einer Art Akademie begangen wurde. So blieb ich, wie schon so oft, allein in dem großen Haus, denn bis auf Teta, die Köchin, war auch das Personal beurlaubt worden. Die plötzliche Einsamkeit war mir anfangs gar nicht unlieb. Ich hatte mich nämlich in den letzten Monaten verbummelt, hatte Zeit um Zeit vertrödelt und war mit meinem Arbeitsplan in bedenklichen Rückstand geraten.

Wenn eine künstlerische Arbeit ins Stocken kommt und nicht vorwärtsgehen will, so hat das jeweils seinen guten Grund. Zwar ist der Autor dann meist überzeugt, daß ihm die rechte Stimmung fehle oder daß der von ihm gewählte Stoff bockig sei und eigensinnigen Widerstand leiste. Mich aber hat die Erfahrung belehrt, daß es niemals an der Stimmung liegt und niemals am Stoff. Wenn die Stimmung fehlt, so stimmt etwas nicht. Und nicht der Stoff bockt, sondern die an irgendeinem Punkte verletzte Wahrheit. Ein einziger falscher Einschlag stellt das ganze Gewebe in Frage. In keiner anderen menschlichen Betätigung ist das formale Gelingen so unlöslich verknüpft mit Logik und Ethik wie im künstlerischen Schaffen, dieser sogenannten »Welt des schönen Scheins«. Ein alter, viel erfahrener Dichter sagte einst zu mir: »Gott darf unlogisch sein, das heißt ohne erkennbare Folgerichtigkeit, der Schriftsteller nicht.« Der Mann hatte recht. Nur wenn bei einer Erzählung alle Grade der Wahrheit in Ordnung sind, von der niedrigen Wahrscheinlichkeit angefangen, über die feinere Richtigkeit und Aufrichtigkeit hinaus bis zu den letzten Übereinstimmungen, nur dann erlebt ein Verfasser das seltene Wunder, daß gleichnisweise die Quellen des erfundenen Lebens wie von selbst zusammenströmen und einen epischen Wasserspiegel bilden, der ihn wie einen glücklichen Schwimmer hochhebt und trägt. Sein Eigengewicht scheint sich dann zu vermindern, und die elementare Wonne des Schöpfertums durchströmt ihn. In solchen Ausnahmsfällen ist er Spieler und Zuschauer zugleich, und die Mühe des Schreibens besteht in einem atemlos raschen Ablesen dessen, was in ihm und um ihn schon fertig aufgezeichnet steht.

Nie war ich von dem hier geschilderten Glückszustand weiter entfernt als in den Sommertagen nach der Abreise meiner Freunde. Die plötzliche Einsamkeit erzwang eine bestürzende

Bilanz der Arbeit, an die ich schon fast ein Jahr gewandt hatte. Der historische Vorwurf meines Buches erschien mir mit einem Mal ganz verstiegen, seine Menschen steif und ohne Leben, ihre Gespräche erklügelt, ihre Handlungen verdreht, das Ganze unecht und bis zur Sinnlosigkeit mißglückt. Was sollte ich tun? Es war ein sehr umfangreiches Werk, und fünfhundert Seiten etwa hatte ich mir schon abgerungen. Die moralische Kraft besaß ich nicht, diesen hohen Stapel zu vernichten, noch auch die Geduld, das Fertige aufzutrennen und gänzlich neu und anders zu beginnen. Diese Arbeitsart der Penelope ist für die Kunst die einzig richtige. Die Welt aber verwandelte alle vier Wochen ihr Gesicht, und was gestern noch glaubwürdig war, entpuppte sich heute schon als Betrug. Wer konnte da die Ruhe und Festigkeit aufbringen oder auch die Blindheit und Taubheit, um mit unnachgiebigem Eifer an seinem Phantasiegespinst sitzen zu bleiben!? Ich versuchte es trotz allem. Jeden Morgen setzte ich mich stöhnend an den Schreibtisch. Ich brachte meine Phantasie in Gang, die mir zu rasseln schien wie eine eingerostete Maschine, und schrieb ein oder zwei Blätter voll. Dann sprang ich auf und lief hinaus wie vom Teufel gejagt. Mitten im herrlichen Tag und in der teuren Landschaft überfiel mich aber dumpfe Verzweiflung, und ich eilte wieder in mein Zimmer zurück, ohne die Strahlenbilder des Morgens genossen zu haben, die starke, nach Honig schmekkende Luft des Toten Gebirgs, und ohne dankbar meiner glücklichen Lage inne zu werden, die es mir erlaubte, in solcher Umgebung, wohlgehegt und ziemlich sorgenfrei der geistigen Arbeit nachhängen zu dürfen. Voll Gereiztheit und Ekel las ich das Geschriebene wieder und wieder durch, um es schließlich zu zerknüllen und in den Papierkorb zu werfen. Wie sehnte ich die Heimkunft meiner Freunde herbei, damit ich erlöst werde von dieser täglichen Konfrontation mit meiner eigenen Unzulänglichkeit. Oft war ich nahe daran, auszubrechen und davonzufahren. Ich war nicht mehr sehr jung und war in Einsamkeiten aller Art recht beschlagen. Der diesmaligen Einsamkeit aber fühlte ich mich nicht gewachsen und verschmachtete nach wohlwollender Gesellschaft, die ja das beste Schlafmittel für jede Art von Selbsterkenntnis ist. Manchmal wiederum gelang mir ein Satz, eine Passage, ein Charakterbild, ein Szenchen, ich glaubte es wenigstens. Sofort schöpfte ich übermütige Hoffnung und fühlte mich grundlos erleichtert. Aber was hilft ein guter Satz in einem schlechten Zusammenhang? Ich starrte nachher nur noch zerschlagener auf das Papier, als ichs schon vorher getan hatte. Vielleicht werden nur meine Berufskollegen diesen abscheulichen Zustand würdigen können, dieses zermürbende Hin und Her, diese aus heilloser Verwerfung und flüchtigem Selbstbetrug gemischte Hölle? Ich glaubte erloschen zu sein, erledigt, und meine Gabe für immer verloren zu haben.

Eines Tages entschloß ich mich, bis auf weiteres Schluß zu machen und sperrte das Manuskript fort, um es mindestens zwei Wochen lang nicht mehr anzusehen. Wie immer, wenn der Mensch einer Anstrengung ausweicht, einer Versuchung erliegt und somit moralisch Schiffbruch erleidet, war die Folge durchaus kein Katzenjammer, sondern ein unglaubliches Wohlgefühl. Ich hatte mir als mein eigener Vorgesetzter einen Urlaub erteilt. Nun durfte ich rechtmäßig die Zeit vertun, mich regelloser Träumerei hingeben, ohne widerstrebende Ausgeburten gewissenhaft aus dem Nichts heranbannen zu müssen. Ich war befreit, dachte an die unglückselige Arbeit nicht mehr, ging spazieren und fühlte mich passabel.

Der Park zu Grafenegg bestand aus verschiedenen Teilen. Vor der Stirnseite des Hauses lag ein mächtiger Rasen, Tummelplatz der Kinder und ihrer Gespielen, solange sie klein waren. Rechter Hand dehnte sich ein weiter Obsthain, der den Blick auf Glashaus, Wirtschaftsgarten und Kartoffeläcker verhüllte. Auf der anderen Seite sank das Grundstück allmählich zur Straße hinab. Hier standen in großer Dichtigkeit die edelsten alten Bäume, Ulmen, Platanen, echte Kastanien, Blutbuchen von einer Höhe und Schönheit, wie ich sie sonst nirgends gesehen habe. Ein Stück hinter dem Hause begann aber der eigentliche, der »wilde« Park, eine Berglehne emporsteigend. Auf der Höhe verlor er sich in einen endlosen Lärchenwald, der nur teilweise zu Argans Eigentum gehörte. Die alte Einfriedung war dort auf lange Strecken eingestürzt und die eigentumsmäßige Natur ging in herrenlose Natur über, ohne daß man die Grenze sah. Dieser Teil des Parks und der anschließende Berg, der in einem recht verlassenen und ungebahnten Höhenrücken verebbte, war die Stätte meiner täglichen Entdeckungsfahrten. Hier gab es sogenannte »Platzln« in großer Menge, und nach zehnjähriger Vertrautheit mit dieser Gegend konnte es noch immer geschehen, daß man auf einen neuen Punkt, auf eine unbekannte Baumgruppe und einen überraschenden Ausblick stieß.

Einmal, es war schon ziemlich spät am Nachmittag, hörte ich durch das dunkle Sausen der Lärchen hindurch von fern den zirpenden Laut einer Zither und ein sonderbar dünnes Stimmchen dazu, das dann und wann von dem schmerzlichen Heulen eines Hundes begleitet wurde. Ich folgte dem Klang und kam auf eine ziemlich große Lichtung, die noch innerhalb des Parks lag. Hier mußte vor Zeiten ein geringes Anwesen gestanden haben. Ein ganz und gar vermorschter Brunnentrog sprach dafür und zwei mächtig schöne, wohl hundertjährige Linden, die gerade abgeblüht hatten, jetzt erst vor Maria Himmelfahrt, wie überall im Hochgebirg. Unter der durchgoldeten Kuppel dieser Linden befand sich eins der berühmten Platzln, die halb zusammengestürzte Ruine eines groben Tisches und einer wackligen Bank. Auf dem Tisch lag der Zitherkasten. Unter die Saiten war ein Notenblatt geschoben. Daneben häuften sich ganze Berge von gesammelten Kräutern, Minze, Erika, Thymian, deren Duft mich erreichte. Auf der Bank saß Teta, den Hund Wolf zu ihren Füßen, diesen ältesten und grimmigsten Veteranen der Meute von Grafenegg, gefürchteten Wächter und geschworenen Feind aller Briefträger, der seiner reizbaren Gemütsart wegen sonst stets an der Kette liegen mußte. Wolf war blind. Doch weder Alter noch Blindheit hatten ihm zu einer abgeklärten Betrachtung des Lebens verholfen. Er war bei meinem Kommen aufgesprungen, starrte mich aus der opalisierenden Verglasung seiner Augen bitterbös an und knurrte leise, aber aus ganzer Seele. Auch die alte Magd hatte sich erhoben. Sie mahnte den Hund, ohne ihn anzublicken:

»No, was ist denn, Hundl? Was hat der Burschl? Das ist doch der gnä' Herr...«

Wolf überlegte eine Weile, ob er dieser beruhigenden Kundmachung trauen dürfe, dann ließ er sich voll abweisenden Unmuts auf seine Pfoten nieder und gab mir zu fühlen, daß ich ihm, als unerwünschter Eindringling, eine schöne musikalische Stunde verdorben habe. Teta aber blieb stehen und sah mich aus ihren merkwürdig hellen und schönen Augen erwartungsvoll an. Mir fiel ein, daß ich von Doris öfters folgenden Satz gehört hatte: »Soeben bin ich Fräul'n Teta mit Herrn Gemahl begegnet.« Unter dem Herrn Gemahl wurde Wolf verstanden, dem seine Gönnerin den zärtlichen Kosenamen »Burschl« verliehen hatte. In Grafenegg gab es ein paar edle und schöne Hunde, einen Dobermann, einen Setter, einen reizenden Pudel. Teta aber behandelte all diese wohlgeborenen Hausgenossen mit ausgesprochener Feindseligkeit. Ihre eifersüchtig erbitterte Liebe galt einzig dem blinden, sehr unsympathischen Kettenhund, und es ging die Sage, daß kein Braten auf den Tisch komme, von dem der Wolf nicht schon vorher den Löwenanteil erhalten habe. Alljährlich bei der Übersiedlung nach Grafenegg pflegte Teta das Gepäck der Familie Argan um einige Handkörbe und verschnürte Pappschachteln zu vermehren, in denen sie allerlei abgesparte und zum Teil versteinerte Leckerbissen für ihren angejahrten Liebling mitführte. Niemand wagte es, ihr wegen dieses widerwärtigen Brockenzeugs Vorstellungen zu machen. Fräul'n Teta, wie die alte Frau auch von der Herrschaft genannt wurde, hatte es verstanden, sich im ganzen Hause Respekt zu verschaffen. Man ging mit ihr vorsichtig um. Auch ich verspürte jetzt etwas von diesem sonderbaren Respekt, als ich auf sie mit dieser Entschuldigung zutrat:

»Es tut mir leid, daß ich Sie gestört hab, Fräul'n Teta... Sie haben da Musik gemacht... Das versteht sich von selbst in einem so musikalischen Haus...«

Auf Tetas mongolisches Gesicht trat ein erschrockenes Lächeln.

»Der gnä' Herr haben nicht gestört, wenn ich bittlich sein darf... Der gnä' Herr müssen ja spazierengehen...«

Und als ob sie untertänigerweise keine direkte Antwort wage, wandte sie sich wieder an den Hund:

»Wir haben nur gesungen ein bissl... Was, Burschl... Zwei kleine Liedln nur... Nicht wahr, Burschl?«

Der Angeredete hob sich auf die Vorderpfoten, streckte den mürrischen Greisenkopf vor und stieß ein langes tremolierendes Geheul aus, das dem hilferufenden Tone eines Nebelhorns glich. Nach dieser Darbietung ließ er sich gleichgültig wieder fallen. Teta lachte ein kurzes gurrendes Lachen:

»Brav ist der Burschl, kann schön singen der Burschl... Er versteht alles, was man sagt... Mehr als mancher Mensch...«

Teta sprach mit einem harten slawischen Tonfall, der aber durch den österreichischen Dialekt seltsam gemildert klang. Sie trug ein schwarzes Kleid, dazu eine hellblaue Schürze und auf dem Scheitel eine weiße Krause. Ihre dünnen Haare, die noch auffällig braun waren, spielten im Wind. Ich sah mich um. Seit vielen Jahren schon war ich nicht auf dem Lindenplatzl gewesen. Unbegreiflich. Es war der Glanzpunkt des ganzen Parks. Nach Westen öffnete ein breiter Baumschlag den Durchblick auf die Spitzen und Grate des Toten Gebirgs. Diese oberhalb der Vegetationsgrenze sich meilenweit erstreckende Bergwüste und Felsöde, ein großer weißer Fleck auf der Landkarte, der selbst die Ehrfurcht gewiegter Bergsteiger genießt, eine fremde, abgesondert strenge Welt inmitten bürgerlicher Alpenketten, wuchs, von hier gesehen, zu überwältigenden Maßen auf. Die bereits altgoldne Sonne stand darüber und färbte die zahllosen Schrunden, Risse, Schluchten und die gezackten Schatten der Felswände mit einem kosmischen Violett. Das breite Tal zwischen uns und dem Gebirgsstock verschwand in einem nebligen Blau, in dem jede Form verdunstete. Nur eine Fabriksirene und ein paar in der Ferne ratternde Autos bewiesen, daß es in dieser verschwimmenden Mulde noch menschliches Leben gab. Der weiche Grasboden ging unmerklich in die schwingende Walderde über, deren Nadelgeruch sich stellenweise zum Duft von zehntausend Zyklamen verdichtete.

»Sie haben sich da gar kein schlechtes Platzl ausgesucht, Fräul'n Teta«, sagte ich, »etwas Schöneres gibts hier überhaupt nicht.«

Teta seufzte tief auf und sagte mit inständigem Ton:

»Ja, das ist eine Pracht dahier...«

Zwischen dem Vokal »a« und dem nachfolgenden Konsonanten schaltete sie einen Zischlaut ein, so daß es klang wie »Praschtׅ«, und sie schüttelte eine ganze Weile lang den Kopf, um ihrer Verwunderung über diese Pracht Ausdruck zu geben.

»Ich muß Ihnen auch noch vielmals danken, Fräul'n Teta«, begann ich wieder, »weil Sie so nett für mich sorgen...«

»Wenns dem gnä' Herrn nur schmeckt«, erklärte Teta kurz und begann die Kräuter in ihren Korb zu tun.

»Nur zu gut schmeckts mir. Man siehts mir ja auch an. Ihre Küche verwöhnt einen zu sehr, Fräul'n Teta...«

»Die gnä' Herrschaft hats so angeschafft«, sagte Teta und wies damit jedes eigene Verdienst von sich: »Jetzt aber muß ich gehn, Nachtmahl kochen...«

Eilig packte sie ihre Sachen zusammen, als habe unsere Unterhaltung schon die zulässige Dauer eines Gesprächs zwischen Herrn und Magd überschritten. Dann verschwand sie mit Zitherkasten, Korb und Hund, schwerfällig trippelnden Ganges unter den Lärchen. Ich sah ihr nach. Sie trug in der rechten Hand einen abgeschnittenen Ast als Stock. Da sie aber meinen Blick im Rücken zu spüren schien, benützte sie die Stütze nicht, als schäme sie sich. Während ich weiterspazierte, wunderte ich mich darüber, daß ich soeben das erste längere Gespräch mit Teta geführt hatte. Sie diente schon beinah zwanzig Jahre im Hause Argan. Ich war ihr in der Stadt wie in Grafenegg immer wieder begegnet. Wir hatten stets nur einen Gruß getauscht. Das gleichgültige Gespräch dieses Nachmittags aber klang in mir fort. Irgend etwas Festes und Abgeschlossenes spürte ich an der alten Magd, das mich packte. Freilich, wenn mir jemand gesagt hätte, ich würde mich einmal wochenlang mit Teta beschäftigen, ich hätte ihn nicht verstanden. Und doch, schon jetzt beschäftigte ich mich mit Teta. Das Bild, wie sie, den blinden Hund dicht neben sich, eilig und schwerfällig im Walde verschwunden war, wich nicht von meinen Augen. Ich dachte daran, daß Teta eine unerreichte Meisterin ihres Faches war, was alle Freunde und Gäste des Hauses Argan wohl wußten, und daß man mit Fug und Recht von der »Koch-Kunst« spricht und nicht vom »Koch-Handwerk«. Denn diese wie jede andere echte Kunst – sie ist die Musik des Geschmackssinns – beruht auf dem Zusammenwirken von Begabung, Formgefühl, hingegebenem Fleiß und echter Persönlichkeit.

Zwei Tage später kam ich um die Mittagsstunde nach Hause und wollte meine Pfeife anzünden. Da mir aber die Streichhölzchen ausgegangen waren, mußte ich in die Küche gehen und Teta um Feuer bitten. Die Küche lag im Erdgeschoß am Ende eines langen Ganges. Als ich nun an die weißlackierte Tür kam, hörte ich ein lautes Gespräch, das mich hinderte, die Klinke niederzudrücken. Es war ein philosophisches Gespräch, das sich zwischen Teta, Burschl und dem Gärtner Bichler entsponnen hatte und das ich indiskret belauschte. Dieser Bichler, ein arbeitsloser Mechaniker mit einer blassen Frau und zwei verhungerten Kindern, war von Leopold Argan auf irgendwelche Empfehlung hin vor Jahren als Gärtner und Hausbesorger in Grafenegg angestellt worden. Damals, als er ins Haus einzog, glich er mit seinen hohlen Wangen und brennenden Augen einem gekränkten Säulenheiligen, der sein Opfer verschmäht sieht. Inzwischen aber schien sich mit zunehmendem Körpergewicht auch seine Seele verändert zu haben. Der Mensch hatte seltsame Rosinen im Kopf, trug eine Samtjoppe, langes Haar, flatternde Krawatten, sog wie ein Löschblatt alle radikalen Parolen des Tages auf, malte Aquarell, bastelte Radio und verlungerte, weil er sich für ein unterdrücktes Genie hielt, ansonsten den lieben Tag. Frau Bichler hingegen plagte sich redlich. Seinetwegen aber mußte man zweimal des Jahres Hilfskräfte aufnehmen, damit Nutzgarten und Park nicht gänzlich verfalle. Leopold und Livia waren nicht die Menschen, den Tagedieb mit seinen armen Kindern auf die Straße zu setzen, so sehr er auch seine Pflicht vernachlässigte und ihnen auf die Nerven ging. Meines Wissens hatte Livia während unserer ganzen Bekanntschaft nur ein einziges Mal ein Hausmädchen Knall und Fall entlassen müssen. Und danach war sie beinahe krank gewesen vor Unbehagen wegen dieser jähen Kündigung. Jetzt hörte ich Herrn Bichler sprechen. Er hatte eine hohe, enge, zugleich eifernde und wehleidige Stimme:

»Ich hab einen Freund gehabt«, sagte er, »einen gewissen Hromada, der war bei der Anatomie bedienstet, in der Währingerstraße. Hunderte von Leichen, sag ich Ihnen, hat der Hromada seziert, und er hat nirgends nicht ein Organ gefunden, wo hätt eine unsterbliche Seele drin sein können, meiner Seel'... Überhaupt, eine gescheite Person wie Sie, Fräul'n Teta, sollt andere Ansichten haben... Auch ich bin nicht viel in die Schul gegangen, aber das muß ich sagen, ich hab mich fortgebildet...«

»Wer redt denn mit Ihnen über solche Sachen«, entgegnete Tetas Stimme brummig. Dann hörte ich, wie sie unwirsch durch die Küche schlurfte, um nach einer Weile den Hund anzureden:

»Spandln für die Feuerung werden wir brauchen, nicht wahr, Burschl, und eine Butte Kohlen...«

Bichler aber setzte seine Eiferrede fort:

»Und warum sind wir nicht viel in die Schul gegangen, Sie und ich, Fräul'n Teta... Weil bei uns noch immer die Juden und Pfaffen regieren... Und die Pfaffen wissen ganz genau, warum sie das Volk blöd machen mit Himmel und Hölle... Wenn nämlich das Volk mit dem Jenseits blöd gemacht ist, dann kuschts hier herunten und frißt alles... Und die Juden und die Pfaffen können sich den Bauch weiter vollschlagen... Sonst wären Sie doch selbst eine Gnädige, Fräul'n Teta...«

»Und dann werden wir noch brauchen zwei Häupteln Salat... Was, Burschl... Und Karotten und Erbsen aus dem Garten, die uns der Herr Bichler bringen muß...«

»Das deutsche Volksvermögen aus Österreich aber geht nach Rom zum Oberpfaffen und nach Paris und London an die internationalen Juden... Das ist doch klar. Dagegen können Sie nichts sagen... Die Religion ist das Opium der Völker...«

»Opium bekommt man in der Apotheken«, erklärte Teta, »es ist eine ganz gute Medizin manchmal...«

Brav pariert! Keine üble Antwort, dacht ich. Bichlers Stimme aber klang jetzt tief gekränkt:

»Fräul'n Teta, eine Volksgenossin wie Sie verhindert den menschlichen Fortschritt und den Sieg der Idee...«

Die Köchin hatte geräuschvoll die Töpfe auf dem Herde hin und hergerückt. Jetzt unterbrach sie jäh diese zornige Tätigkeit:

»Wer ist Ihre Volksgenossin? Ich bin nicht Ihre Volksgenossin... Und überhaupt, ich hab Sie mir gestern beim Kartoffelhäufeln angeschaut, Herr Bichler... Ein junger Mensch, der bei der Landarbeit einen Sessel braucht, um sich draufzusetzen wie im Büro, der kann nicht mitreden... Der versteht nichts von solchen Sachen... No, was sagst du, Burschl?...«

Auf diese deutliche Aufforderung hin mischte sich der Hund mit heftiger Parteinahme ins Gespräch. Ich spürte geradezu hinter der geschlossenen Tür, wie dieser grimmige Kavalier der Köchin den Propagator verbellte, so daß dieser wahrscheinlich blaß wurde und zurückwich. Nach ein paar Sekunden wies Teta den Burschl zur Ruhe und schloß den Disput mit barscher Sachlichkeit:

»Es ist halber zwölf... Der Herr muß sein Essen pünktlich bekommen... Stören Sie mich nicht länger...«

Ich entfernte mich leise, ohne meine Pfeife angezündet zu haben.

Abends gegen acht Uhr erlitt ich einen starken Anfall von Depression. Dergleichen Zustände hatten mich in früheren Zeiten öfters angewandelt, waren aber seit meinem vierzigsten Jahr beinah ganz verschwunden. Es begann wie immer mit einer Blutleere im Kopf, mit Herzgeflatter und einer Auskältung aller Glieder. Der Tod atmete eisig meinen Nacken an. Mir war, als ob sich ein unausdenkbar-unabwendbares Unglück von allen Seiten heranwälze. Nein, ich, dieses Zimmer, dieses Haus, dieses ergrauende Land vor dem Fenster, wir alle schienen vielmehr mit der donnernden Geschwindigkeit eines Schienenautos mitten hineinzufahren in dieses harrende Unglück, das nebelhaft und doch unbeweglich auf seiner Stelle thronte wie vom Beginn der Schöpfung her. Ich warf mich aufs Bett, um von diesem

Unentrinnbaren, dem wir entgegensausten, nichts mehr zu wissen. Erst als es ganz finster geworden war, zersprang die Klammer um meinen Kopf. Nichts blieb übrig als das fadschmeckende Bewußtsein von der arktischen Einsamkeit meines ganzen bisherigen Lebens, eines somit heillos verpfuschten Lebens. Ich schlich mich feige aus dem Zimmer. Ich mußte lebendige Wesen sehen, die Bichlers, Teta, die Hunde...

Die Küche, in die ich ging, war schon ausgelöscht und leer. Da stieg ich in den Mansardenstock hinauf, wo das Hauspersonal wohnte. Die Angst war noch immer da. Mein Herz arbeitete schnell, und ich mußte mich überwinden, um mich nicht lächerlich zu machen und wie ein furchtsames Kind nach Teta zu rufen. Ich hatte das unsinnige Gefühl, niemand anderer könne mich sicherer vor dem Tode retten als die alte Magd mit ihren Vergißmeinnicht-Augen und breiten Backenknochen. Am Ende des Ganges drang durch eine Türritze ein Strich von Licht. Ich klopfte zweimal an. Keine Antwort. Teta war nicht da. Ich öffnete die Tür. Ein echtes Mägde-Kämmerchen. Auf dem schmalen Bett lag eine Decke, auf der in farbiger Netzstickerei eine Schäferszene mit ausgeblaßten Rokoko-Figuren dargestellt war. Diese rührend vergilbte Decke bildete zweifellos das wohlbehütete Eigentum Tetas, wahrscheinlich ein Erbstück, das sie auf ihrer ganzen Lebensreise begleitete. Die Kammer war vollgeräumt mit Körben, Schachteln, Paketen aller Arten. Die beiden altertümlichen Strohkoffer, die fest versperrt waren, schienen nicht hinzureichen, um die Habseligkeiten und den Krimskrams der Köchin aufzunehmen. In einer Ecke häuften sich die getrockneten Kräuter in verschiedenen Hügeln. Der scharfe Geruch der Minze schlug mir entgegen. Auf dem Fensterbrett standen zwei Levkojenstöcke, auf dem Tischchen zwei Wassergläser mit Zyklamen-Sträußen. Über dem Bette, wo ich eine Muttergottes vermutet hätte, hing unter Glas und Rahmen der Farbdruck eines jungen bildschönen Heiligen, der mitten in einem ungelenken Walde vor seiner Klause im Gebet versunken kniete, während sich das allzukörperliche Engelgedränge seiner Vision aus einer fast giftig lazulithblauen Himmelswunde auf ihn herabsenkte. Das Gesicht des Ekstatikers aber war jugendfrisch, überaus süßlich und stand in fröhlichem Widerspruch zu dem durch Entsagung erworbenen Heiligenschein. Unterhalb dieses anspruchsvollen Gemäldes hing ein zweites aber bescheidenes Bild, ebenfalls unter Glas und Rahmen. Es war die Photographie eines jungen Geistlichen im Chorrock, der das Brevier in Händen hielt. Seine Augen blickten schwärmerisch und kurzsichtig in die Ferne, als hätten sie soeben erst von dem erbaulichen Texte aufgesehen. Diese Photographie im sogenannten Kabinettformat schien schon manches Jahr alt zu sein. Die pathetische Haltung des jungen Priesters bewies das, sowie die unnatürlichen Wolken, die hinter seinem Kopf zu einem ewig drohenden Wetter geronnen waren. Ähnliche Bilder mit solchen feierlichen Prospekten im Hintergrund werden noch heute von den Schnellphotographen der Jahrmärkte aufgenommen. Hinter dem Rahmen steckten ein paar drahtige Stengel von pelzigem Edelweiß, auch diese vielleicht schon einige Jahre alt. Ohne einzutreten besah ich mir lange das Zimmerchen, und derselbe Eindruck von merkwürdiger Abgeschlossenheit und Festigkeit wie vor zwei Tagen ergriff mich. Hier hauste jemand, der mittels ein paar armseliger Dinge einem engen Raum den Stempel seines Wesens aufzudrücken vermochte. Ich fuhr zusammen, als ich Tetas Stimme plötzlich hinter mir vernahm. Da sie in Filzschuhen ging, hatte ich ihr Kommen nicht gemerkt. Aus ihren Worten glaubte ich Mißtrauen und Unwillen herauszuhören:

»Was wünscht der gnä' Herr dahier?«

»Ich fühl mich nicht besonders wohl, Fräul'n Teta«, sagte ich verlegen, »vielleicht bekomm ich ein Fieber... Es wär nett von Ihnen, wenn ich einen Tee haben könnt... Ich hab Sie gesucht...«

Teta warf mir einen prüfenden Blick zu. Dann trat sie zu ihren Kräutern und begann in den Häuflein emsig zu wühlen:

»Da hab ich einen Tee«, ächzte sie während des Suchens, »der bringt jede Erkältung weg und Kopfweh und verdorbenen Magen in einer halben Stund wie ein Wunder...«

Und indem sie, noch immer gebückt, die Mischung bereitete, blinzelte sie zu mir herüber:

»Der Tee wird gleich fertig sein... Geh der gnä' Herr nur in sein Zimmer... Wenn ich bittlich sein darf...«

Teta hatte mich nicht nur nicht aufgefordert, bei ihr einzutreten, sondern sie schickte mich fort. Vermutlich mochte sie es gar nicht leiden, wenn irgendwer ihrem Sanctissimum zu nahe kam.

»Da mach ich Ihnen wieder einmal Mühe«, entschuldigte ich mich.

»Mit Erlaubnis, das ist keine Müh, bitte... Der gnä' Herr sind ja immer allein und studieren so viel bis in die Nacht... Und die gnä' Herrschaft hat befohlen, daß ich auf den gnä' Herrn schaun tu... Ich werd auch eine Wärmflasche heißmachen...«

»Fräul'n Teta«, sagte ich, »unsere gemeinsame Wirtschaft geht jetzt zu End. Übermorgen kommen die Herrschaften zurück, ich hab Nachricht bekommen... Da möcht ich mich Ihnen erkenntlich zeigen...«

Ich zog einen Geldschein aus der Tasche und drückte ihn ihr in die Hand, hatte dabei aber die peinliche Empfindung, etwas Unangemessenes zu tun. Sie jedoch schloß die Faust ziemlich gierig um das Geld und ließ es schnell in ihre Schürzentasche verschwinden, wobei sie sich mit einem kleinen Auflachen zierte:

»Aber was tun der gnä' Herr da... Nein, so was... Das wär ja gar nicht nötig...«

Ich mußte ihr die Hand entziehen, die sie nach Art alter Mägde zu küssen versuchte. Nur um einen Abschluß zu finden, deutete ich auf den Farbdruck des Heiligen über dem Bette hin:

»Ein schönes Bild haben Sie da hängen, Fräul'n Teta...«

Sie nickte mehrmals, während sie tief aufseufzte:

»Ja, das Bild ist eine Pracht...«

Mein Blick aber blieb lange an der Photographie des jungen Geistlichen mit dem Brevier hängen. Zwischen Teta, dieser Photographie und mir ging etwas Undeutliches vor. Ich fühlte, daß mich Teta von der Seite verstohlen ansah, als fürchte sie eine Frage, die zu beantworten sie nicht gesonnen war. Ich aber fragte nichts.

Kapitel zwei

Ein Lebensplan

Livia hatte von den Festspielen erzählt, von der buntgemischten, erregten Welt jenseits des Toten Gebirgs, die nur eine kleine Autostunde und zugleich sternenweit von unserem Grafenegg entfernt lag. Nach Tisch war ein gewaltiges Alpengewitter niedergegangen. Nun aber hatte sich eine durch den Aufruhr entkräftete Augustsonne hervorgekämpft und umspülte angenehm die Terrasse, auf der wir saßen und in den erschöpften und reingeweinten Park hinaussahen. Wir waren allein.

»Und du, Theo«, fragte Livia, »warst du gut aufgehoben und hast anständig gearbeitet all die Tage?...«

»Aufgehoben war ich herrlich wie immer bei euch und gearbeitet hab ich... ganz anständig...«

Ich log. Livia nämlich legte stets großen Wert darauf, daß ich in ihrem Hause mit gutem Gelingen arbeite. Es war ihr Ehrgeiz. Ich sah sie an. Die Frau, die mir so viel bedeutete, war schön wie eh und je. Sie hielt die wie aus mattem Selenit geschnittene Stirn gesenkt, denn ihre Hände waren mit einer Strickerei in Grellgrün beschäftigt. Mir ging mein eigenes Schicksal durch den Kopf. Als geistiges Wesen nahm man mich ernst, erwies mir Achtung, schrankenlose Freundschaft und Sympathie. Als Mensch aber war die letzte Tür immer vor mir zugefallen und ich hörte den Riegel knirschen. Ich schien der geborene Gast zu sein, ein abseitiger Gefährte, dem man vertraute, weil er als Gegenspieler in der gierigen Partie des Lebens nicht in Betracht kam. Lag es an den andern? Wars eine verborgene Schwäche und kühle Teilnahmslosigkeit meines eigenen Wesens? Oder hatte es nur Livia so weise verstanden, mich genau an der Grenze ihres Bannkreises zu halten, damit das Schöne zwischen uns allen nicht in Brüche gehe? Gleichviel, heute in meinem fünfundvierzigsten Jahr glaubte ich, gewisse Bitterkeiten endlich überwunden zu haben und nahm eine

Stunde wie diese als ein Geschenk hin. Livia sah von ihrer Arbeit auf.

»Du hast noch niemals einen so guten Stoff gehabt, Theo... Ich glaub, mit diesem Buch wirst du dein Glück machen...«

»So optimistisch bin ich leider nicht, liebste Livia... Im Gegenteil, ich wünsche diesen und alle historischen Stoffe zum Teufel...«

»Es ist eine deiner nettesten Eigenschaften, Theo, daß du so gar keine Witterung für das Aktuelle und das Erfolgreiche hast... Glaubst du vielleicht, es sei ein Zufall, daß die Leute heutzutage einander die historischen Schmöker und Biographien aus den Händen reißen?«

»Ich halts durchaus für keinen Zufall, sondern für das genaue Zeichen unserer chimborassohaften Unkultur, Kunstferne und Geistfeindschaft... Die Leute fürchten sich vor allen Gedanken und Gestalten der Phantasie, das ist etwas ›Erfundenes‹ für sie; sie suchen aber das, was sich ›wirklich‹ ereignet hat, und zwar ›genau so‹. Sie suchen nichts anderes als geschickt zusammengestellte Zeitungsausschnitte aus vergangenen Jahrhunderten, die irgendeiner von diesen brillanten Routiniers mit seinem eigenen Senf anrichtet... Ich kann dir gar nicht sagen, wie mir all der brokatene Klatsch zuwider ist, diese würzige Psychologie, diese snobistische Intimität mit sämtlichen bewährten Unsterblichen, die es sich gefallen lassen müssen, beim Vornamen interviewt zu werden... Dabei hab ich selbst gar kein Recht, die Nase zu rümpfen. Offen gesagt, Livia, mein eigener historischer Schmöker dort oben ekelt mich an... Ich sehne mich von allen Kriegen, Greueln, Massenmorden, Martertoden, Staatsaktionen, hochtrabenden Namen und Kostümen nach einem ganz einfachen, schmalspurigen Stoff, nach den Ungewöhnlichkeiten der gewöhnlichen Menschen, überhaupt nach einem Menschen, nach einer wirklichen Gestalt will ich sagen, ich weiß nicht was für eine und wie... Aber sie müßte ganz echt sein und ganz mein, verstehst du, ganz mein...«

»Also los... Finde so einen Stoff...«

»Nicht wir finden die wirklichen Stoffe, Livia, sie finden uns...«

»Geprägte Ausreden hast du selbst einmal solche Sätze genannt, mein Lieber...«

Sie schwieg eine Weile, dann aber traf mich ein mißbilligender Blick:

»Theo, du siehst schlecht aus und bist mager geworden... Warst du krank?... Hat Teta nicht gut für dich gekocht?...«

»Teta nicht gut kochen?... Sie ist ein Star, der niemals indisponiert ist... Übrigens, ich hab in diesen Tagen mit Teta Bekanntschaft geschlossen und bin ihr nähergekommen...«

»Was du nicht sagst?... Nähergekommen?... Der ist noch niemand nähergekommen...«

Ich wunderte mich über die leichte Schärfe in Livias Ton:

»Dieses alte Hausmöbel«, fragte ich. »Sie hängt doch an dir und euch allen... Sie sieht aus wie die sprichwörtliche Treue...«

»Ja, treu ist sie... Treu gegen sich selbst nämlich...«

»Wie? Und die Kinder? Sie sind unter ihren Augen groß geworden... Die Kinder liebt sie doch...«

Livia legte ihre Handarbeit auf den Tisch. Sie sah ziemlich nachdenklich in den Park hinaus:

»Wenn die Kinder«, sagte sie, »und wir alle morgen aus der Welt verschwinden, die liebe Teta wird uns kein warmherziges Angedenken bewahren...«

»Ich hätt mir wahrhaftig nicht gedacht, daß du über diese Perle zu klagen hast, Livia...«

Sie runzelte angestrengt ihre glatte, reine Stirn, wie immer, wenn ihr Wahrheitssinn durch eine ungenaue Redewendung beleidigt wurde:

»Zu klagen«, wiederholte sie. »Es ist nicht das richtige Wort. Zu klagen hätt ich zwar auch, Teta ist unverträglich, die Mädchen kommen mit ihr nicht aus, sie ist habgierig, sie läßt sich von den Lieferanten bezahlen, sie verrechnet nicht gerade mit erschütternder Redlichkeit, sie schafft von allen guten Sachen ihren Raubteil auf die Seite, sie verwöhnt in aufreizender Weise den Wolf, diese ekelhafte Bestie... Das alles aber interessiert mich nicht sehr, weil Teta, wie du sagst, ein Küchenstar ist und von früh bis in die Nacht arbeitet, auch jetzt noch als alte Frau... Mich störts aber, wenn du es vielleicht auch für dumm halten wirst, mich störts, daß seit zwanzig Jahren in meinem Haus ein Ewig-Fremder herumläuft, eine ganz und gar teilnahmslose Person, die nicht warm wird, und der gegenüber auch ich nicht warm werden kann...«

»Ein Ewig-Fremder, der im Haus herumläuft«, lachte ich, »da könnt auch ich mich getroffen fühlen...«

»Überschätz dich nicht, lieber Theo«, sagte Livia ernst. »Du hast nur kurzfristige Arbeitspläne für ein oder zwei Jahre. Teta aber hat einen Lebensplan, der über ihren Tod hinausreicht. Es ist ein Lebensplan bis in alle Ewigkeit, und das ist wirklich keine Phrase... Teta ist in ihrer Art grandios und ich fühl mich ihr nicht immer gewachsen...«

Bei diesen Worten trat mir die Photographie des jungen Geistlichen, die über dem Bett der Köchin hing, deutlich vor Augen:

»Vor ein paar Tagen«, sagte ich, »hab ich ihr Zimmer gesehen...«

»Wie?! Das ist dir gelungen«, verwunderte sich Livia. »Teta sperrt ja die Tür ab, wenn sie ihre Bude nur für zwei Minuten verläßt. Alle im Haus lachen darüber... Ich selbst, die Hausfrau, bin nur zweimal in all diesen Jahren in die holde Kemenate vorgedrungen, einmal, als Teta krank war, und das andere Mal, als ich mit unerschrockenem Mute darauf bestand, daß auch bei ihr die Wände frisch gestrichen werden...«

Ich vergegenwärtigte mir den starken Eindruck von Festigkeit und Geschlossenheit, den ich nicht nur durch das Wesen, sondern auch durch die Kammer der alten Magd empfangen hatte:

»Sie muß äußerst religiös sein, diese Teta«, meinte ich. »Das Heiligenbild an der Wand... Und dann hab ich ein interessantes Gespräch belauscht zwischen ihr und dem Herrn Bichler, diesem patenten Freidenker, der sich soeben mit bestem Erfolge aus einem Kommunisten zum Nazi entwickelt hat... Teta hat übrigens in diesem Gespräch hoch gesiegt, zehn zu null mindestens...«

Livia blickte noch ernster und versonnener drein als vorhin:

»Ja! Teta ist religiös«, sagte sie, »in einem ganz unvorstellbaren Sinn religiös... Nicht nur wir könnten sie darum beneiden, sondern sogar jeder wirklich Gläubige. Bei ihr gibts darin keine Sentimentalitäten, keine halben Gefühle, keine Unbestimmtheiten, ja selbst das Wort Glauben genügt nicht. Für sie sind all diese Dinge, die unsereins solche Schwierigkeiten machen – wie soll ichs dir nur sagen –, bombensicher sind sie für Teta und fest ausgemacht und unabänderlich und körperlich real wie dieser Tisch hier oder wie der Fahrplan der Eisenbahn...«

»Einen Augenblick, Livia«, unterbrach ich sie, »Teta hat einen Sohn, einen unehelichen Sohn natürlich. Für den lebt und stirbt sie. Er ist der hübsche Geistliche auf dieser Photographie überm Bett. Und mit ihm hängt das zusammen, was du ihren Lebensplan nennst...«

Livia lachte spöttisch auf:

»Wie doch die Literatur immer hinter dem Leben zurückbleibt, armer Theo... Teta ist eine unberührte Jungfrau, garantiert... Aber daß ihr Lebensplan mit dieser Photographie zusammenhängt, das hast du schon prophetisch erraten... Ich werd jetzt ihr Vertrauen mißbrauchen, denn ich glaub, außer mir hat sie keinen Menschen in ihren Lebensplan eingeweiht... Das aber ist auch nur wegen gewisser Briefe geschehen, in denen sie sich nicht gut ausgekannt hat...«

Livia blickte sich zweimal um, ziemlich scheu. Dann fing sie mit gedämpfter Stimme zu erzählen an.

Hier folgt nun ein Abriß von Teta Lineks Lebensplan. Ich entnehme ihn nicht nur Livias Bericht, wie er mir von jener schönen Sommerstunde her in Erinnerung geblieben ist, sondern kann ihn durch die Mitteilungen des Kaplans Johannes Seydel ergänzen, mit dem ich vor einiger Zeit in Paris Freundschaft geschlossen habe. In solchen Fällen sagt man mit Recht: »Die Welt ist klein.« Seydel ist der nämliche Geistliche, welcher der alten Magd in den letzten Tagen ihres Lebens und Sterbens Beistand geleistet hat. Die Argwöhnische und Verschlossene hat ihm ihr Herz geöffnet und sämtliche Dokumente ihres Erdenwallens hinterlassen. Er bewahrt als ein merkwürdiges Andenken an einen merkwürdigen Menschen die bewußten Briefe auf, von denen sogleich die Rede sein wird. Johannes Seydel, achtundzwanzig Jahre alt, das Idealbild eines katholischen Seelsorgers und Menschenfreundes, lebt nun – wie könnt es bei ihm auch anders sein – in der Verfolgung und in der Verbannung.

Die Argans waren Teta Lineks siebenter und letzter Posten. Das beweist, daß sie in ihrer fünfundfünfzigjährigen Dienstzeit nur ganz selten ihren Arbeitsort wechseln mußte und trotz der von Livia angedeuteten Untugenden sich die dauerhafteste Zufriedenheit ihrer Brotherren von Anfang an erwarb. Sie kam wie so viele ihresgleichen als fünfzehnjähriges Bauernmädel aus dem mährischen Lande in die Residenz der damaligen Monarchie. Ihr Geburtsdorf hieß Hustopeč. Den Aufstieg vom Abwaschmädel zur »perfekten Köchin« und dann zur Diva ihrer Kunst hatte Teta außer ihrer Begabung verschiedenen Eigenschaften zu danken, die bei den strengen Hausgebieterinnen hoch in Gunst standen. Sie schmuggelte niemals Männer ins Haus, uniformierte Männer gar, auch in ihrer blühenden Jugend nicht. Sie kam niemals wie andere Dienstmädchen von ihren Ausgängen nach Mitternacht heim, in verwahrlostem Zustand, mit zerzausten Haaren, ein unordentliches Lachen auf den betrunkenen Zügen. Sie verzichtete zumeist auf diesen ihr allwöchentlich gebührenden Ausgang und verbrachte den Sonntag in ihrem Kämmerlein, immer zu Diensten stehend. Daß sie täglich um sechs Uhr zur Morgenmesse ging, störte keineswegs die Hausordnung, sondern brachte Teta schon sehr früh in den vertrauenerweckenden Ruf frommer Würdigkeit. Auch wurde sie nur ziemlich selten von Angehörigen heimgesucht. Davon gab es in der Hauptstadt eine ansehnliche Menge, die erst durch die Macht der Jahre auf zwei Frauenspersonen herabgemindert wurde, die beiden Schwestern Tetas. Sie aber besaß nur sehr wenig Familiensinn. Auch lag der Dienerin eine seltsam strenge Auffassung ihres Berufes seit Generationen im Blute. Sie empfand Familienbesuch im Hause der gnä' Herrschaft als ungehörig und der guten Sitte widersprechend.

Damals – sie hatte bereits ihr vierzigstes Jahr erreicht – war sie bei dem Herrn Sektionsrat im Unterrichtsministerium Slabatnigg in Dienst. Eines Sonntags im Juli, die Herrschaft war glücklicherweise ausgegangen, erschien ein ländlich gekleidetes Weib bei ihr, das einen zehnjährigen Jungen an der Hand führte. Sie erkannte nicht sofort die Witwe ihres jüngst verstorbenen Bruders Mojmir Linek. Kein Wunder, hatte sie doch diese Frau nur zweimal im Leben gesehen. Dem Bruder Mojmir wahrte Teta keine sehr achtungsvolle Erinnerung. Er war niemals über Hustopeč hinausgekommen, hatte dort sicherem Vernehmen nach den ererbten Hof vertrunken und sich schließlich als gemiedener Orts-Alkoholiker mit irgendwelcher Flickschusterei bis zum verdienten frühen Ende fortgebracht. Ohne Wohlwollen betrachtete die Tante den kleinen Neffen, der Mojmir hieß wie sein Vater und sie aus eigentümlich verschwollenen Schlitzaugen eindringlich abschätzte.

»Es ist ein Elend«, jammerte die Witwe, »mein Alter hat immer gewollt, daß aus dem Mojmir da was wird, ein Herr Doktor oder so, denn gescheit ist dir das Bübchen und zu gut fürs Land, und es war sein letzter Wunsch, der Arme, Gott verzeih ihm, und du bist doch die Schwester und ledig und hast gute Stellungen und Ersparnisse...«

»Woher weißt du, daß ich Ersparnisse hab«, fuhr Teta auf. »Ich hab keine Ersparnisse, mit Erlaubnis...«

Die Mutter aber schob den Knaben vor, drückte mit der Hand sein bäurisch widerstrebendes Scheitelhaar nieder und nestelte erregt an seinem Feiergewand herum:

»Schau dir doch nur das Bübchen an, Schwägerin, den Sohn deines einzigen Bruders... Was soll ich tun, daß der letzte Wunsch vom Seligen in Erfüllung geht... Der Herr Lehrer sagt, so einen wie den Mojmir da gibts in der ganzen Schul nicht zweimal... Er kann dir alles auswendig... Steh grad, Bub, und sag dem Tantchen etwas auf...«

Mojmir streckte sich, schnupfte den Rotz hoch, machte eine kurze Verbeugung und begann über Stock und Stein ein Gedicht herzuplärren mit seiner krähenden Knabenstimme, von der die erstaunte Küche des Hofrates Slabatnigg hell erschallte. Es war ein Gedicht des Dichters Neruda und hieß ›Die Mittagshexe‹. Er hatte noch kaum geendet, als ihn der zwinkernde Blick der Mutter mahnte, diesem Gedicht in Tetas schon halb vergessener Muttersprache ein zweites in bestem Deutsch folgen zu lassen. Darauf plärrte der Junge Schillers ›Alpenjäger‹ in entschlossenem Geschwindschritt her:

»Willst du nicht das Lämmlein hüten?
Lämmlein ist so fromm und sanft.
Nährt sich von des Grases Blüten,
Spielend an des Baches Ranft.«

Nach dem schallenden Vortrag blickte er Mutter und Tante lohnheischend an wie ein Musikant, der jetzt mit dem Teller einsammeln gehn will. Teta aber gab kein Lobenswort von sich, sondern zog den Jungen zum Fenster, hob sein Kinn hoch und betrachtete sein sommersprossiges und inhaltsloses Gesicht mit fragender Eindringlichkeit. War er wirklich so stürmisch und kühn wie der Knabe in dem Gedicht, der Gemsenjäger werden wollte und sonst nichts anderes? Die Mutter, durch diese Prüfung unruhig gemacht, zischte ihm etwas zu, und Mojmir leierte sofort folgenden eingelernten Satz herunter:

»Wenn das liebe Tantchen uns hilft, dann will ich auch recht brav sein und mich dem lieben Tantchen bis zum Lebensende stets dankbar erweisen.«

»Wie kann ich euch helfen«, brummte Teta, »ich bin arm wie ihr...«

Dann aber ging sie zum Herd, wärmte Kaffee auf, zog unter ihrem Bett einen beiseitegeschafften Gugelhupf hervor und servierte ihren Gästen den Imbiß. Der kleine Mojmir entwickelte für sein Alter einen hochansehnlichen Appetit und bat dreimal um eine weitere Kuchenschnitte, wobei die beschämte Mutter Tränen in die Augen bekam und aufschluckte:

»Das muß ich sonst alles schaffen mit meiner Hände Arbeit, eine alleinstehende Witwe...«

Beim Abschied aber, nachdem sie sich die ganze Zeit über

kühl und ziemlich unzugänglich verhalten hatte, sagte Teta plötzlich:

»Wegen dem Buben da werd ich mit der gnä' Frau Hofrätin bittlich sprechen...«

Zuletzt holte sie eine Nickelmünze hervor und steckte sie dem Mojmir zu. Die Hand des Jungen schloß sich schnappend um das Geldstück wie der Rachen eines Raubfisches.

In Erfüllung ihres Versprechens trat Teta am nächsten Tage festlich gekleidet und mit ihrem umständlichsten Knicks in den Salon der Gebieterin. Diese neigte der Bitte ihrer Magd freundlich das Ohr und erwirkte bei ihrem Gemahl, dem Sektionsrat des Unterrichtsministeriums, daß der Linek Mojmir aus Hustopeč einen Freiplatz am Gymnasium und Internat zu Olmütz erhielt. Während Teta nämlich im Lichte des Küchenfensters das sommersprossige und inhaltslose Knabengesicht betrachtet hatte, war in ihrer Seele der große, bisher nur undeutlich umträumte Lebensplan zu fester Gestalt gediehen.

Mit vierzig Jahren hatte Teta bereits dasselbe Altfrauengesicht wie später mit sechzig. Sie erfuhr demnach an sich selbst, wenn sie in den Spiegel schaute, die bedenkliche Kürze dieses Erdenlebens. Ein Tag folgte dem andern, zuerst in gemächlichem, dann in beschleunigtem Ablauf, und kein Tag unterschied sich vom andern. Es war immer dasselbe: Erwachen, Ankleiden, Morgenmesse, Feuermachen, Frühstückkochen, Aufräumen, Einkaufengehen, Mittagessen zubereiten, Geschirrwaschen, Tee oder Kaffee am Nachmittag, die verausgabten Summen zusammenrechnen, Abendessen richten, Geschirrwaschen, die Küche säubern, Schlafengehn. Teta beklagte sich keineswegs über diesen eintönigen Wandel. Sie arbeitete gern. Sie konnte nicht behaupten, daß dieses Leben für sie ein Jammertal war. Den meisten andern Weibern erging es weit schlimmer. Die hatten zu aller Plage noch Not und Tod im Haus, Lungerer oder Trunkenbolde oder Arbeitslose oder Kriegssoldaten oder verkommene Heimkehrer als Männer, Fehlgeburten, kranke Kinder, alle paar Jahre eine Leiche auf der Bahre und tagaus tagein nichts als Gefrett und Unglück. Wenn auch dergleichen Schreck und

Schmerz Teta erspart blieb, so fühlte sie doch, daß ihr mit all diesen bösen Dingen zugleich etwas entging, was die unglückseligste Ehefrau im Umkreis besaß, mochte sies auch allstündlich verfluchen. Die Ungebundenheit, zu der sich Teta lebhaft bekannte, enthielt zweifellos neben dem Gleichmaß und der Sorglosigkeit ihrer Tage eine gewisse Ödigkeit, die sich zumeist an Sonn- und Feiertagen bemerkbar machte. Teta war daher Mitglied des Vereins katholischer Jungfrauen geworden, und das Ansehen, das sie sich unter ihren Bundesschwestern dort erwarb, bildete eine Milderung jener Öde und brachte in späteren Jahren manche Anfälligkeiten der früheren Zeit zum Verschwinden. Doch wie mans auch nimmt, das Leben war, was es ist. Vor allem wars aber gar nicht das eigentliche Leben, sondern nur eine sonderbare Unterbrechung, eine Art Ausflug oder Urlaub, in den man zu unbekanntem Zweck gesandt wurde. Das lehrten die geweihten Männer, die hoch über allen anderen Menschen standen und die es daher wissen mußten. Das eigentliche Leben begann nachher.

Für dieses wahre Leben nun galt es klug vorzusorgen, denn was bedeuteten siebzig immer kürzere Jahre gegen den dauernden und unkündbaren Posten, den der Mensch anzutreten hatte, wenn es so weit war? In die Ewigkeit nämlich konnte man vom Urlaub nicht ohneweiters heimkehren, so, als sei nichts Wichtiges vorgefallen. Gewisse Hindernisse stellten sich dieser Heimkehr in den Weg. Die drei Aufenthaltsorte drüben standen der Wahl des Heimkehrenden nicht frei. Von dem untersten, dem feuerpeinlichen, schützte in hohem Grade die Beicht und Buße und Kommunion. Teta wußte genau, daß sie keine schneeweiße Seele habe und alle Tage unverbesserlich ihre Köchinnensünden begehe. Doch sie empfing fleißig die heiligen Gnadenmittel, die sie zeitweilig von den unerbittlichen Folgen lossprachen, und hoffte fest, daß sie nicht für so schlecht erkannt sei, daß der Tod ihr werde in unabsolviertem Zustand auflauern dürfen. Immerhin! Etwas ganz Bestimmtes konnte man nicht wissen und mußte sich daher versehen jederzeit. – Was den mittleren Ort, das Fegfeuer betrifft, so war es klar, daß keine arme Seele dieser vermutlich sehr unbehaglichen Reinigungsstätte entgehen konnte. Teta besaß darüber traumhafte, aber doch ziemlich ausgebildete Vorstellungen. Eine ungeheure Badeanstalt mochte sich an jenem Orte befinden, wo anstatt des Wassers hellblau flüssiges Feuer wie von Weingeist in die Wannen läuft und aus den Duschen sprüht, wobei die betroffenen Seelen mächtige elektrische Bürsten ausgiebig zu spüren bekommen. Der Gedanke an diese unumgängliche Notwendigkeit war ihr durchaus nicht erwünscht, aber Wirksames ließ sich dagegen nicht unternehmen, und schließlich war die Reinigung der Seelen zeitbegrenzt und setzte deren ungehinderten Aufstieg in die dritte, einzig erstrebenswerte Wohnstätte voraus. Denn nur um den Himmel dort oben ging es. Ihn mußte man, solange es noch Zeit war, hier unten verdienen und den endgültigen Sitz gegen alle Gefahren sichern. Was aber war dieser Himmel, an dessen Blau man sich tagsüber freute und dessen Sternenmantel man nachts mit einer heimlichen Furcht betrachtete? Der Mensch besitzt, seiner düsteren Veranlagung gemäß, weit mehr Vorstellungsgabe für das Grausige als für das Wonnige. Bekanntlich ist Dantes Hölle viel plastischer geraten als sein Paradies. Auch Teta hatte von dem seligen Wohnort in der blauen Höhe, um den sie mit kluger Umsicht bemüht war, nur ein sehr unbestimmtes Bild. Am ehesten noch dachte sie an eine schwebende, licht gebaute Großstadt mit einer unermeßlichen Anzahl hübscher Pensionen mitten in weiten Gartenanlagen, wo jede Seele ein klösterliches, aber komfortables Zimmerchen besaß, in dem man sich des nunmehr unverwundbaren Daseins freuen durfte. Alle Verstorbenen ihrer Art waren somit Pensionäre Gottes, die weder an Erwerb denken noch Miete bezahlen mußten. Ob im Himmel immer nur Sonntag herrschte oder ob dort wegen des Zeitvertreibs auch eine Werkwoche eingeführt war, das blieb dahingestellt. Die Hauptsache aber, um die es ging: das liebe Ich war dort für alle Ewigkeit gerettet. Teta, wie sie leibte und lebte, die vollzählige, die vollinhaltliche Teta ohne den geringsten Abstrich, die leiseste Änderung, Teta, wie sie an sich selbst gewöhnt war von Kind auf, sie würde drüben aufgehoben sein, ohne befürchten zu müssen, auch nur die kleinste Kleinigkeit ihres Wesens zu verlieren. So besehen büßte der irdische Tod, der ja nur das unterbrochene eigentliche Leben wiederherstellte, all seine Schrecken ein.

Freilich, dieses himmlische Ziel sich auf Erden zu verdienen, das konnte nur einem Schwachkopf leicht erscheinen. Eine mißtrauische und berechnende Seele war sich der unaufhörlich vom Bösen Feind entsandten Gefahren bewußt, die sie ins Verderben zu reißen suchten. Wie aber diesen Gefahren begegnen?! Da gab es vor allem als bestes Hilfsmittel die pünktliche Erfüllung der religiösen Pflichten, die man womöglich noch um freiwillige Lasten vermehrte. Gut! Diese Pflichten gingen in Fleisch und Blut über mit der Zeit. Daß sie dies aber taten und im Lauf der Jahre, anstatt ein Opfer zu bedeuten, sich in eine unentbehrliche Gewohnheit, ja zu einer stetigen Freudigkeit entwickelten, das verminderte in den Augen eines skrupelhaften Gewissens den Wert ihres Verdienstes. Es standen daher noch die sogenannten »guten Werke« als Hilfsmittel des Heils zur Verfügung. Mit diesen guten Werken aber war es schlimm bestellt. Zum ersten: die Gelegenheit, solche zu vollbringen, zeigte sich äußerst selten. Und zweitens: bot sich einmal diese seltene Gelegenheit, so versagte zumeist das schwache Fleisch. Welchen Kraftverbrauch kostete es schon, eine Sünde nicht zu begehen, der Hausfrau zum Beispiel die frischen Erdbeeren zum richtigen Marktpreis anzurechnen, ohne ein paar Groschen aufzuschlagen? Dieses negative Exempel beweist schon, was für unerschwinglichen Aufwand eine echte, aktive, gute Tat voraussetzt. Da muß der Verstand sich verdunkeln, das Herz überlaufen und gegen den eigenen stets aufbegehrenden Vorteil handeln. Die alte Jungfrau konnte ihre guten Taten an den Fingern einer Hand abzählen. Sie genügten nicht. Nein, um sich des Himmels gegen die unaufhörliche Gefährdung zu versichern, galt es, einen radikaleren, einen praktischeren Weg einzuschlagen. Hatte nicht der Herrgott selbst einen Mittler herabgesandt, um den Menschen, die sich mit den vielen Sünden und den wenigen guten Taten abplagten, zu Hilfe zu kommen? Konnte man diesem großen Beispiel nicht folgen und sich durch einen privaten Mittler im Himmel gewissermaßen einkaufen?

Diesen Einfall hatte Teta freilich nicht den obigen Worten gemäß, doch sie hatte ihn der Sache nach, als sie das leere Bubengesicht Mojmir Lineks musterte. (Wars übrigens so leer, dieses Gesicht? Hatte nicht aus den verschwollenen Schlitzaugen Verständigkeit und allerlei Wissen gefunkelt? Und die Stimme war hell und schallend und zu beschwörender Rede wohlgeeignet.) Teta beschloß: dieser Neffe soll mein Mittler werden, damit mir der Himmel nicht verlorengehe. Sie wollte all ihre Ersparnisse dreingeben und knapsen und knausern noch mehr als bislang, um ihn zu nähren und zu kleiden, um für das Studium aufzukommen bis zum Tag seiner Primiz. Das war ein frommes Werk und eine gute Tat in einem. Zu guter Letzt aber hoffte sie, in Mojmir einen ihr persönlich zugeteilten Priester zu besitzen, der in unermeßlicher Dankbarkeit und Treue bis zu seinem eigenen späten Hinscheiden für sie lesen werde zahllose hl. Seelenmessen, diese Aufrichtung und köstliche Labe der Toten, solange sie ihren endgültigen Wohnsitz noch nicht bezogen haben. Damit aber würde auch das bittere Schicksal aller alten Junggesellen und Jungfrauen für sie abgewendet sein: die heillose Vergessenheit und Verlassenheit nach dem Absterben.

Unverzüglich ging Teta mit der ihr eigenen zielbewußten Zähigkeit an die Verwirklichung des großen Lebensplanes, der ihre bescheidene Person bis über den Jüngsten Tag hinaus vor der Vernichtung bewahren und ohne Abbruch in der ihr gewohnten Form verewigen sollte. Von Stund an kaufte sie ihre Gewänder und den dazugehörigen Stoff nicht mehr selbst, sondern kleidete sich aus den Weihnachtsgeschenken und aus der altersmürben Garderobe ihrer Gebieterinnen, denen sie dies und jenes abzubetteln verstand. Oft saß sie bis in die Nacht auf, um mit ihren eigenen Händen diese Kleidungsstücke für sich umzuschneidern. Sie verzichtete auf die kleinen Vergnügungen und Erleichterungen des Lebens, als da sind ein Bierchen oder ein Schnäpschen nach der Morgenmesse und die Benützung der Trambahn, um auf den Markt zu fahren. Kein Bettler und kein Leiermann erhielt mehr sein in Papier gewickeltes Kupferstück in den Hof hinabgeworfen wie früher, er mochte selbst ihre Lieblingsstücke singen und dudeln, solange er wollte. Teta brachte es zustande, keinen Heller auszugeben. Die nichtigsten Gegenstände bekamen einen aufgeblähten Wert für sie. Jeder Fetzen und jeder Faden wurde aufgehoben, und sie mußte mit sich kämpfen, bevor sie eine leere Schachtel oder Blechdose fortwarf. Mit der umsichtigen Findigkeit eines zünftigen Räubers ließ sie vom Tisch der Herrschaft einen erklecklichen Anteil verschwinden und verstaute ihn in ihrem Kasten oder unterm Bett. Die haltbaren Speisen sandte sie wohlverpackt nach Olmütz. Ihr zukünftiger Vertreter vor dem Thron des Höchsten sollte wohlgenährt sein und stark, wie es sich geziemte. (Das Porto der Post aber zählte nicht zu den Unkosten ihres hiesigen, sondern ihres jenseitigen Lebens.) Die leicht verderblichen Speisen, die sie selbst nicht bezwingen konnte, verschimmelten im Versteck. Teta kam schnell in den Ruf eines beispiellosen Geizes und einer wüsten Raffgier. Mit Unrecht. Die Verwandlung eines armen Proleten oder Bauernjungen in einen studierten Herrn kostet unglaublich viel Geld, selbst wenn der Staat den Kandidaten vom Schulgeld befreit und ihn in einem Internat notdürftig verköstigt. Am Ersten jeden Monats mußte Teta mindestens vierzig alte gute Goldkronen bereitstellen. Wenn man bedenkt, daß zu dieser Zeit ihr Lohn aus fünfzig oder höchstens sechzig solcher Kronen bestand, wird man ihren Geiz ganz anders beurteilen. Dazu kam noch, daß der Neffe Mojmir neun Jahre brauchte, um die acht Klassen des Gymnasiums zu vollenden. Die vierte mußte er wegen völligen Versagens in mehreren Fächern und wegen einer bedenklichen Sittennote wiederholen. Er war nach Vorschrift der Schulordnung in hochnotpeinlicher Gefahr, seinen Freiplatz zu verlieren, und nur der Intervention des guten Hofrates Slabatnigg gelang es, Tetas Lebensplan vor einem allzu frühen Scheitern zu bewahren. Welche mütterliche Liebe einer Kinderlosen zu dem Sohn einer andern, dachte der Hofrat gerührt, der im Nebenamte kleine Novellen in der ›Salonzeitung‹ und im ›Fremdenblatt‹ zu veröffentlichen pflegte. Er konnte freilich nicht wissen, daß Teta für ihren Neffen nicht nur keine Liebe empfand, sondern überhaupt kein persönliches Interesse. So bangt im Kriege ein Befehlshaber für den Untergebenen, nicht um seiner selbst, sondern um des Auftrags willen, den dieser auszuführen hat.

Als nach der mit Ach und Krach bestandenen Reifeprüfung der Neffe in das Seminar der Prämonstratenser zu Prag eintrat, brach der Weltkrieg aus, und er wurde in den ersten Wochen »einrückend gemacht«. Tragische Unterbrechung. Sie kostete Geld und Geld, mehr denn je. Teta durfte nicht dulden, daß der mit solchen Opfern erkaufte Mittler dem wahllosen Kriegstode ausgesetzt und ihre himmlische Zukunft von einer Granate zerrissen werde. Sie diente damals – es war ihr vorletzter Posten – bei einem bekannten Mediziner, der als Universitätsprofessor den militärischen Rang eines Stabsarztes bekleidete. Die Seufzer und Tränen der Magd wirkten auf diesen Mann nicht anders, als sie auf den guten Hofrat gewirkt hatten, obwohl der Arzt keine Novellen, sondern in der ›Medizinischen Wochenschrift‹ Artikel über verschiedene Wurmleiden veröffentlicht hatte. Mojmir wurde nach einigen Monaten vor eine Musterungskommission gestellt, nicht mehr für frontdiensttauglich befunden und aus der Feuerlinie in irgendeine Kanzlei der Etappe versetzt. Teta atmete auf und sandte dem Schützling weiter »Liebesgaben« und Bargeld, denn es war Krieg, und ein angehender Priester sollte auch als Soldat gesund und standesgemäß leben.

Damit waren vier Jahre verloren, und das kostspielige Studium der Theologie mußte von vorn beginnen. Nach einiger Zeit erhielt Teta einen Brief, der wie alle Briefe des Neffen in einer begeisternden Schön- und Rundschrift abgefaßt war, deren Anblick die Magd stets mit Befriedigung erfüllte, bewies sie doch als ein äußeres Zeichen die gedeihliche Anwendung ihrer Opfer. In diesem Briefe bekannte Mojmir, daß er das Alumnat der Prämonstratenser verlassen habe, um seine Studien auf eigene Faust zu vollenden. Er besitze, so hieß es wörtlich, eine freie und schwärmerische Seele, die nicht zum Ordensmanne und Stiftsherrn tauge, sondern dem Herrgott, der hl. Kirche und dem teuren Tantchen weit besser als Weltpriester und praktischer Seelsorger hoffe dienen zu können. Sein Ideal sei es, in einer weltverlorenen Pfarre oder in einer Arbeitergemeinde den armen Menschen in ihren Nöten beizustehen. Als nicht-inkorporierter Weltgeistlicher sei er ferner viel weniger an den Willen seiner Oberen gebunden und könne sich daher, sollte es einmal notwendig werden, der Pflege des teuren Tantchens mit ungeteilter Innigkeit widmen. Teta erschrak zwar anfangs über diese Eröffnung, da sie einen ausgesprochenen Eigensinn und Hang zur Unordnung bekundete, der ihr schon während des Neffen Gymnasialzeit mehrfach zu Ohren gekommen war. Andrerseits aber erschienen ihr die in dem Briefe angeführten Ideale recht lobenswert, und von der verzwickten Organisation des kirchlichen Lebens verstand sie nicht viel. Arg wars nur, daß Mojmirs Entschluß eine begreifliche Erhöhung der Monatskosten verursachte. Teta tat, was sie konnte, und sandte nunmehr das Geld regelmäßig an eine private Anschrift in einer Prager Vorstadt. Wie arme Leute so oft, war der Student von Pech verfolgt. Da er sich nur unzureichend ernähren konnte, erkrankte er an einem schweren Darmleiden und mußte sich im Allgemeinen Krankenhaus zweimal einer gefährlichen Operation unterziehen, die ihn, wie er verzweifelt schrieb, um volle zwei Semester zurückwarf. Da Teta aber Wochen lang um sein Leben gezittert hatte, die Briefe aus dem Spital nur unter Stoßgebeten öffnend, war sie am Ende noch heilsfroh, nur mit dem Verlust eines Studienjahrs davonzukommen.

Merkwürdig genug ists, daß Teta den mit der Wahrung ihrer himmlischen Zukunft Beauftragten nur ein einzigesmal zu Gesicht bekommen hatte, damals nämlich, als er, ein sommersprossig-rotznäsiger Bauernjunge, sie an Mutters Hand in der Küche des Hofrates Slabatnigg heimgesucht hatte. Dafür aber gabs Gründe die Menge. Eine Magd, die nie auch nur einen Tag Urlaub nahm, konnte sich weite Reisen nicht leisten. Das sauer Erworbene und noch saurer Abgegeizte durfte wahrhaftig nicht überflüssig vertan werden. Wo hätte sie ferner den Jungen, wär er zu ihr in die Stadt gekommen, unterbringen sollen? Es war ganz in der Ordnung, daß Mojmir seine Schulferien bei der Mutter in Hustopeč verbrachte, in guter Luft also und zu bäurischer Arbeit angehalten, die Körper und Charakter festigt. Über all diese vernünftigen Gründe hinaus hegte Teta jedoch nicht den geringsten Wunsch, den Gegenstand ihrer Entbehrungen vor der Zeit zu begrüßen. Mojmir Linek war gewissermaßen nichts als eine Idee, die sich in ihm zu personifizieren hatte. Er sollte gehämmert und geschliffen werden in langen Jahren, damit er eines Tages durch die Weihe berufen sei, ihr im Sinne des Lebensplanes das Genossene abzugelten. Für weiche Empfindungen blieb in solch ernster Sache kein Raum, und daß der von ihr Berufene ein ganz bestimmter Mojmir und ihr eigener Neffe war, das ließ sie ziemlich kalt.

Nur in einem einzigen Punkte konnte sie einen heftigen Wunsch nicht unterdrücken. Wenn auch das Studium durch die bedauernswerte Anfälligkeit Mojmirs sich schon ins fünfte Jahr hineinzog, einmal mußte doch die große Stunde der Ordination, der Priesterweihe kommen, in der sich ein gleichgültiger junger Mann durch das Handauflegen des Oberhirten wundersam in ein fast überirdisches Wesen verwandelt, um daraufhin aus erschütterter Seele sein erstes heiliges Meßopfer darbringen zu dürfen. Wars nicht eine verführerische Vorstellung, bei dieser ersten Messe sich gegenwärtig zu träumen und süßklopfenden Herzens sich des Werkes zu freuen, das man mit zäher Unnachgiebigkeit zustande gebracht hatte? Dann wird der dankbewegte Primiziant sein reinstes Gebet für die Wohltäterin einflechten, womit der eigentliche Teil des großen Lebensplanes ins Stadium der Erfüllung tritt. Sollte man sich das Geschenk einer solchen Feierstunde, die einzig im Leben ist, entgehn lassen, zumal nachher mit der Amtserhebung des jungen Priesters die Zeit der Opfer beendet sein und man sich wird wiederum ein bißchen rühren dürfen? Im Hinblick auf diese Stunde kämpfte in Tetas Seele die eingefleischte Sparsamkeit einen harten Strauß mit dem Wunsche, der Erstmesse eines Priesters beizuwohnen, der dieses nicht minder von ihren als von Gottes Gnaden war.

Der Neffe selbst bewies die Rücksicht, diesen Kampf aus eigenem zu entscheiden. Und er entschied ihn im Sinne der Sparsamkeit. Gegen Ende seines zwölften Semesters kündigte er seine nahe Ausweihung an, ließ aber Zeit und Ort im unklaren. Eines Tages in Grafenegg – Teta hatte längst schon ihren Posten bei den Argans angetreten – empfing sie in eingeschriebener Sendung das Bild des jungen Geistlichen im Chorrock, einen Rosenkranz, mehrere kleinere Heiligenbildchen und ein auf dem Papier des erzbischöflichen Ordinariats verfaßtes Zeugnis, worin dem Mojmir Linek von einer unleserlichen Unterschrift das Allerbeste nachgerühmt wurde. Ein prächtiger Brief lag bei, der für den Zartsinn des Geweihten kein schlechteres Zeugnis ablegte, als es das amtliche war. Das Tantchen sei nicht mehr jung, hieß es in dem schönen Brief, und abgeplagt und befinde sich mit der Herrschaft zur Zeit auf dem Lande, wohl mehr als zwanzig Schnellzugstunden von dem trauererfüllten Neffen entfernt. Er habe unter bitteren Tränen eine schlaflose Nacht verbracht, ehe er sich dazu entschloß, seinen großen Ehrentag zu begehen, ohne Tantchen vorher zu verständigen. Die Verantwortung aber habe er nicht auf sich nehmen können, in dieser unerträglichen Sommerhitze seine zweite Mutter einer solchen Reise auszusetzen, wobei Tantchen vermutlich bereits am nächsten Tage unter denselben Strapazen wieder hätte heimkehren müssen, vorausgesetzt überhaupt, daß auf einem vornehmen Landsitze ein Urlaub statthaft sei zurzeit. Der Gedanke an eine durch diese Reise hervorgerufene Erkrankung Tantchens einerseits, sowie an eine Mißstimmung der Herrschaft andererseits, wäre ihm schwer auf der Seele gelegen. Als er aber zum ersten Male als Zelebrant an den Altar trat, da habe er sich kaum aufrechthalten können vor Wehmut in der Freude. Überall habe er sie gesehen, die Urheberin seiner Auserwählung, sie, die er kaum kenne. Schon während des Introitus sei ihm das erste stille Gebet für die Wohltäterin aus der Seele gedrungen.

Ihm sei, so fuhr er fort, eine Stelle als Kooperator in Aussicht gestellt worden. Er werde dieses Amt bei einer Vorstadtpfarre demnächst in Demut antreten, aller Leiden und Prüfungen seines hohen, aber schweren Berufs gewärtig. Seine schönste Aufgabe aber wolle er stets darin sehen, Tantchen mit Inbrunst in sein tägliches Gebet einzuschließen und ihr damit geistlicherweise Dank abzustatten, um einst in späterer Zeit diesen Dank zu verhundertfachen und als Sohn mit persönlicher Fürsorge zu verbinden. Im Postscriptum dieses herzbewegenden Briefes fügte er hinzu, daß eine letzte größere Zuwendung sich leider als notwendig erweise. Seine Wäsche sei zerrissen, wie Tantchen sichs denken könne, sein Schuhwerk ohne Sohlen. Aller Mittel und jeder Hilfe bar, wisse er nicht, womit er die teuren Anschaffungen bestreiten solle, um als Gottesmann in allen Lagen würdig bekleidet und gestiefelt einherzutreten. Auch hätten sich gewisse der Armut entsprungene Schulden angehäuft, die für einen Studenten verzeihlich sind, einem Priester aber nicht wohl anstehen. Er müsse sie unverzüglich zurückzahlen, ehe er in Gottes Namen seinen Weg beginne. Alles zusammengerechnet werde er bei größter Knappheit diesmal unter einem Tausender nicht auskommen.

Teta setzte sich auf ihren Küchenstuhl und las den Brief wohl zehnmal von Anfang bis Ende durch. Die Photographie lag auf ihrem Schoß. Wenn sie sich in das Bildnis versenkte, glaubte sie aus den edlen und schmalen Asketenzügen wie von ferne, wenn auch durch Studium und Weihe verklärt, das Gesicht des Jungen durchschimmern zu sehen, der sie vor vollen achtzehn Jahren durch seine schallende Deklamation zur Verwirklichung ihres Lebensplans überredet hatte. Ernst und unnahbar war Mojmirs schönes Gesicht, daß ihr das Herz aufging davon. Ernst war sogar hinter dem Jünglingskopf das Gewölk, das die Stirn feierlich zu runzeln schien. Nun war das gute und fromme Werk getan, dessen Verdienst einzig ihr angehörte. Mußte der Herrgott selbst ihr nicht dankbar sein? Nur durch ihre entbehrungsvolle Treue wurde jetzt täglich in der Welt eine Messe mehr gelesen; eine Hand mehr spendete den Leib des Herrn aus. Sie, die Köchin Teta Linek, hatte somit die Dienerschar Christi auf Erden vergrößert und das Heil der Welt vermehrt. Sie atmete tief und bekreuzte sich. Dann aber nahm sie Brief, Bild und Zeugnis und ging damit zu Livia Argan. Sie machte ihren altgewohnten

Knicks und bat, die Gnädige möge ihr den Lohn eines Jahres im voraus und auf einmal bezahlen. Die Herrin las die Dokumente aufmerksam durch und empfing von Mojmirs Stil und den Begleitumständen einen Eindruck, über den sie selbst nicht gleich ins klare kam. Livia aber wäre nicht Livia gewesen, hätte sie die Bitte ihrer Magd abgeschlagen. So wanderte ein schöner runder Tausender zu dem jungen Priester, damit er in würdig neuer Ausrüstung sein Amt antrete.

Die Argans bezahlten, ihrer großherzigen und leichtsinnigen Art gemäß, ihr Personal besser als andere Häuser. Teta z. B. erhielt damals einen Monatslohn von hundertdreißig Schillingen. Sie war in einem gastfreien Hause, das mittags und abends nur zu oft einer Einkehrstätte glich. Dies verdoppelte und verdreifachte ihre Arbeit, so daß die Alternde manchmal gar nicht mehr nachkommen konnte. Mit verdrießlicher Hast fuhrwerkte sie in ihrer Küche herum und verfiel solcher Unpünktlichkeit, daß man ihr heimlich den Minutenzeiger der Uhr vorrückte. Andrerseits aber verging kein Tag, an dem es nicht üppige Trinkgelder regnete. Die Kasse der gewiegtesten aller Sparerinnen füllte sich daher schnell wieder auf.

Eine Zeitlang fehlten in den ebenso schwungvoll verfaßten wie kalligraphierten Briefen des jungen Kooperators die leidigen Nachschriften, obwohl in Nebensätzen jedesmal auf »Mutter Sorge« hingewiesen wurde, die ihn nicht freigab. Die Gewöhnung aber hatte sich schon so tief in Tetas Seele eingegraben, daß sie immer wieder Liebesgaben herrichtete und dann und wann auch kleine Geldgeschenke sandte. Sie tats jedoch nicht nur aus Gewöhnung und weiblicher Obsorge, sondern auch aus einer dunklen Angst, sie könnte die Verbindung mit ihrem Mittler plötzlich verlieren, dessen große Aufgabe ja noch lange nicht vollendet war. Täglich am Morgen und am Abend starrte sie sein Bild an, das nun über ihrem Bette hing, stets mit edlen Blumen geschmückt. Noch immer war in ihr keine Liebe zu dem Ziehsohn erwacht, den sie durch ihrer Hände Arbeit erworben hatte, ohne ihn mehr als ein einziges Mal im Leben gesehen zu haben. An Stelle der früheren Gleichgültigkeit aber trat jetzt eine mütterlich eitle Schwärmerei für ein geweihtes und unendlich überlegenes Wesen, das zwar nicht ihrem Schoße, dafür aber um so mehr ihrem Willensentschluß entsprungen war. Sie allein hatte es vermocht, den sommersprossigen Bauerntolpatsch in diesen ätherisch sinnierenden Jüngling zu verwandeln, der beinahe dem betenden Einsiedler auf ihrem geliebten Farbdruck glich.

So vergingen einige Jahre, in denen der Neffe in geräumigen, aber regelmäßigen Abständen über seine Gehilfentätigkeit an der Pfarrkirche von Straschnitz Bericht legte. Er klagte darüber, daß diese Tätigkeit zumeist sehr düstere Ämter beinhalte, als da sind Einsegnungen, Begängnisse, Grabreden und Seelenmessen. Auf ihm laste alle Arbeit, während die Trauergebühren und die von den Hinterbliebenen freiwillig entrichteten Geschenke zumeist den älteren Herren zugute kämen. So stehe auch hier wie überall anders das grimmige Alter der aufstrebenden Jugend feindlich im Wege. – Teta war nicht übel zufrieden mit diesen düsteren Ämtern, bildeten sie doch eine glänzende Vorschule für den wichtigsten Dienst, den der Berufene ihr selbst einst würde zu leisten haben.

Einmal wäre es fast zu einem Besuche Mojmirs gekommen. Der Neffe teilte Teta mit eifrigen Worten mit, daß er sich sehne, ihr endlich Aug in Aug gegenüberzustehen, und jetzt gerade habe er Zeit und eine billige Möglichkeit der Reise nach dort, und sein Herz poche vor Freude beim Schreiben, und das Ganze lasse sich unschwer mit zwei Hundertern höchstens bewerkstelligen. Teta warf einen langen Blick auf das Bild des Brudersohnes, dann aber setzte sie sich hin, nahm eine der gewohnten Postkarten und lehnte mit ihrer schiefen, ungelenken, kindhaften Kurrentschrift das Anerbieten dieses Besuches ab. Diese Ablehnung hatte recht verwickelte Ursachen. Ihr ganzes Wesen sträubte sich gegen eine Geldausgabe ohne praktischen Zweck sowie gegen eine freudige Begegnung, die sie sich selbst bezahlen mußte. Und dann? Würde es überhaupt eine freudige Begegnung werden? Da war eine unbehagliche Scham in ihr. Was sollte sie, die Köchin in der Küche zwischen Herd und Abwasch mit dem Hochwürdigen anfangen, mochte dieser auch seine gelehrte und geweihte Lebenshöhe nur ihr allein verdanken? Sie kostete die Lächerlichkeit vor – ein geistlicher Herr auf dem Küchenschemel – und ihre eigene quälende Verlegenheit dazu. Allzu tief lebte in ihr der angeerbte Standestakt des dienenden Volkes alter Generation. Doch darüber hinaus wars noch ein dunkleres Unbehagen, das ihr die absagende Feder führte. Hochwürden Mojmir Linek, der gehörte bisher ihren Gedanken allein. Warum sollte sie den makellosen Hochwürdigen ihrer Gedanken dem Hochwürdigen der Wirklichkeit entgegenstellen? Noch wars ja nicht notwendig. Noch nicht...

Hochwürden nahm die Zurückweisung mit freundlicher Ergebenheit hin. Tantchen habe recht wie immer, seufzte er schriftlich, der Himmel wolle es nicht leiden, daß sich die Armgeborenen ihre irdische Prüfungszeit durch die Erfüllung lieber Wünsche erleichtern. Nicht viel später aber geschah etwas Großes, das wie ein Blitz die unruhig emporstrebende Seele Mojmirs beleuchtete und Teta in heftige Erregung versetzte. Sie erhielt einen dicken unfrankierten Brief, für den sie ein beträchtliches Strafporto entrichten mußte. Ich selbst habe diesen Brief bei Kaplan Seydel in Paris gesehen. Wir unterhielten uns lange über die Geschichte der alten Magd, die einen Berührungspunkt zwischen uns bildete, eine Geschichte übrigens, in der sich eine Groteske mit einer Legende verschlingt. Ich bin daher in der Lage, diesen Brief teilweise rekonstruieren zu können. Mag auch der Wortlaut da und dort anders sein, Sinn und Ton entsprechen genau dem Original:

»Meine liebe Tante«, schrieb der Neffe, »ich bin gezwungen, Ihnen einen Schmerz zu bereiten, wie ich hoffe, das erstemal im Leben. So wehe mir dieser Schmerz selbst tut, ich kann nicht anders. Ich ertrage dieses so wenig verdienstvolle und so sehr langweilige Leben nicht länger. Noch bin ich jung. Noch ist die Flamme des Ideals nicht erloschen in mir. Zum untergeordneten Bürokraten der Letzten Dinge des Menschen fühl ich mich zu gut. Mein noch so heißes Herz treibt mich an, nach höheren Verdiensten zu greifen, die einst nicht nur mir, sondern auch

Ihnen zugute kommen sollen, Tantchen. Teile daher mit, daß ich mich unwiderruflich entschlossen habe, in die Mission zu gehen. Die Väter von Sankt Gabriel bereiten eine Expedition nach Patagonien vor. Dies ist das sogenannte Feuerland, wo aber keine Hitze, sondern große Kälte herrscht, denn es grenzt an das südliche Polargebiet. Das ist auch der Grund, warum die persönliche Ausrüstung jedes Missionars auf achtzig englische Pfunde zu stehen kommt, zwei Tausender in eurem Gelde. Damit werden nur die allernotwendigsten Bedürfnisse für drei Jahre gedeckt. Jeder Teilnehmer muß diese Summe erbringen. Für alles andere kommt Sankt Gabriel auf. Einige Posten für junge Missionare waren ausgeschrieben. Ich habe mich bereits gemeldet, verzeihen Sie mir. Meine Aufgabe wird es nicht nur sein, das Licht den Heiden zu bringen, sondern arme unwissende Wilde, die in Krankheit, Schmutz, Verkommenheit leben, auf jede Weise zu betreuen und zu erziehen. Freilich, diese Wilden sollen ziemlich kriegerisch und heimtückisch sein. Sie sind mit Blasrohren und giftigen Pfeilen ausgerüstet, die schon durch den geringsten Hautritz töten. Aber fürchten Sie nichts für mich, Tantchen! Sie werden ja wissen, daß der Martertod eines Missionars in Ausübung seiner Pflicht als ein heiligmäßiger Tod gelten kann. Sollte ich also, einen giftigen Pfeil im Herzen, in der dortigen schneebedeckten Wildnis fallen, so werden Sie es sein, die dem armen Burschen aus Hustopeč zur Krone des Lebens verholfen haben. Ich glaube aber fest, daß der Schutzengel neben mir stehen und die vergifteten Pfeile der Patagonier abwenden wird. – Es tut mir sehr leid, daß ich Ihnen wieder auf die Tasche fallen muß, Tantchen! Aber Sie haben mich achtzehn Jahre lang ganz erhalten und weitere acht Jahre lang regelmäßig unterstützt, wie könnte Sie da eine letzte Zuwendung für denjenigen beschweren, welcher am Tag aller Tage Zeugenschaft vor Christus dem Richter ablegen wird für Sie... Wenn Sie wollen, so können Sie im Mödlinger Missionshaus Erkundigungen über unsere Expedition einziehen...«

Am nächsten Sonntag fuhr Teta wirklich nach Mödling und zog in Sankt Gabriel Erkundigungen ein. Das berühmte Mutterhaus der kühnen Missionare aber war eine ganze Stadt, in der sie sich verirrte. Als sie endlich in irgendeiner Kanzlei landete, in welcher viele geweihte Männer sehr beschäftigt ein- und ausgingen, stellte sie mit kleiner, verschüchterter Stimme ihre Frage. Sie erfuhr auch, daß besagte Expedition in drei Wochen von Hamburg nach Süd-Amerika in der Tat abgehen werde. Daß einige jüngere Herren dem Unternehmen angehören sollten, stimmte ebenfalls. Zuletzt aber fand Teta den Mut nicht mehr, jenen riesigen breitbärtigen Pater, welcher ihr Auskunft erteilte, auch noch mit dem Namen ihres Neffen zu belästigen. Sie fand, sie wisse nun genug und verließ die Mauern Sankt Gabriels sehr erleichtert. Darauf beschwor sie den Neffen in einem Brief, um Gottes willen seinen Entschluß aufzugeben, der ihr solche Sorge bereitete. Er antwortete zum erstenmal nicht blumig weitschweifig, sondern knapp und fast grob, wenn ihm verwehrt sei als Missionar zu wirken, so werde er den ganzen geistlichen Krempel hinhauen und zum Journalismus übergehen. Da griff Teta zu einem Mittel, das ein sonderbares Licht auf ihre innersten Zweifel und die heimliche Beurteilung des Neffen wirft. Sie bot ihm das Geld unter der Bedingung an, daß er auf seinen Missionsplan ausdrücklich verzichte. Die Entgegnung war diesmal nicht grob, sondern tief gekränkt: ob sie ihn für einen Erpresser, einen bestechlichen Haderlumpen oder pfäffischen Hanswurst halte? Er nehme sein Amt ernst. Wenn er als Priester nicht das Höchste und Heiligste leisten dürfe, um so besser, dann wolle er sich schon anderswie durchs Leben schlagen, und er freue sich sogar darauf. Die entscheidende Stunde seiner Existenz sei gekommen. Tantchen möge ihr Geld behalten.

Es war in diesem Briefe ein drohender Ton. Sollte der Lebensplan nicht in Brüche gehen, so mußte Teta sich ergeben. Sie spürte genau, daß die feurige und schwärmerische Seele Mojmirs nicht mit sich spaßen lasse. Diese war zweifellos zu allem imstande. Tetas Ersparnisse hatten sich im Laufe der Zeit wieder etwas erholt. Sie sandte also das Geld. Im Spätherbst erhielt sie eine Ansichtskarte aus Hamburg. Vor der Laufbrücke eines Überseedampfers standen mehrere pelzvermummte Männer, den Kragen hochgeschlagen. Einer dieser Männer war mit einem Kreuzchen bezeichnet. »Das bin ich«, hatte Mojmirs Hand hinzugeschrieben.

Die nun folgende Epoche der missionarischen Tätigkeit Mojmir Lineks brachte nicht nur Teta Kummer und Mißhelligkeit aller Art, sondern auch dem Hause Argan. Jetzt geschah es im Gegensatz zu früheren Zeiten nur allzu häufig, daß eine Speise nicht geriet, und daß der Beginn der Mahlzeit sich um halbe Stunden verzögerte. Es gab täglich Krach mit dem übrigen Personal, und insbesondere Herr Bichler beschwerte sich über den schlechten Charakter aller »Betschwestern und Kerzlweiber« – »Fräul'n Teta ist halt wieder nervös«, flüsterte die Hausgemeinschaft. Doris aber, die eine Vorliebe für ironische Formeln schon früh bewies, pflegte mit dem Finger am Munde zu warnen: »Achtung, Glas! Bitte nicht stürzen!« In Wahrheit aber war es weniger der Gedanke an Blasrohr und Giftpfeile, der Teta bekümmerte, als der dumpfe Verdacht, der von ihr großgezogene Fürbitter könne ihr auf Nimmerwiedersehen entgleiten und der ganze, so kostspielige Lebensplan sich in nichts auflösen.

Da war es nicht nur für sie eine Erlösung, als der Missionar lang vor der gesetzten Frist sich plötzlich wieder meldete, und zwar von Žižkow, einem andern Prager Bezirk her. Er sei heimgekehrt an Leib und Seele gebrochen, bekannte der Neffe. Von seinem elenden Körper wolle er umgehend mitteilen, daß sich sein altes Darmleiden durch die strengen Anforderungen eines gottgeweihten Lebens in der Wildnis und durch die beständige Konservenkost in eine unheilbare Krankheit verwandelt habe. Es bedürfe vieler Monate, ausgesuchter Diät, teurer Kuren und unerschwinglicher Arzneimittel, wenn er die Hoffnung fassen solle, noch einmal dem Leben wiedergegeben zu werden. Was aber seine seelische Gebrochenheit anbetraf, so schwelgte der Neffe in ausgesprochen Rousseau'schen Wendungen. Nicht die im harmlosen Naturzustande vegetierenden Pygmäenstämme Feuerlands hätten in ihm die Flamme des Ideals und den Glauben an die Menschheit erstickt, sondern die weißhäutigen Vertreter der Kultur und des Christentums, all diese hochangesehenen

Professoren und Doktoren und Politiker und Kaufleute und Wohltäter und Abenteurer und die priesterlichen Amtsbrüder, jawohl auch diese, und zwar in erster Linie. Noch vor seinem vierzigsten Lebensjahre sei er, Mojmir Linek, ein bettelarmes Mitglied des katholischen Klerus, zum alten Manne geworden, glatzköpfig, gelbhäutig und durch die Schlechtigkeit der Welt bis auf den Tod enttäuscht. Tantchen würde ihn an Hand des einstigen, so lebensgetreuen Bildes gewiß nicht wiedererkennen. Wie bitter habe er den blauäugigen Jugendglauben seines Schwärmergeistes büßen müssen! Auch schleppe er jetzt sein linkes Bein infolge eines teuflischen Insektenstiches nach. Seine einzige Wohltäterin auf Erden habe immer und immer wieder recht gehabt, und sein sündiger Ungehorsam sei grausam bestraft worden. Nun werde er nie wieder ungehorsam sein und gegen Tantchen aufbegehren. Während er dieses schreibe, hebe er zwei Finger zum Schwur empor. Er hege keinen andern Wunsch mehr, als nach notdürftiger Wiederherstellung seines zerschlagenen Kadavers in irgendeiner Pfarrgemeinde als armseligster und niedrigster aller Christus-Diener unterzukriechen. Diesbezüglich habe er sich seinen Oberen schon zu Füßen geworfen...

Teta las den Brief des also ruhmlos Heimgekehrten mit Tränen in den Augen. Diese Tränen aber entflossen weniger dem Mitleid als der unsagbaren Erleichterung, ihren geweihten Neffen am Leben zu wissen. (Daß sie aus Feuerland keine Post erhalten hatte, war ihr in Anbetracht der dortigen Einöde ganz selbstverständlich erschienen.) Sie dankte dem Himmel, daß ihr Lebensziel durch Mojmirs überschwenglichen Leichtsinn und sträflichen Mutwillen nicht in die Brüche gegangen war. Nun kannte sie den zweifelhaften und gefahrdrohenden Charakter des Neffen zur Genüge. Sie hatte das Unglück gehabt, keinen besseren Vollstrecker ihrer Absichten zu finden als diesen unruhigen, faulen, haltlosen Burschen, der das Geld verschlang wie ein hohles Faß. Der Sohn eines Trinkers, seufzte sie. Doch dann besah sie schnell die edle Photographie überm Bett, um sich von solchen ungehörig kritischen Anwandlungen zu befreien.

Mochte Mojmir sein, wie er wollte, er war ein Geweihter, er war berufen, zu binden und zu lösen, er hielt den Schlüssel des Himmelreichs in der Hand, auch ihres Himmelreiches. Er war gewissermaßen ein schwacher Mensch nur im Nebenamte. Sie mußte ihn mit all seinen Fehlern, Begehrlichkeiten, Abgründen hinnehmen, denn so spät im Leben blieb ihr keine andere Wahl. In seinem Hauptamte war der Neffe noch immer der verklärte junge Priester auf dem kleinen Bilde, der nach ihrem Hinscheiden unzählige hl. Seelenmessen für ihr ewiges Wohlbefinden lesen würde. In Stunden des Zweifels gab ihr die alte Photographie neue Kraft. Stand nicht zu hoffen, daß Mojmir nach den grausamen Erfahrungen seiner Missionsreise endlich Ruh und Genügen finden werde und ein sicheres Auskommen, wie alle anderen Hochwürdigen sonst? Sein Bildnis sagte auf diese Frage hundertmal Ja. Teta nahm ihren während der Abwesenheit des phantasievollen Forderers angeschwollenen Sparschatz aus dem Koffer, zählte eine größere Summe ab und schickte diese mit dem ausdrücklichen Vermerk nach Prag, sie allein der vorgeschriebenen Kur und den notwendigen Medikamenten zu widmen. Der geistliche Neffe mußte gesund sein und stark und langlebig, das war die Hauptsache. Nicht aber anfreunden konnte sich Teta mit der Vorstellung eines gelbgesichtigen Glatzkopfes und Hinkebeins in Stola und Dalmatika. Sie verbannte daher diese realistische Vorstellung willenskräftig aus ihrem Bewußtsein.

Mit den Geldsendungen Tetas wars eine eigene Sache. Wie Sparwut und Habgier so hatte sich auch diese Gewohnheit tief in die Seele der alten Jungfrau eingebürgert. Wenn sie auch vor sich selbst über die ewigen Notrufe des Unersättlichen stöhnte und fluchte, die ständige Obsorge für einen jungen Mann, der Weg aufs Postamt, das Einschreiben der Geldbriefe, das Sammeln der Empfangsbestätigungen, all das war durch jahrzehntelange Wiederholung zu einem inneren Bedürfnis geworden, das die leeren Räume des Gefühls angenehm ausfüllte. Der Kooperator Mojmir Linek durfte sich also auf seinen weiteren Irrwegen einer ziemlich sicheren Sustentation erfreuen. Diese Irrwege aber waren zahlreich, denn der Neffe, anders als die Tante, sah sich veranlaßt, fast jedes halbe Jahr seinen Arbeitsplatz zu wechseln. Teta aber schämte sich seiner in dieser Periode. Sie ging mit Mojmirs Briefen nicht mehr zu Livia Argan, wie sies in früheren Jahren dann und wann der Deutung schwieriger Stellen wegen getan hatte.

Es mußte erst der gegenwärtige Sommer des Jahres 1936 herannahen, in welchem Teta einen so wichtigen Brief in der bekannten Rund- und Schönschrift erhielt, daß sie mit diesem nicht ohne leisen Triumph vor ihre Herrin trat. Es war nicht nur ein unerwarteter, sondern ein ausnehmend herzensschöner Brief, der den gewiegten Kalligraphen von einer neuen Seite zeigte. Er lautete folgendermaßen:

»Eine erfreuliche Nachricht diesmal, teures Tantchen, und eine angenehme Überraschung für Sie, wie ich hoffe. Unsre Gebete sind erhört worden. Es ist mir gelungen, mich meiner bisherigen Diözese zu entziehen, in der ich nur Hasser, Verfolger und Todfeinde habe, vom Erzbischof hinunter bis zum schmutzigsten Sakristan. Ich werde in den mährischen Sprengel aufgenommen, aus dem die Eltern stammen und auch Sie, meine Mutter geistlicher Weise. Jubilieren Sie also, altes gutes Tantchen, denn der achtzigjährige Pfarrer von Hustopeč legt heuer im Spätherbst sein Amt nieder, und schon vor Advent hoffe ich sein Nachfolger zu sein. Das ist alles bereits gebrieft und gesiegelt, und es müßte der Gottseibeiuns selbst die Hand im Spiele haben, damit alles wieder zu Wasser werde wie so oft in meinem Leben. Doch freuen wir uns und loben wir Gott und vergessen wir alles Bittere der Vergangenheit! Erinnern Sie sich noch an das schöne alte Pfarrhaus unseres Fleckens? Man wirds herrichten müssen, – mein greiser Vorgänger soll ein unverbesserlicher Schmutzfink gewesen sein –, man wird elektrische Beleuchtung einziehen und fließendes Wasser und Telephon und ein Badezimmer installieren. Auf dem flachen Lande kann das ja alles kein Vermögen kosten. In diesem Hause aber will ich meine Tage beschließen, dort will ich Sonnenblumen großziehen und schöne rote Rosenstöcke und Bienen züchten. Die Hauptsache aber, Tantchen, hören Sie nur: wenn Sie der ewigen Arbeit überdrüssig sind und endlich Feierabend machen wollen, dann kommen Sie zu mir, das heißt zu uns nach Hustopeč. Dort wollen wir Seite an Seite leben, bis Gott einen von uns abberuft. Dann wird die ersehnte Zeit gekommen sein, daß ich Sie dankbar pflegen und verwöhnen und verhätscheln darf. Verzeihen Sie, es fällt mir nicht leicht, diese weichste Stelle meines hartgekämpften Herzens zu öffnen. Aber ich träume davon, wie es sein wird, wenn wir uns wiedersehn nach mehr als dreißig Jahren, nach einem so langen gemeinsamen Lebensweg, der uns doch niemals zusammengeführt hat... Schreiben Sie mir, bitte, sofort, was Sie über diese Sache denken...«

»Und was denken Sie wirklich über diese Sache, Teta«, fragte Livia Argan, nachdem sie den Brief der Magd zurückgegeben hatte. Ein zugleich sanftes und listiges Lächeln überspülte das Mongolengesicht der alten Frau:

»Ah nein, mit Erlaubnis, Gnädige, die Teta kann gottlob noch arbeiten trotz der wehen Füß'... Und solang mich die gnä' Herrschaft behält, und solangs nicht auf die Letzt geht mit mir, ah nein, da werd ich keinem zu Last fallen...«

»Ich glaub, Teta, Sie haben ganz recht«, meinte Livia nach einigem Nachdenken.

Die alte Magd aber hob mit einer zögernd bittenden Gebärde den Brief hoch und sagte:

»Aber schön hat er doch geschrieben, der Mojmir, finden nicht, die gnä' Frau?«

Livia hatte einen großen Teil der obigen Begebnisse in ihrer unnachahmlichen Art dargestellt, die gemischt war aus teilnehmend naher Schilderkraft und aus einem reizenden Spott, der alles wieder ins Ferne rückte. Diesen Zug hatte Doris von ihr geerbt. Die Sonne begann wieder zu stechen. Wie so oft im August rückte das alte Gewitter seine Kulissen von neuem zusammen und rüstete sich zu einer Reprise seiner Vorstellung.

»Ich wundere mich nur«, sagte ich, »wie viel dieser Bursche wagt... Er treibt die Sache immer auf die Spitze... Hätte, ganz abgesehen von allem Früheren, nicht schon die Geschichte mit der feuerländischen Mission auffliegen müssen, wenn Teta in Sankt Gabriel wirklich nachgeforscht hätte?... Und dann, was wird geschehen, falls sie einmal doch Ja sagt und nach Hustopeč geht, um mit ihrem Liebling das Pfarrhaus zu beziehen?...«

»Theo, du weißt doch genau«, versetzte Livia, »daß jeder echte Spieler die Dinge auf die Spitze treibt, und daß es gerade die Lust aller Betrüger ist, bis an die letzte Grenze zu gehen... Auf den Linek kann man sich blind verlassen. Wenn er nur erst das Geld für die Herrichtung des Pfarrhauses in der Tasche hat, die unglaublichste Frechheit ist ja dieses Badezimmer, dann werden seine Todfeinde schon dafür sorgen, daß er im letzten Augenblick das Amt nicht bekommt. Und bei all seinem Wagemut, den Rückzug hält er ja schlau offen, denn er kann sich immer in Luft auflösen, wenns gefährlich wird, nicht wahr...«

»Und da sagt man, die Teta sei mißtrauisch, diese unausdenkliche Närrin...«

»Halt, Theo«, fiel mir Livia ins Wort, »das versteht ein Mann nicht, diesen Widerspruch. Auch die mißtrauischesten Weiber haben halt ihre unausdenklich leichtgläubige Stelle, die zumeist ihre wunde Stelle ist. Werden nicht gerade die spürsinnigsten Eifersüchtigen am leichtesten betrogen? Jede Frau hat ihre bestimmte Leichtgläubigkeit, ohne die sie nicht bestehen könnte, weil sie ihr ganzes Lebenskapital in sie hineingesteckt hat... Und denk nur daran, lieber Freund, wie nah die Leichtgläubigkeit der mißtrauischen Teta ihrer Tiefgläubigkeit benachbart ist...«

Ich schwieg eine Weile und sah in meine leere Kaffeetasse, ehe ich rundheraus bekannte:

»Dich, Livia, versteh ich aber am allerwenigsten. Dir hat diese verschlossene Teta ihr Vertrauen geschenkt. Du hättest sie doch beizeiten aufklären müssen, warnen und vor diesem Vampir von Neffen retten, die Arme.«

In Livias dunklen Augen mehrte sich das Gold. Sie sah mich mit einem ernsten Lächeln an:

»Diese Anklage habe ich von dir erwartet, Theo... Grad die

wehleidigsten Männer, die sich vor dem Zahnarzt fürchten, sind ja die unerbittlichsten Moralisten. Gestatte also, daß ich mich verteidige: Als die Teta das erstemal mit diesen erstaunlichen Briefen zu mir kam, wars meiner Ansicht nach schon zu spät für dein ›beizeiten‹. Sie hatte in diesen Neffen seit seinem zehnten Jahr nicht nur ihre Ersparnisse investiert, sondern bereits ihr ganzes Lebenskapital, das seelische, mein ich. Und dann, ich selbst hab eine Menge Zeit gebraucht, um meiner Sache sicher zu sein. Und auch heut noch bin ich in manchem Punkt nicht ganz sicher. Hat der Neffe seine Studien beendet? Ist er Geistlicher oder nicht? Stellt die Photographie über Tetas Bett ihn dar oder einen andern? Bist vielleicht du dir über diese Punkte ganz im klaren, lieber Theo? Also, was hätt ich tun sollen, deiner Ansicht nach? Die Angelegenheit einem Detektiv übergeben vielleicht? Tetas weitere Ersparnisse vor dem Neffen retten, damit sie diese an einen Staatskrach oder an eine neue Inflation verliert? Der Wahrheit zum Siege verhelfen, wie es in der männlichen Moral so prunkvoll heißt? Die sogenannte Lebenslüge meiner Köchin zerstören? Je älter ich werd, Theo, um so fanatischer bekenn ich mich zu diesen Lebenslügen. Ein ganz und gar falsches Wort. Es soll heißen Lebensglauben, oder notwendige Illusion, oder was weiß ich... Ihr habt uns leider unsern Lebensglauben zerstört, ihr alle, mit eurer Wahrheit, die auch nur eine Lüge und eine Illusion ist, und eine schlechtere noch dazu... Die Teta ist bald siebzig. Sie wird also nicht mehr lange in Gefahr sein, aufgeklärt zu werden und die Wahrheit zu erfahren. So weits an mir liegt, will ich alles tun, daß sie von ihr verschont bleibt. Ich vertrau dabei auf Gott und auf den sauberen Herrn Neffen, der sich nie materialisieren wird, wie ich hoffe und wie ich ihn kenne. Mag er ruhig einmal das Tantchen beerben, zum Dank für sein geniales Lügengewebe, das Tetas Lebensplan schon drei Jahrzehnte aufrechterhält. Besser, er bekommt das Geld, als eine der widerlichen Schwestern, die auf den Nachlaß schon lauern...«

Ich stand auf und küßte die Hand meiner Freundin:

»Verzeih, Livia, ich war ein Esel... Du konntest gar nicht

anders handeln. Auch mit der Wahrheit und dem Lebensglauben hast du hundertmal recht... Unsereins ist gewiß schuld an vielem, ich meine wir modernen Autoren. Wir bersten vor befriedigter Eitelkeit, wenn wir irgendeine Erscheinung oder Handlung auf ihre mikroskopischen Elemente zurückgeführt und in ihre Winzigkeiten zerlegt haben. Unser bewährter Realismus besteht darin, dem Wunder der Wirklichkeit unablässig zu beweisen, daß es keines ist. Die Vorzugsschüler dieses Geistes sind die Herren Bichler und Konsorten, und das geht nun schon seit undenklichen Zeiten so. Die gerechte Strafe aber erfolgt in der Politik... Weißt du, was das Große an dieser Teta ist? Sie hat nicht nur den Glauben, sondern auch den unbeugsamen Willen zu ihrer Unsterblichkeit und Seligwerdung.«

Die Sonne war verschwunden. Ein schwüles Graublau lastete auf der Terrasse. Allerlei geflügeltes Unwesen schoß mit Propellerton hin und her, Hummeln, Wespen und große metallglänzende Fliegen. Übers Tischtuch zog in zielstrebiger Marschordnung eine Heerschar rötlicher Ameisen.

»Weiß Gott«, sprach Livia mit tiefer Stimme, »der Gedanke an den Tod, das ist es, das füllt uns aus, dich und mich und Teta, dieser unaufhörliche Gedanke aller Gedanken, den wir nicht eingestehen wollen aus Scham. Schau dir diese Ameisen hier an, Theo, wo ist der Unterschied zwischen uns und ihnen? Wenn man denen ihren Weg links verstellt, laufen sie nach rechts. Da hast du die ganze menschliche Politik. Wodurch also zeichnet sich unser Ich vor dem ihren aus? Und woher beziehen wir den Anspruch auf unsre ganz große Extrawurst? Eine tote Ameise verschwindet nicht anders aus dem Leben als ein Mensch, nur appetitlicher. Wenn für uns ein Jenseits bereitsteht, dann müssen auch die Ameisen das ihrige haben, ich möcht schon bitten, einen aromatischen Ameisenhaufen aus geistigen Fichtennadeln im Himmelsblau... Ach, Theo, wenn ich manchmal in der Nacht an meine lieben frischen Kinder denk und mir vorstellen muß, daß auch sie einmal auf diese gräßlichen Fleischbänke der Natur geworfen werden, dann fällt es mir wahrhaftig schwer, an Gott zu glauben...«

»Gott«, sagte ich, »ist genau der Raum in uns, den der Tod freiläßt.«

Livia aber sah unzufrieden und traurig drein.

»Möglich«, meinte sie. »Und vielleicht verwandelt Teta den ganzen Tod in ihrem Inneren zu Gott... Aber wir anderen, ich denk nur an mich selbst, ich bin, wie man so sagt, eine leidlich gute Katholikin, und doch, wenn ich in die Kirche geh, dann kommts mir vor, als erweise ich nicht mir selbst eine Wohltat, sondern dem lieben Gott. Das ist, wie wenn man einen armen alten kranken Verwandten besucht... Wahrscheinlich schämt man sich dabei vor der reichen Verwandtschaft, der wissenschaftlichen Aufgeklärtheit in uns...«

Die Wolkendecke hatte sich ganz geschlossen. Die Schwalben blitzten erregt durcheinander. Ich dachte nach, auf welche Weise ich Livia das Folgende ohne Fälschung eingestehen könne:

»Ich selbst«, erklärte ich nach einer Weile, »hab in manchen sehr seltenen, aber guten Stunden eine starke Disposition zum Glauben... Zum Glauben im strengen Sinne sogar...«

»Disposition«, lachte die ehemalige Sängerin ziemlich spöttisch, »mit dieser Disposition ist es so wie mit dem Singen. Stimme hat bald einer. Die wird ihm vom Himmel geschenkt. Aber was fängst du mit deiner Stimme an, wenn du nicht singen lernst und übst und schuftest, ohne einen Tag auszulassen? Auch die Glaubenskunst muß man gewiß lernen und üben und üben und lernen wie die Gesangskunst, mein ich...«

Ein Windstoß fegte über den Tisch. Doris und Philipp kamen vom Tennisspiel heim. Die Kinder umarmten und küßten nicht nur ihre Mutter, sondern auch mich nach alter Gewohnheit. Ich empfand eine väterliche Freude an ihrer wohlgeratenen Schönheit und Jugend. Niemals war diese Empfindung stärker in mir gewesen als jetzt, da mir Livias Worte von den Fleischbänken der Natur noch in den Ohren klangen. Zugleich aber wurde es mir klarer als je, wie sehr das Heranwachsen junger Menschen eine Entfremdung und ein fast feindseliges Fernwerden bedeutet. Livia sprang auf. Es war spät geworden. Wir erwarteten eine Menge Gäste. Leopold war nach Liezen, zur Schnellzugsstation gefahren, um sie abzuholen. Der festliche Siebzehnte nahte heran. Die Frauen gingen eilig ins Haus, um die Fremdenzimmer zu rüsten. Philipp und ich begannen eine Schachpartie. Es donnerte schon. Die Geschichten von Teta und ihrem Neffen versanken in meinem Bewußtsein wie vieles andere vom Tage Zugetragene, das nie wieder aufersteht.

Kapitel drei

Ohne Vorzeichen

Von allen Festnächten des siebzehnten Augusts, die ich auf Grafenegg im Laufe der Jahre mitgefeiert habe, war diese die bewegteste und längste. Jeder von uns fühlte sich angespornt, ich weiß nicht warum, seine Fähigkeit zur geselligen Freude auf das Äußerste anzuspannen. Heute kommts mir vor, als hätte ich jener Nacht des großen Abschieds, schon während ich sie durchlebte, deutlich angespürt, daß all ihre frohe Berauschtheit durch einen krankhaften Stich ins Übertriebene und Gezwungene verzerrt gewesen sei. Das aber mag nur eine nachträglich verdüsternde Korrektur meiner eigenen Erinnerung sein.

Bedenkenswert jedoch ist es, daß Livia am Morgen dieses Siebzehnten mir mit einer blassen und aufrichtig gequälten Miene versetzte, sie habe es satt, für uns noch länger den Narren abzugeben. Heute werde dieses herausfordernde Fest zum unwiderruflich letzten Male gefeiert. Ein hochziffriger Geburtstag wie der ihre sei weiß Gott kein Anlaß für Lampions und Lärm, sondern für nachsichtiges Schweigen. Wenn wir nächstes Jahr wieder unsere blöden Kindereien vorhätten, so sollten wir dafür jeden andern Tag des Sommers wählen, nur nicht den Siebzehnten. Und sie ließ Philipp, Doris und mich stehen, die wir mit fieberhaftem Eifer die Papierlaternen an den zwischen Bäumen gespannten Schnüren befestigten. Ich erschrak, denn ich kannte

Livia zu genau, um nicht zu spüren, daß sie nur so schnell und böse davonging, weil sie ihre Tränen kaum herabzuwürgen vermochte. Ich hatte übrigens als mein Scherflein fürs Festkabarett eine kleine parodistische Szene verfaßt, welche die Kinder spielen sollten und die wir jetzt noch einmal rasch durchprobten.

Es begann wie immer mit einem langen und glorreichen Abendessen, dem Festbeitrage Tetas. Mehr als zwanzig Personen saßen zu Tisch. Außer uns fünf – ich rechne mich als Ewigen Gast zum Hause – waren ein paar junge Leute aus dem nachbarlichen Bekanntenkreis der Kinder gekommen und jene gesetzteren Besucher, die Leopold jüngst von der Bahn abgeholt hatte. Ich wunderte mich, unter diesen die alten guten Freunde Argans zu vermissen, dafür aber mehrere neue Gesichter zu finden. Die Erklärung dafür lag nah. Der Mehltau der politischen Entwicklung hatte sich auf alle menschlichen Beziehungen gelegt, und da Leopold eine entschiedene und eindeutige Stellung bezogen hatte, hielten es die Gesinnungsakrobaten, aus denen zu neunundneunzig Teilen alle Volksklassen bestehen, weder für wichtig noch für vorteilhaft, eine lang genossene Freundschaft mit Leuten zu unterstreichen, die eigentlich nie »ernst zu nehmen« gewesen sind. Die Heliotropie des menschlichen Opportunismus trat in ihr Recht. Die Tüchtigen wandten ihre Köpfe der neuen Sonne zu, wenngleich diese noch unterm Horizonte in einem fahlen Zwielicht stand. Zumeist ahnten sie gar nicht, daß sie Verräterei begingen, denn die erwähnte Kopfwendung ist ein ganz natürlicher und kein gesinnungshaft geistiger Vorgang, und der Mensch ist so schwachgeboren, daß er jede »Weltanschauung« gläubig anzunehmen willens ist, sofern sie nur zur Herrschaft kommt und ihm sein Futter nicht vermindert. Diese Gattung Mensch würde auch glatt ihre eigenen Kinder abschlachten, wenns die durch Macht erhärtete und mit Wissenschaft verbrämte Weltanschauung von ihr fordern sollte. Wie leicht wars da, sich von Freunden unauffällig zurückzuziehen?

Was aber die neuen Gesichter anbelangt, so hingen sie mit der großherzigen Wahllosigkeit in Leopolds Natur zusammen. Wenn es spät wurde und er saß beim achten Whisky und die

Seele wuchs ihm, da lud er alle ein, die sich in seiner Nähe befanden, wildfremde Leute und manchmal auch die Kellner, die ihn bedienten. Er besaß daher in der Welt so manchen Duzfreund, an dessen Gesicht er sich kaum, an dessen Namen er sich überhaupt nicht erinnerte. Nie ließ er sich jedoch die Unkenntnis anmerken, und wenn ihn einer seiner mysteriösen Duzfreunde irgendwo mit einem kernigen »Hallo, Poldi« begrüßte, so erwiderte er den Willkomm mit gleicher Wärme und schlug wohl noch dem unbekannten Bruder einer weinselig verschollenen Nacht kameradschaftlich auf die Schulter. Man muß nicht eigens anmerken, daß solche verbrüderungsträchtigen Gewohnheiten einem höheren Beamten im Dienste der Diplomatie nicht gut anstanden. Vom Diplomaten fordert man keine offenen Arme, sondern eine snobistisch ausschließende und einschränkende Siebung seines Verkehrs. Kein Wunder, daß Leopolds Karriere durch diese großmütige Wahllosigkeit gelitten hatte, da er und Livia überdies sich noch wehrten, langweilige Gesellschaften zu besuchen oder gar bei sich zu empfangen. Die Argans waren die Argans, keine von der jeweiligen Beleuchtung an die Wand der Zeitumstände geworfenen Schatten, sondern ursprüngliche Menschen, die von ihrem eigenen Lichte lebten. Wie wenige Selbstherrliche dieser Art gibt es, und sie allein haben es nicht nötig, eine Rolle spielen zu wollen, nach Einfluß zu begehren und um Erfolg zu buhlen. Es ist beinahe logisch, daß ein geheimnisvolles Weltschicksal, das überall die Freien, Überragenden und Unbekümmerten zur automatischen Masse einebnen will, gerade den wenigen Selbstherrlichen als seinen Todfeinden auflauert.

Als Leopold vor einigen Tagen in dichtgefülltem Auto mit seinen »Neuerwerbungen« eingetroffen war, hatte Livia mir belustigt zugezwinkert: was würde daraus entstehen? Glücklicherweise entstand nichts daraus, was unsere Gemeinschaft störte oder überanstrengte. Neben einem langbefreundeten Ehepaar hatte Leopold einen Schauspieler ohne Namen mitgebracht, eine hübsche Dame mit Namen, einen witzigen Kopf, der an nervösem Gesichtszucken litt, und schließlich ein Männchen in

Steyrerrock mit einem kugelrunden Glatzschädel, das einem ländlichen Gemeinderat gleichsah oder einem altgewordenen Schullehrer. Gerade dieses Männchen aber entpuppte sich als eine glänzende Neuerwerbung. Wir nannten es nur den »großen Lacher«. Als dankbares Publikum in Person besaß der Eingeschrumpfte eine Kunst des Lachens, wie ich sie noch nie angetroffen hatte. Er lachte nach Noten, in allen Stimmlagen, in jeder Taktart, in jedem Tempo, in liegenden Tönen, in raschen Koloraturen und immer unbewußt und aus seiner ganzen Tiefe hervor. So trug er durch seine unvorhergesehene Mitwirkung nicht wenig zum Gelingen unserer Festnacht bei.

Es gehörte zu den guten zwanglosen Bräuchen des Hauses Argan, daß die Getränke nicht erst zum zweiten Gang, sondern schon zur Suppe geschenkt wurden. Doris und Philipp standen vor zwei gewaltigen Terrinen mit Pfirsich- und Waldmeister-Bowle und ließen unsere Gläser nicht leer werden. Als man dann endlich bei Mokka, Likör und Whisky hielt, war bereits jeder einzelne des Entzückens voll und willens, das Leben als ein einwandfrei göttliches Geschenk gelten zu lassen. Der Schauspieler brachte sein vorläufig noch namenloses Organ zu schallender Geltung. Der witzige Kopf sprühte unter lebhaften Gesichtszuckungen. Er schien seine Pointen über unser Tischgespräch wie aus einer Zucker- oder besser Pfefferbüchse zu streuen, die er verstohlen bereithielt. Die schöne Frau spiegelte ihr anerkanntes Lächeln teils in allen Blicken und teils in ihrem fleißig zu Rate gezogenen Taschenspiegelchen. Die Jugend schwatzte aufgeregt durcheinander. Und der alte Lacher lachte ohne Unterlaß.

Dann hob Livia die Tafel auf. Man begab sich mit Gläsern und Flaschen in den Park hinterm Haus. Dort waren schon die Stühle für die Zuschauer an die Rampe der großen Terrasse gerückt, welche die Bühne vorstellte. Auf einmal war ein Publikum von ansehnlicher Zahl vorhanden. Die Dienerschaft nämlich hatte in Nachahmung der freien hausherrlichen Sitten ihre Freunde aus der Umgegend zu den Darbietungen eingeladen. Ein sehr großer Vollmond schwebte über unseren bunten Lampions. Zwischen den Wipfeln der Lärchen schimmerten knöchern die Felswände des Toten Gebirges herüber.

Die erste Nummer hatte Leopold selbst übernommen, der gute Kerl, denn der Anfang bedeutet für den Künstler ja stets die größte Überwindung, nicht nur die des Publikums, sondern mehr noch die des eigenen Lampenfiebers. Es war übrigens eine seiner Meisternummern. Er setzte sich an den Flügel, den man auf die Terrasse gerückt hatte und verlangte, daß man ihm einen modernen Schlager zur »Bearbeitung« aufgebe. Die meisten wählten den Schlager des Jahres, dessen Weise auf die albern zwinkernden Worte gesetzt war:

»Ich bitt dich, schenk mir dein Photo,
Und wär es auch noch so klein.«

Leopold Argan verwandelte dieses schieberische Lied wortwörtlich im Handumdrehen in das blockhafte Gedränge einer Bach'schen Fuge, in einen passagenumplätscherten Liszt, in ein sich ins Gehör bohrendes Arioso à la Puccini, in ein dämmerfarbenes Wolkengebild Debussys und endlich in die flüchtige Mißklangs-Girlande eines unserer verwegensten Neuerer. Sein Anschlag und Akkord-Griff war so mächtig, daß er auch jene überwältigte, die nichts von den Geheimnissen der Musik und damit auch nichts von diesen glänzenden Parodien verstanden. – Nun folgte mein kleines Szenchen. Ich empfand es als den weitaus schwächsten Punkt unseres ganzen Programms. Obzwar ich schon ein wenig berauscht war, schwitzte ich vor Scham und schlechtem Gewissen. Ich war wie erlöst, als Doris drankam. Sie sang, von Livia begleitet, den ›Csardas‹ und die ›Frühlingsstimmen‹ von Johann Strauß. Welche Fortschritte hatte das Mädel in den letzten zwei Jahren gemacht! Selten habe ich eine Stimme gehört, auf die der Begriff »leichter Sopran« so genau zutraf. Sie erkletterte mühelos alle Höhen, spielte übermütig mit halsbrecherischen Staccati und Fiorituren und schwebte angst- und gewichtslos auf den längsten Trillern. Dabei brachte diese Stimme auch den sonderbaren Humor zum Ausdruck, der auf des Mädchens Wesensgrunde lag, eine graziöse, kühle, augenruhige Überlegenheit, deren unheilverkündenden Sinn keiner von uns je bemerkte. Ich hatte geraten, man möge Doris schon im heurigen Jahre nach Mailand schicken, damit ihr Gesang dort den letzten Schliff empfange. Livia, unerbittlich in ihrem Urteil, fands noch zu früh. Oh, hätte sie das Kind nur für die nächsten Jahre nach Italien geschickt, vielleicht wäre dann... Doch wozu das? »Hätte« und »wäre« sind die grammatikalischen Formen unserer unfruchtbarsten Reue.

Philipp machte den Ansager. Er setzte mich in Erstaunen, ja fast in Schrecken. So wie heute hatte ich den Jungen noch nie gesehen. Wohl kannte ich sein Temperament und seinen wilden Rhythmus beim Musizieren, zwei Eigenschaften übrigens, die nur eine einzige sind. Im Leben sonst gab sich dieser blonde hochgeschossene Philipp – das Bild eines jungen Menschen – gesetzt, aufmerksam und beinahe gemessen. In seiner Sprechweise bevorzugte er eigentümlich trockenes Pathos, in dem er ideelle Gegenstände in platte Worte kleidete wie z. B.: »Ich werde demnächst ein Lied oder eine Sonate anfertigen«, und umgekehrt Alltägliches in künstlerische Begriffe hob: »Fräul'n Teta ist heute erzürnt und hat daher den Apfelstrudel ohne Rosinen nach a-Moll moduliert.« Hinter diesen Fexereien verbarg sich bei Philipp, ebenso wie hinter der stillen Ironie seiner Schwester, irgend etwas, was er nicht preisgeben wollte. Mich sprach er manchmal am Morgen in dritter Person an: »Haben einen hinreichend guten Schlaf absolviert heute?« Es konnte so geschehen, daß er mich ganze Tage lang nicht direkt anredete. Ich ging oft mit ihm spazieren und wir unterhielten uns wie Leute, die sich seit Unzeiten kennen und schätzen und im großen und ganzen dieselben Ansichten haben. Er hörte mir dann wohlwollend zu und bat sogar in dieser oder jener Sache um meine Belehrung. Viel öfters aber geschah es, daß sich Philipp als mein Beschützer fühlte und mir herzlich den Arm um die Schulter legte, denn ich war etwas kleiner als er. Er schien sich in mir eines hilfsbedürftigen Wesens zu erbarmen, das noch aus einer sehr ungeschickten Vorwelt stammte und dessen Schritte man lenken mußte. Trotz seiner Anhänglichkeit aber bekam ich nicht ein einziges Mal das Gefühl, ihn wirklich aufgeschlossen zu haben. Ich schobs auf das Lebensgesetz, das die Generationen unerbittlich von einander trennt und gar in dieser Zeit, wo ein Jahrzehnt wahrscheinlich dem Jahrhundert einer sanfteren Epoche in seiner Schrittweite entspricht. Soviel aber verstand ich manchmal, daß in Philipp etwas Zügelloses am Werke sein mußte, das er mittels seiner gewundenen Redeweise verhüllte, um nicht aus der Rolle der modernen Trockenheit und Sachlichkeit zu fallen.

In dieser Nacht trat das Zügellose in Philipp klar hervor, freilich in den Formen seiner glänzenden Begabung. Er war, ohne einen wirklichen Rausch zu haben, wie außer sich von tollstem Lebensdrang. Sein schönes Gesicht ließ die würdige Maske fallen und gab endlich der Flamme Raum. Unnachahmlich spielte er den eifrigen Conférencier eines Vorstadt-Variétés. Ohne daß er sich im geringsten darauf vorbereitet hatte, strömten ihm, während er die Mitwirkenden vorführte und einbegleitete, die Einfälle zu; er überbot sich an glänzenden Improvisationen, an komischen Wortfolgen, an grellen Beobachtungen. Der Schauspieler sperrte nur so den Mund auf, der Vorlacher bog sich und machte alle übrigen zu Nachlachern. Eine der Nummern war Herrn Bichler anvertraut, der den Wunsch geäußert hatte, sich als Zauberkünstler produzieren zu dürfen. Er radebrechte mit der ihm eigenen abschätzenden Steifheit und lauernden Kränkbarkeit ein paar der üblichsten Kartenkunststücke. Ob sie nun gelangen oder nicht, er beendete sie jedesmal mit dem stolzen »Voilà« der echten Artisten, worauf er die Hände ausbreitete und sich verbeugte. Philipp gab seinen Gehilfen, einen verhungerten, bekümmerten Jüngling, der mit angstvollen Augen die Arbeit seines unfähigen Meisters verfolgt, jede Sekunde gewärtig, daß etwas schmachvoll mißlingen muß und die faulen Äpfel sogleich fliegen werden. Es war wirklich ergreifend. Dann kündigte er sein eignes Auftreten als »Argan-Symphonie-Jazzband« an. Das gekoppelte Schlagwerk einer Jazzmusik wurde hereingeschoben, dessen große Trommel und Becken mittels eines Pedals zu spielen waren. Philipp setzte sich davor, in der Rechten ein Saxophon, auf dem Schoß eine Stopftrompete und die Ziehharmonika neben sich. Leopold half am Klavier. Dann ging die Hölle los. Man hätte meinen können, eine ganz große Negerbande sei entfesselt. Die Trommel pochte unaufhörlich. Das Becken gellte. Einmal knautschte das Saxophon sein Mißbehagen in die Nacht. Dann löste es die Trompete mit keifendem Schimpf ab. Und dazwischen schnauften noch die Akkorde der Ziehharmonika. Wir starrten überwältigt, daß ein einzelner dieses rhythmische Toben und Quäken einer Jazzband zustande bringe. Auf Philipps hin- und hergepeitschtem Gesicht aber malte sich ein fassungsloser Fanatismus ab, von dessen Vorhandenheit ich trotz alles Musizierens bisher nichts geahnt hatte. Da geschah es, daß mich jener Schreck erfaßte. Seine Nummer aber war noch nicht das Hauptstück. Das kam erst, als er wieder als Ansager vortrat und mit tiefem Ernste verkündete:

»Als nächstes, meine Damen und Herren, bringen wir Ihnen eine Künstlerin, die Sie alle kennen und schätzen. Sie wird ein liebliches Volkslied zum besten geben und sich dabei selbst begleiten. Es ist uns nur unter den größten Opfern und nach langwierigen Verhandlungen, die sich schon zu zerschlagen drohten, endlich gelungen, die Meisterin zur Mitwirkung an unserer Festakademie zu bewegen. Ich muß mich mit meiner Conférence beeilen, denn die Sängerin – eine zweite Garbo an Scheu und Empfindsamkeit – wird draußen von zwei Mitgliedern festgehalten, damit sie nicht davonlaufe und kontraktbrüchig werde...«

Philipp neigte sich vor und flüsterte:

»Ich möcht Sie noch auf einen besonderen Reiz der kommenden musikalischen Nummer aufmerksam machen. Die Künstlerin in ihrer charakteristischen Eigenwilligkeit spielt und singt ohne Vorzeichen, das heißt, sie schaltet die Kreuzchen und B's der verschiedenen Tonarten geflissentlich aus, wodurch sie bestimmte fremdartige Wirkungen erzielt, um die sie mancher moderne Komponist beneiden könnte. Ich bitte die Herrschaften, unsere scheue Attraktion sofort durch donnernden Applaus zu ermuntern und vom Fluchtgedanken abzubringen.«

Nach diesen Worten stürzte er ins Haus und kam erst nach einer spannenden Pause zurück, die widerstrebende Teta am Arme führend. Als sie in der Mitte der Terrasse das schon vorbereitete Tischchen erreicht hatte, gab Philipp mit einer ritterlichen Verbeugung die festlich gekleidete Magd frei und legte ihr die Zither mit dem untergeschobenen Notenblatt zurecht. Sie lachte laut und verlegen auf, machte ihren eigenartigen Knicks und murmelte entschuldigend:

»Weils halt der junge Herr so viel gewünscht haben... tu ichs mit Erlaubnis... Und für die gnä' Herrschaft...«

Dann setzte sie sich hin, nestelte ihre Stahlbrille hervor und versenkte sich aufmerksam in das Blatt, während sie ihre knorrig abgearbeiteten Finger zögernd auf die Saiten legte. Und jetzt sang sie. Wenn ich mich recht erinnere, wars das berühmte Lied von Koschat:

»Verlassen, verlassen, verlassen bin i,
Wie ein Stein auf der Straßen...«

Diesen todtraurigen, herzerweichenden Schmachtfetzen aus einer glücklichen Zeit hatte Teta gewählt. Vermutlich bestand ihr Repertoire nur aus traurigen Stücken. Die harte slawische Aussprache ihres Vortrags aber nahm dem Stück jede Sentimentalität und den Charakter der sich selbst bewinselnden Verlassenheit. Dazu kam noch die Sache mit den fehlenden Vorzeichen. Während ihres musikalischen Selbstunterrichtes waren Teta Sinn und Zweck der Halbtöne verborgen geblieben, die auf den Saiten der Zither durch Griffe eigens erzeugt werden müssen. Ich hatte anfangs gefürchtet, es würde sehr komisch sein und der Lacher werde sein unwiderstehliches Zeichen geben und die Magd sich verhöhnt fühlen. Schon hatte ich mich über Philipp geärgert, daß er Teta ins Spiel gezogen. Aber es war nicht komisch, sondern genau nach den Worten des Ansagers, seltsam und fremdartig. Der Lacher und sein Gefolge lachten nicht, sondern schauten mit überraschten Gesichtern drein. Teta sang nicht wie eine alte Frau. Sie hatte die kühle und klare Stimme eines Jungmädchens, ja eines Kindes. Eine dünne, eine strohblonde Stimme, möchte ich sagen. Wenn man die Augen schloß, hätte man meinen können, ein kleines Hirtenmädel auf einer verlorenen Hutweide zu hören. Nein, das stimmt nicht ganz. Ihr Gesang hatte etwas mühsam und unnachgiebig Fortschreitendes, denn die stammelnden Finger hatten ihre liebe Not, die vorgeschriebenen Saiten zu finden. So war das suchende Spiel und der dünne klare Gesang zugleich eine ernste Arbeit, in die Teta versunken schien, als sitze sie ganz allein mit ihrer Zither auf dem Platzl unter den hundertjährigen Linden.

Die zweite Strophe aber war noch nicht zu Ende, als ein heiseres Knurren und Kläffen aus dem Dunkel brach, leidenschaftliches Atmen hörbar wurde und ein struppiger Hundeleib sich durch die Zuschauer schmiegte. Mit einem Satz sprang Burschl auf die Terrasse. Die Zunge hing ihm lang aus dem Rachen. Er schleppte seine Kette nach. Wars ein Jungenstreich von Philipp, ein Racheakt Bichlers, oder hatte sich Wolf aus eigener Machtvollkommenheit sehnsüchtig losgerissen, als er die Stimme seiner musikalischen Gefährtin hören mußte, auf die kein anderer ein Anrecht besaß als er? Er murrte eifersüchtig, und der tote Milchopal seiner Augen starrte feindselig ins Publikum, das in Bewegung geraten war.

Teta hatte sich erhoben. Sie schalt:

»Was ist denn, Burschl, Schlimmer! Aber so was!? Was willst du dahier? Wart nur! Kusch dich jetzt!«

Daraufhin streckte sich der Wolfshund nicht unzufrieden und recht erwartungsvoll zu ihren Füßen aus. Sie aber machte wieder ihren Knicks, lachte verlegen und sagte:

»Bitt um Verzeihung für das Viecherl... Er mag halt die Kette gar nicht leiden...«

Dann streckte sie die Hand nach der Zither aus, um ihre Darbietung abzubrechen und sich zurückzuziehen. Dies aber verwehrte der donnernde Applaus. Die Leute riefen: »Bis, bis!« »Noch einmal!« »Wir wollen weiterhören!« Teta zögerte, lachte wieder auf, warf einen langen Blick auf Livia, dann meinte sie:

»Wenn die gnä' Herrschaft, bitt schön, befiehlt...«

Und schon saß sie wieder hin und erhob ihre klare Jungmädchenstimme, um die dritte Strophe von »Verlassen, verlassen, verlassen bin i« mit derselben arbeitsamen Versunkenheit wie früher abzusingen. Ich mußte an ihren Lebensplan denken und begann nun ihr Wesen auch aus diesem konsequenten Gesange zu verstehen. Burschl erwies sich diesmal als großmütiger Nebenbuhler. Er gab der kritischen Versammlung die Ehre und störte nur durch zweimalig kurzes Duettieren das Solo seiner Meisterin.

Nachher trat der Hausherr zu Teta auf die Terrasse und überreichte ihr ein volles Glas mit den Worten:

»Ich dank Ihnen vielmals, Fräul'n Teta... Es ist sehr lieb von Ihnen, daß Sie zum Gelingen unseres Festes so viel beigetragen haben... Ich trink auf Ihr Wohl...«

»Aber so was«, sagte Teta, »die gnä' Herrschaft«, und nippte an der Bowle. Philipp reichte ihr den Arm und führte sie die Stufen der Terrasse hinab unter die Gesellschaft. Sie wurde von allen angesprochen und belobt. Inzwischen – Mitternacht war lang vorüber – begannen die jungen Leute zu tanzen. Man zog Teta an einen der kleinen Tische, die im Park aufgestellt waren. Dort saß sie unter uns, trank Kümmel mit kleinen, aber aufmerksamen Schlucken und knabberte an der Bäckerei, die ihr Livia servierte. Sie sprach wenig und nur dann, wenn sie gefragt wurde. Ich versuchte, ein Gespräch anzuknüpfen:

»Wars nicht lustig, heut abend, unser Fest, Fräul'n Teta?...«

»Sehr lustig und sehr unterhaltlich«, sagte sie.

»Und Glück haben wir gehabt mit dem Wetter... Diese schöne Nacht!«

Sie begann ihr bewunderndes Kopfschütteln und holte den Refrain aus der Tiefe:

»Eine Pracht ist das wirklich, diese Nacht...«

Sie trug ein altmodisches schwarzes Magdgewand – vermutlich ein Weihnachtsgeschenk Livias – und auf dem Kopf die weiße Krause, Abzeichen des dienenden Standes, das sie auch heut abend nicht abgelegt hatte; zur Empörung Herrn Bichlers, der in einem braunen Samtrock und mit weißen Seglerschuhen sich produziert hatte. Aufrecht saß sie da, die Hände im Schoß gefaltet, ließ ihre hellen Augen aufmerksam wie eine Schwerhörige im Kreise wandern und lauschte den geistreichen Spaßreden des witzigen Kopfes, als sei es nie zu spät, von Klugen, Gebildeten und Hochgestellten etwas zu lernen. Aus solchem Munde bereicherten auch Worte, die man nicht verstand. Ich aber wußte, daß dieser witzige Kopf ein armes, willenloses Irrlicht war gegenüber der Dienerin, die ihr Leben vorsorglich nach Zeitmaßen baute, zu denen ein auf schnelle Wirkung bedachter Verstand sich gar nicht aufzuschwingen vermag. Jetzt begriff ich auch Livias Klage über die »ewig fremde Person, die man da im Hause hat«. Teta hatte wirklich nicht die geringste Ähnlichkeit mit jenen altgewordenen Hausgeistern, die sich in gutgearteten Familien auflösen wie eine Ingredienz, die ihr ganzes Selbst verlieren, um dafür in einer verlorenen Ecke der Erinnerung eine freundliche Grabsstätte zu gewinnen. Teta hatte ihr Selbst bewahrt wie ihre Kammer, deren Schlüssel sie niemals stecken ließ. Ihre Teilnahme war bedingt und widerrufbar. Vor zwanzig Jahren war sie gekommen. Morgen würde sie wieder gehen, ohne ihr Herz und ihres Lebens Heim eingebüßt zu haben. An den Argans konnte die Schuld für diese stets spürbare Kühle nicht liegen. Hier saß ein lebendiges Beispiel für die große Kunst, das Zeitliche, das Vorübergehende nicht ganz voll zu nehmen, jedenfalls in ihm nicht rettungslos zu versinken. Man mußte zwar innerhalb des Vorübergehenden seine Pflicht erfüllen, da es mit dem Bleibenden in einem unlöslichen Zusammenhange stand. War es aber einmal vorüber, so wars vorüber und nur man selbst blieb. In dem einzigen Fall von Mutter und Kind mochte das Vorübergehende mit dem Bleibenden sich nahezu berühren. Teta aber war Jungfrau glücklicherweise, und der Neffe war nicht ihr Kind, sondern nur ihr Beauftragter.

Ihre Pflicht jedoch erfüllte sie auch jetzt, indem sie immer wieder zur Herrin hinblickte, ob sie dieser nicht mit irgendeiner Handreichung zu Diensten sein könne. Sie bewies ein erstaunliches Feingefühl, indem sie nur eine gemessene Weile in unserem Kreise absaß, sich dann bescheiden erhob und an Livia wandte:

»Ich werd bittlich sein, nicht weiter stören zu dürfen... Muß jetzt mit gnädiger Erlaubnis die heißen Würstl herrichten, die Sandwiches und das Bier...«

Man dankte ihr noch einmal und ließ sie gerne ziehen. Denn wir alle sehnten uns nach einem guten frischen Trunk.

Ich hatte drei Gläser Bier heruntergestürzt und nachher zwei Gläschen Himbeergeist. So leicht und glücklich fühlte ich mich, daß ich das Bedürfnis empfand, eine Weile allein mit mir zu sein, um meine Glücklichkeit bewußt auszukosten. Ich ging in mein Zimmer, machte kein Licht, stieß das Fenster auf und lehnte mich weit hinaus, nur nächtlich atmend und seiend. Der Mond war untergegangen. Das Totengebirg mit dem großen Priel stand als eine fahle Ahnung im Westen. Hingegen wölbte sich die dichtgewobene Milchstraße des Augusts, dieser Brautschleier des Universums, lächerlich klar und nah vor meinen Blicken.

Servus Milchstraße! Ich teile dir mit, daß es mir außerordentlich gut geht, denn ich weiß, du interessierst dich zweifellos für mein Wohlergehen. Ich weiß auch, daß dich nur billionenstellige Ziffern ausdrücken, und ich bin eine angeheiterte Ameise, um nicht zu sagen Laus. Aber was soll das heißen, groß und klein? Das sind sinnlose Verhältnismaße. Ich muß doch größer sein als du, da deine Billionen Lichtjahre Platz finden in meinem Ameisenblick. Damit wir nicht in Streit geraten über unsere Bedeutung, schlage ich dir eine versöhnliche Formel vor: du bist in mir aufgehoben und ich bin in dir aufgehoben... Ich bin übrigens sehr gut aufgehoben. Die Argans sind meine Freunde. Sie nehmen mich wie ich bin. Sie verstimmen mich Verstimmbaren beinahe nie. Und dieses Zimmer gehört mir. Es ist mein liebes Zimmer, und niemand darf es mir wegnehmen. Hier arbeit ich so gut. Und meiner neuen Arbeit hab ich unbedingt Unrecht getan. Livia findet sie sehr aussichtsreich und mein Verleger schreibt mir, daß er das Manuskript nicht ohne Ungeduld erwarte. Ich muß wirklich verrückt gewesen sein, an diesem glänzenden Stoff zu zweifeln. Morgen setz ich mich wieder hin. Wir gehn vor Mitte Oktober keinesfalls in die Stadt zurück. Im Oktober ist es am schönsten in Grafenegg. Diese brennende Farbigkeit des Alpenherbstes! Das sind noch sechzig Tage mindestens. Sechzigmal Morgen, Vormittag, Nachmittag, Abend, Nacht. Mir gehts wirklich gut. Schließlich steht man mit fünfundvierzig als Künstler noch am Anfang. Tolstoj ist ein Beispiel dafür, und Goethe natürlich. Die Gegenbeispiele sind allerdings noch zahlreicher, aber man muß das Leben und das Werk eines Menschen als Ganzes betrachten; das relative Alter hängt von der Gesamtzahl der Jahre ab. Auch wenn ich vorsichtig rechne und annehme, daß ich nur fünfundsechzig alt werde – warum soll ich nicht fünfundsechzig alt werden? – bleiben mir noch zwanzig gute Volljahre. Zwanzig Sommer in Grafenegg. Ich werde künftig schon im April herkommen, damit gewinne ich zwanzig weitere Arbeitsmonate meines Lebens, das sind fast zwei ganze Jahre über die fünfundsechzig hinaus. Vielleicht aber werde ich dreiundachtzig alt, nicht ganz angenehm für einen Junggesellen, aber Philipp und Doris werden mich gewiß nicht verlassen. Philipp und Doris. Komisch, ich hoffe somit als Schmarotzer an der Kindesliebe einer fremden Nachkommenschaft zu enden...

Ununterbrochen drang die Tanzmusik eines überlauten Grammophons aus dem Garten zu mir herauf. Dazwischen war Philipps helle lachende Stimme, die keinen Widerspruch zu dulden schien, immer wieder zu hören. Er stand gleichsam auf der Kommandobrücke dieser Festnacht. Ich ging auf und ab in meinem lieben dunklen Zimmer. Ich berührte im Vorbeistreifen meine Bücherrücken. Ich sog mich voll an meinen eigenen alternden Geistern, die neben mir auf und ab durchs Zimmer wanderten. Noch einmal stellte ich fest: es geht mir gut. Zugleich aber erschrak ich ein bißchen über diese so oft wiederholte Feststellung. Die wahre Gesundheit weiß nichts von sich selbst. Dann stieg ich wieder in den Park hinab.

Die Dienerschaft war schlafen gegangen. Der größere Teil der

Gäste hatte sich zurückgezogen. Gott weiß wie spät es sein mochte. Die Freunde und Freundinnen der Kinder hielten noch stand. Der Tanz auf der Terrasse ging weiter. Nur die Stimme des Grammophons schien mir schrill vor Müdigkeit geworden zu sein. Ich fand Livia und Leopold an einem Tisch mit dem Lacher, dessen mondhafter Glatzkopf in Dunkel schwebte. Das Männchen hatte den größten Teil seines Schatzes bereits vergeudet. Er lächelte nur mehr verklärt.

»Komm her, Alter«, rief Leopold mir zu, »und trink! So jung sitzen wir nicht wieder beisammen...«

»Er will diese Nacht nicht mehr ins Bett«, lachte Livia, »und er hat ganz recht...«

Leopold schenkte mir puren Whisky ein. Sein gutes breites Gesicht war schon tief gebräunt durch die nächtliche Sonne des Alkohols:

»Natürlich hab ich recht, Theo... So jung werden wir morgen nicht mehr sein... Das Alter kommt nämlich nicht, wie diese blöden Ärzte behaupten, tropfenweise, nach und nach, unmerklich, nein, mein Guter, mit einem Schlag kommts...« Er hieb die Faust auf den Tisch... »Wie in Raimunds ›Bauer als Millionär‹, erinnerst du dich, die Tür fliegt auf, ein kalter Wind weht herein, und ein krächzender gichtischer Mummelgreis in Pelz und Schlapfen tritt auf, das Alter...«

»Brüderlein fein, Brüderlein fein, einmal muß geschieden sein«, sang vor sich hin der Lacher und wiegte seinen Vollmond.

Leopold bedeckte plötzlich sein Glas mit der Hand. Es war eine verwehrende Geste.

»Eine der größten Szenen der Weltliteratur ist das«, sagte er, »für mich wenigstens, wie zuerst die Jugend im Ballettröckchen sich verabschiedet und dann das Alter mit dem eingeschneiten Pelz auftritt. Das reicht an Shakespeare. Ein lieber, kindlicher, wienerischer und doch ganz verzwickter Shakespeare... Und gelebt haben am Ende nur die paar Genies, wie dieser arme Ferdinand Raimund... Wir andern aber leben nur, um ihre Geschenke zu empfangen... Prost, Theo...«

Wir tranken und schwiegen.

Plötzlich tauchte Philipp auf:

»Gestatten die Herrschaften?«

Der Vater schob ihm ein Glas hin. Er aber lehnte es ab und blieb stehen:

»Für die Erklärung, die ich abzulegen habe«, begann er mit seiner gewundensten Feierlichkeit, »ist es notwendig, daß ich aufrecht stehe und meine ungetrübte Nüchternheit bekunde. Herr Leopold Argan, Frau Livia Argan, ich hab euch ein Kompliment zu machen. Es heißt, daß sich niemand seine Eltern aussuchen darf. Schwindel! Ich hab euch mir ausgesucht, sonst würd ich nicht...«

Er machte eine kleine Pause und wurde feuerrot, weil er sich vor uns schämte. Dann aber brach mit voller Kraft das Geständnis aus ihm:

»Ich bin nämlich so furchtbar gern auf der Welt!«

»Das ist wirklich das größte Kompliment, das einer seinen Herren Erzeugern machen kann«, strahlte der Lacher. Leopold aber prüfte eingehend die Flaschenbatterie, die auf dem Tisch stand:

»Darauf müssen wir etwas ganz Starkes miteinander trinken, nüchterner alter dummer Bursche...«

Philipp jedoch war schon wieder verschwunden. Das Grammophon, das ein paar Minuten lang Atem geschöpft hatte, heulte von neuem los. Es fiel mir auf, daß Livia nicht mit uns angestoßen hatte, als wir auf die Lebensfreude ihres Sohnes tranken.

Auf einmal war das Dunkel, in dem wir uns sprechend oder schweigend dehnten wie in einem lauen Bad, fliederfarbig geworden. Die Grillen von Grafenegg – nach ihrer Tonstärke zu schließen sehr ansehnliche Bestien – hielten inne wie auf ein Taktzeichen. Die Natur schaltete überdeutlich einen Zwischenakt ein, als brauche sie eine Weile für Umbau und Neustimmung. Diese von einer jähen Kälte begleitete Verwandlungspause dauerte noch an, als die ersten grünlichen Andeutungen die ausblassende Fliederfarbe durchzuckten, der Nachthimmel mit den meisten Sternen zu einem wässerigen Stoff einschmolz und auf den Graten im Westen, wie aus dem Innern des Toten Gebirgs gesogen, ein unaussprechlich geistiges Lila hervortrat. Doch bei der nächsten Rückung des morgendlichen Farbenzeigers war der Zwischenakt der Natur zu Ende, und die Vögel setzten ein mit einem Schlag. Es war ein aufbegehrender, ja ein gemeiner Streit, der da plötzlich losbrach. Die Vögel schienen weniger die nahende Sonne zu grüßen, als empört bei ihren gestrigen Unstimmigkeiten anzuknüpfen, genau dort, wo sie diese abgebrochen hatten. Nach der kosmischen Lähmung durch die Nacht plärrte da in diesem Vogelgeschrei die ganze Banalität, die niedrige Verschworenheit des Lebens los mit ihrem kleinbürgerlichen Neid und Hader, durch den erst das Ungeheure unserer Existenz im All den Erdenwesen erträglich zu werden scheint. Und Leopold hatte recht. Die großen Verwandlungen geschehen nicht allmählich, sondern mit einem Schlag. Im Gegensatz zu der bekannten Lehrmeinung macht die Natur Sprünge, wo sie nur kann.

Wir aber fühlten uns in den wachsenden Tag hinein sonderbar stolz. Wir hatten ja nicht nur eine Nacht durchzecht, sondern dieses Morgenwerden mit unserer eigenen Natur, mit unserm ganzen Körper tüchtig mitgeleistet. Erschöpft und ausgeruht, still und freudig, gedankenleer und besonnen fand uns die kurze Kälte vor Sonnenaufgang.

»Es ist doch schön«, sagte Livia, »den Morgen wieder einmal auf die Art erlebt zu haben. Wenn man geschlafen hat, ist es nicht dasselbe...«

Sie rief Doris und deren Freundinnen herbei und ging mit ihnen ins Haus, um das Frühstück zu bereiten. Schon nach einer Viertelstunde war der Tisch gedeckt. Heißer, starker Kaffee wurde aufgetragen, Brot und Kuchen, Butter und Honig, Eier und Schinken. Mit Heißhunger stürzten wir uns darauf, denn der verlorene Schlaf wollte durch Speis und Trank ersetzt werden. Der Lacher, der trotz seiner fortgeschrittenen Jahre mit uns standgehalten hatte, war auch ein Lober. Einer Hausfrau wie Livia sei er noch niemals begegnet, erklärte er.

»Denkt euch«, sagte Livia, damit das Lob gerecht verteilt sei, »Teta war schon auf und hat bereits alles vorbereitet gehabt...«

Unsere Kaffeetassen waren noch nicht leer, als Philipp die unvermutete Absicht äußerte, sofort aufzubrechen und mit seinen Freunden den Schröckenspitz zu ersteigen. So hieß der nächstgelegene zum Herrschaftsgebiet des Toten-Gebirges gehörige Berggipfel von etwa zweitausenddreihundert Meter Höhe, eine sogenannte »schwierige Partie«, da sie einige ungesicherte Kletterstellen aufwies. Livia sah ihren Sohn flüchtig an:

»Ich hab immer gemeint, du verabscheust jeden Dilettantismus«, sagte sie.

»Was bedeutet das, gnädigste Frau Mama«, sagte er.

»Vielleicht kanns dir der Theo erklären...«

Ich wußte, daß Livia nur sehr ungern ein Verbot aussprach, von Leopold ganz zu schweigen. Daher übernahm ichs, ihren Dolmetsch zu machen.

»Deine Mutter meint, daß nur ein Dilettant sich unausgeschlafen und übernächtig an solch einen Aufstieg heranwagt. Die echten Bergsteiger gehn um acht Uhr zu Bett, schonen ihre Glieder und enthalten sich des Alkohols vorher, bekanntlich. Ihr würdet sicher schon beim Bernegger Bauern umkehren müssen und mit einer unnötigen, aber ziemlich verdienten Niederlage nach Haus kommen, wenn ihr uns nicht mit irgendwelchem Berglatein anschmieren wollt...«

»Aber Himmelherrgott«, trotzte Philipp, »ich halts nicht aus...«

Und er wandte sich den jungen Leuten zu:

»Mich reißt es in den Beinen... Man muß doch einen Auslauf haben nach unserm Fest-Kabarett, nach solchen Triumphen, nicht wahr meine Herren?!«

»Auslauf soviel ihr wollt«, mischte sich Leopold ein. »Von hier auf den Kroatenkogel zum Beispiel gehts auch hübsch zwei Stunden hinauf, verwegener Sohn, und oben im Gasthaus bekommt ihr sogar ein ganz gutes Mittagessen... Die protzige Vitalität dieser neuen Generation ist ekelerregend...«

Philipp legte die Hand aufs Herz und verbeugte sich im Stile des Artisten Bichler:

»Voilà«, machte er, »ein bescheidener, aber weiser Rat. Man sieht, die Kunst der Diplomatie besteht im Kompromiß... Der Kroatenkogel ist ein träumerischer Abendspaziergang für Fräul'n Teta mit Herrn Gemahl... Ich bitte zu beachten, daß ich wieder einmal meine hochfliegenden und radikalen Pläne dem romantischen Kleinmut unserer älteren Generation opfere...«

Philipp hatte recht. Auf den Kroatenkogel, einen Waldberg der Umgebung, führte eine breite Promenade, die an jeder Wegkehre mit Ruhebänken für schlendernde Spaziergänger und Naturfreunde geschmückt war. Ich selbst ging zwei- oder dreimal des Jahres die Serpentine bis zu dem beliebten Gasthaus hinauf. Es war wirklich ein Spaziergang für ältere Leute oder gesetzte Seelen, die jedes alpinistischen Ehrgeizes entbehrten. Sogar Herzkranke durften diesen sanften und gepflegten Anstieg wagen.

Nachdem sie noch einige Male auf das Entehrende dieses allzu leichten und niedrigen Zieles hingewiesen hatten, versprachen die jungen Leute die Ersteigung des Schröckenspitz oder besser noch des Großen Priel für einige Tage zu verschieben, denn Dilettanten wollten sie sich nicht schimpfen lassen. Dilettant heißt zu deutsch Liebhaber. Der moderne Mensch aber ist kein Liebhaber, sondern ein Zielhaber. Für den Auslauf also mochte der Kroatenkogel genügen. Am frühen Nachmittag wollte man wieder daheim sein.

Philipp winkte uns flüchtig zum Abschied. Dann sprang er in seiner ganzen Länge den andern voran. Wir blickten ihnen nach, wie sie, das Parktor zur Seite lassend, sich über den Zaun schwangen.

Kapitel vier

Wir müssen Abschied nehmen

Ich lag in schwerem Schlaf, als mich Doris weckte:

»Komm hinunter zu Mama, Theo... Sie wartet auf dich...«

Nur mit Mühe konnte ich mich der Lähmung entwinden, die mich in der Sekunde befallen, da ich mich auf mein Sofa geworfen hatte, Gott weiß wann. Es war ein Doppelschlaf gewissermaßen, in dem sich die flüchtige Siesta des Tages um die versäumte Nachtruhe quälend verdichtete.

»Was ist denn los«, fuhr ich auf, »ist irgendwas geschehen?«

Auch Doris sah sehr erschöpft aus und hatte schwarze Ringe unter den Augen.

»Nichts Arges, Gott sei Dank«, sagte sie, »man hat angerufen, daß sich Phili den Fuß verstaucht hat... Papa ist schon losgefahren, um ihn abzuholen...«

Ich kam langsam zu mir, warf die Decke ab und setzte mich auf:

»Den Fuß verstaucht?... Wo?... Oben auf dem Kroatenkogel?...«

»Nein, denk dir, Theo... Nicht einmal oben, sondern beim Wegmacherhaus, wo die Serpentine beginnt, sie sind gerade heruntergelaufen vom Berg, wahrscheinlich im Galopp, die blöden Buben...«

»Und der wollt heute auf den Schröckenspitz kraxeln«, gähnte ich. »Wäre er lieber ins Bett gekraxelt...«

Ich sah im Zimmer umher. Vor meinen Augen lags wie rötliche Dämmerung. Meine Gedanken waren klebrig und kamen nicht vom Fleck. Ich wußte nicht, obs noch Vormittag war oder schon gegen Abend. Wie es ein Schwindelgefühl im Raume gibt, so auch eines in der Zeit, wenn man nämlich nicht weiß, auf welchem Punkte ihres Ablaufs man sich gerade befindet. Von diesem Zeitschwindel drehte sich mir der Kopf:

»Hilf mir, Doris... Ich hab mich blödgeschlafen... Wieviel Uhr haben wir...«

Sie reichte mir ihre Hände, um mir aufzuhelfen. Diese mageren Mädchenhände, schön und lang gefiedert wie die ihrer Mutter, waren eiskalt vor Übermüdung:

»Es ist schon vier... also mach schnell, Theo... Mama ist ziemlich unruhig...«

Livia ging im großen Wohnzimmer auf und ab. Sie war heute in ein städtisches Kostüm gekleidet, als sei sie jeden Augenblick bereit, den Aufenthalt in Grafenegg abzubrechen.

»Zu dumm«, rief sie mir zu, »daß wir grad heut diese fremden Leute im Haus haben... Jetzt aber weiß ich, warum mir euer Fest die ganze Zeit so suspekt gewesen ist...«

Noch immer halb gelähmt, warf ich mich in einen Fauteuil und glotzte sie aus schmerzenden Augen unaufmerksam an. Ich spürte eine Lidrandentzündung.

»Ich bitte dich, Livia«, meinte ich ziemlich gleichgültig, »ein verstauchter Fuß, eine gezerrte Sehne, das ist in drei, vier Tagen wieder gut, die Lappalie... Was wirst du tun, wenn Phili, dieser große Mensch, einmal nicht mehr bei euch lebt, sondern irgendwo in einer fremden Stadt, und er wird vielleicht wirklich krank sein und du hast davon nicht einmal eine Ahnung...«

Livia blieb am Fenster stehen und preßte ihre rechte Hand gegen die Scheibe:

»Ob dus glaubst oder nicht, Theo, ich mach mir Vorwürfe, daß ich Phili von der großen Partie zurückgehalten hab heut früh... Wirklich, ich mach mir schwere Vorwürfe... Auf dem Schröckenspitz wäre nichts passiert, ich weiß nicht, warum ich das weiß, aber Gift könnt ich nehmen drauf... Nein, auf diesem lächerlichen Spaziergang hats ihn erwischt, grad dort und nirgends anders... Seit Tagen schon hab ichs geahnt, daß etwas schiefgehen wird...«

Ich angelte in verschiedenen Schachteln und Dosen nach einer Zigarette. Nirgends war eine zu finden. Enttäuscht und enerviert brummte ich:

»Meine liebe Livia, ich bemerk an dir zum erstenmal im Leben mütterliche Übertriebenheiten...«

Ihr Gesicht war ein wenig gedunsen, gröber als sonst und gelblich. Sie sah mich hart und böse an:

»Du hast es leicht, nicht übertrieben zu sein, ein beziehungsloser Mensch wie du...«

Ich hielt diese scharfe, aber nicht ungerechte Charakteristik ihrem Nervenzustand zugute. Auch freute ich mich, in meiner Tasche eine verkrüppelte Zigarette gefunden zu haben, die ich mit dem Gefühl großer Erleichterung jetzt ansteckte.

»Wenn du es für nötig hältst, Livia«, sagte ich, »werd ich den Arzt in Liezen anrufen und ihn sofort herbestellen...«

Ihre bissige Bemerkung, in der so viele Obertöne der persönlichsten Kritik mitschwangen, schien sie zu gereuen. Sie nahm meine Hand zwischen die ihren und streichelte sie:

»Ja bitte, sei lieb, Theo, und ruf Liezen an... Wenn der Doktor kommt, wirds eine Beruhigung sein für mich...«

Argans Besitzung lag weit außerhalb der Ortschaft Grafenegg. Alles fürs Haus Nötige wurde zumeist aus Liezen bezogen, der nah gelegenen kleinen Bezirksstadt. Dort lebte auch der Kreisarzt Dr. Kohlfuß, ein älterer Herr, der bei Einheimischen und Sommergästen ziemlich beliebt war. In all diesen Jahren hatte er das Haus in Grafenegg nicht öfter als fünf- oder sechsmal betreten. Zwei von diesen Visiten aber hatten mir gegolten. Ich bin nämlich im Gegensatz zu den leichtsinnigen Argans ein ziemlicher Hypochonder. Dr. Kohlfuß war nicht zu Hause. Zehn Minuten später läutete ich abermals bei ihm an. Er war noch immer nicht heimgekehrt. Es wurde mir aber mitgeteilt, daß inzwischen ein anderer dringender Anruf erfolgt sei, und zwar aus unserer Gegend, man könne mir nicht genau sagen woher. Man suche jetzt den Herrn Doktor in der Stadt. Sobald man ihn aufgetrieben habe, werde er unverzüglich im Auto nach Grafenegg kommen. Die Nachricht von diesem zweiten und dringenden Anruf machte mich stutzig. Ich sagte aber Livia und Doris nichts davon, als ich wieder ins Wohnzimmer trat.

Dort hatten sich mittlerweile die Gäste zum Tee versammelt. Man konnte Livia nicht die geringste Unruhe anmerken. Sie tat nicht einmal des Unfalls Erwähnung. Freundlich schenkte sie die Tassen voll, bot Butter und Toast an und führte die Unterhaltung, als habe sie keinen einzigen Nebengedanken. Jene übertriebene Sorge von vorhin schien gänzlich von ihr gewichen zu sein. Die Unterhaltung freilich war welk und schleppend. Der Enthusiasmus unserer Festnacht lag mit den Aschenresten und Zigarettenstummeln auf dem Mist des Gewesenen. Der große Lacher hatte sich in einen kleinen Stummen verwandelt, der den wurstigen Gesprächen mit emsigem, aber verständnislosem Augenblinzeln folgte. Die Schönheit von gestern war nun eine verdrossene Abgeblühtheit von vorgestern. Da half kein Spiegel und Lippenstift mehr, wenn er auch doppelt so häufig gezückt wurde wie während der strahlenden Festnacht. Das langbefreundete Ehepaar saß grau und trübsinnig herum und war vollauf damit beschäftigt, ein gegenseitig ansteckendes Gähnduett erschrocken zu unterdrücken. Der witzige Kopf mit dem Tick hatte seinen Witz verloren, seinen Tick behalten. Nur manchmal platzte eine matte Pointe, zu deren Lieferung er sich verpflichtet fühlte, wie eine fade Wasserblase in der Windstille des Gesprächs. Die Luft im Zimmer war stickig und grau wie wir selbst. Auf allen Möbeln schien dicker Staub der Müdigkeit zu liegen. Seit Stunden grollten ferne Gewitter am Himmel ratlos umher. Sie hatten nicht Kraft und Jugend genug, um auszubrechen.

Als endlich im Parktor das Auto vernehmbar wurde, stand Livia auf und lächelte:

»Ich muß die Herrschaften bitten, mich für ein paar Minuten zu entschuldigen...«

Die Herrschaften saßen bewegungslos im Kreis, die dämmrigen Wände im Rücken. Sie schienen nicht ganz plastisch zu sein, sondern bildeten eine Art von Halbrelief. Auch Doris und ich lächelten angestrengt zur Entschuldigung und folgten Livia.

Als wir Philipp aus dem Wagen hoben, merkte ich erst, daß er bewußtlos war. Sein Mund stand offen und die Zunge war ein wenig vorgetreten. Das abgebrannte sommerliche Gesicht des Jünglings hatte die gute Farbe behalten. Nur die geschlossenen Lider waren bläulich beschattet. Leopold sah weit kränker aus als der Bewußtlose. Der Schweiß lief ihm in Bächen von der Stirne. Sein Hemd war zum Auswringen naß, und er keuchte. Wir trugen Philipp in sein Zimmer, kleideten ihn aus, legten ihn ins Bett. An seinem noch kindlich weißen und reinen Körper war nirgends die leiseste Schürfung, Prellung oder Verfärbung zu entdecken. Ich fragte einen seiner Freunde, der mitgekommen war, Benno hieß er, wie und was da um Himmels willen geschehen sei.

»Ich weiß es selbst nicht –«, gestand mit verlorenen Augen und weinerlicher Stimme der völlig Niedergedonnerte, »wir haben einen Wettlauf gemacht, den Berg hinunter... Phili hat sich den ganzen Tag wie ein Irrsinniger benommen. Er war uns voran und lachte und schrie in einem fort... Wie wir um die letzte Ecke kommen beim Wegwächter, seh ich, daß er ausrutscht, hintenüber, wie auf Glatteis, und die Böschung hinab kugelt, vielleicht drei Meter weit, sicher nicht mehr... Es ist ja eine ganz sanfte Böschung, Sie werden sie kennen, gemähte Wiese, kein Baum, keine Wurzel, kein Stein, ein kleines Kind kann sich dort nichts tun... Der Phili aber bleibt liegen, wir meinen, es ist einer seiner dummen Späße heut und werfen mit Tannenzapfen nach ihm. Dann gehn wir sogar weiter, weil wir glauben, er hat sich da wieder etwas Verrücktes ausgedacht, um uns zu bluffen... Erst viel später kommen wir zurück und sehen, daß er noch immer dort liegt und erschrecken und laufen hin und schütteln ihn und merken, daß er nicht bei sich ist... Und er ist auch nicht zu sich gekommen seither... Wenn man denkt, ein Weg so glatt und so breit wie eine Autobahn... Da bin ich sofort in die nächste Villa gerannt und hab Herrn Argan angerufen. Hoffentlich ists nicht gefährlich...«

Auch ich dachte noch eine gute Weile, es könne nichts Gefährliches sein. Livia verschüttete ganze Flaschen von scharfen Essenzen und Toilettenwässern, mit denen sie Gesicht und Brust Philipps einrieb. Auch Teta brachte verschiedene ihrer Absude und Hausmittel. Ein wilder beklemmender Geruch verbreitete sich in dem knabenhaften Zimmerchen mit dem weißen Schreibtisch, dem Bücherbord und den vielen Musikinstrumenten des Tausendkünstlers. Ich stieß das Fenster auf. Nichts brachte den Besinnungslosen ins Leben zurück. Nur manchmal öffnete sich sein Mund schnappend weit und die Brust hob und senkte sich schnell.

Endlich kam Dr. Josef Kohlfuß in seinem zerlämperten Wägelchen angerattert. Er schickte alle aus dem Zimmer, auch Livia und Leopold. Nur mir zwinkerte er zu bleiben. Eine kurze Untersuchung. Ein paar Blicke und leichte Griffe. Der alte Arzt mit seinem vertrauenerweckenden Doktoren-Spitzbart, er, der selbst einen schwerkranken Eindruck machte, schien bereits alles zu wissen. Seine durchfurchte Miene ließ mich erstarren. Ich wagte kaum, eine Frage zu stellen:

»Wenn ein junger Mensch beim Laufen stolpert und hinfällt, – was kann da Schlimmes geschehen sein, lieber Doktor?...«

»Wir müssen das Bett von der Wand abschieben«, erwiderte Kohlfuß.

»Eine so lange Ohnmacht. Mit neunzehn Jahren. Wahrscheinlich Gehirnerschütterung, wie«, tastete ich.

»Helfen Sie«, befahl der Arzt. »Er muß ganz glattgelegt werden... Fassen Sie ihn unter dem Rücken. Mit beiden Händen, bitte. Äußerst vorsichtig, hören Sie... So...«

Mit großer Zartheit schob er die rechte Hand unter Philipps Schädel, wie man es bei Säuglingen tut, und zog mit einem schnellen Ruck die Kopfkissen fort, die er auf den Boden warf.

»Und Ihre Diagnose, Herr Doktor Kohlfuß«, flüsterte ich ganz erfroren.

Er sah mich eine Weile lang geistesabwesend an. Dann zog er aus seiner Hosentasche eine vernickelte Büchse. Und während er eine der Ampullen absägte und die Spritze zu füllen begann, murmelte er nicht zu mir, sondern ins Leere:

»Verletzung der Schädelbasis...«

Dieses Wort durchfuhr mich bis unter die Haarwurzeln, als hätte ich eine Hochspannleitung berührt:

»Aber das ist... Das ist doch etwas sehr Ernstes«, sagte ich.

»Das will ich meinen, mein lieber Herr...« sagte er.

»Hoffnungslos?« entrang es sich mir kaum hörbar.

Das Antlitz des Arztes wurde immer durchfurchter. Er flüsterte in die Luft:

»Wenn man ihn mit dem Rettungswagen nach Liezen ins Spital bringen könnt... Aber ich hab dazu den Mut nicht... Die leiseste Bewegung...«

»Hoffnungslos?« fragte ich noch einmal tonlos.

Er suchte in seiner Nickelbüchse nach einem andern Medikament. Die Brille hoch in die Stirn geschoben, brummte er:

»Es wär jedenfalls gut, wenn Sie, als Freund des Hauses, mit der Familie...«

»Das ist ja so vollkommen unfaßbar... Das geht ja nicht... Auf der glatten Straße hingefallen... Er muß doch zu retten sein, Doktor...«

Kohlfuß gab keine Antwort. Er stach die Injektionsnadel ein. Dann legte er den Kopf auf die Brust Philipps, um Herz und Atmung zu prüfen. Nach ein paar Minuten erhob er sich ächzend und warf einige Hieroglyphen auf einen Zettel, den er mir reichte:

»Wir werden zwei Bomben Sauerstoff brauchen... Das Atemzentrum ist nicht in Ordnung... Jemand muß möglichst schnell nach Liezen fahren... Der Apotheker soll die Sachen da mitschicken... Hoffentlich hat er sie vorrätig... Lassen Sie mir alles, was es hier im Haus an Syphon gibt, heraufschicken... Ich muß mir die Kohlensäure selbst fabrizieren...«

»Ich brauche deinen Wagen«, sagte ich nachher zu Leopold, »es ist verschiedenes aus der Apotheke zu besorgen...«

Leopold nickte nur, ohne den Blick von mir zu wenden. Keiner sagte etwas. Unten baten mich die ganz und gar erloschenen Gäste, ich möchte sie im Auto nach Liezen mitnehmen. Sie wollten unauffällig verschwinden und dem Hause nicht mehr zur Last liegen nach diesem schrecklichen Zwischenfall. Gemäß einem unverbrüchlichen Naturgesetz floh alles vor dem Unglück. Auch ich floh. Als unter meinem Fingerdruck der Motor ansprang und ich mechanisch den Wagen durchs Tor lenkte, erkannte ich, daß ich es bewußt vermieden hatte, Bichler oder Benno nach Liezen zu senden, um nur für eine Weile mich von dem Druck zu befreien, der auf Grafenegg lastete. Es war eine niedrige Schwäche, die mir nicht verborgen blieb. Und schlimmer noch: eine leise, aber gemeine Stimme meldete sich in einem verrufenen Winkel meines Bewußtseins. Er ist der Sohn deiner Freunde. Aber es ist nicht dein Sohn. Freu dich, daß du allein stehst in der Welt, du Ewiger Gast. Das Unglück zielt an dir vorbei...

Ich hatte lang in der Apotheke zu warten. Die Sauerstoffbomben mußten erst im Hospital des Städtchens entliehen werden. Als ich zurückfuhr, stürzte die aufsteigende Straße in einen späten und unaufgeräumten Himmel hinein, in dem sich giftgrüne Tümpel unter Wolken von eigentümlicher Sublimatfärbung öffneten. Doris winkte mir schon in der Einfahrt zu:

»Gott sei Dank, Theo... Phili ist zu sich gekommen... Er hat gesprochen... Jetzt schläft er...«

Mir wars, als ob ein Eisenring um meine Burst zerspränge und ich könnte nun das erste Mal seit Stunden wieder ausreichend Luft schöpfen:

»Was hat er gesprochen«, rief ich überlaut.

»Er erinnert sich an nichts... Er weiß nicht, daß er hingefallen ist... Er ist ganz lustig und ziemlich aufgeregt und spricht immerfort vom Großen Priel und daß er in ein paar Tagen mit Benno und den anderen unbedingt die schwierige Partie nachholen will...«

Philipps Stube lag neben dem Schlafzimmer Livias. Dort fand ich Leopold und sie. Der Kranke, der jetzt schlief, sollte auf Wunsch des Arztes nicht durch die Anwesenheit seiner Eltern erregt werden. Wir sprachen gedämpft. Leopold packte meinen Arm mit beiden Händen und preßte ihn:

»Wenn das an uns vorübergeht, Theo, wenn das vorübergeht... Dann will ich dankbar sein für jede weitere Lebensstunde und nichts, nichts mehr als selbstverständlich hinnehmen...«

»Nicht von Dankbarkeit reden, sondern schweigen«, sagte Livia. Sie, deren Gesicht mir vor wenigen Stunden noch aufgedunsen und gealtert erschienen war, sah nun aus wie ein junges

Mädchen. Ihre Augen glänzten fiebrisch. Ihre Haut war gestrafft und wie von einem frischen Wind gerötet. Wir saßen nun und schwiegen atemlos, bis es ganz dunkel wurde. Jede verflossene Minute erschien nun als ein dem Tode abgejagter Zeitgewinn.

Die raschen Schritte des Arztes, welche jäh die Stille unterbrachen, sagten alles. Ich hörte, wie er sich bemühte, die schweren Sauerstoffbomben aus dem Gang ins Zimmer zu rollen. Wir liefen ihm zur Hilfe. Philipps Gesicht hatte sich entsetzlich verändert. Der weit aufgerissene Mund schnappte kraftlos nach Luft. Die Augen waren verdreht, die plötzlich abgemagerten Hände in die Decke verkrampft. Manchmal entrangen sich seiner Kehle Silben und Worte, die wir nicht verstanden. Schon lag zwischen ihm und uns der letzte Abgrund. Endlich rauschte der Sauerstoff in die Glasmaske, die Kohlfuß dem Erstickenden vorhielt. Nichts wirkte mehr. Zu spät. Der Gleichgewichtspunkt der Lebenswaage war überschritten. Unerbittlich senkte sich die Schale. Wir konnten nichts mehr anderes tun, als dem Sterben dieses jungen Menschen machtlos zuschauen wie einem gesetzmäßig abrollenden Naturvorgang, von dem auch die Nächsten ausgeschlossen waren. Allzu lange währte dieses krampfige Entgleiten, diese harte rastlose Wegesmüh, voll Bergen und Tälern, dieser schwierige Aufstieg, bevor die letzte Schutzhütte erreicht ist. Livia hatte sich zu ihrem Sohn hingekniet. Kein Laut kam über ihren Mund. Sie sah ihn mit einer leidenschaftlich hingegebenen Aufmerksamkeit an, die mächtiger war als jeder Schmerz. Das sich Aufbäumen und die Zuckungen des Bergsteigers, der rettungslos zwischen den Felswänden hängt, wurden immer seltener. Der Körper streckte sich in der Agonie, in den Geburtswehen des Todes. Mit ungeheurer Schärfe trat der Augenblick des Endes in Erscheinung. Sinnfällig ohnegleichen war die messerscharfe Grenze zwischen Etwas und Nichts.

Die Muskeln am ganzen Körper schmerzten mich. Denn wie das Morgenwerden heut früh, so hatte ich jetzt mit aller Kraft dieses lange Sterben mitgeleistet. Livia erhob sich und ging an uns vorbei aus dem Zimmer. Der viel weichmütigere Leopold aber begann Klagendes vor sich hinzulallen. Ich erkannte den Satz:

»Ich bin nämlich so furchtbar gern auf der Welt...«

Ein Toter lag im Haus. Wir aber gingen zu Tisch wie alle Abende. Es flossen der Tränen nur wenig in diesen Stunden. Livia saß aufrecht und starr. Ihr Gesicht war noch immer sehr rot und ganz straff. Ich mußte an die Gesichter von Studenten denken, die mit der gleichen gestrafften und betäubten Röte auf den Wangen die Prüfungssäle verlassen. Jede Einzelheit dieses Abends hat sich mir unvergeßlich eingestanzt. Ich sehe, wie das auftragende Mädchen auf Zehenspitzen von einem zum andern ging und die Schüsseln reichte. Ich sehe, wie der alte Kohlfuß heißhungrig auf die Speisen starrte, sich den Teller füllte, die Brille in die Stirn schob und rücksichtslos draufloslöffelte und gabelte. Wie ein Schwerarbeiter, der sich durch harte Anstrengung sein Mahl verdient hat und nicht um der guten Sitte willen dazu verhalten werden kann, den Nahbeteiligten eine überflüssige Komödie vorzuspielen. Ich sehe auch noch, wie Livia den Teller des Arztes scharf beobachtete, und wie sie, als dieser geleert war, dem Mädchen winkte, damit es noch einmal dem tragischen Gaste die Schüssel reiche. Um den Eindruck seines wilden Appetits ein wenig zu mildern, seufzte Kohlfuß tief auf und nickte philosophisch vor sich hin, ehe er ein zweites Mal sich ausgiebig bediente.

Dieser furchtbare Abend in Grafenegg war ausgefüllt von einer Menge bedeutungsloser Gebärden und Redensarten, die sich alle abspielten wie hinter dickem Glas. Wohl war der Schmerz schon irgendwo in Bildung begriffen. Da er aber zu den entzündlichen Schmerzen zählte und nur langsam das Blut von allen Seiten in seinen Mittelpunkt versammelte, würde er noch lange brauchen, um in seiner vollen Reife dazusein. Und dann, dieser noch unreife Schmerz mußte sich ja auf das ganze Leben einer Mutter verteilen; das setzte ein allmähliches Wachstum voraus ohne rasche Verausgabungen. Noch war Schmerz nicht an der Reihe, sondern als sein Vorläufer und Herold ein dumpfes, vielgeschichtetes Erstaunen. Von diesem Erstaunen waren wir voll bis zum Rand. Keiner von uns, auch Livia nicht, besaß die Fähigkeit, Philipps Tod einzuholen. Wir trotteten ihm hilflos nach mit unserem abgerackerten Bewußtsein. Jeder erlag immer wieder derselben Gedankenfolge: Wie ist das nur? Nehmen wir an, es sei einige Stunden früher, es sei Mittag oder heute morgen fünf Uhr, da wir alle so lustig noch zusammensaßen! Ich schließ die Augen, und schon sitzen wir bei unserem famosen Frühstück nach der durchzechten Nacht und nichts ist geschehen... Wie ist das nur? Eine glatte Promenade. Philipp rutscht aus und purzelt über den Abhang. Ist es nicht ein Spaß? Wird er nicht sofort aufstehen, nachdem er uns lange genug durch seine Verstellungskunst erschreckt hat?...

So erlagen wir alle anstatt dem wirklichen Schmerze einem verwunderten fragereichen Vorschmerz, der nichts anderes war als das aufgestörte Gewohnheitswesen in uns, das vor der Mühsal einer furchtbaren Veränderung zurückzuckte.

Im Laufe dieses Abends geschah es einmal, daß ich glaubte, jenes dicke Glas, hinter dem ich lebte, habe eine Stichflamme durchgeschmolzen. Ein jähes, heftiges Gefühl für Livia zwang mich, sie in die Arme zu schließen und meine Wange an die ihre zu lehnen. Sie aber brach nicht, wie ichs ersehnt hatte, in Tränen aus, sondern blieb kalt und abweisend bei dieser Liebkosung. Beschämt zog ich mich zurück, und spürte, daß meine Wallung nicht ganz echt, nicht ganz selbstlos und angemessen gewesen und den ungeheuren Ernst ihrer Erstarrung verletzt hatte. Rätselhaft war mir Livia in dieser trockenen Wahrhaftigkeit ihrer Haltung. Es wirkte beinahe wie Gefühllosigkeit. Leopold hingegen benahm sich viel weniger ruhevoll und gefaßt als sie. Er bewies ein großes Anlehnungsbedürfnis an mich. Hie und da schluchzte er kurz auf, erfing sich aber sofort, als fürchte er, mit seinem intermittierenden Jammer der Größe dieser Stunden nicht gewachsen zu sein. Er lief immer wieder hinaus und kam nach wenigen Sekunden zurück in zielloser Verwirrtheit.

Gegen zehn Uhr nahm mich Dr. Kohlfuß zur Seite:

»Einige traurige Notwendigkeiten müssen leider noch heute

abend erledigt werden«, flüsterte er makaber, aber sachgemäß. »Ich schlage vor, daß Sie mich nach Liezen begleiten... Belästigen wir Herrn Argan nicht mit diesen Dingen...«

Ich empfand wieder das gewisse Erleichterungsgefühl, als ich Leopolds Wagen aus der Garage holte, um dem Doktor nachzufahren. Im Augenblick aber, wo ich einsteigen wollte, trat mir Doris in den Weg:

»Theo, verlaß uns nicht, heut in der Nacht...«

»Ich bin spätestens in einer Stunde zurück, Doris... Dr. Kohlfuß und ich haben noch einiges zu tun...«

»Und du wirst nicht auf und davongehen, Theo... Du auch?...«

»Mein Gott, Doris, was hältst du von mir?... Ich werd euch nie verlassen, nie...«

Sie haschte nach meiner Hand und drückte sie an ihre Brust:

»Weißt du, ich fürcht mich so sehr, mit den Eltern allein zu sein heut nacht... Und dann fürcht ich mich...«

Ich näherte mein Gesicht dem schmalen ihren, das mir in der Dunkelheit ganz bleich und abgezehrt erschien. Geweint aber hatte sie ebensowenig wie ihre Mutter:

»Wovor fürchtest du dich, Doris... Sag mir alles...«

Ihr Gesicht wich zurück:

»Muß ich dir erst alles sagen, wirklich, Theo?...«

Es fiel mir nicht leicht, den Namen des Toten auszusprechen:

»Fürchtest du dich wegen Phili?...«

Das Mädchen antwortete nicht sogleich, sondern kämpfte sichtbar um den Ausdruck:

»Du kannst dir doch denken, wie das ist, daß ich ihn nie mehr wiedersehn werd, und ob das so ist...«

Ich strich ihr übers Haar, das sich sehr trocken und elektrisch anfühlte:

»Schau da hinauf in die Milchstraße, Doris«, sagte ich, aber es war mir gar nicht wohl bei dieser salbungsvollen Allgemeinheit. »Das ist eine so fabelhaft sinnvolle Ordnung, nicht wahr... Wenn du aber Phili nicht wiedersehn könntest, dann gäbs keinen Sinn und keine Ordnung, die es doch gibt...«

»Ich find deine Milchstraße nur grauenvoll«, schüttelte sich Doris. »Ich will gar nicht hinaufschaun, denn sie macht nur unglücklich und hilft keinem Menschen... Und was du da gesagt hast, Theo, das steht in jedem Schullesebuch für die reifere Jugend, das glaub ich schon längst nicht mehr... Es ist nicht die Wahrheit, es ist wie eine vorbereitete Kamillensalbe...«

Ein paar dicke Sternschnuppen des Leoniden-Schwarms gingen mit langen Feuerstrichen nieder. Aber auch sie überzeugten die kleine Doris nicht:

»Also fahr los, Theo«, sagte sie, »und vergiß, daß ich dich mit meinen Dummheiten aufgehalten hab...«

Um elf Uhr war ich bereits zurück. Alle Fenster des Hauses erstrahlten hell. Man hätte wirklich meinen können, es sei gestern, unser Fest werde gerade gefeiert, und das Grausam-Wirkliche sei nur ein Traumrest meines schweren Nachmittagsschlafes. Doris hatte eigenhändig in allen Zimmern des Hauses bis hinauf in den Bodenraum Licht eingeschaltet und damit diesen Festesglanz, der seine grellgrünen Flecken auf das Trauerschwarz der Baumwipfel malte. Livia hingegen saß am Bette des Toten und starrte ihn unverwandt an, als wolle sie sich vollsaugen mit seinem Bild, um ihr ferneres Leben auszukommen damit. Sie hatte die Absicht, sich von Philipp nicht fortzurühren, nicht heute und nicht morgen, solang man ihr ihn noch ließ. Gegen Mitternacht aber erlitt sie einen Ohnmachtsanfall. Darauf duldete sie es willenlos, daß wir sie zu Bette brachten. Sie schlief sofort ein, unfähig, mit dem fassungslosen Staunen in sich anders fertigzuwerden. Ihr Gesicht war auch noch im Schlaf straff und rosig und mädchenhaft. Ich zwang Leopold dazu, ein wenig mit mir im Park auf- und abzuspazieren:

»Ich sollte oben sein«, wiederholte er unablässig, »ich sollte bei meinem Sohn die Totenwache halten... Es ist meine Pflicht...«

»Das ist gar nicht deine Pflicht«, wehrte ich ab. »Deine Pflicht ist es, dich auszuschlafen und Kraft für die nächsten Tage zu sammeln...«

Ärgerlich ließ er meinen Arm fahren und versteifte sich eigensinnig:

»Nein, nein... Natürlich ist das meine Pflicht... Was verstehst du davon, du, ein Phantast, der nie ein Kind gehabt hat?... Ich sollte... Aber ich kanns nicht, ich schwör dirs, ich kanns und kanns nicht...«

Mit Absicht fragte ich nicht: warum. Er aber begann eifrig zu erklären und sich anzuklagen:

»Es ist eine Gemeinheit, Theo, aber ich halts oben nicht aus... Ich kann ihn nicht ansehen... Nicht, weil er mein Kind ist, sondern weil er nicht mein Kind ist, begreifst du das, Theo?... Der dort oben ist nicht mein Kind, er ist ein Fremder... So fremd, so fremd, so todfremd, und das drückt mir das Herz ab, daß mein eigner Junge so fremd ist, so todfremd... Ein paar Stunden haben genügt, daß er mich nicht mehr erkennt und daß ich ihn nicht mehr erkenn... Und das ist der sinnlose Tod, diese niederträchtige hundsföttische Entfremdung... Und noch heut am Morgen hab ich mir zugeschworen, Phili muß weg aus diesem tristen Land, hier hat er keine Zukunft, ein genialer Bursche wie er, und ich wollt ihn nächstens nach England schicken, obwohl die Kosten eines englischen Colleges weiß Gott nicht leicht erschwinglich sind für mich... Und jetzt schau her, Theo, zwischen Mittag und Mitternacht ist er ein Fremder geworden, ein Todfremder, und ich kann ihn nicht ansehn, es ist mir sogar sehr unangenehm, ihn anzusehen, und am liebsten würd ich selbst nach England fahren oder Gottweißwohin, nur fort von hier, fort von Livia und euch allen und besoffen in einer Bar sitzen...«

Ich muß gestehen, daß mir die Fluchtgedanken von Philipps eigenem Vater moralisch wohltaten, bewiesen sie doch, daß auch die meinigen einer allgemeinen menschlichen Schwäche entsprachen und nicht einer persönlichen Niedertracht.

»Komm, Leopold«, sagte ich, »trinken wir eine Kleinigkeit!«

Er ließ sich von mir auf die Terrasse führen. Ich brachte die Whisky-Flasche. Auf einen Zug leerte er das bis oben gefüllte Glas. Nach dem zweiten Vollglas puren Branntweins bekam er unruhig funkelnde Augen, nicht die freudig glänzenden wie sonst. Er hob die Fäuste hoch und schrie verletzend laut in diese Nacht, die seinen Toten umschlossen hielt:

»Weißt du, warum wir modernen Menschen so gottverdammt sind?!... Mit dem Leben kommen wir alle glänzend aus, ekelhaft glänzend... Mit dem Gegenteil dort oben im Zimmer aber kommen wir nicht aus, lieber Theo, keiner von uns, keiner...«

Ich schenkte ihm noch einmal das Glas voll. Er trank es wieder auf einen Zug. Dann war ihm leichter. Er lallte schon:

»Ich kann sie nicht lernen... Die Aufgabe dort im Zimmer oben... Ich kann nicht...«

Ich brachte ihn in sein Schlafzimmer, half ihm beim Auskleiden und wartete, bis er lag. Die Whisky-Flasche stellte ich auf den Nachttisch. Ehe ich aber ging, sagte ich leise:

»Du kannst ganz ruhig sein, Poldi. Ich selbst werd bei Phili wachen in dieser Nacht...«

Er deutete eine Kußhand an. Diese Gebärde des von Schmerz und Whisky trunkenen Kavaliers rührte mich eigentümlich. Er murmelte schon im Einschlafen:

»Ja, ich weiß, Theo, du bist mein alter Freund, mein einziger Freund... Dank dir auch schön...«

Man hatte das Zimmer des Toten reich mit Blumen geschmückt, hauptsächlich mit tiefblauem, langstengligem Enzian, der in Krügen und Vasen umherstand. Der Duft der letzten Zyklamen mischte sich mit dem Geruch der Essenzen und Medikamente, der nicht weichen wollte. Zu Seiten des Bettes hatten fürsorgende Hände Kerzen in dreiteiligen Silberleuchtern aufgestellt. Der Körper lag hochgebettet, Livias schönes großes Amethystkreuz auf der Brust. Es war die Stunde, in der sich die Gesichter der Toten zuspitzen und zu einem absonderlichen, oft höhnischen Lächeln verzerren. Auch Philipp schien hinter diesem Lächeln eine seiner gewunden feierlichen Spaß- und Spottreden zu verhalten, nur auf schrecklich übertriebene und unwiderrufliche Art. Das böse Lächeln war steckengeblieben, die gute Wahrheit darunter aber fortgezogen worden. Ich verstand, daß der eigene Vater dieses kaustische Gesicht nicht hatte ansehen können. Auch ich wandte mich ab. Da erst gewahrte ich Teta, die am offenen Fenster saß, im schwarzen Festkleid und mit der weißen Krause wie gestern. Sie hatte ein kleines Gebetbuch im Schoße liegen und hielt den Rosenkranz zwischen den Fingern.

»Gehn Sie nur schlafen, Fräul'n Teta«, flüsterte ich, »bis sechs Uhr früh übernehm ich die Wache...«

Sie schüttelte ernst den Kopf.

»Das ist nichts für den gnä' Herrn, wenn ich bittlich sein darf... Leg der gnä' Herr sich nur gleich hin... Mir tut es nichts, beim jungen Herrn aufzubleiben dahier bis in die Früh... Ich hab ja schon geschlafen...«

Da Teta trotz meiner neuerlichen Bitte nicht weichen wollte, zog auch ich mir einen Stuhl ans Fenster und setzte mich ihr still gegenüber. Sie ließ sich nicht stören, nahm ihre verbuckelte Stahlbrille vor die Augen und fing mit bewegten Lippen zu lesen an. Man konnte sehen, wie langsam und umständlich sie las. Der Vollmond rückte in merklicher Fahrt über den Himmel. Eine Weile lang verhüllte ihn Gewölk. In dieser Lichtpause ließ eine Wiesenschnarre in nächster Nähe, wahrscheinlich aus der großen Blutbuche, ihren widerwärtigen, leidweissagenden Ratschenlaut ertönen. Teta warf einen Blick auf den Toten, als prüfe sie, ob alles in Ordnung sei, dann las sie weiter in ihrem Gebetbuch, langsam mit den Blicken jede einzelne Zeile einerntend. Ich sah heimlich auf die Uhr. Die Zeit schien immer auf demselben Fleck zu kleben. Eine Weile noch kämpfte ich mit meiner Müdigkeit. Dann aber trug mich ein unwiderstehlicher Schlaf davon, und ich wußte nicht mehr, was geschehen war und wo ich mich befand.

Als ich aus dieser guten Verlorenheit auffuhr, hatte der hartnäckige Mond wieder Besitz vom Himmel ergriffen. Ich brauchte einige Zeit, um zurückzufinden. Mein erster Blick fiel auf die beinernen Grate des Großen Priel. Teta wechselte gerade eine heruntergebrannte Kerze aus. Da erst merkte ich, daß mich ein sonderbarer Laut geweckt hatte. Es war ein langes wimmerndes Heulen in verschiedenen Tonlagen, das, einer antiken Klage ähnlich, schamlos durchs Fenster drang. Ich erkannte zuerst nicht die tierische Herkunft dieser Töne:

»Der Burschl«, sagte Teta, »mit Erlaubnis... Er weint um den jungen Herrn.«

»Er wird die Herrschaften wecken«, entgegnete ich ärgerlich.

Sie schenkte dieser Befürchtung keine Aufmerksamkeit, sondern erklärte stolz:

»Ja, so ein Hundl weiß alles... Er weiß und sieht alles, der Burschl...«

»Die Tiere haben eine stärkere Witterung als wir Menschen«, belehrte ich sie grob. Teta aber ließ sich von meiner Wissenschaft nicht aus dem Konzept bringen:

»Der Burschl hat sehr viele Gefühle und Gedanken, oh je, wenn ich bittlich sein darf... Den kenn ich genau, gnä' Herr, den Burschl, den kenn ich...«

In diesem Augenblick geschah vom Bette des Toten her ein heller Klang. Ich schrak zusammen. Das Amethystkreuz war von der Decke heruntergerutscht und zu Boden gefallen. Mit dem Leichnam mußte eine Veränderung vorgegangen sein, denn das höhnische Lächeln war gewichen und ein hübsches wächsern-leeres Puppengesicht lag auf den Kissen. Nun war Philipp kein Mensch mehr, sondern eine weggeworfene Sache, eine flüchtig modellierte Figur aus dem Panoptikum, der schaurige Inbegriff aller Gleichgültigkeit. Teta hob das Kreuz auf und legte es sanft auf die Brust des Toten. Dabei hörte ich sie seufzen:

»Ich möcht nicht so sterben wie der arme junge Herr dahier...«

Überrascht sah ich sie an:

»Was wollen Sie damit sagen, Fräul'n Teta...«

Sie saß wieder am Fenster, den Kopf übers Büchlein gesenkt:

»Ich möcht mich mit Erlaubnis bitte nicht unterstehen, etwas zu sagen... Ich bin ein altes dummes Weib...«

Jetzt verstand ich sie. Mit ihrem Seufzer hatte sie bittere Kritik an der Familie Argan geübt, an uns allen. Hätte nicht der Pfarrer von Grafenegg rechtzeitig herbeigeholt werden müssen, damit er Philipps Seele mit den heilsamen Gnadenmitteln versehe und sie wohl ausgerüstet auf den Weg bringe? Waren das liebevolle Eltern, die ihren einzigen Sohn ohne jede Hilfe und ohne jede Tröstung in den unwiderruflich endgültigen Abschnitt seines Lebens entließen? Mir selbst fielen Shakespeares Worte ein: »Noch ungespeist in seiner Sünden Maienblüte...« Da erfaßte mich ein plötzlicher Groll gegen Teta:

»Der Herrgott hat den Phili zu sich genommen, ohne daß er etwas gemerkt hat... Er wollte in den nächsten Tagen eine Partie ins Tote Gebirg machen, davon hat er gesprochen bis zuletzt... Ich tät gern so ahnungslos sterben einmal, wie unser lieber Phili da hier, Fräul'n Teta...«

Ihre hellen Augen sahen mich eine Weile lang forschend und nicht ohne verwunderte Strenge an. Sie sagte kein Wort mehr. Unter meinem leichten Ärger aber empfand ich, daß ich in dem kurzen Kampfe soeben eine Niederlage erlitten hatte. Leopolds bitterer Ausruf über uns »moderne« Menschen fiel mir ein. Die einzige weit und breit, die »mit dem Tode auskam«, war Teta. Nur für sie stand er in der Ordnung des Ganzen sinnvoll an seinem Platz. Sie allein blieb ihm gegenüber in Form. Wir moderne Menschen aber waren angesichts des größten Ereignisses in unserem Leben wahrhaftig nicht in Form. Wir standen dem Angelpunkt alles irdischen Geschehens haltlos, unordentlich, verschlampt, unsicher, schattenhaft, passiv und feig gegenüber. Wer verhielt sich zur Frage aller Fragen geistiger, wir, die sogenannten Intellektuellen, die im Tode nur die Verwesung anerkannten, oder diese einfältige Köchin, die in ihm die bedenkenswerteste Stufe eines klaren und leuchtenden Weltenbaues sah? Ihre Vorstellungen von dieser lichten Architektur nannten wir kindlich und primitiv, wir aber, wir hatten nicht einmal kindliche und primitive Vorstellungen in uns, sondern das geistige Garnichts wie die Tiere. Wir klammerten uns mit ausgelöschten Seelen an überlieferte Gebräuche aus gedankenreicherer Zeit, um unsere Toten nicht sang- und klanglos einscharren zu müssen, wie sie und wir es verdient hätten.

Solche Erkenntnisse peinigten mich schärfer als je während

der langen Totenwache. Wann würde endlich der Tag kommen, an dem auch wir moderne Menschen, nicht mehr zur spitzfindigen Geistlosigkeit verurteilt, uns endlich einordnen könnten ohne Vorbehalt und überhebliche Nebengedanken in einen klarleuchtenden Weltenbau, der von unten bis oben reicht? Wie fühlte ich mich krank, verzweifelt und ohne Ausweg! Was stand uns noch bevor!? Welche Strafen wird dieser furchtbare geistige Mangel noch über uns verhängen?! Teta hatte sich hinausgeschlichen, um mir ein Glas Wein zu bringen. Dann aber sprachen wir nichts mehr bis zum Morgengrauen.

Wir hatten Philipp auf den einsamen Dorfkirchhof von Grafenegg zur letzten Ruhe gebracht. Was waren das aber für zwei angestopfte Tage, die uns noch immer nicht zum Vollbewußtsein des Geschehenen kommen ließen! Sie glichen ebenfalls einem gedrängten Fest, wenn auch einem schleppenden und gravitätischen, bei dem kein lautes Wort fiel und dichtes Schweigen oder Geflüster das Haus erfüllte. Die große Beliebtheit der Argans zeigte sich ein letztes Mal. Der Tod des einzigen Sohnes hatte auch jene Freunde, die mittlerweile kalt und gleichgültig geworden waren, mit lauter Stimme herbeigerufen. Sie eilten herbei aus Wien, aus Salzburg, aus Böhmen, aus Ungarn, ja sogar aus Deutschland und Italien. Nicht nur das Haus war voll bis unters Dach, sondern auch die beiden kleinen Hotels von Grafenegg. Unser Speisetisch war an diesen Tagen so lang ausgezogen wie im siebzehnten August, denn an die dreißig Menschen fanden sich zu jeder Mahlzeit ein. Und es war gut so. Wenn Livia auch selbst nicht zu Tisch erschien, so mußte sie doch für die vielen Gäste vorsorgen und die Ordnung im Haus aufrechterhalten. Sie tat es mit aller Umsicht von ihrem Schlafzimmer aus, wo sie nur die Allernächsten empfing. Zwischen den Toten und uns schob sich wohltätig dieses Getriebe, die fremden und halbfremden Gesichter all der Verwandten, Bekannten und Freunde, diese betrübten Seufzer und billigen Trostworte, dieses Immer-wieder-Fragen und Immer-wieder-Erzählen, das die lastende Zeit vorwärtstrieb. Die Trauernden wurden dadurch immer wieder in ihrem Streben aufgehalten, den Tod Philipps einzuholen. Das Gewächs des Schmerzes konnte sich nicht weiterentwickeln. Nur an das unaufhörliche Aufstaunen und plötzliche Bestürztsein hatte man sich schon ziemlich gewöhnt.

Dann aber wars mit einem Mal vorbei und das Haus grausam leerer als vorher, denn der Lebendigste fehlte. In unserer Erinnerung übertrieben wir natürlich noch die Lebendigkeit Philipps. Leopold hatte seine Musikinstrumente forträumen lassen. Er war es auch, der den Befehl zur sofortigen Abreise gab. Ich entschloß mich, meine Freunde in die Stadt zu begleiten und bei ihnen eine Zeitlang zu wohnen. Ich tats nicht nur, um sie nicht allein zu lassen, sondern auch um mich nicht allein zu lassen. Für die nächsten Wochen konnte ich ja an keine Arbeit mehr denken und am allerwenigsten an Arbeit in Grafenegg.

Der Streifwagen, der unser Gepäck zur Bahn bringen sollte, war auf vier Uhr nachmittags bestellt. Wir selbst aber hatten die Absicht, mit dem Auto bis nach Leoben zu fahren und dort in den Schnellzug einzusteigen. Teta sollte als einzige von der Dienerschaft in unserem Wagen mitgenommen werden. Da es schon gegen Mittag ging, hatten wir alle Hände voll zu tun, um unsere Sachen in Ordnung zu bringen. Während ich Wäsche und Anzüge in die beiden Handtaschen warf und von all meinen Schriften nur den abscheulichen Quälgeist des neuen Buches darauflegte, empfand ich in mir plötzlich eine deutliche Mahnung, den großen Koffer hervorzuziehen und meinen ganzen im Laufe der Jahre hier angehäuften Besitz an Büchern, Manuskripten und sonstigen Dingen einzupacken und in die Stadt zu schicken. Diese grundlose Regung verwunderte mich selbst so sehr, daß ich eine ganze Weile lang mit Strümpfen und Hemden in der Hand untätig dastand und vor mich hinstarrte, ohne etwas zu sehen. Wie? War das Haus in Grafenegg ein sinkendes Schiff? Und war ich etwa eine Ratte? Ich warf meinem großen Koffer, der seit vielen Jahren schon in einer Ecke des Zimmers verstaubte, einen verächtlichen Blick zu.

Ein Gespräch mit Doris aber belehrte mich, daß ich in diesem

Hause der einzige nicht war, der an völligen Auszug dachte. Die Tür ihres Zimmers stand weit offen. Da trat ich ein. Seit dem Tode Philipps empfand ich ein großes Bedürfnis, dem anderen Kinde doppelt meine alte Zärtlichkeit zu beweisen. Auch Doris war mit Kofferpacken beschäftigt. Sie hatte all ihre Kästen und Schubladen weit aufgerissen. Aus einer dieser Laden quoll in bunter Unordnung verschollenes Kinderspielzeug hervor: eine Menge kleiner und größerer Puppen, die Einrichtung eines winzigen Kaufmannsladens, die Geräte einer Puppenküche, ein Prachtherd vor allem mit Kochlöchern und Bratröhren, den ich ihr einst geschenkt hatte, ein kleines Indianerkostüm mit der dazugehörigen Ausrüstung, ein Rokoko-Frack, den die Zwölfjährige einst bei einem Theaterstück getragen hatte, das wir zur Feier des siebzehnten Augusts aufführten. Dies und noch anderes mehr.

»Verzeih, Doris«, meldete ich mich, »ein großes Mädel bist du, achtzehn, nicht wahr... Und da wühlst du als Erwachsene in den Reliquien deiner Kindheit?«

Sie wandte mir im Knien den schmalen dunklen Kopf zu:

»Ich wühle nicht in Reliquien, sondern ich rüste ab... Ich will alles Zeug von hier heroben in die Stadt mitnehmen oder fortwerfen...«

Diese Lebensbilanz eines so jungen Geschöpfes verwunderte mich:

»Das versteh ich nicht recht, Doris«, sagte ich. »Hier in Grafenegg ist doch das Haus deiner Kindheit... Laß diese Reliquien doch da... Damit du sie immer wiederfindest, sooft du zurückkommst... Später werden sie dir vielleicht Spaß machen...«

Sie zog, ohne mich anzusehen, aus der Tiefe der Lade ein Luftgewehr und ein Segelschiffchen hervor. Sie sprach stockend, als sei sie nicht ganz bei der Sache:

»Kann man denn wissen, Theo, ob man zurückkommt?... Nicht einmal vom Kroatenkogel kommt man unbedingt zurück, wenn man auch nur neunzehn ist... Muß ich das einem bemoosten Philosophen wie dir erst erzählen?«

Ziemlich grimmig unterstrich ich meine Überzeugung:

»Ich komm bestimmt zurück, Doris, denn anderswo als bei euch kann ich nicht arbeiten...«

Das Segelschiffchen in der Hand, sah sie mich mit einem langen kritischen Blick an. Es war beinahe Livias Blick:

»Seit dem achtzehnten ist alles anders geworden... Ganz anders... Da muß man mit allen Dummheiten Schluß machen... Vergessene Sachen hab ich nicht gern... Wir werden auch nie mehr so schön zusammen blödeln wie früher...«

Blödeln hatten es die Kinder genannt, wenn ich mich zu ihnen setzte, phantastisch dummes Zeug plapperte, Worte verdrehte, sinnlose Schüttelreime ersann und geläufig mit Sprachen paradierte, die es nicht gab. Sie liebten dieses Blödeln sehr und eiferten mir darin nach. Es war unser kindisches Geheimnis, das wir sogar vor Leopold und Livia verbargen. Noch in diesem Sommer hatten wir uns darin gemessen.

»Im Blödeln werd ich immer ein Klassiker bleiben«, sagte ich, »das versprech ich dir...«

Sie stand auf und nahm mich bei der Hand:

»Komm, Theo, setz dich zu mir aufs Bett... Jetzt muß ich dir noch einmal etwas ganz Blödes schnell vorblödeln... Paß gut auf...«

Wir saßen nebeneinander. Ihre Hand war diesmal nicht kalt wie sonst. Sie preßte die meine und ließ sie nicht los. Um ihren Mund zuckte es:

»Also hör. Der achtzehnte August, was, meinst du, ist dieser achtzehnte August neunzehnhundertsechsunddreißig?... Er ist ein kleines Stationsgebäude, wie das in Grafenegg, siehst dus, mit zwei Rabatten davor, brennende Blumen, eine Bank, eine Lampisterie u. s. w., und die kleine Klingel geht ununterbrochen... Dort steht Phili jetzt und für alle Zeit... Vielleicht ist er sogar der Stationsvorstand... Wir aber steigen in den Zug ein und winken ihm, er winkt auch, sehr würdevoll, du kennst ihn ja, er winkt mit dem Befehlsstab... Die Lokomotive pfeift, der Zug fährt schon, wir winken, winken, Philipp aber steht dort und steht und wird immer kleiner... Wir sehen ihn noch eine ganze Weile vor seiner Station, die ›Achtzehnter August neunzehnhundertsechsunddreißig‹ heißt... Wir aber stehen am Fenster des letzten Waggons und hinter uns versinken die Schienen im Boden und verschwinden, und wir bemerken es gar nicht... Verstehst du, Theo, was diese kleine Station ist?... Und Phili kann sich ja aus dem ›Achtzehnten August‹ nicht mehr wegrühren, und wir können doch in diesen ›Achtzehnten August‹ nie wieder zurückfahren, und so werden wir nie, nie mehr zusammenkommen, daran kann auch der sogenannte Himmel nichts ändern...«

Sie hatte dieses Märchen in dem kindischen Singsang erzählt, den wir bei unseren Spielen bevorzugten. Ich aber brachte kein so schönes Märchen zustande, sondern nur eine etwas scholastische Antwort, um ihrem Unglauben zu widerstreiten:

»Das ist sehr hübsch geblödelt, Doris, aber doch nur geblödelt... Dein Stationshäusl mit dem lieben Phili steht an dem Schienenstrang der Zeit. Um aber den Tod richtig zu verstehen, müssen wir uns eine Welt außerhalb der Zeit vorstellen...«

»Ach du blöder Klassiker«, sagte sie und sah mich sonderbar erschrocken an. Dann aber wimmerte sie plötzlich auf und ihr tränenüberströmtes Gesicht fiel gegen meine Schulter. Ich streichelte ihre Hände und preßte sie an meine Lippen. Lange saßen wir so.

Ein paar Stunden später standen wir fröstelnd ums Auto herum, wir vier, Livia, Doris, Leopold und ich. Bei größeren Fahrten hatte meist Philipp den Wagen gelenkt. Heut sah der behäbige und ungeschickte Leopold nach, ob die Pneus in Ordnung waren und ob Herr Bichler den Kühler für die anstrengende Bergfahrt mit genügend Wasser versorgt habe. Es regnete und stürmte. Eine verfrühte Herbstkälte war über Nacht eingebrochen. Das Totengebirg trug wieder seine Schneeshawls und -hauben, die es nicht mehr loswerden würde bis zum nächsten Sommer. Leopold zog die Handschuhe an. Er schwankte im Stehen, obwohl er sich seit jener Nacht, was den Whisky anbetrifft, streng kasteit hatte:

»Also los... Worauf warten wir noch«, drängte er ungeduldig.

Livia sah ihn an, ohne eine Miene ihres blassen Gesichtes zu verziehen, das gemmenhaft durchscheinender war als je. Dieses schöne, sonst so belebte Gesicht war ganz unbeweglich geworden seit drei Tagen. Nie aber war mir die Gestalt meiner Freundin höher, unnahbarer, ja abweisender erschienen. Sie trug einen dunklen Mantel, aber sonst keine Trauer. Ihre ganze Erscheinung war wie in Schatten gehüllt.

»Da fragst du noch«, entgegnete sie ihrem Mann. »Ist es nicht jedes Jahr dieselbe Geschichte bei der Abreise?... Wer läßt auf sich warten?... Die wichtigste Person und größte Egoistin im Haus natürlich...«

»Einsteigen«, rief Leopold und setzte sich mit einem bösen Ruck ans Steuerrad. »Doris, lauf zur Teta und sagt ihr, daß wir ohne sie abfahren, wenn sie nicht in zwei Minuten gestellt ist...«

Doris weigerte sich, den Auftrag zu übernehmen:

»Ich werd mich hüten, Fräul'n Teta zu stören, beim herzzerreißenden Abschied vom Herrn Gemahl vielleicht... Ihr werdet noch staunen, wenn sie als Weihnachtsmann daherkommt...«

»Gut hats jeder, der keinen gern hat«, sagte Livia.

Leopold gab wütende Lärmzeichen. Ich aber umfaßte das Haus noch einmal mit einem raschen Blick. Auf nächstes Jahr also, dachte ich. Wir werden wohl alle schon im Mai hier sein wollen. Philipp wartet ja auf seiner Station. – Als Leopold bereits unwiderruflich den Motor anspringen ließ, kam Teta keuchend angewackelt. Sie glich wirklich dem beladenen Weihnachtsmann. Unterm Arm trug sie ihr schönes Heiligenbild. In jeder Hand schleppte sie einen Korb. Ihr Rücken war unter der Last eines schweren Rucksacks gebeugt, aus dem ein gewaltiger Blumenbuschen sowie allerlei Kräuterzeug hervorlugte und der Zitherkasten sich abzeichnete. Der frommen Magd aber folgte gehorsam mit verschnürten Pappschachteln und Paketen ihr Erzfeind, der freidenkende Volksgenosse Bichler. Es war klar, Teta hatte »abgerüstet« und ihre Kammer völlig geräumt, als sei sie dessen gewiß, daß es für sie keine Rückkehr mehr gebe hierher.

»Bitt um Verzeihung die gnä' Herrschaft«, ächzte sie, »aber

es war viel Plag diesmal... Ich hab große Ordnung gemacht mit Erlaubnis... Und der arme Burschl hat so viel geweint...«

Während Bichler den Rucksack und das andere Gelumpe mit vielsagendem Grinsen im Auto verstaute, blickten alle böse vor sich hin und niemand sprach ein Wort. Teta nahm auf dem Rücksitz Platz. Wolf heulte jäh auf, und man konnte es hören, wie er an der Kette riß und verzweifelt stieg und tanzte. Der Regen schlug an die Scheiben des geschlossenen Wagens, der auf die schlechte Bezirksstraße hinausknirschte. Es war fast ganz dunkel bei uns. Nur draußen im Regen leuchteten die wohlbekannten Sträucher und Königskerzen am Wege in heller, aber krankhafter Farbigkeit. Auf dieser Fahrt habe ich Teta das letztemal mit meinen körperlichen Augen gesehen.

Wie unerforscht ist die allgültige Erscheinung, die man das Gesetz der Serie nennt! Man begegnet einem Menschen, den man Jahre lang nicht gesehen hat, dreimal an ein und demselben Tage. Innerhalb weniger Stunden drängen sich die tollsten Zufälle zusammen, für deren Eingreifen ein ganzes Leben nicht lang genug erschien. Dann spüren wir mit überbelichteter Klarheit, was das für ein dummes Wort ist: Zufall. Genügt es aber, von einem unbekannten Naturgesetz zu sprechen, demselben etwa, das den Lauf der Roulettekugel lenkt? Wären nicht eher Begriffe am Platz wie Vorsehung, Vorherbestimmung oder höchster Ratschluß? Oft freilich gibt sich die Serie mit solch lächerlichen Kleinigkeiten ab, daß man diese pathetischen Begriffe nur ungern bemühen möchte. Sollte es etwa auch mit jenem höchsten Ratschluß zusammenhängen, daß man sich an einem einzigen Vormittag in den Finger schneidet, eine Sehne zerrt und einen Span einzieht? Wer weiß es? Dann wieder sieht man, wie dieses Gesetz oder diese Vorherbestimmung einen Menschen, eine Familie, eine ganze Gruppe aus dem Humus der Masse heraushebt, um ihre Macht an den schrecklich Ausgezeichneten zu beweisen. Niemand versteht dann, warum dieser Mensch oder jene Familie durch eine ausgeklügelte Kette von aufeinanderfolgenden Schicksalsschlägen niedergeworfen wird.

Ich habe den Verdacht, daß an dem Unglück der Argans nicht irgendein blindes, uns unbekanntes Naturgesetz die Schuld trug, sondern die Rache des Zeitgeistes, der seinerzeit das wachsamste Polizeiorgan der göttlichen Vorsehung ist. Ich meine darunter den merkwürdigsten und schrecklichsten aller Despoten, der es bewirkt, daß die Menschen einer bestimmten Epoche wie auf plötzlichen Befehl verstockt sind, erbittert, der Finsternis zu- und dem Lichte abgewandt. Wie alle Tyrannen, so duldet auch unser Zeitgeist nichts weniger als freie Seelen und unabhängige Geister. Er krönt denjenigen, welcher ihn am sklavischesten ausdrückt, und zermalmt die, welche ihm am reinsten widersprechen. Da er seinen Auftrag erfüllen muß, kann er Refraktäre und Non-Konformisten nicht brauchen, die sich ihm in den Weg stellen und die ihn aufhalten. So tritt in mancher Geschichtsphase das paradoxe Geheimnis zutage, daß Gott selbst nicht will, daß Gott sei. Wehe dann den Frommen und den Mystikern, die ihn fühlen und verkündigen. Sie scheinen dadurch sündig zu werden an seinen Absichten. Ebenso gibt es Läufte, in denen Glück und Freudigkeit ein Verstoß gegen jenes Polizeiorgan sind. In unserer wohl strafweise zum lärmenden Mißvergnügen verurteilten Zeit müssen Menschen aus dem Wege geräumt werden, die glücklich und freudig sind aus sich selbst. Zu glücklich, zu freudig waren die Argans, meine Freunde, aus eigener Machtvollkommenheit. Sie mußten deshalb aus dem Weg geräumt werden...

Während ich diese Zeilen auf eine Papierserviette kritzle, sitze ich am Boulevard Montparnasse vor dem Café Coupole und blinzle ins unerschöpfliche Vorüberfluten. Vor mir steht ein Glas Pernod, grünlich milchig. Ich habe die Papierserviette mit obigem Gedankenschaum vollgeschmiert, weil ich die Sätze nicht finden konnte, die knapp und dürr genug wären, um das Notwendige zu erzählen. Jetzt aber bin ich wieder nach Hause gegangen in mein kleines Hotel und sitze am Schreibtisch und blicke durchs Fenster in einen trostlosen Hof. Ich beiße die Zähne zusammen.

Nach unserer Rückkehr in die Stadt wohnte ich noch zwei

Wochen lang bei Livia und Leopold. Dann aber sah ich, daß meine Anwesenheit dort keinen Zweck hatte. Mit Doris' Worten, alles war anders geworden. Ich zog in ein Hietzinger Hotel und machte mich wieder an die Arbeit, die ich aber ebensowenig wie in Grafenegg zum Abschluß bringen konnte. Im November erkrankte Doris an einer Grippe, die anfangs sehr harmlos zu sein schien. Wir wußten nicht, daß um diese Zeit eine Epidemie in Wien umging, die von den Behörden geheimgehalten wurde. Die furchtbare Krankheit heißt Encephalitis lethargica. Sie ist im allgemeinen unheilbar, aber nicht tödlich; sie zerstört meist das Bewußtsein und die Lebenskraft des von ihr Befallenen. Doris wurde ihr Opfer. Ich schweige von dem Anblick, den das herrliche Geschöpf, das ich so sehr liebe, nach wenigen Monaten mir bot. Ich schweige auch von dem qualvollen Selbstbetrug, in dem sich Livia und Leopold wiegten. Auch ich mußte heucheln, daß ich von der völligen Genesung des Kindes fest überzeugt sei. Übrigens ertappe ich mich in der letzten Zeit selbst immer wieder bei diesem blinden Glauben. Es kann ja nicht sein, daß ein Wesen wie Doris für ewig zerstört sein soll. Zu Beginn des neuen Jahres 1937 lösten meine Freunde ihren Hausstand auf, um in der Nähe der Heilanstalt zu leben, in der ihre Tochter untergebracht war. Sie entließen auch Teta.

Im späten Frühjahr folgte ich der Einladung eines Schulkameraden nach Amerika. Meine Landsleute drüben beschworen mich, in ein Land nicht wieder zurückzukehren, das ihrer Meinung nach verloren und dem Teufel ausgeliefert war. Ich ließ mich überreden und blieb bis über den Winter in New York. Mit schlechtem Gewissen. Dann aber zog es mich mächtig heim, vor allem Livias wegen, die so viel zu tragen hatte. In Paris überraschte mich der freche Raub Österreichs.

In den ersten Tagen schon war Leopold Argan als erklärter Feind der Räuber verhaftet, gemartert und ins Gefängnis geworfen worden. Später wurde er in eines jener Lager verschleppt, die für immer eine unauslöschliche Schmach des deutschen Namens bleiben werden. Man hat ihn bis heute, wo ich diese knappen Zeilen höchst ungern und gepeinigt niederschreibe, noch nicht freigelassen. Ich habe alles Menschenmögliche versucht, aber es gibt keine Macht, die ihm helfen kann und helfen will. Er lebt. Leidensgenossen von ihm, die mehr Glück hatten und weniger der infernalischen Rachsucht ausgeliefert waren als ein hoher Staatsbeamter, haben mir hier in Paris erzählt, daß Leopold sein Schicksal mit erstaunlicher Kraft und unbeirrbarer Würde trage, er sei zwar gänzlich abgemagert, aber vorläufig noch gesund und widerstandsfähig. Er soll beim Straßenbau und im Steinbruch beschäftigt sein. Stelle ich mir ihn in dieser Lage vor, den großmütigen, heiteren Künstler und Genießer, dann wird mir schwarz vor den Augen. Ich sehe ihn, wie ich ihn nach Philipps Tod zu Bett gebracht habe und er mir mit einer rührenden Kavaliersgebärde eine Kußhand zuwirft. Mit dieser Kußhand hat er Abschied genommen von seinem schönen Leben. Von Livia habe ich seit jenen Märztagen nichts mehr gehört. Als Leopolds Frau muß sie es vermeiden, einem Verfemten wie mir Briefe in die Verbannung zu schreiben. Wie es Doris gegenwärtig geht, kann ich daher nicht erfahren. Meine Gedanken sind immer bei ihnen. Bei Livia, Leopold und Doris. Nun aber muß ich mich verabschieden, von ihnen und auch von mir...

Denn ich lenke den Blick zurück auf Teta, die ich stets als einen Teil des Hauses Argan empfinden werde, wo ich auf meiner ungeordneten Lebensfahrt nicht nur Unterschlupf, sondern Heimat gefunden habe. Wenn ich bei Teta bleibe, so scheint es mir, daß ich hier in der Fremde mit meiner Heimat verbunden bin. Sie hat nun gerade ihr Zimmerchen in der Stadtwohnung der Familie Argan geräumt. Das Heiligenbild trägt sie wieder unterm Arm. Sie steigt die Treppen herab. Ohne sich umzublikken.

Zweiter Teil

Beim Teufel eingekauft

Kapitel fünf

Der letzte Brief

Ohne sich umzublicken tritt Teta aus dem Haus. Sie bleibt aufatmend stehen. Es ist am zweiten März 1937 noch recht kalt, aber die herben Würzen des Vorfrühlings liegen schon in der Luft. Nirgends riecht der Vorfrühling energischer als in dieser dem Alpenvorland benachbarten Stadt. Ihr wohlversperrtes Gepäck hat Teta vorausgesandt zu ihrer Schwester, der Witwe des Herrn Oberrevidenten bei der privilegierten Südbahn, Cikán. Unter diesem Gepäck befindet sich auch die Zither, an der ihr Herz hängt. Nur das Heiligenbild hat sie dem Dienstmann nicht anvertraut und selbstverständlich auch nicht die Jugendphotographie des geweihten Neffen, die sie bei sich trägt. Ihr altersmürbes Täschchen drückt sie gegen die Brust. Darin liegt in versiegelten Briefumschlägen ihr ganzer Schatz, bar und wahr, in wohlaufgerundeter Summe. Seit Jahren schon hatte Teta den staatlichen und städtischen Sparkassen ihr Vertrauen entzogen. Sie erwies sich darin weiser als die größten Finanzmänner, indem sie ihren nur durch ein kleines Schloß versperrbaren Strohkoffer für zuverlässiger hielt als sämtliche stahlgepanzerten Banktresors, die sich nur geheimen Losungsworten und Zauberschlüsseln öffnen. Mit der wohlaufgerundeten Summe aber hatte es folgende Bewandtnis. Gestern war Teta zu Leopold Argan gerufen worden. Er hatte ihre beiden Hände ergriffen, sie Platz zu nehmen geheißen und also zu ihr gesprochen:

»Liebes Fräul'n Linek... Nur die Krankheit meiner Tochter ist schuld daran, daß wir jetzt auseinandergehen müssen, wir wären sonst lange Jahre noch beieinander geblieben, mein ich, wie sehr werd ich Ihre gute Küche entbehren... Erzählen Sie mir jetzt, was Sie vorhaben. Wollen Sie wieder in Stellung gehen?... Haben Sie sich schon umgeschaut?...«

»Die Füß', gnä' Herr Baron«, klagte Teta, »mit die Füß' wirds halt immer mehr ein Kreuz...«

Leopold Argan nickte verständnisvoll vor sich hin:

»Ja, ja, jeder Beruf hat sein Spezialleiden, Fräul'n Linek... Bei uns Beamten ist es die Unbeweglichkeit, bei Ihnen ist es die viele Bewegung... Sie sollten aber Ihre Krampfadern unbedingt von einem Arzt anschauen lassen... Und dann, man siehts Ihnen zwar nicht an, aber Sie sind doch schon siebzig, nicht wahr?...«

Was ihr Alter betrifft, war Teta heikel wie jede Frau:

»Mit gnädiger Erlaubnis noch nicht bitte«, stellte sie fest. »Aber auf diese Ostern werd ich siebzig mit Gottes Hilfe...«

Herr Argan lächelte tröstlich, als sei das eine erwünschte Ziffer und man könne sich nichts Besseres wünschen:

»Aber da könnten Sie wirklich schon in den Ruhestand treten, Fräul'n Linek, nach so langen Dienstjahren... Bei uns allein sind Sie über zwanzig Jahre gewesen, glückliche Jahre, und wir und die Kinder... Die Kinder haben mit Ihnen gelebt eine ganze liebe Ewigkeit lang... Hören Sie jetzt gut zu... Sie haben Anspruch auf volle Pension, die ich Ihnen am Ersten jeden Monats auszahlen will... Hoffentlich werd ich dazu imstand sein immer...«

Teta hielt den Kopf gesenkt, ohne ein Wort zu sagen.

»Aber es gibt noch eine andere Form«, fuhr Herr Argan fort, »und vielleicht wird diese Form Ihnen lieber sein... Ich bin bereit, eine Abfindung zu zahlen, eine große Summe, sagen wir, zehntausend... Es wäre das ungefähr Ihr Lohn für sieben Jahre... Sie werden hoffentlich viel viel länger leben, liebe Linek, aber ein großer Betrag bar auf die Hand gezahlt, das hat schon seine Vorteile... Man kann ja nicht wissen, was mit uns allen und was mit Österreich geschieht...«

Teta hob den Blick ihrer Vergißmeinnicht-Augen nicht. Sie verriet damit erstens die gebührende Demut der Magd. Und zweitens verriet sie dadurch nicht den ungebührenden Kampf ihrer Gedanken.

»Bitte entscheiden Sie selbst«, sagte Leopold Argan nach einer Weile.

Teta aber neigte den Kopf über ihren Schoß und flüsterte schamhaft:

»Ich möcht bei der gnä' Herrschaft bittlich sein um die Abfindung...«

Sie hatte die beiden Anerbietungen ihres verflossenen Brotherrn raschen Verstandes überschlagen. Die von ihm so offen geäußerten Gründe kamen ihren eigenen Wünschen und Zweifeln entgegen. Zehntausend bar auf die Hand, – das war ein bestürzendes Wonnegefühl, dem man auch dann nicht leicht entsagen konnte, wäre die lebenslängliche Pension voll gesichert gewesen. Aber war irgend etwas voll gesichert in diesen schlimmen, so schwer begreiflichen Zeiten? Und hatte die gnä' Herrschaft nicht selbst ihre dauernde Zahlungsfähigkeit in lauten Zweifel gezogen? »Hoffentlich werd ich immer imstand sein dazu.« Die gnä' Herrschaft – hochgute Menschen, wie Teta bei jeder Gelegenheit betonte – hatten das Geld an Undankbare und Aufsässige verschwendet wie z. B. an die Familie Bichler, hatten die Hausbücheln niemals genau auf den Groschen geprüft und dem wirklichen Marktpreis der Waren keineswegs fleißig nachgeforscht. Trotz des aus solcher Unachtsamkeit geschöpften Vorteils, hatte Teta diesen Leichtsinn immer mißbilligt in ihrem Herzen. Ein gutes Ende konnte das nicht nehmen, zumal der verstimmte Himmel schon diesseits ein schreckliches Strafgericht ins Werk zu setzen begann. Es war daher klüger, sich auf einmal zurückzuziehen und nicht weiter von Leuten abzuhängen, die sichtbar in einem göttlichen Prozeßverfahren standen. Während Teta all diese so bemerkenswert unsentimentalen Erwägungen anstellte, konnte sie es doch nicht verhindern, daß ihr Tränen in die Augen kamen und beim Gedanken an Philipp und Doris ein kurzes Schluchzen aus der Kehle drang. Sie fuhr sich mit dem Schürzenzipfel über das Gesicht.

Auch Herr Argan hielt merkwürdig lange den Kopf gesenkt, ehe er aus seiner Schreibtischlade ein starkes Bündel von Banknoten hervorzog, lauter Hunderter, und sie in zehn Häuflein vor Teta hinzählte.

»Wollen Sie nicht nachrechnen, Fräul'n Linek«, forderte er seine Magd auf. Sie aber schüttelte heftig den Kopf, griff mit zitternden Fingern nach dem Schatz und ließ ihn in die beiden breiten Taschen der Schürze verschwinden, wie sies auch immer mit den kleinen Trinkgeldern zu tun pflegte. Dann machte sie ihren allerbesten Knicks, küßte Herrn Argan die Hand, versprach, die gnä' Herrschaft und Fräulein Doris recht oft besuchen zu wollen und empfahl sich. In ihrer Kammer aber zählte sie das Geld nicht einmal, sondern fünfmal nach, wobei ihre Hände nicht weniger zitterten als vorhin. Dann aber kam der große Augenblick, wo sie die Abfindung mit ihren Ersparnissen vereinigte. Und siehe, es waren zusammen mehr als zwanzigtausend und die harte Arbeit hatte sich gelohnt und sie war kein armer Dienstbot mehr, sondern ein vermögliches Weib, nicht nur aller Sorgen ledig, sondern auch noch im Besitze eines Erbschatzes, den sie nach freiem Ermessen hinterlassen konnte. Da setzte sich Teta bei versperrter Tür auf ihr Bett mit der buntgestickten Decke, hielt all das viele Geld in ihrem Schoß und genoß von ganzer Seele den erworbenen Reichtum, der ihr übers zeitliche Genügen hinaus zum bleibenden Auskommen verhelfen sollte. Es war ein Augenblick der tiefsten Befriedigung, desgleichen sie auch im Himmel kein viel größerer erwarten konnte. Nur ging er hier vorüber. Drüben aber würde er dauernd sein. Dies verkündeten die Geweihten, und sie hatten es studiert.

Jetzt aber, genau einen Tag nach diesem großen Augenblick, steht Teta mit ihrem helläugigen Tatarengesicht tapfer im Stadtgedräng und wartet auf die Straßenbahn, die sie ans entlegene Ende der Ottakringer Hauptstraße bringen soll. Unter ihrem linken Arm hält sie das sauber eingeschlagene Heiligenbild. Mit ihrer Rechten aber preßt sie das abgegriffene Täschchen an sich, eines der ältesten Weihnachtsgeschenke Livias. Sie fürchtet, irgendein »böser Mensch« könne es ihr entreißen. Darin aber verwahrt sie nicht nur ihren irdischen Schatz, sondern auch ihr überirdisches Kontokorrent, die vielen Briefe des hochwürdigen Neffen, diese gesammelten Ausweise über ihre pünktlich geleisteten Vorzahlungen für die künftige Wohnstatt der Seligkeit.

Tetas Schwester, die Witwe des Herrn Oberrevidenten bei der Südbahn, hieß Katherina und wurde Kati genannt. Sie war keine gewöhnliche, sondern eine höchstbewährte Witwe, indem sie nämlich diese Eigenschaft dreimal durch das Ableben des jeweiligen Gatten erworben hatte. Der erste, ein sehr viel älterer Mann, hatte sie vor undenklichen Zeiten als ein stattlicher Fünfziger allein gelassen; der zweite, ihr in den Jahren besser angepaßt, war knapp nach Vollendung des fünfzigsten ihr entrissen worden, während Herr Oberrevident Cikán, der ihr Sohn hätte sein können, es nur bis auf achtundvierzig hatte bringen dürfen. Alle drei Ehegatten Katis waren demnach auf denselben Gedanken verfallen, sich nämlich an der Schicksalswende des männlichen Lebens lieber aus dem Staube zu machen.

Nach den ersten beiden Verlusten war Kati immer wieder in Dienst gegangen, nicht als erstklassige Köchin bei erstklassigen gnä' Herrschaften wie ihre angesehene Schwester, sondern als Bedienerin oder als »Mädchen für alles«, und zwar ausschließlich bei ihresgleichen, das heißt bei alleinstehenden Witwen höheren Jahrgangs. Katherina nämlich bewährte sich nicht nur im Überleben der ihr angetrauten Ehemänner, sondern im Überleben schlechthin. Man konnte sie mit Fug und Recht eine routinierte Erbin nennen. Als tüchtiges »Mädchen für alles«, als schwatzhaftige Zubringerin und Zeitvertreiberin hatte sie es verstanden, zwei ihrer alleinstehenden Witwen so mächtig in ihren Bann zu schlagen, daß diese auf dem Totenbette die treue Hauskraft, Pflegerin und interessante Zunge letztwillentlich bedacht hatten. Kati hatte mithin in ihrem einundsechzigjährigen Leben eine fünffache Erbschaft gesammelt. Diese bestand zuvörderst aus der kleinen Pension des Herrn Oberrevidenten und dessen ansehnlicher Wohnung (zwei Zimmer, Kabinett und Küche), ferner aus dem Hausrat dieser sowie der früheren Ehen und schließlich aus einer Unzahl von Geschirr, von rosa und himmelblau bemalten Porzellantassen, von goldgerahmten Farbdrucken, Nippes-Sächelchen aller Art, von Sofadecken, Schlummerrollen, Ührchen, Figürchen und herrlichem Tande sonst, die sämtlich aus der Hinterlassenschaft der betreuten Witwenschafts-Kolleginnen stammten. Es gab in der Stadt keine zweite Wohnung, die so voll von »Einrichtung« war, wie die der Frau Oberrevident. Sie versinnbildlichte mit schnörkelreicher Üppigkeit den Aufstieg der Hustopečer Armut in die bürgerliche Sphäre der Metropole. Selbst die Küchenwände waren gepflastert mit erhebenden Bildwerken, als da sind Dantes Begegnung mit Beatrice auf der Arno-Brücke oder der Mohr Othello, wie er seine semmelblonde Desdemona unter einem venezianischen Vollmond auf dem Balkon umarmt.

Die zungenfertigen Nachbarinnen der Cikán in dem großen alten Hause Nummer 315, Ottakringer Hauptstraße, zerbrachen sich vielfach den Kopf darüber, wer einst diese getreulich zusammengeerbte Einrichtung selbst erben würde. Kati Cikán nämlich war kinderlos geblieben. Ihre Ehemänner, schwächlich und kränkelnd insgesamt, zumal der Herr Oberrevident, hatten es alle drei nicht vermocht, sich und ihrer präsumtiven Witwe einen Leibeserben zu erzeugen. Diese ließ keinen Zweifel darüber obwalten, daß nicht sie an dem bedauerlichen Umstand die Schuld trage, sondern der allfällig männliche Teil. Der erste war ein rheumatischer Greis gewesen. Der zweite hatte seine Mußezeit und Kraft dem heurigen Weine verschrieben. Und was schließlich den Oberrevidenten der Südbahn anbetrifft, so hatte sie sich seinerzeit des einsam lungenleidenden Männchens erbarmt, weil ihn niemand sonst in seiner Leibesschwäche pflegte, weil er ihr so dankbar für jeden Griff war, und weil sie nach ihren eigenen Worten an einem viel zu guten Herzen litt. Die Nachbarinnen waren längst schon zu dem Schlusse gelangt, daß niemand anderer die atemberaubende Einrichtung der Cikán erben werde als Mila, die Jüngste der Linek-Schwestern. Diese Mila war nicht im übertragenen, sondern im wörtlichen Sinne auf den Kopf gefallen, und zwar als kleines Kind noch in Hustopeč. Im Wachstum zurückgeblieben, mit einem Wasserkopf und einer gaumigen Sprachstörung behaftet, fuhr die Schwachsinnige als ein flinker, emsiger Krüppel in der Wohnung umher und arbeitete für zwei. Katherina Cikán behandelte sie sehr streng und betonte öfters, der Herr Oberrevident habe gesagt,

Mila sei eigentlich ein »Fall« und gehöre nicht ins »soziale Leben«, sondern in die Obhut des Staates. Der Krüppel fand es ganz in Ordnung, daß er sich aus Gründen seiner bedenklichen Existenz doppelt plagen müsse, und verlor niemals die Willigkeit und gute Laune, die den geistesarmen Stiefkindern des Lebens gar oft eignen. Und Plage gab es genug, denn der großen Wohnung wegen hatte die Cikán zwei Zimmerherren in Untermiete genommen. Im übrigen ist es kaum anzunehmen, daß Milas kurzer Verstand jemals auf den vorkostenden Gedanken verfallen war, die Pracht dieser Einrichtung könnte einst ihr allein gehören. Ihr flößten all die Gebrechlichkeiten aus Porzellan, Glas, Gips, Alabaster stets nur die heftigste Furcht ein, denn ging dann und wann eines davon in Bruch, so herrschte Heulen und Zähneklappern im Hause. Doch auch die Cikán dachte niemals daran, daß sie nicht nur Erbin sei, sondern einmal als Erblasserin werde fungieren müssen. Die stämmige Witwe, altbewährt im Überleben anderer, kam gar nicht auf die Idee, daß sie selbst überlebt werden könnte. Ähnlich wie ihre Schwester Teta Linek wahrte auch die Frau Oberrevident in sich ein starkes Gefühl von der unanfechtbaren Fortdauer ihrer Persönlichkeit. Vielleicht hing dieses Gefühl insgeheim mit der Kinderlosigkeit zusammen oder umgekehrt die Kinderlosigkeit mit diesem Gefühl. Der Unterschied aber lag darin, daß Teta, von einem Strahl der Gnade berührt, dieses Gefühl der Kugelfestigkeit aufs Überirdische richtete, während Kati ohne jeden religiösen Schimmer sich im Ordinären zu verewigen gedachte. Dieser Unterschied beweist, daß die Entscheidung über den Menschen nicht durch Milieu und Erziehung getroffen wird. Ein und dieselbe Eigenschaft wird durch zwei Seelen ganz gegensätzlich entwickelt, auch unter denselben sozialen Bedingungen. Und jetzt muß klipp und klar die Wahrheit ausgeplaudert werden. Die Frau Oberrevident spekulierte mit großer Leidenschaft auf Tetas Erbe, von dem sie sich überschwengliche Vorstellungen machte. Die Schwester war um neun Jahre älter. Es lag daher in der Natur der Dinge, daß sie, Katherina, bei gebührender Umsicht über kurz oder lang in den Besitz jener geheimnisvollen

Ersparnisse Tetas gelangen mußte. Hätte sie aber jemand gefragt, was willst du noch, du hast drei Männer begraben, fünf Erbschaften gemacht, man nennt dich ungehobelten Dienstboten »Frau Oberrevident«, du beziehst eine Pension und besitzest deine sagenhafte Einrichtung, – sie hätte nur höhnisch aufgelacht. Ihr ganzes Sinnen und Trachten kreiste um Tetas Spargut. Immer hatte sich die Schwester hochmütig zu ihr verhalten, den Verkehr auf wenige Zusammenkünfte im Jahr eingeschränkt und sich nicht einmal vor Katis schwindelerregendem Aufstieg in die Staatsbeamtenwelt gebeugt. Im Geiz hatte die ältere sogar die jüngere weit übertroffen. Teta mußte jahraus jahrein ihre Monatslöhnungen voll erübrigt haben, wenn nicht, ja wenn nicht eine gewisse Gefahr ins Spiel gemischt war, über welche die Witwe trotz eifrigen Nachdenkens keine Klarheit gewinnen konnte. Sie schlief oft in der Nacht nicht, wenn sie an das Geld der Siebzigjährigen dachte, das doch nach der menschlichen Rechtsordnung ihr allein gehörte, denn Mila, als Ausgestoßene der Gesellschaft, kam nicht in Betracht. Sie hätte mit dem Reichtum – die Zahlen siebzig- und achtzigtausend schwindelten vor ihren Augen – nicht viel beginnen können, besaß sie doch nur die Bedürfnisse einer gealterten Dienstmagd und war an der Grenze des für sie Genießenswerten angelangt. Das gute Herz, an dem sie zu leiden vorgab, verursachte ihr keine Unkosten, und einen Seidenstrumpf, eine Flasche Wein oder eine teure Seife zu erwerben, wäre ihr gar nicht eingefallen. Ihr einziger Leichtsinn bestand im unermüdlichen Ankauf von Lotterielosen. Hat aber der wollüstige Traum von Mehrbesitz auch nur das geringste mit dem sogenannten »vernünftigen Bedürfnis« zu tun? Er ist im Trieb zur Fortdauer einbeschlossen. Denn was ewig währen will, muß sich auch ewig mehren. So beweist Katherinas Gier gegen Darwin, daß der Kampf ums Dasein eine ungenügende Formel ist und ersetzt werden müßte durch den neuen Begriff: Kampf ums Mehrsein. Und er beweist ferner, daß Profitgier und Ausbeutungssucht nicht die Folgen einer veränderbaren sozialen Ursache sind, sondern eine unveränderbare Ursache selbst. Man wird nach all dem ermessen können, welch ein holder Schreck die Frau Oberrevident durchzuckte, als sie die unvermutete Nachricht empfing, Teta wolle für einige Zeit bei ihr Unterkunft suchen.

Nun war nach dreitägig strengem Reinemachen die staatsbeamtliche Wohnung geputzt, gefegt, gebohnt, daß die berühmte Einrichtung nur so blitzte. Mila, der »arme Trottel«, wie sie von der Schwester seufzend genannt zu werden pflegte, hatte wahrlich nichts zu lachen gehabt, drei Tage lang. Die Cikán stand bereits seit einer halben Stunde sehr erregt im Treppenhaus vor ihrer Tür, um Teta, die neue Beerbungskandidatin, mit festlichem Willkomm zu erwarten. Endlich kam die Ersehnte langsam, schwer atmend und immer wieder rastend die unbequemen Stiegen empor. Katherina streckte ihr die knochigen Arme entgegen. Sie war größer und magerer als Teta, besaß aber ein ähnlich breites Gesicht, nur vergröbert und durch eine Warze auf der linken Wange entstellt. Die merkwürdig hellen und sehr schönen Augen der älteren hatte sie freilich nicht. Die ihrigen waren verwaschen, gerötet und blinzelten immerfort, als wollten sie damit ausdrücken: Alles was ich da sage, Herrschaften, ist nicht ganz ernst gemeint. Schon von weitem warf sie ihren Redeschwall wie ein Lasso nach Teta aus:

»Da bist du endlich, Tetilein, Tetitschko, Schwesterchen... Also bringt uns das Leben doch zusammen einmal... Immer in einer Stadt und sieht man sich nur Weihnachten und Ostern. (Oder nicht!?)... Ich hab das Meine gehabt und du das Deine. Das Meine aber war schwer, sehr schwer. Tetilein, eine Ledige wie du kann sich das gar nicht vorstellen. Drei Männer zu begraben und den Herrn Oberrevidenten sogar Erster Klasse mit zwei Wagen für die Hinterbliebenen, wie es sich gehört, und er war doch noch so jung, ein zarter Mann, fein und hochgebildet, aber angeschossen, ich habs ja gewußt von Anfang an, das Herz hats mir abgedrückt, und du hast ihn nicht genug gekannt, Schwesterchen, leider... Reden wir nicht von solchen Traurigkeiten, ich brauch halt immer jemanden, für den ich mich sorgen kann, da bin ich erst glücklich, deshalb war ich so froh, als du mir telephoniert hast, Tetilein, und einen der Zimmerherrn hab ich gekündigt, und wir haben das schöne Zimmer hergerichtet, der arme Trottel und ich, und ich werd dich nicht mehr fortlassen... Mila, wo steckst du?... Nimm doch der Schwester das Paket ab und die Tasche und bring sofort den heißen Kaffee, bei Meinl hab ich ihn gekauft, und die Nußkipfeln...«

Milas schwerer Graukopf wackelte in freudiger Sensationslust und sie hüpfte wie ein Kind, während sie nach Tetas Sachen griff. Diese aber gab Heiligenbild und Täschchen nicht her, sondern hielt beides festgeklammert und sagte ruhig:

»Jetzt um elf trink ich keinen Kaffee, bins nicht gewöhnt, und ich dank dir, Schwester, mit Erlaubnis, ein paar Täge werd ich bei euch bleiben, eh ich mich weiter umschauen tu...«

»Umschaun, umschaun«, klagte die Cikán auf, »für wen willst du dich noch plagen in deinen Jahren? Und heißen Kaffee kann man trinken jederzeit...«

Sie drängte sie in das große Zimmer, dessen eingeborener Moderduft von den Gerüchen des Bohnwachses und der scharfen Politur überschrieen wurde. Dazwischen roch es auch nach Insektenpulver. Der Tisch war weißgedeckt. Teta mußte sich auf das plüschrote Kanapee niedersetzen, dessen Rückenlehne ein Aufsatz mit Zinnen und Türmchen schmückte, wodurch es einer Art von Burg glich. Vor den Zinnen grüßten altdeutsche Zinnbecher, Humpen und ein bronzener Landsknecht, die stolzen Wahrzeichen der fünf Erbschafen. Die Cikán schenkte den Kaffee ein:

»Warum sagst du, nur ein paar Täge, Tetilein... Willst du mich unglücklich machen?... Ein alter Mensch braucht Pflege, und für die Pflege bin ich doch bekannt; (oder nicht!?). Die Oberschwester vom zweiten Stock sagt immer, eine bessere Pflegekraft als die Frau Oberrevident, das gibt es nicht, da kommt keine Geprüfte nach... Bist du zufrieden mit dem Zimmer?«

Teta blinzelte nach dem breiten Bett hin, das dem Verstorbenen gehört hatte:

»Und wo wirst du schlafen, Schwester?« fragte sie.

Die Cikán lächelte mit heiliger Nachsicht:

»Ich? Darum sorg dich nicht. Mir machts nichts aus. Ich leg mir einen Strohsack in die Küche, zu dem armen Trottel...«

»Und hast du noch den andern Zimmerherrn in dem kleinen Kabinett«, forschte Teta nach einigem Überlegen.

»Weggeschickt hab ich auch ihn, Schwester, gekündigt für den Ersten dieses Monats, damit dus weißt... Das war keiner von den Soliden, Maria und Josef, nein, alle drei Wochen hat er sich eine mitgebracht, so einen Schlampen, so einen Fetzen, da bekommt man Dinge zu hören durch die Wand, no, du würdest dich bedanken... Kati, hab ich zu mir gesagt, deine Schwester hat sich glücklicherweise bei dir angezeigt, die ältere und fromme, und sie ist doch eingeschriebenes Mitglied der Katholischen Jungfrauen, und du hast doch gelernt, was sich paßt und was sich nicht paßt, und du kannst doch die Teta dem Unsoliden mit seinen Flietschen nicht aussetzen, damit sie in der Nacht gestört wird am End durch das Gejuchze und das Geplätscher und das paßt sich nicht und da hab ich ihn gekündigt mit vierzehn Tägen und die Miete ist er mir auch noch schuldig inklusive Frühstück... Es kost mich sechzig bar, aber die Teta kennt mich und weiß, daß ich keine solche bin und ich steh nicht an auf das bissl Geld und hab doch den armen Trottel durchgefüttert immer und keins der Geschwister hat auch nur einen roten Heller zugelegt, wo doch der selige Herr Oberrevident immer gesagt hat, die Mila gehört nicht ins soziale Leben sondern auf die öffentliche Fürsorge und mein lieber Herr Oberrevident hab ich drauf gesagt zu meinem Seligen, der arme Trottel ist mein Schwesterlein und mein Schwesterlein schick ich nicht fort aus dem sozialen Leben und ich tu sie nicht in die städtische Fürsorge, in diese grauslichen Anstalten, solang ich selbst noch zwei Hände hab zur Arbeit...«

Teta hatte das endlose Geschwätz mit halbgeschlossenen Augen über sich ergehen lassen. Von ihrer Kaffeetasse nippte sie nur zum Schein. Mila aber, als sie das wohlbekannte Lied hörte und die neuerliche Versicherung, sie werde nicht aus dem sozialen Leben gestoßen werden und dürfe weiter sich im Haus abrackern, lachte fröhlich und klatschte in die Hände. Die Älteste schenkte ihr kaum einen Blick. Sie besaß, Burschl ausgenommen, keine Sympathie für Krüppel, Bresthafte, Narren und mißratene Geschöpfe Gottes. Nach einer Weile aber tat sie die Entscheidung kund, die sie im stillen getroffen hatte:

»Mit Erlaubnis, Schwester, möcht ich das Kabinett bekommen zum Hinlegen...«

Die Frau Oberrevident gab große Bestürzung zu erkennen:

»Aber das schöne große Zimmer, Tetilein, und das hochherrschaftliche Bett mit prima Sprungfedermatratze, wo doch der Herr Oberrevident drin gestorben ist...«

»Ich bin nicht gewöhnt an Hochherrschaftliches«, erklärte Teta bestimmt und erhob sich.

Das Kabinett mit seinem trüben Hoffenster glich genau den winzigen Mägdekammern ihrer Anfänge. Das Bett bestand aus einem wackligen Eisengestell mit plattgeschlafenen Matratzen drauf. Teta nickte befriedigt. Die zahlreichen Kunstwerke an der Wand hingegen prüfte sie mit sichtlicher Mißbilligung. Von einer Witwe, deren Gatte Turfspieler gewesen, hatte Katherina eine Menge hippologischer Stiche geerbt, die nun das Kabinett schmückten. Außerdem war noch eine Apfelschußszene aus Wilhelm Tell vorhanden und ein prächtig bewegter Stierkampf.

»Wenn ich bittlich sein darf, das muß alles weg«, befahl Teta. Nur ein einziges Bild fand Gnade vor ihren Augen. Es war eine tabakbraune Landschaft mit einem tintigen Alpensee und darüber ein Gletscherberg ohne Luft und Perspektive, der einem altbackenen Schokoladekrapfen glich, aus dem immerdar gelbliche Schlagsahne quoll.

»Das kann bleiben«, entschied Teta, und sie dachte vielleicht an Grafenegg, wo sie so viele Sommer verbracht hatte. Zu einer kleinen Verstimmung kam es erst des Kastens wegen.

»Wo ist der Schlüssel dazu«, erkundigte sich Teta.

Die Frau Oberrevident erklärte, und ihre Nase spitzte sich auffällig zu, daß die Zimmerherren bisher keine Schlüssel gefordert hätten. Und es hätte sich unter ihnen sogar ein hochansehnlicher Kriminalbeamter der Polizei befunden.

»Mit Erlaubnis, Schwester, aber ich muß einen Schlüssel haben«, erklärte Teta unberührt.

Die Cikán entschloß sich erst nach einer kleinen gefährlichen Pause zur Fügsamkeit:

»Das ist, weil wir uns so wenig kennen, Tetilein«, verkündete sie mit friedfertiger Wehmut, »und weil wir uns nur immer Weihnachten und Ostern gesehen haben durch deine Schuld... Aber für mich bist du wie eine Mutter... Soll Mila sofort den Schlosser herholen?«

»Sie soll ihn holen«, entschied Teta mit vollkommener Ruhe. Dann wandte sie ihre klaren Augen der Schwester zu:

»Für das Kabinett zahl ich dir natürlich den Preis der Zimmerherren, Schwester, und das Essen verrechnen wir...«

Da half kein Protest und keine Beschwörung der verzweifelten Frau Oberrevident, die ja nichts mehr wünschte, als daß Teta recht bald in ihre Schuld gerate.

In den nächsten Tagen geschah immer wieder dasselbe. Pünktlich um neun Uhr vor- und um vier Uhr nachmittags, zur Stunde, da der Briefträger die Haustreppen emporstieg, schlich sich Teta aus ihrem Kabinett in den Vorraum, um an der Wohnungstür etwaige Post eigenhändig in Empfang zu nehmen. Durch einen Spalt der Küchentür beobachtete die Cikán mit heftiger Neugier und wachsender Beunruhigung dieses regelmäßige und daher verdächtige Ereignis. Endlich beschloß sie, nicht länger zu warten und der heimlichen Gefahr offen die Stirn zu bieten. Sie baute ihren Plan auf zwei Schwächen Tetas auf, die ihr aus alter Zeit bekannt waren. Die eine bestand in der schmunzelnden Vorliebe der Schwester für ein Gläschen Schnaps, einen picksüßen gar, verklärt durch Anis- oder Zimmetgeschmack. Die zweite Schwäche Tetas aber hieß Musik. Wurde im Hause Argan gesungen und gespielt, hatte sie stets ihre Tür geöffnet, um von den rhythmischen Klängen erreicht zu werden. Dann ging im Takt das Nudelwalken oder Schneeschlagen viel besser von der Hand. Auch spielte in ihrer so unerschütterlichen Gewißheit vom Himmel die Musik eine wichtige

Rolle. Sie war dort den Engeln anvertraut. Diese aber beschäftigten sich durchaus nicht nur mit erhabenem Kirchengesang, sondern bildeten auch zahlreiche Blaskapellen und vierstimmig gemischte Chöre weltlicher Art, die in den immergrünen Parkanlagen und luftigen Sälen der ewigen Pensionopolis von früh bis in die Nacht unaufhörliche Freikonzerte gaben. Katherina Cikán besaß aus der Erbschaft Nummer drei, das war ihr zweiter Gatte, ein etwas heiseres, aber sonst stattliches Grammophon. Der beständige Liebhaber des jungen Weins und der Schrammelmusik hatte es seinerzeit angeschafft und ein paar Schallplatten dazu, deren schönste das weitberühmte Lied zum besten gab:

»Fein, fein schmeckt uns der Wein,
Wenn man zwanzig ist und auch die Liebe.
. . . .
Wenn man älter wird, wenn man kälter wird,
Schmeckt allein nur der Wein.«

Die Cikán legte diese Platte auf, nachdem sie eine Flasche Anisette für bare zwölf Schilling entkorkt und durch eine Zutat reinen Weingeistes verschärft hatte. Es war fünf Uhr und einiges drüber. Die sonntägliche Straße unten dehnte sich leer. Der karge Himmel im Fensterausschnitt rötete sich schon feierlich. Kati zog Teta ins große Zimmer:

»Nur herein in den Salon, Tetilein«, mahnte sie, »warum sollen sich zwei arme alte Weiber nicht einen hübschen Sonntag machen? (Oder nicht!?) Ich hab was vorbereitet für uns...«

Sie schenkte die Gläschen voll. Sie ließ die Nadel laufen. Der näselnde Tenor krähte. Und siehe, die unzugängliche Teta wiegte den Kopf hin und her und ließ ihren Blick freundlich durchs offene Fenster in den bescheidenen Abendhimmel schweifen. Zuerst berührte sie den Likör kostend mit der Zungenspitze, dann aber kippte sie das Gläschen auf einen Zug. Der weibliche Jago füllte sogar ein zweites nach. »Fein, fein schmeckt uns der Wein«, gings von neuem los. Nach dem dritten Schnäpschen hielt Jago den Augenblick für gekommen:

»Hast du was Neues von unserem Neffen gehört?« fragte die Frau Oberrevident. Teta holte ihren Blick aus dem Himmel zurück und wurde sehr aufmerksam:

»Von welchem Neffen?« erkundigte sie sich leichthin.

»Willst du die Platte noch einmal hören, Tetilein, oder eine andere...?«

Teta warf einen feindseligen Blick auf das Grammophon:

»Nein, ich hab genug... Stell ab die Maschinerie...«

Während die Cikán diesen Befehl ausführte, sagte sie gleichgültig:

»Ich mein doch den Mojmir, den Buben von unserem Bruder Mojmir...«

»Was hab ich mit dem Mojmir zu schaffen, dem Buben von unserem Bruder Mojmir?« knurrte Teta.

»Mich gehts ja nichts an, Schwesterlein«, lächelte die Frau Oberrevident gutmütig. »Aber ich hab mir halt gedacht, du wirst etwas wissen von ihm... Wer denn sonst...?«

Teta wandte mit einem Ruck ihren Kopf der Schwester zu:

»Warum sagst du: Wer denn sonst?... Warum ich?«

Katherina Cikán hielt die Flasche hoch:

»Noch ein halbes Stamperl, Tetilein... Hast ja erst zwei gehabt... Und der Schnaps ist gut, ein echter Mikulasch, kost zwanzig Schilling die Flasche, und ist leicht wie für Kinder.«

»Ich hab schon drei gehabt, Schwester«, sagte Teta ohne mit der Wimper zu zucken. »Kannst mir aber noch ein ganzes viertes geben... Mir tut das nichts... Warum aber hast du gesagt: Wer denn sonst... Warum ich?«

Katherina hielt Tetas Gläschen gegen das bereits nachlassende Licht und schenkte es vorsichtig mit der wasserhellen Anisette bis zum Rande voll. Währenddessen meinte sie nachdenklich:

»Du hast mir ja selbst erzählt davon damals... Ist schon schrecklich lang her... Wie die Zeit vergeht...«

Tetas Stimme blieb sehr leise:

»Was hab ich dir erzählt?... Und wann hab ich dir erzählt, damals...?«

»Aber erinnerst du dich nicht dran, Schwesterlein?... Du hast ja erzählt damals, du läßt unseren Neffen zum Doktor ausbilden auf eigne Kosten seinerzeit...«

Jetzt fuhr Teta auf und ihre Augen waren fast schwarz.

»Ich erinnere mich ganz genau«, rief sie. »An alles erinnere ich mich ganz genau, da kann mich kein Mensch dumm machen... Nichts hab ich dir erzählt damals, gar nichts...«

Der weibliche Jago erkannte, daß er nicht raffiniert genug vorgegangen war und sich eine bedenkliche Blöße gegeben hatte. Mit einer erbitterten Handbewegung lehnte Teta das fünfte Glas ab.

»Da muß ich mich rein geirrt haben, Tetilein«, seufzte die Frau Oberrevident, »ich hab keinen so guten Kopf wie du... Die Schwägerin wirds mir erzählt haben damals oder jemand anderer von unserer Familie... Ich hab grad meinen ersten genommen gehabt damals, du weißt noch, eine erstklassige Trauung in Meidling und dann das Festessen beim Goldenen Hirschen für zweiundzwanzig Personen, das Gedeck zu sieben fünfzig, er war wie ein Kavalier, kann man sagen, der Alois, nur dieser Rheumatismus, kein Glied hat er rühren können und ich mußte ihn an- und ausziehen und ihn ins Bett heben wie ein Kind und dann ist er dagelegen und hat gestöhnt und ich war erst neunzehn und was weiß so eine Ledige überhaupt... Mich gehts ja nichts an, Tetilein, was kümmerts mich... Ich hab mich halt nur gefreut, weil es so schön ist von dir...«

Kati schneuzte sich verräterisch und empfindsam. Teta aber saß zurückgelehnt mit halbgeschlossenen Augen. Sie überlegte scharf, wie weit sie gehen dürfe, um einerseits nicht unglaubwürdig zu erscheinen, andererseits ein für allemal dem Spitzelwesen der Cikán zu steuern. Daß ihr geheimer Lebensplan, wenn auch in ungenauer Form (Doktor), zur Kenntnis der Schwester gelangt war, bereitete ihr die widrigsten Gefühle:

»Daß dus weißt«, sagte sie grimmig und ihre Augen waren noch immer schwarz, »es ist wahr, ich hab diesem Mojmir die Schulden bezahlt und das Leben in Olmütz und auch später... Das aber hat dir die Schwägerin nicht erzählt, daß es ein Kreuz war, daß der Bub nicht hat gut getan und daß es mich nur gekostet und gekostet hat und daß ich bei der gnä' Herrschaft hab müssen um Vorschüsse bittlich sein und daß ich mir nichts konnt ersparen mein ganzes Leben...«

Teta bewegte sich unruhig auf ihrem Sessel und wischte die Stirn:

»Wenn wir miteinand wollen gut sein, Schwester, red nicht mehr davon, mit mir nicht und mit anderen Leuten auch nicht... Ich will und will nichts mehr hören von diesem Neffen Mojmir... Jetzt weißt dus...«

Katherina Cikán nickte voll Entrüstung, Mitgefühl und Einverständnis:

»Und ich dumme Gans«, seufzte sie schwermütig, »hab immer geglaubt, du wartest auf einen Brief von unserem Neffen Mojmir...«

Teta warf ihr einen kurzen scharfen Blick zu, ungewiß, ob ihre verschwommene Darstellung die gefährliche Schwester überzeugt habe oder nicht.

»Ich wart auf keinen Brief«, knurrte sie wegwerfend, »ich wart auf ein Paket, das mir die Herrschaft nachschicken wird... Sachen, die ich hab vergessen auf dem Land in Grafenegg...«

Nach diesem unentschiedenen Kampf, der sie in starke Erregung gestürzt hatte, kehrte in den nächsten Tagen Teta stets erst nach neun Uhr von der Morgenmesse heim und ging knapp vor vier Uhr »ein bissl spazieren«, wie sie sagte. Es geschah aber des Briefträgers wegen, den sie ohne Zeugen vor dem Haustor abpassen wollte. So gelangte sie, es war an einem Freitag, in den Besitz des erwarteten Briefes. Sie las in einer nahen städtischen Gartenanlage, wo sie mit mächtigem Herzklopfen auf einer Bank saß.

»Dies ist, so will ich hoffen«, schrieb der hochwürdige Mojmir, »der letzte Brief, den ich an Sie schreiben muß, liebes Tantchen. Bitte nehmen Sie, ehe Sie weiterlesen, den Umschlag zur Hand und studieren Sie genau den Poststempel. Darauf werden Sie einen Namen entziffern, der Ihnen von Kindesbeinen vertraut klingen mag: Klobouky! Ja, in dem Kreisstädtchen Klobouky, ein kleines Wegstündlein von Hustopeč entfernt, werfe ich diesen Brief in den Kasten. Geschrieben aber habe ich ihn in unsrem Hustopeč, als ich im Wirtshaus zu Mittag aß. Sie werden es verstehen, daß ich die Einladung meines derzeit noch amtierenden Vorgängers nicht angenommen habe. Man kann doch einen achtzigjährigen Herrn, der sich übrigens sehr schwer von seiner Herde trennt, nicht auch noch beim Essen überfallen. Ich habe mit Absicht seit meinem letzten Schreiben, in welchem ich Ihnen die plötzliche Verschiebung meiner Angelegenheit mitteilen mußte, eine längere Pause eingeschaltet. Es sind sehr schwere und sehr schmerzliche Zeiten, die hinter mir liegen. Sie hatten vollkommen recht, Tantchen, daß Sie die Überweisung des zur Herrichtung des Pfarrhauses nötigen Geldes an die Bedingung meines vollzogenen Amtsantrittes knüpften. Mein altes Pech hatte sich wieder eingemischt, die teuflische Mißgunst, die mich von jeher verfolgt. Würden Sie es für möglich halten, daß ein so unbedeutender Gottesdiener wie ich die Feindschaft eines hochgestellten Herrn Kanonikus zu erdulden hat, eines elenden Priesters übrigens, der mit einem Schandweibe der sogenannten guten Gesellschaft im Konkubinat lebt? Dies nur nebenbei. Nun aber, wie Sie aus Poststempel und Aufschrift meines Briefes ersehen, habe ich mein Amt in Hustopeč so gut wie angetreten. Um ganz akkurat zu sein, ich werde es innerhalb der nächsten drei Wochen antreten, um dann schon die heiligen Ämter der Karwoche zu zelebrieren. Diese kleine Verzögerung versteht sich von selbst, der alte Herr hatte es so erbeten, und man kann einen ehrwürdigen Priester doch nicht auf die Straße werfen. Hingegen habe ich von ihm die Erlaubnis erwirkt, daß mit den notwendigsten Arbeiten schon jetzt begonnen werde. Maler und Anstreicher sind bereits am Werke. Ich mache Ihnen heute das Anerbieten, daß wir die Kosten für die Auffrischung unserer künftigen Wohnstätte zu gleichen Teile tragen. Auf Ihren Teil würden nach dem beiliegenden Voranschlag in Eurem dortigen Gelde neunhundertsiebenundachtzig entfallen, was in böhmischem Gelde ungefähr fünftausend Kronen entspricht. Mein guter Freund hier, das heißt in Prag, Herr Architekt Karel Fasching, hat den Auftrag freundlichst übernommen. Er stellt den Umbau billiger her als jeder andere, zum reinen Selbstkostenpreis natürlich, aus alter Freundschaft. Sein genauer Voranschlag nebst Plan liegt bei. Ich selbst habe ihm meinen Anteil schon eingehändigt. Am praktischesten ist es, wenn Sie ihm den Ihrigen durch eine Bank anweisen. Gott, der Allmächtige, straft die Welt, und zwar die bürgerliche vor allem durch die Devisenordnung in gewissen Ländern. Aber Sie, mein gescheites Tantchen, Sie kennen ja schon den Weg zur Bank, wo man ein paar Hunderter nach hierher ohne Schwierigkeiten senden kann. Das ist nur eine Anregung, weiter nichts. Nicht für meine schwachen Hände ist dieses Geld bestimmt, sondern für unser gemeinsames Leben. Ich will also gar nichts damit persönlich zu tun haben und möchte es nicht übernehmen. –

Ich schaue hinaus auf die alte Landstraße von Hustopeč. Ich habe dem Wirt mein ländliches, aber recht schmackhaftes Mahl schon bezahlt. Bald wird in meine ermüdete Seele der Friede der weiten mährischen Ährenfelder einziehen und die Genügsamkeit eines einfachen gottgeweihten Lebens in Gemeinschaft mit meiner alten Wohltäterin und wahren Mutter. Ich eile zum Schluß, weil ich diesen Brief in Klobouky einwerfen will, damit er Sie mit dem Schnellzug früher erreicht. Ihm wird, wills Gott, kein nächster mehr folgen, er soll der letzte sein, und der treue Neffe, den Sie seit einunddreißig Jahren nur schriftlicherweise kennen, verwandelt sich bald in den wirklichen Pater Mojmir, der Sie segnet. Sollten Sie kein Lebenszeichen mehr erhalten, so wissen Sie, wo Sie ihn finden, und wo er Sie früher oder später sehnsüchtig erwartet ...«

Immer wieder dasselbe wars mit Mojmirs Briefen. Viermal und fünfmal gelesen, behielten sie einen Teil ihres Sinnes stets noch zurück. Sie verwoben das Praktische mit dem Idealen auf schwindelerregende Weise. Sie waren zu hoch für Tetas armen Kopf. Gerade dadurch aber, daß sie zu hoch waren und die Empfängerin gleichsam unmerklich miterhöhten, übten sie ihren seltsamen Schlangenzauber auf das »liebe Tantchen« aus. Schon der Anfang bereitete, was die Zeitfolge betrifft, unüberwindliche Schwierigkeiten. Wie war das nur? Der Neffe sitzt im Gasthause zu Hustopeč und wirft zu gleicher Zeit, wie er schreibt, den Brief in den Postkasten von Klobouky. Wär nur die Gnädige Argan bei der Hand, um diesen widerspruchsvollen Vorgang auszudeuten. Aber die Gnädige sitzt am Bette ihres todkranken Kindes, Tag und Nacht, und rührt sich nicht fort. Man kann sie nicht behelligen. Nach der sechsten Lesung jedoch erkannte Teta, daß der Brief sie von nagenden Zweifeln befreite und mit starker Freude erfüllte. Er war wirklich und wahrhaftig in Hustopeč geschrieben und in Klobouky, dem Kreisstädtchen, auf die Post gegeben worden, das bewies ihr unwiderleglich der klare Stempel. Die Maler und Anstreicher waren am Werk. In sauberer Maschinschrift und auf imposantem Kanzleipapier lag der Voranschlag der Firma Karel Fasching bei, und in großen roten rundgeschriebenen Lettern prangte neben einer Stempelmarke zu zwei Kronen über dem Ganzen als Titel: »Umbau und Installation des Pfarrhauses zu Hustopeč. – Für Seine Hochwürden, den Herrn Pfarrer Mojmir Linek Wohlgeboren.« – Hier stand es demnach Schwarz auf Weiß, oder besser Rot auf Weiß, und es war beinahe so gut wie jenes Zeugnis auf dem Amtspapier des erzbischöflichen Ordinariats zu Prag. Dazu kam noch die vertrauenerweckende Genauigkeit der einzelnen Posten in der Verrechnung, von denen jeder bis in die Heller ging. In dem proponierten Badezimmer war demgemäß sogar ein Bidet zum Preise von vierhundertachtunddreißig Kronen siebenundvierzig Hellern aufgeführt. Nun wurde es ernst! Teta steckte den »letzten Brief« zu den übrigen, mit einer himmelblauen Schleife zusammengebundenen, in ihr Täschchen. Leicht und fröhlich war ihr zumute. In den nächsten Tagen entschloß sie sich zu drei wichtigen Gängen. Der erste führte sie zur Prager Bank in der Herrengasse, die für die Überweisung kleiner, durch die Devisenordnung zugelassener Beträge zuständig war. Dort erfuhr sie, daß man nach Erledigung verschiedener Formalitäten bis zu fünfhundert Schilling in die Tschechoslowakei absenden dürfe. Sie füllte mit ihrer schiefen Kinderschrift alle möglichen Zettel aus und ließ an die Firma Karel Fasching, die in derselben Straße wie Mojmirs bisherige Wohnung lag, die erlaubte Summe abgehen.

Ihr zweiter Gang führte sie zu dem Arzt jener Krankenkasse, in welcher sie als Hausgehilfin eingetragen war. Diesen Gang mußte sie aber nach stundenlangem vergeblichen Warten mehrmals wiederholen, ehe sie endlich ins Ordinationszimmer vorgelassen wurde, denn grobe und egoistische Patienten drängten sich in dem schmalen Vorraum zu Dutzenden. Als sie endlich drankam, warf der verdrießliche Doktor einen flüchtigen Blick auf ihre Beine:

»Na, Frau«, stotterte er, »eingebildet müssen's nicht sein auf Ihre Krampfadern...«

Teta bedeckte schnell wieder ihre Blöße und fragte untertänig:

»Wird der gnä' Herr Doktor mir ein Rezept aufschreiben, wenn ich bittlich sein darf...«

Der Arzt saß schon am Schreibtisch und brummte ungeduldig:

»Ich werde Ihnen einen Dienstzettel mitgeben ans Allgemeine Krankenhaus... Diese Venen da müssen verödet werden... Dann habn's Ihre Ruh...«

Teta blinzelte argwöhnisch zum Schreibtisch hin:

»Ist das eine Operation, wenn ich bittlich sein darf?«

Der Arzt suchte erbittert nach seiner Löschblattwiege:

»Ein ungefährlicher Eingriff«, knurrte er, als sei das Maß der einem Kassenpatienten zustehenden Zeit schon lang überschritten. »Ein paar Tage werden Sie einen Verband tragen müssen...«

Die Füllfeder knirschte böse seine Unterschrift. Teta aber wagte mit leiser Stimme noch eine Frage:

»Und ohne Eingriff, mit Erlaubnis, wie lang könnt ich da noch meine Ruh haben?«

»Ich bin kein Prophet, sondern ein Kassenarzt«, herrschte sie der Doktor grimmig an und reichte ihr den Zettel. »Ich kann nicht wissen, ob Sie im Jahre 1940 eine Thrombose oder eine Lungenentzündung bekommen oder sonst etwas... Der Nächste bitte...«

Teta ging heiter davon. Sie dachte nicht daran, den Dienstzettel aufs Allgemeine Krankenhaus zu tragen. Der Doktor hatte die Zahl 1940 genannt. Bis dahin waren es noch drei lange Jahre. Die Jahreszahl hatte ihr Herz beruhigt und erfreut, obwohl ihre Beine sie oft nicht mehr schleppen wollten. Diese Reparatur, anders als das Pfarrhaus von Hustopeč, hatte demnach einem fachmännischen Urteil gemäß noch ihre gute Zeit.

Der dritte Gang Tetas führte in ein Koffergeschäft. Sie erstand recht billig ein Suitcase aus Lederimitation. Sie wollte dem geweihten Neffen nicht mit unwürdigem Gepäck entgegentreten. Dieser Einkauf geschah am Tage nach Palmsonntag. Die Cikán schlug die Hände zusammen, als die Schwester mit dem funkelnagelneuen Stück in der Wohnung auftauchte:

»Aber Tetilein... Wozu das? Maria und Josef...«

»Mit Erlaubnis verreise ich morgen auf ein paar Täge«, erklärte Teta trocken.

»Du verreist morgen«, schrie die Frau Oberrevident auf, und ihr Gesicht verzerrte sich zu einer chinesischen Maske. »Was haben wir dir angetan, der arme Trottel und ich, daß du bös geworden bist auf uns... Warum behandelst du mich so, dein Schwesterlein?«

»Ihr habt mir gar nichts angetan«, versetzte Teta ruhig, »und ich behandle dich ja gar nicht so... Sondern ich werd zurücksein gleich nach Ostern...«

»Du wirst nicht zurückkommen«, plärrte die Cikán, und Tränen liefen ihr über die gelbliche Backe mit der behaarten Warze, und die Nase wurde feuerrot. »Du wirst verschwinden und nichts mehr hören lassen von dir, jetzt wo du alt bist, und ich werd nichts wissen von dir, und kein Mensch wird wissen, daß du meine Schwester warst...«

Diese höchst verräterischen Sätze schien Teta aber nicht zu durchschauen. Sie besänftigte freundlich die fünffache Erbin:

»Aber warum machst du solche Geschichten, Kati«, lächelte sie. »Wo ich doch nur für ein paar Täge fortgeh... Und früher hab ich doch auch nicht bei dir gewohnt...«

Die Cikán schnupfte mit tragischer Miene ihren Schmerz hoch und fragte, noch immer schluchzend:

»Und wohin gehst du von mir, Schwester, wohin?«

Teta log, ohne zu lügen:

»Aufs Land hier herum«, erklärte sie unbestimmt. »Und ich behalt ja in Miete dein Kabinett... Und ich laß alles bei dir, was ich hab, mein heiliges Bild, die schöne Bettdecke und die beiden Koffer, damit du siehst, daß ich wiederkomm noch einmal...«

Diese Erklärung veränderte die Sachlage gründlich. Das schlechte Wetter verlor sich schnell aus Katis Zügen und machte einem fröhlich-wehmütigen Aprilhimmel Platz:

»Wenn du nur gesund wiederkommst und schnell, Tetilein«, leierte sie weinerlich, »weil ich mich doch so sehr um dich sorgen tu, zwei Schwestern sind wir, und ich hab mich schon gewöhnt an dich, und wenns Gott gibt, will ich vor dir sterben, ich die viel jüngere, denn ich habs schon satt, immer hinter dem Leichenwagen daherzugehn und drei teure Gräber liegen auf mir allein und die muß ich pflegen, da kann sich keiner den Mund verbrennen, und Lichter zünd ich an Allerseelen, dort und dort und dort, daß man nicht weiß, wo einem der Kopf steht... Und für die Zeit, wo du fort bist hier auf dem Land herum, da nehm ich keine Miete, das bitt ich mir aus und du kannst hier lassen alles was du hast, die beiden abgesperrten Koffer und was im abgesperrten Kasten drin ist und ich werd es bewachen und behüten wie meine Einrichtung, denn du bist mir wie meine Mutter...«

Noch vor dem Abschluß dieser geläufigen Zusicherungen verschwand Teta in ihrem Kabinett und drehte den Schlüssel um, dann öffnete sie einen der Strohkoffer und entnahm ihr ihre allerbesten Sachen, zwei schwarze Seidenblusen und das aus dem jüngsten Weihnachtsgeschenk Livia Argans angefertigte Festkleid. All das kam in das neue Suitcase und ein paar Lavendelsträußchen dazu, wie sie in den Straßen feilgeboten werden. Auch ihren Schmuck vergaß Teta nicht, der aus einer silbernen Brosche, zwei Korallenketten und einem Türkisring bestand. Ihr Schatz aber blieb nach wie vor in dem kleinen Täschchen.

Nachts lag er unter ihrem Kopfkissen. Tagsüber aber gab sie das Täschchen auch nicht für eine Minute aus der Hand. Sie hatte zwar schon gehört, daß man nur kleine Geldsummen über die Grenze mitnehmen dürfe, doch mit dem ganzen Mute ihrer Unschuld, was das gegenwärtige Leben anbetraf, machte sie sich keine weiteren Sorgen deswegen. Sie hatte auch recht. Welcher Zöllner würde im Täschchen eines alten Dienstboten derartige Reichtümer vermuten?! Am frühen Morgen des Reisetages schlich sich Mila heimlich in Tetas Kabinett.

»Bring mir etwas vom Land mit, Tetilein, bring mir etwas mit«, flüsterte sie und wurde rot bis unter ihr Grauhaar wie eine Klatschrose. Vorsichtig fingerte Teta eine Zehnernote aus dem Täschchen und gab sie ihrer jüngsten Schwester:

»Was könnt ich dir vom Land mitbringen?... Hier gibts doch mehr zu kaufen als auf dem Land... Kauf dir was du willst, Schwester...«

Mit verzehrend erstauntem Blick betrachtete die Verkümmerte das Geld in ihrer Hand:

»Gehört das wirklich mir?« fragte sie andächtig.

»Das nächste Mal bekommst du wieder etwas«, verkündete stolz die Trinkgeldgeberin, in die sich Teta aus der früheren Trinkgeldempfängerin verwandelt hatte: »Aber sag nichts der Kati...«

Das Gesicht der Schwachsinnigen verfinsterte sich angestrengt:

»Nein, das geht nicht«, murmelte sie mit gaumigen Tönen sehr traurig, »der Frau Oberrevident muß man doch alles sagen, alles...«

Teta ließ sie sehr ärgerlich an:

»Bist du nicht alt genug, Dummkopf... Warum mußt du ihr alles sagen?...«

Die Augen des armen Trottels hingen entsetzt an der Schwester:

»Man darf nicht lügen«, entrang es sich stammelnd dem ungestalten Munde, »sonst wird man fortgeschickt aus dem sozialen Leben...«

Teta bekannte sich erzürnt zum Grundprinzip ihres Lebens:

»Geschwiegen ist noch nicht gelogen... Jeder hat das Recht dazu...«

Die Schwachsinnige aber schüttelte immer heftiger ihren schweren Kopf:

»Wer nicht alles sagt, kommt in die Fürsorge...«

Da wandelte ein kurzes scharfes Mitleid Teta an. Das erstemal vielleicht seit längst verschollenen Tagen. Sie hatte sich bisher um den armen Trottel blutwenig gekümmert und seinen Zustand als Ratschluß Gottes hingenommen. Daß aber ein menschliches Wesen, und gar ihre eigene Schwester, nicht die Kraft besaß, ein kleines Geheimnis in sich zu verschließen, dieses Elend alles Elends erschütterte sie mehr als jede Krankheit.

Kapitel sechs

Der Pfarrer von Hustopeč

Teta hatte in Lundenburg, der Grenzstation, einen armseligen Bummelzug bestiegen, der die Strecke befährt, die sich bei den Ortschaften Pavlovič und Hustopeč im tiefen Saatengrün der mährischen Erde verliert. Ostern lag heuer sehr weitgerückt, im letzten Drittel des April. Die Hitze aber war dem April um mehrere Wochen vorangeeilt und entsprach einem strahlenden Tage im Juni. Neben zwei Bauern, die sich eilig aus dem Staube machten, entstieg Teta als einzige Reisende dem schmutzigen Zuge. Sie holte tief Atem, als wolle sie die Heimatluft genau schmecken, ob sie sich ihrer auch erinnern könne? Dann humpelte sie an dem Stock, den sie sich zur Vorsicht in Wien gekauft hatte, durch die Bahnsperre auf die Straße hinaus, die etwa einen Kilometer weit in die Ortschaft Hustopeč führt, denn man hatte die Haltestelle außerhalb des Fleckens errichtet. Teta war nicht reisemäßig, sondern feierlich schwarz gekleidet, und auf ihrem

Kopfe saß ein kleiner brauner Hut, den Livia Argan vor zehn Jahren etwa getragen hatte. Das Täschchen mit ihrem Schatz hielt sie wie immer fest an die Brust gepreßt. Das neue Suitcase hingegen hatte sie dem Träger des kleinen Bahnhofes anvertraut, der es ihr auf Verlangen später in den Ort bringen sollte. Wohin in den Ort freilich, das hatte sie nicht verlauten lassen, als sie sich die Bescheinigung über ihr Gepäckstück ausstellen ließ und dem Mann nach einigem Zögern ein Trinkgeld in die Hand drückte.

Die Straße war mit blühenden Fruchtbäumen eingesäumt. Wie rosa Wolken standen sie am metallen starren Himmel. Rechter Hand dehnten sich Rübenfelder und gelb blühender Raps, linker Hand halbwüchsiges Getreide. Am östlichen Horizont der weiten Ebene dämmerten die Vorhügel der weißen Karpaten wie ein schwacher Rauch an den Grenzen der fernen Slowakei. Die Luft ruhte bewegungslos. Kleine Waldflecken sprenkelten das Land. Vor vereinzelten Häuschen an der Straße standen Pappeln, Kastanien, Akazien und dann und wann ein früherweckter Fliederstrauch. Die Kastanienblätter glichen nicht mehr schlaffen Kinderhänden, sondern waren schon voll entfaltet. Es war eine Landschaft ohne jede Besonderheit, nicht zu vergleichen mit den berühmten Platzln im Park von Grafenegg und mit den herabdrohenden Gipfeln des Toten Gebirgs. Dennoch schüttelte Teta immer wieder den Kopf und sagte laut vor sich hin: »Aber das ist ja eine Pracht«, wobei sie den bewundernden Ausdruck durch einen Zischlaut noch verstärkte. In den Dörfern läutete man zwölf.

Mittwegs fühlte Teta, sie könne bald nicht mehr weiter und müsse sich nun ausruhen. Es war auch etwas Ungebührliches, jetzt während des Mittagessens dem Herrn Pfarrer ins Haus zu fallen. Ihr eigenes Mahl, ein Stück Brot, eine Knackwurst und eine Tafel Milchschokolade trug sie bei sich. Sie kam an einer winzigen Budenschenke vorbei, vor der ein paar ungehobelte Tische hockten. Teta aber kehrte nicht ein, sondern kaufte eine Flasche Bier und trippelte damit in eine junge Wiese hinein, die von einem Bach durchschnitten wurde. Sie erinnerte sich an diesen Bach. Er mußte in das Flüßlein Suratka münden. Auf einer erhöhten Stelle über dem Bachufer breitete ein mächtiger alter Birnbaum sein Geäst. Er war so überladen mit weißem Blust, daß er einen großen sanften Schatten unter sich ausbreitete. Teta liebte die großen Bäume sehr, und nichts hatte sie höher geschätzt als ihre Ruhestunden unter den hundertjährigen Linden von Grafenegg. Als treue Naturfreundin wußte sie genau zu unterscheiden zwischen Blüten- und Blätterschatten. Dieser ist dicht und voll und kühl und blauschwarz, und wer in ihm ausruht, gibt seine Seele der Erde zurück. Jener aber, den man nur selten genießt, der frühlingsflüchtige Schatten der Blütenbäume ist dünn und zart und lichtdurchlässig und lila, und wer in ihm ausruht, dem wird eine träumerische Vorahnung des himmlischen Ruhestandes zuteil, der seiner wartet, wenn einst alles seinen wunschgemäßen Ablauf genommen haben sollte.

Teta breitete ihren Mantel unter dem Birnbaum aus. Dann ließ sie sich nieder, öffnete ihr Paket, zerschnitt die Wurst in kleine Scheiben, brach die Semmel und begann langsam und nachdenklich zu kauen. Da sie großen Durst hatte, leerte sie in einigen Zügen die Flasche Bier. Von dem erhöhten Punkt, auf dem sie lagerte, sah sie die Straße entlang bis in den nahen Ort hinein, und jenseits der Straße sah sie bis in die verschwimmende Unendlichkeit die Saatfelder ihrer Heimat und ihrer Kindheit. Seit fündundfünfzig Jahren war sie auf dieser Erde nicht gesessen. Recht wunderlich wars für sie, daß sie in all diesen Jahrzehnten alles vergessen zu haben glaubte und doch in Wirklichkeit gar nichts vergessen hatte. Sie erinnerte sich jeder Turmspitze im mittäglichen Flimmerlicht, jeder schwebenden Baumgruppe in der Ferne, sie erkannte die alten Bauernhöfe dort unten und unterschied genau das ehemals schon Gewesene vom neu Hinzugekommenen. Das arme Häuschen ihrer Eltern, das Mojmir Linek senior so frühzeitig versoffen hatte, konnte sie von hier nicht sehen, vielleicht auch wars schon längst abgebrochen. Dennoch trat es jetzt mit seinem Strohdach und den blumengeschmückten Fensterchen überdeutlich vor ihr inneres Auge. Im Grase unter ihr wuchs das Gedröhn der Insekten mit sommerlicher Aufgeregtheit. Woher nur die vielen Bienen kamen? Dieses Gedröhn, der Blütenduft und das Bier machten sie schläfrig. Sie streckte sich auf dem Mantel aus, vergaß aber nicht, das kostbare Täschchen unter ihren Kopf zu legen. Der Schmerz in den Beinen wich. Ihr war sehr wohl ums Herz.

Es war aber weder ein tiefer Schlaf, noch auch ein angenehmes Träumen, das sie im Blütenschatten hier überfiel, sondern etwas höchst Abstoßendes und schwer Erzählbares. Ihre Erinnerung holte nicht die einst in diesen Fluren verlassenen Eltern herbei, nicht den Herrn Pfarrer, der sie als Bräutlein Christi mit weißem Kleidchen und Schleier gefirmelt hatte und auch sonst nichts Liebwertes oder auch nur Alltägliches. Hingegen tauchte ein sehr altes Weib aus den Anfängen ihres Lebens auf, das man in Tetas Muttersprache »Babitschka« genannt hatte, was soviel bedeutet wie Großmütterchen. Großmütterchens Rolle war aber nicht ganz klar. Teta hatte vergessen, ob das Hutzelweib ihre eigene Großmutter gewesen, die schattenhaft im ungenauesten Ausgeding des Gedächtnisses hauste, eine kleine Gestalt, die stets an den Wiegen saß, vielerlei Ratschläge gab, im Dämmer Geschichten erzählte und frischgeschlagene Beulen mit großen runden Silberstücken, die sie daraufpreßte, flink zu heilen wußte. Schlimm war es aber, daß dieser im großen und ganzen gute Geist nicht in reiner Form erschien, sondern sich mit einem ausgesprochen bösen Geiste vermischt hatte. Teta kannte seinen Namen gut, Polednice, zu deutsch Mittagshexe. Sie war einem Gedicht entsprungen, die Mittagshexe, und alle Kinder hatten sie einst gefürchtet, wenn ihre heiße Stunde da war und sie zwischen den Kornähren hervorlugte. Teta wußte es längst nicht mehr, daß niemand anderer als ihr Neffe Mojmir zuletzt diese Mittagshexe beschworen hatte, damals nämlich, als er in der Küche des Hofrates Slabatnigg jenes alte Gedicht vortrug. Heute, da sie ihn in seinem Pfarrhaus aufsuchen wollte, schien er ihr das Gespenst entgegenzusenden, um sie abzuholen. Denn die Mittagshexe war ihrer Jahreszeit, dem Sommer, weit vorangeeilt wie dieses ganze Osterfest und hatte sich über ihr Element vorgewagt bis zum Birnbaum hinter der Budenschenke und stand nun da als Großmütterchen. Sie hatte eigentlich kein böses Gesicht, aber schrecklich zerraufte Haare und einen spitzen Höcker, der ihren Hinterkopf überragte und eine Hühnerbrust und ganz lange Arme, die bis zur Erde hinabpendelten. Teta rappelte sich auf, um Großmütterchen zu begrüßen. Aber schon hatte sich die Mittagshexe nach ihrer Art auf Tetas Schulter gesetzt – wie unangenehm leicht war sie – und hatte den Stock ergriffen und trieb sie an:

»Vorwärts, faules Luder... Was liegst du da herum?... Zum Herrn Pfarrer, zum Herrn Pfarrer, damit er nicht davonläuft...«

»Laß mich, Großmütterchen«, keuchte Teta, »Gründonnerstag übermorgen bin ich siebzig... Und ich bin noch nicht verödet... Da kann ich nicht so laufen, wie du willst...«

»Lüg nicht, faules Luder«, schimpfte die Hexe. »Unser Herr Pfarrer wird nicht warten auf dich...«

Die Reiterin wurde immer schwerer. Teta schlug Kreuz um Kreuz. Sie rief die Muttergottes an und alle Heiligen. Nichts half. Sie mußte mit ihrer buckligen Last im Straßenstaub traben. Plötzlich fiel ihr ein, daß sie das Täschchen mit ihrem Schatz unterm Birnbaum hatte liegen gelassen:

»Großmütterchen, erbarm dich«, schrie sie, »meine Ersparnisse und meine Abfindung...«

Großmütterchen-Mittagshexe erbarmte sich nicht. Teta versuchte in ihrem Lauf immer wieder von der Straße abzubiegen und zum Birnbaum zurückzukehren. Jedesmal aber hieb ihr der eigene Stock wie eine Peitschenschnur über die Waden, daß sie aufjammern mußte.

»Was kümmert mich deine Abfindung«, keifte der Mahr, »alles gehört dem Herrn Pfarrer...«

Teta benützte einen Stein, um zu stolpern und hinzufallen. Und das war eine ausgezeichnete Idee. Denn in demselben Augenblick erwachte sie aus ihrem Alptraum. Sie setzte sich auf und schüttelte lange den Kopf und begann gurrend zu lachen: »Nein aber so was!« Dann nahm sie ihre Sachen und stiefelte schwankend aus der Wiese heraus. Sie vergaß nicht, in der Budenschenke sich den kleinen Einsatz für die Bierflasche zurückerstatten zu lassen. Es war ein Uhr und zwanzig Minuten. Der Mahnung von Großmütterchen-Mittagshexe getreu wackelte sie an ihrem Stock die Landstraße hinab in die Ortschaft.

Und dies war wirklich und wahrhaftig das uralte Pfarrhaus von Hustopeč. Es stand nicht wie die meisten seinesgleichen auf dem Kirchplatz, sondern ein Stückchen hinter der Kirche, abseits der anderen Häuser, beinah schon im freien Land. Die Sonne brannte grell. Teta mußte ihre alten Augen mit der Hand beschirmen. Von der Wegesmüh ging ihr die Brust schwer. Vielleicht aber rührte ihr Herzklopfen auch von einem freudigen Erschrecken her. Mit dem ersten Blick nämlich erkannte sie, daß der hochwürdige Neffe nicht geflunkert hatte. Maler und Anstreicher waren hier ohne Zweifel kürzlich am Werk gewesen. Die Hausmauern erstrahlten im scharfen frischen Kalkweiß bis zum Dach, das seinerseits dem Voranschlag der Firma Karel Fasching gemäß ausgeflickt worden war, wie die neuen Eternit-Platten inmitten der alten dunklen Holzschindeln bewiesen.

Teta trat an die Hauspforte heran, zu der noch immer dieselben zwei Steinstufen emporführten, mit Gras und Moos zwischen den Ritzen wie einst. Sie erkannte über der Tür die Jahreszahl Anno Domini 1625 und in verwittert gotischen Lettern darunter die lateinische Aufschrift: »Fide vide cui«.

Neben dem Ave Maria und Credo waren dies die einzigen lateinischen Worte, deren Sinn Teta verstand. Der Herr Pfarrer hatte die damalige Schuljugend von Hustopeč belehrt, daß die Mahnung »Trau schau wem« einen sehr beherzigenswerten Leitsatz für das menschliche und insonderheit für das bäuerliche Leben beinhalte. Teta war diesem Fide-Vide-Cui ihr Lebtag in hohem Grade treu geblieben. Jetzt aber bewies der sichtbar erst jüngst angebrachte elektrische Leuchtkörper über der Inschrift, daß es Menschen und Dinge gab, die über jenem sprichwörtlichen Argwohn stehen sollten. Die Magd hatte ihre Hand schon zum Türklopfer erhoben. Plötzlich aber ließ sie diese Hand wieder sinken, klomm die beiden hohen Stufen herab und begann an der Mauer des Pfarrgartens entlang zu wandern. Sie gelangte nach ein paar Schritten zu einem offenen Pförtchen, durch welches sie mutig eintrat. Welch ein Garten, empfand Teta ehrfürchtig, ein echter Pfarrgarten, jawohl. Und wieviel mußte Hochwürden Mojmir in den wenigen Tagen seiner hiesigen Wirksamkeit an diesem Garten gearbeitet haben, den ihm sein achtzigjähriger Vorgänger gewiß in ziemlich verwildertem Zustand übergeben hatte. Die Wege waren mit reinem gelben Kies bestreut. Das Brunnenbassin in der Mitte, jetzt noch leer, hatte eine eifrige Hand geputzt und gefegt. Ein ganzes Regiment von Rosenstöcken stand sauber in Reih und Glied, jeder einzelne liebevoll gepflegt und mit Bast aufgebunden. Schon drängte sich aus mancher Knospe ein süßes Rot und Rosa und Gelb und Weiß hervor und küßte das Licht. Und gar erst die Gemüsebeete mit ihrem prachtvollen rostbraunen Humus. Wie mit einem scharfen Messer waren ihre genauen aufgelockerten Rechtecke in die Erde eingeschnitten. Der lange Gummischlauch, mit dem man sie soeben gespritzt hatte, tropfte noch. Das Frühgemüse des mährischen Sonnenlandes stand schon üppig. Aus anderen Beeten guckten erst die neugierigen Triebe des Kopfsalats, der Möhren und Kohlrüben knapp über die Schollen hervor. Eine große Ersparnis für den Haushalt, urteilte Teta, man würde nicht viel kaufen müssen, und sie hörte mit Befriedigung das Gegacker der Hühner, das von irgendeinem abgeteilten Gartenstück eifrig herübergluckte. Nur etwas störte sie. Der zwanzigjährige Dienst im Hause Argan war an ihren ästhetischen Bedürfnissen nicht spurlos vorübergegangen. Über all dem Schönen und Nützlichen hing nämlich an einer zwischen zwei Platanen gespannten Leine die trocknende Wäsche des Herrn Pfarrer, altmodisch ländliche Unterhosen zumal, vom Winde zu bedenklicher Korpulenz aufgebläht. Das muß anders werden, beschloß Teta, und sie sah sich im Garten nach einem diskreteren Plätzchen für Hochwürdens Leibwäsche um. Dabei erreichte ihr Blick die abgelegenste Stelle des Pfarrgartens und stockte gebannt.

Diesmal aber war es kein freudiger Schreck, sondern einer,

der ins Leben des Lebens fuhr. Teta wankte buchstäblich. Dort am äußersten Ende des Gartens stand vor ein paar rege umsurrten Bienenstöcken der Herr Pfarrer selbst, so wie er sichs einst gewünscht und in einem seiner Briefe ausgesprochen hatte. Er trug noch die Soutane, denn wahrscheinlich war er soeben aus der Kirche gekommen, ohne vorher das Haus zu betreten. Er hatte eine Art Fechthaube über den Kopf gestülpt, wie die Imker sie bei ihrer Arbeit zu benützen pflegen, und seine Hände steckten in mächtigen Fäustlingen. Noch ist es Zeit, davonzulaufen, überkam Teta ein feiges Bangen. Sie aber floh nicht, sondern näherte sich mit kleinen Trippelschritten sehr langsam der Hauptperson ihres Lebens, die plötzlich zu Fleisch und Blut geworden war. Der dunkle Orgelton der schwärmenden Bienen hüllte ihn ein. Jetzt aber merkte der Pfarrer etwas, drehte sich um und rief warnend und hohl hinter seiner Maske hervor:

»Achtung, Mütterchen, halt, stehenbleiben... Die Biester sind wie toll heut... Sie haben ihren großen Tag...«

Teta stand wie angewurzelt. Sie hätte nicht die Kraft gehabt, weiterzugehen. Ihre Augen starrten auf den Hochwürden. Seine Gestalt, groß und schlank, entsprach harrgenau der Vorstellung, die sie sich nach Photographie und Briefen von ihm gemacht hatte. Kein Wort des Grußes brachte sie heraus. Er aber, ohne sich umzusehen, mahnte freundlich mit seiner verborgenen Stimme, die wie aus der Erde kam:

»Geht nur ins Haus, Mütterchen... Es ist gleich soweit, dann steh ich zu Diensten...«

Wie geblendet von allzu viel Erfüllung, machte Teta kehrt und trottete den Gartenweg entlang, zwischen den Gemüsebeeten hindurch, auf die Rückseite des kleinen Pfarrhauses zu. Über eine schmale Terrasse hinweg betrat sie das Innere, wo sie in einem sehr engen und dunklen Gang bescheiden stehenblieb. Wunderlich sondergleichen war ihr zumute, und sie konnts nicht verarbeiten in ihrem Herzen, daß es eingetroffen war, was sie kaum mehr für möglich gehalten und woran sie sich doch festgeklammert hatte mit ihrer ganzen Kraft. Des Neffen unordentliche, aber feurige Seele hatte ihren Frieden gemacht mit

Gott, und nicht vergeblich war somit die Fülle der Opfer gewesen, seit jenem fernen Nachmittag in der Küche des Hofrates. Nun stand Mojmir Linek, der Umbangte und Beargwöhnte »zu Diensten«, er hatte es selbst so genannt. Die letzten und bleibenden Dienste, um welche es sich bei diesem »zu Diensten« vor allem handelte, die wollte sie weiterentgelten und abverdienen, nicht als Gläubigerin und Ziehmutter, sondern als das, was sie war und stets gewesen, als Dienerin und Magd. Viele schnelle Gedanken kreuzten sich in Tetas langsamem Sinn. Wie gut, daß der hochwürdige Herr Pfarrer noch bei seinen lieben Bienenstöcken zu schaffen hatte. Möchte er sich doch um Christi willen nicht beeilen! Sie fand nicht Zeit genug, um diese Minuten auszukosten. Er hatte »Mütterchen« zu ihr gesagt. In ihrem Gemüt streichelte sie die Zärtlichkeit dieses Wortes, das sie nicht verdiente, denn zärtlich hatte es geklungen trotz der Imker-Maske. Zugleich aber war aus dem Munde der Autorität ein Befehl erflossen, dem man sich beugen mußte: »Geht ins Haus, Mütterchen!« Damit schien das ganze künftige Leben aufs schönste vorgezeichnet zu sein. Dienst und Gehorsam auf ihrer, zärtliche Autorität auf seiner Seite. Daß der Neffe während allzu langer Wanderjahre ein Bummelstudent, Tunichtgut, Schuldenmacher und fahnenflüchtiger Missionar gewesen, das hatte für sie nun alle Bedeutung eingebüßt. Übriggeblieben war nur der geweihte Mann, ein schöner prächtiger Mann zweifellos, ein großer Seelentrost in der nahenden Stunde des Absterbens, ein Wesen, das sie unermeßlich überragte, mehr als jegliche gnä' Herrschaft dieser Erde. Nach getaner Arbeit – und sie fühlte jugendliche Schaffenskräfte in sich – würde sie an Sommerabenden und in der Winterdämmerung mit gefalteten Händen sich freuen dürfen, daß einzig und allein durch ihre saure Mühe und Beständigkeit ein guter Priester am Altar waltete, der vor Gottes Thron rechtens ihr allein angehörte.

Trotz dieser hohen Träumereien schnupperte Teta aufmerksam nach den Gerüchen des Hauses. Es roch nach frischem Anstrich und Maurerarbeit. Küchenduft hingegen war nicht zu merken, wie Teta mißbilligend feststellte. Da mußte Abhilfe geschaffen werden. Ein Geistlicher, der die Last so vieler Seelennöte zu schleppen hat, braucht schmackhaft-kräftige und auskömmliche Ernährung. Außerdem hilft ein gewähltes Essen und ein gepflegter Trank – Teta war das nicht unbekannt – einem noch jugendlich strotzenden Manne, gewisse Anfechtungen zu überwinden, von denen leider auch ein Priester nicht verschont bleibt, und die Weiber sind doch insgesamt Hurenstücke, wenn etwas Verbotenes winkt. Am liebsten hätte Teta sogleich die Küche gesucht, sich an den Herd gestellt und zu backen und zu braten begonnen. Ostern stand vor der Tür. Es war also hohe Zeit, den Teig der Striezel zu kneten, zu flechten und mit Zibeben und Mandelstiften auszustecken. Gerade als sie ziemlich bekümmert an die zu backenden Striezel dachte, trat der Pfarrer rasch ins Haus, bemerkte die im Dunkel wartende Teta, stieß mit einer raschen Bewegung eine Tür zur Linken auf und rief:

»Da hinein, Mütterchen, wenns gefällig ist... Nur noch ein paar Minuten...«

Sie stand in einem zweifenstrigen Zimmer. Und dieses Zimmer war ganz genau so, wie es sein mußte. Eine große Bücherwand. Ein Kruzifix mit dem brennenden Öllämpchen darunter. Ein farbenfrohes Muttergottesbild. Der Tisch in der Mitte mit grünem Tuch bedeckt. An einem der Fenster ein Sekretär, hoch beladen mit Amtspapieren. Viel Staub und ein wenig abgestandener Pfeifengeruch. Man sahs, hier fehlte noch die streng wirtschaftende Hand, die am Morgen die Möbel wischte und unerbittlich die Fenster aufstieß. Als aber nach einer kleinen Weile der Pfarrer hereinkam, durchfuhr Teta zum drittenmal der holde lähmende Schreck. Mojmir Linek nämlich, den sie als Erwachsenen nie gesehen hatte, glich also wirklich dem zusammengeträumten Neffen aufs Haar, oder besser aufs fehlende Haar, denn den Glatzkopf und die bräunliche Hautfarbe verdankte er, wie er ihr öfter geschrieben, nicht der hiesigen Sonne, sondern den Urwäldern Feuerlands. Den Fuß zwar schleppte er nicht nach, wie sie sogleich mit großer Befriedigung sah, dies aber kam wohl daher, weil im Laufe der

Jahre jener teuflische Insektenstich ausgeheilt war. Der Hochwürdige lächelte Teta freundlich an und rieb sich die soeben gewaschenen Hände:

»Ja, ja, die Karwoche«, nickte er, »die Woche heiliger Beschwerde, wie ein Dichter sagt... Heilige Beschwerde auch für so einen groben Dorfpfarrer, da soll alles blitzblank sein und schön und feierlich und klappen solls, daß die Herren Vettern und Nachbarn sich einbilden können, sie sitzen in Rom bei Sankt Peter und nicht in Hustopeč... Aber nehmt doch Platz, Mütterchen, setzt Euch nur...«

Teta ließ sich auf den Rand eines Stuhles nieder und schaute nur und schaute. Sie konnte die Augen nicht voll genug bekommen vom stolzen Anblick des Neffen und die Ohren nicht von der männlichen Musik seiner Stimme. Der Pfarrer hantierte irgendwo herum, während er fortfuhr, sich humoristisch zu beschweren:

»Aufräumerei in der Kirche... Aufräumerei im Haus... Aufräumerei im Garten... Kein Mensch ist auf seinem Posten, eine Heidenwirtschaft das, nichts steht an seinem Platz... Übermorgen ist Gründonnerstag, und die Menschen geben keine Ruhe bis zur letzten Stunde... Meine Bedienung hat mich allein gelassen heut, denkt Euch nur, Mütterchen, mitten in dem Rummel, sie ist hinüber nach Klobouky zu ihrer kranken Schwester, und seit dem Frühstück hab ich noch keinen Schluck und Bissen in den Magen bekommen...«

Er hatte endlich gefunden, was er suchte, eine Thermos-Flasche. Jetzt schraubte er sie auf, füllte eine Tasse mit abgestandenem Milchkaffee und begann ihn zu schlürfen, während er dazu ein Stück Schwarzbrot in mächtigen Bissen kaute, die ihm die Wange vorwölbten.

»Nehmt mirs nicht übel, Mütterchen«, entschuldigte er sich mit vollem Munde bei Teta. Diese aber vermochte sich nicht länger zu beherrschen und sprach zum erstenmal in seiner stattlichen Leibhaftigkeit jenen an, um welchen sie so viel Entbehrung und Unruhe erlitten hatte:

»Der hochwürdige Herr Pfarrer müssen mit Erlaubnis ein anderes Mittagessen bekommen«, rügte sie mit zitternder, aber strenger Stimme, »nein so was, das geht ja nicht, nur ein Kaffee und ein Stück trocken Brot, das ist ja zu schlecht für einen Bettler...«

»Ja, das muß wirklich anders werden, Mütterchen«, stimmte ihr der Pfarrer zu, »das ist wirklich keine Wirtschaft... Ich hab Pech mit meiner neuen Bedienung, bei der ist immer was los mit ihren werten Angehörigen, und ich muß hungern...«

Teta erklärte großmütig, doch nicht ohne Tadel:

»Der hochwürdige Herr Pfarrer müssen mittags haben eine gute Bouillon mit Nudeln drin oder Grieß und dann eine Vol-au-vent oder Forelle blau am Sonntag und einen guten Braten nachher oder ein Backhuhn mit jungen Kartoffeln und Erbsen und gemischtem Salat und zuletzt eine feine Mehlspeis, ein Soufflé mit Marillengeschmack oder Schokoladenauflauf oder so...«

Der Pfarrer hatte die Aufzählung dieser Genüsse mit weit aufgerissenen Augen verfolgt:

»Bravo, bravo, Mütterchen«, schmunzelte er hingerissen, »ich könnt Euch da stundenlang zuhören... Mir läuft das Wasser im Mund zusammen bei Eurem Menü...«

Teta verbarg ihre frohlockende Bewegung hinter den ernsten Planungen, die sie bereits der verlotterten Pfarrerswirtschaft angedeihen ließ:

»Es ist doch alles da im Garten«, sagte sie. »Gemüse und Hühner und Eier und die Butter ist billig auf dem Land, und man kann ein herrschaftliches Essen herstellen um nichts... Nur das Fleisch, da wird man sich umschauen müssen und den Herren Fleischhauern auf die Finger sehen, das bin ich gewöhnt...«

Der Pfarrer von Hustopeč schien durch den teilnehmenden Eifer seines Besuches sehr erheitert zu werden. Er ging zur Kredenz und füllte zwei Gläschen mit bäuerlichem Kornschnaps:

»Darauf wollen wir anstoßen, Mütterchen«, lachte er freundlich und kippte das Glas bis auf die Neige. Nachdem auch Teta in gehorsamer Nachahmung den Schnaps auf einen Zug geleert hatte, ließ der Pfarrer seinen forschenden Blick auf der Frau ruhen, die mit ihrem Stock und dem Täschchen in steifer, aber sichtlich erregter Haltung dasaß:

»Ihr seid von weit dahergekommen, wie...« fragte er.

»Von Wien doch selbstverständlich, wenn ich bittlich sein darf«, erwiderte sie.

»Wohl die Heimat wiedersehen und die liebe Verwandtschaft besuchen«, fragte er.

»Aber der hochwürdige Herr Pfarrer werden doch wissen...« erwiderte sie.

Darauf antwortete der Pfarrer zuerst nichts und schien nur nachzudenken. Dann räusperte er sich und verfiel in einen geschäftsmäßigen Ton, das erstemal während dieses Zwiegesprächs:

»Und womit kann ich Euch dienen, Frauchen...«

Teta ließ eine Weile verstreichen. Nicht nur ihr von Kornschnaps gerötetes Gesicht, sondern auch ihre Stimme begann langsam zu erblassen:

»Ich bin ja mit Erlaubnis hierhergefahren aus der Stadt, um dem hochwürdigen Herrn Pfarrer zu dienen, wie der hochwürdige Herr Pfarrer es gewollt haben...«

Der Vikar von Hustopeč blinzelte erstaunt. Ein scharfer Sonnenstrahl fingerte störend in seinem Gesicht:

»Mir dienen?« fragte er und schützte seine Augen mit der Hand. »Wie seid Ihr um Himmels willen auf diese Idee gekommen, und gar in Wien? ... Wie heißt Ihr denn überhaupt, Mütterchen?«

Nun schützte auch Teta ihre Augen vor dem Sonnenstrahl, wobei sie ihr halbes Gesicht mit der Hand verdeckte:

»Der hochwürdige Herr Pfarrer wissen doch genau, wie ich heiß«, stammelte sie und ihre Lippen waren auf einmal ganz welk.

»Wie soll ich das wissen, meine Beste«, sagte der Geistliche, und in seinen gutmütig rustikalen Tonfall mischte sich die erste Ungeduld. Teta senkte den Kopf wie ein wenig begabtes Schulkind, das sich nun mit Mühe sammelt, um die Frage des Lehrers zu erfassen. Dann sprach sie mit harten, abgehackten Silben wie folgt:

»Der hochwürdige Herr Pfarrer Mojmir Linek haben mir, seiner Tante Teta Linek, doch mit Erlaubnis einen Brief nach Wien geschrieben an die Adresse meiner gnä' Herrschaft Argan, und es sind noch keine drei Wochen her...«

Während sie mit erwürgter Stimme nach diesen Worten rang, holten ihre bebenden Finger aus dem Täschchen des Neffen unwiderruflich letzten Brief hervor. Mit ernstem Kopfschütteln nahm ihn der Pfarrer entgegen. Ehe er aber zu lesen begann, rieb er zwischen Daumen und Zeigefinger sein schlecht rasiertes Pfarrerskinn, so daß ein borstiger Ton zu hören war:

»Aber ich heiße ja gar nicht Mojmir Linek«, sagte er endlich, nach einem Zögern, als sei das nicht von allem Anfang an klar gewesen, »sondern Ottokar Janku und hab keinem Menschen nach Wien einen Brief geschrieben...«

Teta hörte diese Worte, ohne sich zu rühren. Sie saß noch immer steif und aufrecht da, wie es sich in Anwesenheit eines Geweihten ziemt. Zwei- oder dreimal bewegte sie die Lippen, die aber kein Wort zu bilden vermochten. Der Pfarrer sah sie fragend an. Sie aber erwiderte seinen Blick noch viel fragender, wenn mans so ausdrücken darf, als sei immer noch eine leise Hoffnung vorhanden, daß Ottokar Janku sich allmählich erinnern und zugeben werde, Mojmir Linek zu sein. Er aber schüttelte den Kopf langsam, aber unaufhörlich, kniff die Augen ein, gleicherweise unmutig über den Sonnenstrahl und diese Verwechslung. Träumerisch zerstreut murmelten seine Lippen wohl zehnmal: »Linek... Linek... Linek...« Da aber keine Aufklärung erfolgte, wandte er sich mit einem tiefen Atemzug dem kalligraphierten Prachtbrief zu und las ihn, die Stirn gerunzelt, aufmerksam, aber sichtbar verständnislos zu Ende. Als er fertig war, legte er die Epistel auf den Tisch und strich sie mit seiner weißen großen Hand glatt, als wolle er alles Verdächtige von dem Papier fortwischen:

»Helft mir, Mütterchen«, bat er wie einer, der des Rätselratens müde ist. »Was ist das für ein sonderbarer Geistlicher, dieser Herr... Welchen achtzigjährigen Amtsvorgänger meint er?... Mein Amtsvorgänger ist mit fünfzig gestorben, und ich selbst bin der Pfarrer von Hustopeč schon seit zwölf Jahren... Ich versteh von diesem Zeug nicht ein einziges Wort, meine gute Frau... Das scheint ja eine verflucht peinliche Geschichte zu sein... Ja ja, allerlei Leute gibts unter den Herren Kollegen, da hab ich auch schon meine Erfahrungen machen müssen, leider...«

Wortlos streckte Teta die Hand nach dem Brief aus, nahm ihn an sich und versorgte ihn wie ein kostbares Stück vorsichtig zu den anderen in ihrem Täschchen. Janku aber hatte sich gedankenvoll erhoben und ging mit starken Schritten in seiner Pfarrerstube auf und ab. Seine dichten schwarzen Brauen waren zusammengezogen und die Unterlippe trat vor. Er schien den Besuch, der da steif und lautlos an seinem Tische saß, völlig vergessen zu haben. Im letzten Augenblick erst gewahrte er, daß sich der Körper der alten Frau zur Seite neigte und vom Stuhl zu sinken drohte. Er sprang hinzu, fing Teta auf und führte oder besser schleppte sie zum Kanapee, auf das er sie hob. Sie wehrte sich gegen diese Hilfeleistung:

»Hochwürdiger Herr... Wenn ich bittlich sein darf... Nicht, nicht... Es ist ja schon wieder gut... Ich schäm mich bitte so viel... Werd jetzt sofort weggehen... Nicht stören...«

Doch auch Tetas mächtige Seelenenergie reichte nicht hin, um die Schwäche zu überwinden, welche der Keulenschlag der Erkenntnis verursachte hatte. Ihr vergingen für ein paar Augenblicke die Sinne. Doch noch aus der Ohnmacht flüsterte sie eifrig:

»Meine Tasche... Wenn ich bitt... Hochwürden Herr Pfarrer...«

Janku hatte aus seinem Schlafzimmer ein Fläschchen Eau de Cologne gebracht und benetzte ein wenig Tetas weiße Stirn. Er wollte auch ihre hochgeschlossene Bluse öffnen, doch es gelang ihm nicht, da sie sich wehrte. Ihn rührte die Silberbrosche und die Korallenkette, die diese alte Frau um den Hals trug. Während er um sie beschäftigt war, bewegten sich ihre Lippen unaufhörlich. Die Worte waren nicht deutlich erkennbar. Es klang immer wieder wie »finden« und »fangen«.

Nach drei Minuten schon wurde ihr Atem ruhig und sie schlief vor Erschöpfung ein. So aber geschah es, daß Teta Linek in dem Pfarrhaus zu Hustopeč, wo sie die lange Ruhe des Feierabends zu finden gehofft hatte, eine kurze Nachmittagsstunde sich ausruhen durfte, während ein Geweihter neben ihr saß und sie pflegte. Es war freilich nicht der richtige.

Pfarrer Ottokar Janku hatte Teta ins Wirtshaus des Örtchens geführt, um ihr erstens einen heißen Milchkaffee mit Kuchen auftischen zu lassen, und zweitens, um Erkundigungen über den fraglichen Mann Gottes und Urheber absonderlicher Briefe einzuziehen. Sie war freilich mit der öffentlichen Behandlung ihres schmerzlichen Geheimnisses nicht besonders einverstanden. Brennende Scham erfüllte sie. Am liebsten wäre sie aus Hustopeč und der ganzen Welt verschwunden. Zugleich aber peinigte sie, im Widerspruch zur brennenden Scham, ein düsterer Drang, »ihn zu finden« und endlich nach einer Ewigkeit banger Hoffnungen und gehätschelten Selbstbetrugs sich rücksichtslose Klarheit zu schaffen.

Zur Stunde pflegten sich die Notablen von Hustopeč im Extra-Stübchen zu versammeln, ihr Bier zu trinken und Tarock oder Mariage zu spielen. Heute allerdings sahen sie angesichts des interessanten Ereignisses, das da zu ihnen hereingeschneit kam, vom Spielchen ab und umstanden den Tisch des Pfarrers und seines Gastes. Die bereitwilligen Auskünfte des Gastwirtes wiesen auf verschiedene Spuren hin. Vor etlichen Wochen habe sich eine Gesellschaft von Geistlichen und Seminaristen aus dem nahen Brünn in dieser Stube zum Mittagessen eingestellt. Die Herren hätten sich auf einer Fußreise ins Gebirge befunden, einen großen Appetit entwickelt und den gesamten Hausvorrat an Geselchtem mit Knödeln und Kraut bis auf den letzten Rest verzehrt. Einer unter ihnen, ein fröhlicher Vierziger mit Glatze und Hornbrille sei möglicherweise Mütterchens Neffe gewesen.

Er habe als Ältester und Gescheitester das große Wort geführt und zweifellos die Reiseleitung innegehabt. Ein witziger Mensch, verdammt noch einmal, das müsse der Wirt schon sagen, obgleich er nicht erwartet habe, aus solchem Munde dergleichen Witze und Anekdoten zu hören. Papier, Feder und Tinte hingegen, wie unser Herr Pfarrer es haben wolle, sei an dem Tische von keinem Herren verlangt worden. Dieses Schreibzeug habe ein andermal, nicht viel später, ein einzelner Durchreisender gefordert, und zwar nach dem Mittagessen, Rindsgulasch mit Kartoffeln und Faschingskrapfen. Ob der Betreffende ein Kleriker gewesen, könne der Wirt nicht feststellen. Der Herr habe kein Kollar getragen, doch ihm sei er, den scharfen Gesichtszügen nach, wie ein Künstler, Musiker oder Schauspieler erschienen. Vielleicht auch wars ein Schriftsteller, da er während des Essens mindestens drei Seiten voll schrieb. Ein düsterer Mann jedenfalls, schloß der Wirt seine Darstellung. Teta hörte schweigend zu. Ihre hellen Augen ruhten aufmerksam auf dem jeweiligen Sprecher und wanderten weiter, wenn ein anderer das Wort ergriff. Der Neffe schien in des Wirtes Schilderung manchmal ganz nahe zu sein, dann aber zog er sich wieder ins Unbestimmte und Unfaßbare zurück, wie es seine alte Gewohnheit war.

Die hier vereinigten Honoratioren von Hustopeč – auch der Bürgermeister, der Apotheker und der Lehrer Hvizd waren unter ihnen – gehörten insgesamt den jüngeren Generationen an. Sie wußten nichts mehr von der Familie Linek, die vor Jahrzehnten hier gesessen hatte. Tetas Schwägerin, die Mutter des Neffen, war bereits während des Weltkriegs gestorben, der einen unüberwindlichen Graben zwischen Vorzeit und Geschichtszeit gezogen hatte. Für die meisten Hustopečer begann die Weltgeschichte erst mit Gründung des neuen Staates in Versailles, und alles Vorherige gehörte einer dämmerigen Sage an, unbeschadet dessen, daß man ihren Ausklang selbst noch erlebt hatte. Die Honoratioren kamen daher auf den Rat des jungen Lehrers Hvizd überein, Herrn Markus Prossnitzer zu Hilfe zu rufen.

Markus Prossnitzer war der Alt-Prinzipal der einzigen und

sehr ansehnlichen Gemischtwarenhandlung am Platz. Jetzt führte das Geschäft längst schon sein Enkel, auch er ein grauhaariger Mann, denn Markus Prossnitzer selbst war mehr als dreiundneunzig Jahre alt. Er hatte seinen Laden 1866 im Kriegsjahr eröffnet und bildete somit eine Art patrizischen Ortsaltertums, auf das man in Hustopeč nicht ohne Stolz hinwies. Der lebhafte Greis saß noch immer bei schönem Wetter den halben Tag vor dem Geschäft, das seinen Namen führte, und erkannte alle Vorübergehenden am Schritt, denn sein Augenlicht war fast erloschen. Doch nicht nur sein Ansehen als ältester Mann und Geschäftsmann der Ortschaft verlieh ihm den Rang einer hochwichtigen Person. Er besaß zudem noch ein Wunder von Gedächtnis und Personenkenntnis. Markus Prossnitzer war Chronik, Grundbuch, Matrikel und Sterbeprotokoll von Hustopeč in einer Gestalt. Es wäre aber verfehlt zu meinen, er sei nach Art sehr alter Leute stets nur dem Vergangenen zugewandt gewesen; nein, weder die Morgenzeitungen aus der nahen Landeshauptstadt noch das Radio aus der weiten Welt hatten ihn entbehrlich gemacht. Es konnte im Ort und in der ferneren Umgebung kein Stein zu Boden fallen, ohne daß der blinde und schwerhörige Uralte davon Wind bekam, den Vorfall in sein Wissenslager einreihte und gehörig katalogisierte. Auch zu dieser Stunde heute sonnte er sein nacktes braunes Schildkrötengesicht vor der Gemischtwarenhandlung, die auf dem bescheidenen Ringplatz dem Gasthause gegenüber lag. Der junge Lehrer wurde ausgesandt, um den Greis von seiner Bank ins Extra-Stübchen zu bitten. Hvizd, ein spritziger Knirps, war, wie es die Rollenverteilung des Dorfes von alters her verlangt, ein Rebell, der den verschiedenen Behörden durch seine Eingaben, radikalen Beschwerden und menschenfreundlichen Projekte manches zu schaffen machte. Und wie es häufig die Art von Aufrührern und Verschwörern ist, war er zugleich ein sehr neugieriger Mann. Er eilte daher, recht erfreut über die Unterbrechung des ländlichen Einerlei, zur Gemischtwarenhandlung angelegentlich hinüber. Die Chronik von Hustopeč liebte nichts mehr, als in Anspruch genommen zu werden. Nach einem Weilchen schob sich der Uralte am Arme des erregten Lehrers Hvizd ins Gastzimmer. Der Wirt rückte einen bequemen Lehnsessel zurecht und brachte ein Viertel Rotwein:

»Herr Prossnitzer«, rief er sehr laut, »was wissen Sie von der Familie Linek... Haben Sie verstanden? ... Linek, L wie Ludmilla...«

Die verschwommenen Augen des Blinden gingen zuerst im Kreis. Dann fragte er mit seiner hohlen, sehr hohen Stimme:

»Wieso Linek, was heißt Linek? ... Wer lebt noch von diesen Lineks?«

Der sensationslüsterne Lehrer klärte ihn auf:

»Aus Wien ist eine Linek angekommen, Herr Prossnitzer, heut mit dem Mittagszug...«

Prossnitzers Schildkrötengesicht verhundertfachte ärgerlich sein Faltennetz:

»Daß heut eine Dame mit dem Mittagszug angekommen ist, das brauchen Sie mir nicht zu sagen, Herr Hvizd, das weiß ich... Ist die Dame eine Linek? ... Moment bitte... Ich muß mir diese Lineks zuerst auszählen...«

Er sagte das, als sei die Erinnerung keine intuitive, sondern eine mathematische Geistestätigkeit und das Gedächtnis eine Art von mechanischer Rechenmaschine, die man nur richtig einstellen müsse, um zu dem gewünschten Resultat zu kommen. Sein Kopf begann sich zu wiegen, und er trat im Sitzen von einem Bein aufs andere wie ein Weber vor dem Webstuhl. Nach drei gesammelten Minuten hatte er den Fall aus seinem Magazin hervorgezogen:

»Linek, Linek«, es war ein stolzer Singsang, »das Häusl ist gestanden zwischen Kaschpar und Schubrt... Heut steht das Spritzenhaus dort... In den achtziger Jahren denk ichs noch... Zehn Joch Feld, Gerste, Hafer, Kartoffeln, nichts Besonderes, drei Kühe... Der alte Linek hat die dritte Tochter vom Kaschpar geheiratet und nichts mitbekommen... Sechs Kinder haben sie gehabt, lauter Mädeln, nein, pardon, einen Burschen auch... Ein schlechter Bauer, hat getrunken, hat sein Grundstück verkauft an die Gemeinde damals, so im Fünferjahr, schlecht verkauft, Schulden, schlimme Wirtschaft...«

Pfarrer Ottokar Janku, der dem Singsang mit angestrengter Miene gelauscht hatte, fiel jetzt ein:

»Und dieser Linek hat einen einzigen Sohn gehabt, Herr Prossnitzer, nicht wahr?«

Der Neunzigjährige lehnte sich gekränkt zurück und legte Verwahrung ein:

»Ich brauch keine Unterstützung, Hochwürden, Gottlob... Ich bin noch ganz gut beisamm...«

Beifälliges Gemurmel lohnte diesen hoffärtigen Ausspruch der Chronik. Die tausend Runzeln in Prossnitzers Gesicht falteten sich zusammen und entfalteten sich wieder. Dieses Runzelwerk atmete gewissermaßen. Der Uralte zählte sich vermutlich Tetas Neffen aus, um bei seinen eigenen Worten zu bleiben. Auch der zahnlose Mund ging dabei auf und nieder. Plötzlich aber pfiff sein Stimmchen triumphierend auf:

»Lineks Sohn... Ein Studierter... Unterstützt von einer hohen Protektion... Ganz genau denk ich ihn... So ein junger Mensch im langen Talar, oder wie das heißt...«

Seine verwaschenen Augen gingen absammelnd im Kreis. Das Runzelwerk probierte ein Lächeln. Noch war Markus Prossnitzer auf dem Damm. Da gab es keine Frage aus gegenwärtiger oder verschollener Zeit, die an seinem Gedächtnis nicht zuschanden wurde.

»Seminarist oder Priester«, schrie ihm der Pfarrer ins Ohr.

Prossnitzer schaukelte erregt und trat seinen unsichtbaren Webstuhl:

»Wie soll ich das wissen«, schalt er. »Es ist nicht meine Religion... Da kenn ich mich nicht aus...«

Hier nahm Teta zum erstenmal das Wort:

»Und haben der gnä' Herr Prossnitzer den Neffen Linek persönlich gesehen und gekannt, wenn ich bittlich sein darf...«

»Was heißt gekannt«, schnalzte die Chronik. »Ins Geschäft zu uns ist er gekommen und hat gekauft und hat nicht bezahlt... Einem geistlichen Herrn darf man doch nicht sagen Nein... In unserer Strazza von damals werden die Außenstände noch aufgeschrieben sein...«

Tetas Stimme zitterte von neuer Hoffnung. Der Geschäftsmann Prossnitzer hatte dem Neffen die Ware nicht verweigert, da er einem geistlichen Herrn nicht Nein sagen durfte. Hatte aber Mojmir die Weihe empfangen, so war noch nichts verloren. Auch sie fragte jetzt lauter, als sie sonst zu sprechen pflegte:

»Der Herr Prossnitzer weiß also, daß der Neffe Linek ein geistlicher Herr ist...«

Die Chronik von Hustopeč hatte ihr Viertel Rotwein geleert. Durch diesen Trank und die Anstrengung ermüdet, senkte sich der Greisenkopf immer tiefer. Die Beine ruhten. Der unsichtbare Webstuhl versank. Träumerische Gedankenreihen nahmen von Markus Prossnitzer Besitz. Er begann ungenau und weinerlich zu lallen:

»Die Dame soll Audienz nehmen beim Kaiser... Eingabe an das Zivilkabinett... Ich kenn den Weg von voriger Woche... Ob ich den Weg kenn in Frack und Claque... Der Kaiser wird der Dame helfen...«

Lehrer Hvizd sprang auf, wie von der Tarantel gestochen:

»Aber Herr Prossnitzer«, rief er empört, »Sie verwechseln sich das... Sie vertauschen die Zeiten... Wir leben nicht mehr in der Monarchie, wir leben in der demokratischen Republik, und nächstens werden wir in der sozialen Republik leben, wenns Ihnen gefällig ist...«

Daraufhin aber wurde der Uralte unruhig und böse:

»Gefällig ist... Gefällig ist«, mummelte er trotzig vor sich hin. »Nichts verwechsle ich mir... Ich weiß, was ich weiß, dazu brauch ich keinen Advokaten und keinen Schullehrer... Ob ich den Weg kenn in Frack und Claque... Zuerst die Eingabe an die Kabinettskanzlei und dann die Audienz... War ich vielleicht nicht bei der Audienz vorige Woche am Donnerstag?«

»Herr Prossnitzer, was reden Sie da, ein gebildeter Mensch wie Sie«, jammerte Lehrer Hvizd. Der Kopf der Chronik aber war auf die Brust gesunken:

»Ich will nach Haus«, sagte Prossnitzer.

Die Müdigkeit des Alters versöhnte den Lehrer. Fürsorglich brachte er den Neunzigjährigen hinüber und übergab ihn seinem ältlichen Enkel und Nachfolger. Die Honoratioren aber seufzten.

»Er wird auch schon alt, unser Herr Prossnitzer...«

In Tetas Seele, die sich rasch erholt hatte, ging Sonderbares vor. Die Worte des uralten Mannes »geistlicher Herr« wuchsen in ihr mit erstaunlicher Keimkraft. Markus Prossnitzer hatte den Neffen also wirklich im Gewande des Priesters gesehen, folglich war ihr großer Lebensplan noch nicht zerstört. Er war sogar bis zu einem gewissen Grade erfüllt, denn die Weihe bildete nicht nur ihr eigenes Verdienst, sondern ließ trotz des schlimmen Charakters des Geweihten immer noch glückhafte Möglichkeiten offen. An solchen Gedanken richtete sich die unverwüstliche Teta kräftig auf. Sie schien bereits die niederschmetternde Enttäuschung dieses Tages überwunden zu haben. Der gute Pfarrer Ottokar Janku brachte sie später zur Bahn. Während des langen Weges stammelte Teta immer wieder demütige Entschuldigungen wegen der Mühen und Ungelegenheiten, die sie dem Hochwürdigen durch ihren unerwarteten Besuch bereitet hatte. Jedem Gespräch über ihr wahres Anliegen jedoch wich sie mit großer Geschicklichkeit aus. Darin war sie schnell wieder die Alte geworden, die eine Teilnahme an ihrem heilig-schändlichen Geheimnis nicht dulden wollte. Der Pfarrer schiens bald zu merken, denn auch er brachte das Gespräch nicht mehr auf seinen fragwürdigen Amtsbruder. Als sie schon in der Nähe des kleinen Bahnhofs waren, wandte sich Janku an Teta:

»Und Ihr wollt also jetzt nach Wien zurückkehren, Mütterchen...«

Teta blieb stehen. Erst in diesem Augenblick wurde sie sich ganz klar darüber, daß es eine schmähliche Rückkehr und eine feige Verschleierung nicht länger geben durfte, und daß sie verpflichtet war, die volle Wahrheit auf sich zu nehmen:

»Mit Erlaubnis«, sagte sie, »werd ich nicht nach Wien fahren, sondern nach Prag...«

Ottokar Janku nickte ermunternd zu dieser Wahl, als hätte er gewußt, daß sein Besuch an einem schwierigen Scheidewege stehe:

»Ich versteh euch, Mütterchen«, meinte er. »Nach Prag habt Ihr nämlich die schnellere Verbindung und den direkten Anschluß.«

Er warf im Stehen ein paar Worte auf eine Visitkarte. Teta möge sie bei den Ursulinerinnen in Prag überreichen. Die Oberin werde für eine gute Unterkunft sorgen. Sie hatten noch fünfzehn Minuten auf den Zug zu warten. Als die untersetzte Lokomotive der Nebenstrecke heranschnob, nahm Janku Tetas Hand und sagte:

»Seid recht vernünftig, Mütterchen, dort in Prag... In meinem Beruf stolpert man leichter als in jedem anderen, und nicht die Schlechtesten stolpern... Wenn man aber ernsthaft aufstehen will, dann wird einem auch geholfen...«

Teta war ganz seiner Meinung.

Kapitel sieben

Ein Vater der Lüge

Teta bekam eine winzige Fremdenkammer im Hause der Ursulinerinnen zu Prag. Die Frau Oberin hatte sogar die Güte, ihr eine Audienz zu gewähren, in deren Verlauf sie nach den Geschäften der alten Dienstmagd in dieser Stadt fragte und sich freundlich erbot, ihr behilflich zu sein. Teta dankte in ihrer Art mit Knicks und gesenktem Blick. Ihre Angelegenheit sei rein privater und verwandtschaftlicher Natur. Sie werde daher die Hilfe der hochwürdigen Frau Oberin nicht in Anspruch nehmen müssen. Während sie aber diese Ablehnung bescheiden heruntermurmelte, wußte sie ganz genau, wie sehr sie dadurch ihre Aufgabe sich erschwere. Innerhalb einer Stunde hätte die weißhaarige Klosterfrau – eine imposante Gnädige in Nonnentracht – feststellen können, ob sich in den verschiedenen Diözesen der Republik ein Seelsorger namens Mojmir Linek befinde und wo er zur Zeit seinen Dienst versehe. Dies aber war es ja gerade. Teta wollte nichts leidenschaftlicher vermeiden als eine Befassung geistlicher Stellen mit oberwähnter heikler Frage. Man kanns ihr wahrlich nicht verdenken. Hatte der Neffe gegen die Kirche nicht weniger gefehlt als gegen seine Tante, so kam sie selbst in den Geruch, seine Mitverschworene, ja die Hehlerin eines schrecklichen Religionsfrevels zu sein. Wem sollte sie es weismachen können, daß eine arbeitsame Frau gutgläubig dreißig Jahre lang einen Gottesschwindler über Wasser hält, um sich ein glückhaft himmlisches Fortleben zu sichern? In den Augen der Strenggesinnten würde sie zweifellos eine Mitverworfene sein, bei den Mildgestimmten aber als die lächerlichste dumme Gans gelten, die es jemals in der Welt gegeben hat. Sie hatte demnach nur zu wählen zwischen naserümpfender Abscheu und prasselndem Hohngelächter. Wenn sie der schrecklichen Stunde im Pfarrhaus zu Hustopeč gedachte, wurde sie jäh rot bis zu den Haarspitzen, und Schweißperlen traten ihr auf die Stirne. Sie verstand dann die Sinnesverwirrung selbst nicht mehr, die ihr den Mojmir Linek im Ottokar Janku vorgegaukelt hatte, wo doch Ottokar Janku offensichtlich nicht die geringste Ähnlichkeit mit Mojmir Linek besaß, wenn sie ihre Erinnerung an den Knaben und die Photographie des jungen Priesters in Betracht zog.

So ging nun Teta allmorgendlich zu früher Stunde aus dem Hause, um ihren Neffen zu suchen. Doch dieses ihr Suchen hatte auch jetzt noch einen widersinnigen und hinausschiebenden Charakter. Sie begann nämlich ihre Rundfrage bei den ältesten Adressen Mojmirs, in umgekehrter Reihenfolge also. Sie tat es vor allem, um die Priesterschaft Mojmirs bestätigt zu erhalten, wofür ihr die alten Wohnungen dienlicher erschienen, Gott weiß warum.

An ihrem Gehstock trippelte und watschelte sie bis zur Erschöpfung durch die langen Straßen der Hauptstadt. Die eingefleischte Sparsamkeit (wozu noch sparen!?) erlaubte es ihr nur bei ganz entlegenen Strecken, die Straßenbahn oder einen Autobus zu benutzen. Oft war sie so müde, und die Beine brannten so höllisch, daß sie sich am liebsten mitten im Menschenstrom auf das Pflaster gesetzt hätte. Zugleich aber empfand sie eine sonderbare Befriedigung über diese Müdigkeit und diesen Schmerz, als beginne damit die Rückerstattung jener himmelhohen Schuldsumme, die der Neffe auch in ihrem Namen höchsten Ortes angehäuft hatte. Sie trat in viele Haustore ein, neue und alte, klopfte an bei Pförtnern oder Pförtnerinnen, stieg die Treppen in fünfte und sechste Stockwerke empor, suchte die Namen von Mojmirs ehemaligen Vermieterinnen, von denen sie keine mehr fand. Es war ein labyrinthischer Irrweg durch die verschollene Lebensgeschichte des Neffen, in der auch nicht eine einzige Station sich feststellen ließ. Teta läutete dennoch hier und dort an fremden Türen an. Niemand wußte etwas. Mit Herzklopfen überwand sie sich und betrat die Pfarrkanzlei der Kirche von Straschnitz, die in der Nähe der großen Friedhöfe liegt. Es war Mojmirs erste Stellung als junger Kooperator, und er hatte sich in gewissen Briefen über die vielen Totenämter und Grabreden sowie über seine Zurücksetzung durch die älteren Herren bitter beklagt. Mein Gott, bitter beklagt hatte er sich immer und überall und hatte nirgends einen Posten gefunden, ohne auf verbissene Feindschaft und ausgeklügelte Verschwörungen wider seine Person zu stoßen. In der Pfarrkanzlei von Straschnitz erhielt sie eine Antwort, die ihre schwankende Hoffnung wiederbelebte. Es sei sehr möglich, daß während der letzten zwanzig Jahre ein junger Priester dieses Namens an den hiesigen Altären und bei den Grablegungen eine Zeitlang gewirkt habe. Man müsse Nachforschungen darüber in den älteren Protokollen anstellen, die im Augenblick nicht zur Hand seien. Die Frau möge in zwei Tagen wiederkommen. Teta kam nicht wieder.

Ein öder Geburtstag, eine bittere Karwoche, ein schlimmes Osterfest gingen vorüber, ehe Teta tat, was sie hätte sofort tun sollen. Sie machte sich am Dienstag auf, um in einer Straße des äußeren Bezirkes Nusle das Haus aufzusuchen, von wo der vorletzte Brief des Neffen an sie gerichtet worden war. Es war im Gegensatz zu den ältlichen und tristen Mietskasernen, in denen sie bisher nachgeforscht hatte, ein ganz neues Haus, das die modernste Bauweise mit vorstädtischer Schäbigkeit in abstoßend frecher Art verband. Diese letztbekannte Wohnstätte des Sorgenneffen schien aus mehreren langen und schmalen Betonschachteln verwirrend durcheinandergeschoben zu sein. Hochmütig blitzte es von nacktem Metall und Glas. Am meisten aber störten Teta die Fenster, die nicht aufrecht standen, sondern schmale liegende Rechtecke bildeten, unaufrichtigen Schlitzaugen gleich. Konnte hinter solchen Fenstern ein Priester wohnen?

Der Pförtner war diesem Hause genau angemessen. Er glich nicht den hemdärmligen, in Pantoffeln schlurfenden Hausmeistern ringsum, sondern war sportlich prall uniformiert und trug eine Art von amtlicher Kappe. Tetas scheue Frage beantwortete er mit knapper Strenge, ohne sie eines Blickes zu würdigen:

»Wer, die Lineks... Zimmer, Küche, sechster Stock... Gekündigt schon vor zwei Monaten... Ausgezogen...«

Daß sich der einzählige Neffe im Munde des Portiers plötzlich in eine Mehrzahl verwandelt hatte, das war ein neuer Stoß gegen Tetas Brust, den das Bewußtsein nicht sofort verarbeiten konnte:

»Wohin ausgezogen mit Erlaubnis...« fragte sie.

Eine Handbewegung des sportlich Gestrengen ins Leere:

»Kann ich nicht wissen... Vielleicht auf die andere Seite... Keine Adresse dagelassen... Werden wissen warum...«

Teta zog eine Münze hervor und drückte sie dem Hausmeister in die Hand. Die Hand schloß sich mechanisch um das Geldstück, der Mann aber schiens nicht zur Kenntnis zu nehmen. Er wurde um keinen Strich freundlicher. Teta fragte schmeichlerisch:

»Könnt ich von dem Herrn vielleicht doch die neue Wohnung erfahren, es ist sehr wichtig, wenn ich bittlich sein darf...«

»Gehn Sie auf die Polizei«, riet der einsilbige Torhüter einer nicht weniger einsilbigen Wohnmaschine und kehrte sich ab. Auch dieses bedenkliche Wort »Polizei« bedeutete nur einen neuen dumpfen Schlag. Teta aber grübelte jetzt nicht länger nach, sondern eilte mit einem breit auseinandergezerrten Gesicht die Straße entlang, ein paar Häuser weiter, bis zu jener Hausnummer, wo sich, dem seinerzeit empfangenen Voranschlag gemäß, die Baufirma Karel Fasching befinden mußte. Dahin hatte sie vor wenigen Wochen bare fünf Hunderter durch die Wiener Bank anweisen lassen. In einem dunklen Hausflur holte sie ihre verbogene Stahlbrille hervor und las mit fieberhaftem Eifer die Tafel der Wohnparteien von vorn nach hinten und von oben bis unten. Keine Spur eines Architekten Karel Fasching. Da lehnte sie sich kraftlos an die Wand und überlegte, obs nicht am besten sei, mit dem nächsten Zug heimzufahren. Unübersteigbare Wälle lagen zwischen ihr und dem Neffen, und sie hatte bei der Errichtung dieser Wälle mit eigener Hand mitgeholfen. Wars nicht an der Zeit, die Partie verloren zu geben und Gottes strenges Urteil geduldig abzuwarten? In ihrem Sinn klang das Wort Polizei auf. Sie wußte wohl, daß es bei der Polizei überall Adressenämter gibt, wo man den Aufenthaltsort jedes Stadtbürgers erfragen kann. Hatte aber der strenge Hausmeister einer kaltschnäuzigen Baulichkeit nicht die andere und gefährlichere Bedeutung des Wortes Polizei durchtönen lassen? Vielleicht war der Neffe mehr als nur ein Religionsfrevler, gegen den ein Verfahren bei der göttlichen Gerechtigkeit anhängig war. Vielleicht war er einer von jenen Leuten, für welche die Polizei ein warmes Interesse hegte, und sie, die verantwortliche Anverwandte, würde bei einer Nachfrage in die schlimme Geschichte mitverwickelt werden. Wer konnte angesichts solcher Möglichkeiten einen Gang auf die Polizei wagen? Wahrhaftig es gab nichts anderes mehr, als sich abfinden, verzichten, heimkehren, den großen Lebensplan fahren lassen für immer. Auf der Straße konnte Teta kaum mehr vorwärts. Sie mietete das erstemal in ihrem Leben ein Autotaxi. Dieser Leichtsinn war nicht nur das Sinnbild des Verzichtes, sondern durfte schon als Anzeichen der moralischen Auflösung gelten, die dem Zusammenbruch des Planes folgte.

Am nächsten Tage jedoch stand sie wieder in derselben Straße, sie wußte nicht warum. Diesmal aber fiel es ihr wie Schuppen von den Augen, und sie wunderte sich, wo sie gestern diese ihre scharfen Augen gehabt hatte. Mit goldenen Balkenlettern starrte Teta der Name »Karel Fasching« an, und zwar vom Ladenschild einer Spezerei- und Delikatessenhandlung, die sich in dem Hause befand, wo sie den gleichnamigen Baumeister gestern gesucht hatte. Zagenden Fußes trat sie in das Geschäft. Ein scharfes Glöckchen an der Tür bimmelte ihr warnend ins Ohr. Der Inhaber hatte ein winziges Schnurrbärtchen und einen gewaltigen Bauch, mit dem er den Ladentisch vor sich herzudrängen schien. Sein Bariton empfing die Kundin melodisch:

»Kompliment, Madame, wollen ein Nachtmahl kaufen... Ganz frischer Schinken, ich schneid ihn an für die Dame... Prachtvolles Osterwetter dieses Jahr, dafür wirds ein schlechter Mai werden... Madame ist fremd in der Gegend...«

»Also vielleicht zehn Deka Schinken«, murmelte Teta verlegen.

Der Koloß wetzte zwei lange schmale Messer aneinander:

»Bei mir gibts keine Maschinen«, bekannte er, »alles Handarbeit bei mir... Ich machs mit dem Gefühl, es schmeckt besser...«

Teta senkte ein wenig den Kopf und ihre Stimme klang unsicher:

»Und der Herr ist der Herr Fasching selbst«, fragte sie sehr leise.

Der Mann mit dem Bauch schnaufte tief:

»Zu dienen, Madame... Ich bin mein eigenes Personal... Allein gehts besser, das war immer meine Lebensanschauung...«

Teta lächelte zuvorkommend, als teile sie vollkommen diese Überzeugung:

»Aber in dem Haus hier wohnt noch der Herr Architekt Fasching, nicht wahr, ein Verwandter von dem Herrn Fasching, der Herr Bruder sicher...«

Herr Fasching hielt betroffen im Wetzen inne und erklärte sonor:

»Irrtum die Dame... Ich steh allein in der Welt, wie Sie mich hier sehen... Kein Weib, kein Kind, kein Bruder, keine Schwester, ein geprüfter Junggeselle... Nur einen Neffen zweiten Grades habe ich in Chicago, es ist der letzte Fasching in dieser Welt neben mir...«

Nach diesem Bekenntnis spitzte der Feinkosthändler seine wulstigen Lippen, als wolle er sich eins dazu pfeifen. Teta aber wandte den Kopf weg und flüsterte:

»Also den Herrn Architekten Karel Fasching gibts gar nicht hier im Haus...«

Fasching, der das Messer wie einen Cellobogen schwungvoll über den Schinken gleiten ließ, sah gestört auf:

»Was hat die Dame nur mit diesem Architekten Fasching...? Steht er vielleicht im Traumbüchl...?«

Teta hob darauf ihre Stimme und sagte mit abgehackten Silben:

»Ich hab mit Erlaubnis ein Geld geschickt an den Herrn Architekten Fasching... Ich bin nämlich die Teta Linek aus Wien...«

Er unterbrach sie und legte das Messer hin:

»Also Sie sind das, meine liebe Dame, Sie sind das...«

Teta ohne aufzublicken:

»Mein Neffe, der Mojmir Linek, hat mir geschrieben deswegen und hat mir den Plan und die Rechnung vom Herrn Architekten mitgeschickt, da bin ich halt auf die Bank gegangen in Wien wegen der Anzahlung von fünfhundert für die Reparaturen...«

»Wollen nähertreten, Madame, wenn ich bitten darf«, schnaufte der Koloß und schob die kleine Teta mit seinem Bauch in einen schmalen Nebenraum, der bis zur Decke mit Weinflaschen und Konservenbüchsen angefüllt war. Es roch hier modrig nach Muskatnuß und Essig. Teta mußte auf einem Schemel Platz nehmen, während der laut atmende Mann wie ein Gebirge vor ihr aufwuchs:

»Also Sie sind es, meine Dame, Sie haben die Angelegenheit geregelt... Schau einmal an, die Tante des Herrn Neffen, und sie ist kein Schwindel und sie lebt wirklich und da hat er einmal nicht gelogen... Wär das Geld nicht gekommen, meiner Seel, am nächsten Tag hätte ich die Strafverfolgung einleiten lassen... Wegen betrügerischer Herauslockungen oder so...«

Teta sah mit zurückgelegtem Kopf zu Fasching auf wie ein Mensch, der sich zu nahe vor einem Turm befindet:

»Hat der Neffe seine Einkäufe bei dem Herrn Fasching nicht bezahlt«, fragte sie in Erinnerung an Markus Prossnitzers Auskunft. Herr Fasching aber lachte höhnisch amüsiert:

»Einkäufe, meine liebe Frau...? Davon würd ich gar nicht reden... Ich hab ein Herz für meine Kunden... Wieviel Hausfrauen der Gegend sind bei mir in der Kreide! ...Ich borg die Ware aufs Büchl und laß das Geld anstehen, ein Jahr lang, wenns nötig ist... Aber der Herr Neffe, meine Dame, das waren keine gewöhnlichen Schulden, das waren Herauslockungen, betrügerische Zusicherungen und so... Ich bin ein alleinstehender Mann, ohne Verwandtschaft, aber Ordnung muß sein und Ehrbarkeit muß sein und blöd machen laß ich mich nicht und am allerwenigsten von so einem Obergescheiten und Gebildeten, von so einem, der Butter genug auf seinem Kopf hat...«

Die letzten Worte klangen in Teta abscheulich nach. Noch immer den Kopf weit zurückgebogen, forschte sie kleinlaut:

»Und wofür, wenn ich bittlich sein darf, hat der Neffe das Geld vom Herrn Fasching bekommen...?«

Das fette Gesicht Faschings nahm einen Ausdruck von lüsterner Empörung an. Wieder spitzten sich die wulstigen Lippen unter dem winzigen Schnurrbart. Seine Augen blinzelten, während er die Stimme senkte:

»Frau Linek, ich frag Sie nicht, was das für eine Geschichte war mit dem Architekten, davon will ich nichts wissen, da will ich nicht hineinverwickelt werden... Aber fragen auch Sie mich nicht nach meinen Geschichten, wenn ich bitten darf, ich bin ein alleinstehender Mann, und jeder Mensch hat seine Schwächen und seine Anwandlungen... Ihr Neffe hat geglaubt, er kann mit meinen Schwächen und Anwandlungen sein Spiel treiben und ich bin ihm hereingefallen, nur einmal im Leben fällt ein Mann wie ich herein... Reden wir nicht weiter über diese Zusicherungen und Herauslockungen, die vors Kriminal gehören...«

Fasching hatte wie ein Mann gesprochen, der aus Scham die zweideutigen Projekte mit Nacht bedeckt, denen er in einem sonst tadellosen Leben einmal aufgesessen ist, zugleich aber die schwülen Empfindungen nicht vollkommen verbergen kann, mit denen ihn der Gedanke an jene Zusicherungen erfüllt. Teta erhob sich:

»Und jetzt ist alles beglichen beim Herrn Fasching«, seufzte sie und ihr Gesicht war sehr rot.

»Ein kleiner Rest noch, meine Dame«, meinte er nachsichtig, »aber ich werd Sie damit nicht behelligen, so bin ich nicht...«

»Vielleicht könnt ich auch noch das...« zögerte Teta, »wenn der Herr Fasching mir die Adresse vom Neffen verschafft...«

Der Koloß zuckte die Achseln.

»Die leibliche Tante kennt die Adresse nicht, wie soll ich... Diese Leute verrinnen wie Wasser im Kanal auf Nimmerwiedersehen... Und Prag ist eine große Stadt...«

Teta nahm sich zusammen, damit ihre Stimme recht harmlos klinge:

»Der Herr Fasching kanns herausbekommen vielleicht...«

Der Dicke verpackte den Schinken behende in Ölpapier:

»Ich werd Ihnen was sagen, Madame Linek... Es ist wahr, ich seh viele Leute, alle Welt kommt zum Fasching und nicht nur, um Rollmöpse zu kaufen... Ich werd sehen, was ich für Sie tun kann... Schauen Sie morgen wieder zu mir herein...«

Teta erschien in den nächsten Tagen immer zu derselben Stunde in dem Laden. Sie hatte jede andere Nachforschung eingestellt. Das Geschäft war stets voll mit Kunden. Fasching winkte ihr jedesmal verneinend ab. Als sie aber am dritten Tag wiederkam, zog er sie trotz der zahlreichen Kundschaft in den Nebenraum:

»Was sagen Sie dazu, meine Liebe? Er war gestern hier bei Ladenschluß, er selbst höchstpersönlich, der Herr Neffe, und hat eine neue Herauslockung versucht... Hab so gemacht, als interessier ich mich dafür, und ihm eine Kleinigkeit gegeben, auf Ihr wertes Konto bitte... Dann hab ich ihn nach Haus begleitet, damit ich ganz sicher bin wegen der Adresse, denn mündlich trau ich ihm nicht...«

Fasching reichte Teta ein Blättchen, auf dem Mojmirs Straße und Hausnummer sauber geschrieben stand. Sie aber erstattete ihm seine Anzahlung zurück.

Diese Gegend heißt mit Unrecht die »Neue Welt«. Sie liegt auf der Höhe des uralten Burgbezirkes jenseits des Flusses, eingebettet zwischen der sogenannten Brandstätte und dem ehemaligen Garnisonsgericht. In vergangenen Zeiten vermischte sich hier der Fliederduft des Frühlings mit den martialischen Gerüchen der nahen Kasernen, dem gärenden Arom des Kommißbrotes, des Lederzeugs und des Pferdemistes von der offenen Reitschul herüber. Diese »Neue Welt« hat einer neueren noch nicht Platz gemacht. Baufälliges Winkelwerk von Häusern drängt sich hier wie auf Abbruch. Versehentlich hat die weit ins Land hinauszielende Entwicklung der Stadt diesen Moder links liegen lassen, mit seinen schiefen Dächern, wurmstichigen Loggien, schmutzigen Höfchen und ausgetretenen Holzstiegen. Die Neue Welt hat die billigsten Mieten, denn man wohnt hier auch nur auf Abbruch und Widerruf, wiewohl auf historischem Boden. Das Prager Volk hat im Gegensatz zu den fremden Bewunderern seiner Stadt nicht allzu viel Sinn für Romantik. Es flieht die barocken Durchhäuser und Schwibbögen der altertümlichen Bezirke und zieht die weiten lichten Vorstädte mit ihren ineinandergeschobenen Betonschachteln vor, von denen eine jüngst Tetas Mißbilligung erregte. In den unausgetrockneten Sümpfen der Vergangenheit wie in dieser Neuen Welt leben nur mehr düstere Kleinbürger von der geringfügigsten Sorte, ein paar närrische Sonderlinge oder Schiffbrüchige und Herabgekommene, die sich ein besseres Obdach nicht leisten können.

In einem dieser verwinkelten Häuser hat Teta soeben die mulmige Holztreppe erstiegen. Nun steht sie endlich vor der richtigen Tür. Nach Jahrzehnten. Durch eine Mattscheibe dringt schmutziges Licht in den Flur. Man kann aber auch ohne Brille ein kalligraphisches Meisterwerk lesen, das an die Tür genagelt ist:

»Redakteur M. Linek – Spezialist für Propaganda.« Und darunter in kleinerem Schriftgrad: »Hier werden Geburtstagsgedichte, Festreden, Prospekte, Offerten, Grabschriften aller Art in Auftrag genommen. – Astrologische Beratungsstelle. – Photographische Vergrößerung von Familienbildern. – Jux-Artikel für fröhliche Geselligkeit.«

Teta liest mit großer Aufmerksamkeit und merkwürdiger Seelenruhe all diese Waren, die von der Firma M. Linek feilgeboten werden. So, und nun weiß sie alles. Bis zuletzt hat sie das Wunder mit zähem Glauben erwartet, der Neffe werde sich am Ende zwar als unwürdiger Priester, aber immerhin als Priester entpuppen. Die kindische Erwartung ist jetzt und für immer zerstört. Angesichts des Spezialisten für Propaganda, des astrologischen Beraters und des Verkäufers von Jux-Artikeln für fröhliche Geselligkeit glaubt sie nicht mehr an die vollzogene Weihe. Warum soll sie noch die Hand aufheben und den altertümlichen Glockenzug in Bewegung setzen? Was hat sie denn mit diesem Redakteur M. Linek zu schaffen, dem Sohn eines Trinkers und eines fremden Weibes? Ein gleichgültiger Bursche, den sie ein einziges Mal als Halbwüchsigen gesehen hat! Soll sie abrechnen mit ihm!? Das ist es ja gerade. Es gibt keine Abrechnung über dreißig verschwendete Jahre. Worte und Vorwürfe erstatten nichts zurück und der Gläubiger wird mehr von ihnen hergenommen als der Schuldner. Ins einundsiebzigste geht sie seit Gründonnerstag. Wärs nicht hoch an der Zeit, zu retten, was zu retten ist? Könnte es nicht irgendwo noch eine Möglichkeit geben, für die letzte Stunde und das Nachherige, Endgültige vorzusorgen? Nur fort von hier! Und vergessen! Vielleicht vergißt auch der Herrgott. Oder drückt ein Auge zu. Trotz dieser löblichen Regungen, die warnend ihren Geist durchzucken, vermöchte aber keine Macht der Welt Tetas Hand zurückzuhalten, die jetzt mit festem Griff die Glockenschnur erfaßt und energisch herabreißt. Hinter der Tür entsteht ein forderndes Läuten.

Nach einer kleinen Weile öffnet eine Frau. Es ist eine ziemlich junge Frau, noch keine Dreißig, nachlässig gekleidet, hinkt ein wenig. Trotz ihrer gar nicht häßlichen Züge sieht sie aus wie die fleischgewordene Bitterkeit. Ihre Hand läßt die Türklinke nicht los, als sei sie unwiderruflich willens, keinen Gläubiger oder Gerichtsvollzieher über die Schwelle zu lassen.

»Wünschen...?« fragt sie mit scharfem Tonfall, der unruhig und drohend zugleich klingt.

»Mit Erlaubnis, ich möcht den Herrn Linek besuchen«, sagt Teta ruhig und tritt kühn an ihr vorbei in den kleinen dunklen Vorraum. Also das ist der andere Teil von »den Lineks«, denkt sie, diese arme Schlumpe, diese Hinkende und vielleicht haben sie vier Kinder. Das Wort »Besuchen« hat die junge Frau sichtlich besänftigt. Sie reißt eine Tür auf und ruft unfreundlich: »Kundschaft!« Dann läßt sie Teta eintreten. Es ist ein niedriges, aber ziemlich langes Zimmer. Im Fenster, am anderen Ende des Zimmers, drängt sich eine schöne Aussicht zusammen, ein Gewirr altertümlicher Dächer und Giebel, von schwebenden Blütenkronen unterbrochen, und dahinter im bläulichen Gespensterreich die Kuppeln und Türme Mütterchen Prags wie Nebelbilder. Wenns einem danach zumute wär, müßte man von dieser Aussicht sagen: »Aber das ist eine Pracht!« Das Zimmer dagegen ist durchaus keine Pracht. Es hat beinah gar keine »Einrichtung«, und die Frau scheint nicht einmal auf Sauberkeit Wert zu legen. Ein paar wacklige Holzstühle. An der rechten Längswand ein zerwühltes Bett, das jetzt, um elf Uhr vormittags, noch nicht gemacht ist. An der anderen Längswand zwei grobe Holztische, die mit dem Warenlager des Spezialisten für Propaganda bedeckt sind, mit kalligraphierten Inschriften, komischen Ansichtskarten in knallenden Farben, mit obszönen Bildchen, wie sie nachts in den Kaffeehäusern und billigen Lokalen vertrieben werden, und mit jenen an der Tür erwähnten Jux-Artikeln für fröhliche Geselligkeit, als da sind Zigarren, die explodieren, Zigarettenschachteln, aus denen ein Teufelchen springt, Knallbonbons, magische Zündhölzchen, Masken, Papierhüte und dergleichen mehr. Der Holzverschlag in einer Ecke deutet auf die photographischen Vergrößerungen des Propagandisten hin und dem brenzligen Geruch nach zu schließen auch auf pyrotechnische Arbeiten. Wahrscheinlich werden in der Dunkelkammer die explosiven Scherzartikel hergestellt. Aus der kleinen Küche daneben aber dringt schwallweise ein Geruch von schlechtem Fett ins Zimmer, der alles andere übertönt. Die verwöhnte Teta, eingedenk der blanken Küchen ihres Lebens, der eisfrischen Teebutter und des makellosen Schmalzes, mit dem zu arbeiten sie gewohnt war, kann sich einer leichten Übelkeit nicht erwehren. Doch auch die Armut hat sie noch nicht vergessen. Dies hier aber ist nicht eigentlich Armut, sondern etwas viel Gefährlicheres, Beängstigenderes, über das sie sich nicht klar werden kann.

Die Frau schiebt ihr einen Stuhl hin. Dann trollt sie sich in die Küche, aus der auch durch die geschlossene Tür der Fettgestank weiter hervorströmt. Teta sitzt still da und betrachtet den breiten Rücken des Mannes, der an dem Tischchen vor der schönen Aussicht im Fenster in seine Schreibarbeit vertieft ist. Der Schwung bewährter Schönschrift kommt in diesem Rücken und dem geneigten Haupte voll zum Ausdruck. Genau so hat er auch die Briefe an mich gemalt, überlegt Teta, diese vielen Briefe. Sie wundert sich gar nicht, daß der Kopf des Mannes nicht kahl ist, sondern mit dichtem braunem Haar bedeckt, das sich im Nakken ein wenig lockt. Also nicht einmal die Glatze stimmt, denkt sie. Er schreibt mir, daß er den Fuß nachziehen muß, wegen des feuerländischen Insektenstichs. Diese Lüge ist ihm nur eingefallen, weil sie hinkt. Warum, warum? Ich Gottverlassene!

Der schreibende Mann läßt, ohne sich umzudrehen, eine angenehme, ja einschmeichelnde Stimme erlauten:

»Entschuldigen Sie bitte... Nur noch zwei Minuten, dann bin ich fertig... Ich kann das nicht unterbrechen, sonst verlier ich den Faden...«

Er murmelt halb in der Arbeit vor sich hin und halb, um die Kundschaft zu beschäftigen:

»Eine persische Stadt des Altertums, ein biblischer Frauenname, vier Silben, ein ausgestorbenes Säugetier, ein moderner amerikanischer Tanz... So ein Kreuzworträtsel ist nicht leicht aufzubauen... Nach zwölf Uhr muß es auf der Redaktion der Hausfrauenzeitung abgegeben werden, Honorar zehn Kronen... Haben Sie aber eine Ahnung, wenn Sie ein Kreuzworträtsel lösen, meine Gnädige, wieviel Studium und Schulgeld es gekostet hat, bis man so etwas entwerfen kann... Zehn Kronen Honorar... Berühmter Naturforscher, wichtiger Friedensschluß mit B, fünf Silben...«

Wer anders als Teta besitzt eine Ahnung davon, wieviel Schulgeld diese nutzlose Bildung gekostet hat? Sie schweigt und wartet geduldig, bis der Mann sein Kreuzworträtsel endlich in den Umschlag steckt und sich erhebt. Er ist ziemlich groß und wohlgewachsen. Im Gegensatz zu Frau und Wohnung scheint er sich einer gewissen künstlerisch nachlässigen Eleganz zu befleißen. Er ist gut rasiert, trägt ein feines lila Hemd und dazu eine schwere Seidenkrawatte in gleicher Farbe mit einem chinesischen Muster. Das Äußere des Mannes beweist, daß er zu Gunsten seiner eigenen Person Aufwand zu treiben gewohnt ist. Sein Hausrock besteht aus braunem gerilltem Samt und scheint ganz neu zu sein. Teta kann es nicht fassen, daß sie sich durch die bewußte Photographie hat jemals über die Wirklichkeit hinwegtäuschen lassen. Denn dies hier ist er leibhaftig, der kleine Neffe in der Küche bei Hofrat Slabatnigg, mit seinen mutwillig ungehorsamen Haaren, der bübisch aufgestellten Nase, den verschwollenen Schlitzaugen. Die verschwollenen Schlitzaugen vor allem! Durch die Zeit sind diese Kennzeichen nur schärfer noch herausgearbeitet worden. Teta aber, die Dümmste aller Dummen, hat wahrhaftig gemeint, jenes rotzaufschnupfende Bubengesicht könne sich durch ihren Erziehungsbeitrag in den heiligen Klausner verwandelt haben, dem die Englein sich zuneigen, oder auch nur in das wackere Pfarrersantlitz Ottokar Jankus.

»Wer hat die Dame zu mir empfohlen«, fragt jetzt der Mann. »Wenn ich mich nicht täusche, wird die Dame wahrscheinlich eine schöne Grabschrift benötigen... Oder handelt es sich um ein Horoskop?...«

Er weist mit seiner gepflegten Hand auf eine astrologische Legende hin, die über dem so unanständig zerwühlten Bette hängt. Sie sieht aus wie eine Sonnenuhr mit verworrenen Zeichen und Zeigern:

»Da würd ich aber um die genauen Daten bitten müssen«, sagt er.

Ja, das ist auch dieselbe Stimme, die damals die Gedichte so prächtig deklamiert hat, diese Stimme, die an allem eigentlich Schuld trägt.

»Niemand hat mich hieher empfohlen bitte«, sagt die alte Magd und bewegt dabei kaum ihre Lippen. Der Mann tritt näher auf sie zu. Sein Blick, gleichgültig zuerst, beginnt allmählich zu erstaunen und sich mit einem raschen Gefälle von Gedanken zu erfüllen. Tetas Vergißmeinnicht-Augen halten ihn fest. Da kneift der Mann plötzlich seine dicken Lider ein und wendet den Kopf ab, als wolle er etwas ungestört und ungesehen im Schatten zu Ende denken.

»Du bist also der Neffe«, sagt Teta kurz und bündig.

Sie, die sonst zu aller Welt demütig in der dritten Person spricht, holt ein nacktes und hartes Du aus ihrem Innern hervor. Es ist aber keineswegs ein verwandtschaftliches Du, sondern ein richterlicher Laut, streng und von oben herab. Was jetzt geschieht, dauert nicht mehr als dreißig Sekunden. Der Mann kann nicht sprechen. Er beginnt zu schwitzen. Große Tropfen entperlen seiner Stirn und rinnen ihm übers Gesicht. In wenigen Augenblicken ist er so naß, als käme er aus einem Platzregen. Sobald er aber nach dem Taschentuch greift und sich über die Wangen fährt, hat er sich bereits wieder gefaßt. Nur die Mundwinkel zucken noch wie nach einer Schreckenslähmung, die Augen aber sind schon vergnügt, beginnen zu lächeln, zu lachen, zu strahlen und die verführerische Stimme bricht aus einem ganz und gar schon wolkenlosen Gemüt freudig hervor:

»Das Tantchen... Wie, das Tantchen... Ich glaub, ich bin verrückt... Nein, diese Überraschung!!«

Um Zeit zu gewinnen, um Hilfe zu holen, wenn auch eine gefährliche Hilfe, reißt er die Küchentür auf und schreit:

»Komm herein, Mascha... Das würdest du nicht erraten, wer mich da besucht... Das Tantchen meines Lebens, von der ich dir so viel erzählt hab...«

Die Hinkende bleibt auf der Schwelle stehen. Ihre Augen leuchten katzengrün vor belustigter Bosheit:

»Das ist wirklich eine Überraschung«, ruft sie, »dein Tantchen kommt dich besuchen, und du hast ihr unsere werte Adresse mitgeteilt... Aber verzeihen Sie, ich will die lieben Verwandten nicht stören, das darf man ja nicht, woher...«

Mascha schlägt die Tür zu. Man fühlt es aber, wie sie dicht dahinter stehenbleibt und ihr Ohr anpreßt, um schadenfroh zu lauschen. Mojmir flüstert: »Denken Sie nichts Böses von mir, Tantchen... Nur meine Wirtschafterin natürlich...«

Teta versteht nicht recht, warum der Neffe eine Hurenwirtschaft für weniger verfänglich hält als eine getraute Ehe. Will er ihr noch immer etwas vormachen? Er aber sieht sich verzweifelt nach einem besseren Sitz für Tantchen um. Da er nichts findet, holt er aus dem Bett ein zerdrücktes Kopfkissen hervor, schüttelt es mit komischen Eifer auf und polstert damit einen der Holzstühle, den er Teta anbietet. Sie weist ihn kalt zurück:

»Ich will nicht sitzen jetzt, Neffe«, sagt sie.

»Wenn Sie stehen wollen, Tantchen, dann muß ich knien«, sagt er.

»Du sollst nicht Unsinn reden jetzt, sondern die volle Wahrheit«, sagt sie.

Er greift sich, Luft schnappend, an das Herz, als sei es nicht mehr das beste:

»Erbarmen Sie sich, Tantchen... Lassen Sie mir ein bissl Zeit... Diese freudige Überraschung ist zu groß...«

»Du sollst nicht Unsinn reden jetzt, sondern die Wahrheit, Neffe«, sagt sie unerbittlich. »Was bist du, Neffe?«

Er fährt in seine Taschen, als suche er nach einem Zeugnis seiner Existenz. Er findet nichts:

»Ich, Tantchen, ich...« beginnt er und unterbricht sich sofort, denn sein Blick fällt auf die obszönen Photographien, die offen auf einem der Tische daliegen. Wie ein gewiegter Bühnenkünstler spielt er sich auf diesen Tisch zu und bedeckt die lasterhaften Bildchen mit einer Morgenzeitung. Hoffentlich hat Tantchen nichts gesehen. Sie hatte gesehen, leider.

»Ich bin«, hebt er von neuem an... »Sie sehen ja, daß ich nicht faulenze, daß ich mir ein Leben aufbaue... Ich kann nichts dafür, daß die Zeiten so hundsmiserabel sind und besonders für geistige Berufe... Man tut schließlich, was man kann...«

Mit einer weiten Handbewegung umfaßt er all die vertrackten Waren auf den Tischen und seufzt:

»Glauben Sie, es ist vielleicht ein Vergnügen, jede Nacht bis fünf Uhr früh mit diesem Zeug da in den Kaffeehäusern herumzuhausieren?«

Tetas Gesicht, tatarischer denn je, starrt den Neffen unbewegt an. Sie ähnelt einem tibetanischen Mönch:

»Ich frag doch mit Erlaubnis, was du bist, Neffe... Ob du ausgeweiht bist, frag ich dich...«

Der Neffe lächelt ein wenig und fährt sich mit der weißen Hand ins dichte Haar:

»Das ist nicht so einfach zu beantworten, Tantchen«, erklärt er nachdenklich, als sei er sich selbst darüber nicht ganz im klaren.

Tetas Augen lassen ihn noch immer nicht los.

»Ich will wissen, ob du vorher davongelaufen bist oder erst nachher?«

An diesem Punkte des Gesprächs bekommt Mojmir Linek seine ganze Gewandheit und Beredsamkeit zurück. Er schwingt sich mit ein paar Griffen aus der Niederung, in die ihn der Schreck geworfen hatte, zu jener unangreifbar überlegenen Position empor, die seine verwirrenden Briefe auszeichnet. Nun schwitzt er nicht mehr. Er nimmt Tetas Rechte zwischen seine Hände. Er drückt die Tante zärtlich auf den Stuhl herab, sie merkt es kaum. Ihre Augen hängen jetzt an seinem großen Mund:

»Wenn Sie die Wahrheit wissen wollen, Tantchen, dann müssen Sie mir zuhören, dann müssen Sie mich ausreden lassen...«

Eine überflüssige Forderung. Sie denkt nicht daran, ihn zu unterbrechen. Er macht ein paar Schritte auf und ab, wirft den Kopf zurück und schüttelt nicht ohne Anmut seine Mähne. Den Bauerntolpatsch haben sie ihm gründlich ausgetrieben für mein Geld, denkt Teta. Dann bleibt er wieder vor ihr stehen, neigt sich herab und spricht leise, fast zärtlich:

»Sie halten mich natürlich für einen ganz gemeinen Schwindler und ausgekochten Betrüger... Aber, Tantchen, ob Sies glauben oder nicht, das reine Gegenteil ist richtig... Als Schwindler und Betrüger steh ich jetzt vor Ihnen, weil meine Seele zu wahrhaftig gewesen war, weil ich nicht so gut lügen kann wie Hunderte andere... Hätt ich nur ein bissl besser lügen können, so würden Sie mich jetzt mit dem Kollar sehen, Tantchen, im schwarzen Habit, mit einem ausgefressenen Pfaffengesicht, und ich hätt zu essen fünfmal am Tag und keine Sorgen und müßt mich nicht abplagen, und Sie wären zufrieden mit einem solchen Neffen...«

»Also du bist davongelaufen vorher«, stellt Teta eisig fest. Mojmir Linek hebt beschwörend beide Hände:

»Seien Sie gerecht und lassen Sie michs erklären, Tantchen... Sie haben das mit meiner seligen Mutter abgekartet damals und mich aufs Olmützer Gymnasium geschickt und all die vielen Schuljahre bezahlt. Mit Ihrem eigenen Geld haben Sie also bezahlt, was ich durch das viele Lernen geworden bin, ein gebildeter Mensch, oder wie man es nennt, ein Intellektueller... Die Wissenschaft hat ihre strenge Hand nach mir ausgestreckt und das moderne Denken, und zwar durch Ihre eigene Unterstützung, Tantchen... Ich hab einen offenen Kopf gehabt, leider, das hat schon der Schullehrer von Hustopeč gewußt... Und da bin ich plötzlich am großen Kreuzweg meines Lebens gestanden. Ich sollte an den Altar treten – hören Sie jetzt gut zu – ich sollte eine Oblate aus Weizenmehl und einen Schluck Meßwein in Leib und Blut Christi verwandeln, alle Tage, um sechs Uhr oder um sieben Uhr früh... Wär ich nun ein Lügner gewesen, Tantchen, wie so viele andere, hätt ichs getan auch ohne Glauben, warum nicht, Beruf ist Beruf, und ob man von Ausbeutung der Arbeit oder der Dummheit seiner Nebenmenschen lebt, das macht nicht viel Unterschied... Aber, sehen Sie, das gerade ist ja das Merkwürdige, ich bin kein Lügner...«

Hier schlägt er sich tönend an die Brust und seine Augen funkeln hinter den verschwollenen Lidern:

»Ich war jung, ich war ein Freigeist, warum soll ichs Ihnen

verheimlichen, ich hatte durch das viele Lernen meinen Gott verloren, ich hielt das Meßopfer für einen Zauberbrauch aus längst überwundenen Zeiten, ich konnte einfach nicht um der lieben Krippe willen das tun, was andere taten, ohne daß man sie für Schwindler hält wie mich...«

Auf einen schwankenden Zuhörer würde Mojmirs Beweisführung vielleicht nicht ohne Eindruck bleiben. Teta aber ist davon unbewegt. Nicht ein Schatten rührt sich auf ihrem klaren Gesicht. Auf Dialektik dieser Art ist sie durch Herrn Bichler gut präpariert. Sie sagt mit eckigem Ton folgende Worte, denen eine gewisse Größe nicht abzusprechen ist:

»Du hast nicht das Richtige gelernt, Neffe, sondern das Falsche.«

Mojmir Linek lächelt fern und müde:

»Vielleicht, Tantchen, vielleicht...«

Er bedeckt seine Augen, als müsse er sein Gewissen scharf erforschen:

»Heute als reifer Mann«, sagt er träumerisch, »stehe ich ganz anderswo... Aber bedenken Sie doch, ein junges Blut und eine heiße grübelnde slawische Seele... Ach Gott, warum haben Sie mich nicht einen schlichten Bauern sein lassen, mir gings besser jetzt. Sie haben mich aber für vieles Geld zu einem Gebildeten gemacht. Und ein Gebildeter ist wie eine unschuldige Wiese, auf der irgend jemand große schmutzige Zeitungsblätter auseinandergestreut hat... Kein hübscher Anblick... und verhungern tut man auch dabei...«

Teta hat ihn ausreden lassen, ohne sich zu bewegen. Jetzt aber fragt sie stoßweise und sehr langsam:

»Wenn du kein Schwindler bist, warum hast du mir nicht die Wahrheit geschrieben, gleich damals, sondern Lügen und Lügen bis vor drei Wochen?...«

Er schiebt einen Stuhl dicht neben sie, setzt sich und legt seine weichen großen Hände, deren Nägel manikürt sind, schwer auf Tetas Knie:

»Tantchen, das hab ich aus Liebe getan für Sie«, sagt er mit tiefer Stimme.

Teta lehnt sich zurück, zieht die Knie weg, daß ihm die verführerischen Hände herunterfallen. Seine Stimme aber bleibt nach wie vor wehmütig tief:

»Warum sind Sie gekommen, Tantchen? Warum haben Sie mich ausspioniert? Jetzt nach so vielen Jahren? Das war nicht klug von Ihnen... Ich hab Sie doch so gern gehabt in meinem Herzen, Tantchen, und nur darum hab ich Ihnen nichts geschrieben von meinen schweren inneren Kämpfen damals. Und weil ich aus Liebe und Schonung für Sie nicht geschrieben hab, war das Unglück fertig, denn später konnte ich die Wahrheit ebensowenig nachholen. Begreifen Sie nicht, daß es Liebe war... Ich bin doch eine slawische Seele, eine träumerische. Sie soll ihren frommen gottgeweihten Neffen immer in der Welt haben, so hab ichs mir ausgedacht, einen besseren und reineren Mojmir, als du es bist, sie hat es sich doch verdient, die liebe Tante, mit ihrer Hände Arbeit, mit ihrer Treue, mit ihrem Gottvertrauen. In ihren Gedanken wirst du ein Lamm sein und ein einfacher Priester und zelebrieren täglich und die Menschlein taufen und versehen, und sie wird beten für dich und denken, daß du für sie betest und es wird ihr helfen... So hab ich mirs ausgedacht, ich schwörs Ihnen, und es war ein Betrug aus Dankbarkeit für Sie... Sie wird zufrieden sein, dich in Hustopeč zu wissen, in der Heimat. Und wird dich nicht ausspionieren und an diese Sache nicht rühren, an die sie dreißig Jahre nicht gerührt hat...«

»Ich war in Hustopeč am letzten Dienstag«, stößt Teta hervor. Er schlägt die Hände zusammen und klagt:

»Da haben Sie alles verdorben, Tantchen, Sie allein...«

Teta fährt hoch, daß der Stuhl umfällt und das ziemlich flekkige Kopfpolster auf dem Fußboden liegt. Es verschlägt ihr den Atem. Wie die Fäden eines Seidenspinners umwebt sie die schöne weiche Stimme, umwickeln sie die vielen Worte, die kraftlos machen, wenn man ihren Sinn auch nicht immer versteht:

»In allen Briefen«, keucht sie, »immer nur Geld, Geld, das ist die Wahrheit und sonst nichts... Geld, Geld, Geld, das war deine Liebe... Du hast mich um meinen Lohn gebracht... und noch um viel mehr...«

Der Neffe steht einige Atemzüge lang unentschlossen da. Er scheint nicht weiterzuwissen:

»Was hätt ich tun sollen«, flüstert er matt. »Ich bin arm... Und außer dem Tantchen hab ich ja niemanden auf der Welt...«

Dann aber wirft er sich allzu plötzlich und ohne rechten Übergang vor Teta auf die Knie und beginnt mit lautem Schnaufen jämmerlich zu weinen:

»Verzeihen Sie mir um Gottes willen... Ich hatte ja keine andere Hilfe als Sie, Tantchen...«

Teta blickt auf ihn wortlos hinab. Ihr Kopf ist aufgetrieben von Schmerz. Das laute Weinen dieses Mannes erfüllt sie mit Ekel. Wär sie doch niemals in dieses abscheuliche Haus gekommen, um die ganze Tiefe des Betruges zu ermessen, in den sie verwickelt ist. Der Neffe weint noch immer. Übel kann einem werden davon. Da öffnet sich lautlos die Küchentür und die Hinkende steht da mit ihren grünen Katzenaugen:

»Aha, er hält schon beim Weinen«, lacht sie hysterisch, »und die slawische Seele war auch schon da, nicht wahr... Das Programm kennen wir auswendig... Lassen Sie sich nicht weichmachen, Frau Tante, geben Sie nicht nach... Er ist keine slawische Seele, er ist ein Teufel... Beim Teufel haben Sie Ihre Seligkeit eingekauft... Sie hat er nur Ihr Geld gekostet, mich aber hat er mein ganzes Leben gekostet...«

Der Neffe hat sich aufgerafft. Sein Gesicht ist jetzt gemein vor Wut:

»Laß uns allein! Geh in die Küche!« zischt er.

Mascha aber wirft die Hände hoch und bricht los:

»Geh in die Küche«, schreit sie, »geh in die Küche, schäl Kartoffeln, mach das Bett, hol Bier, dafür bin ich gut... Mit einem Mann leben, bei dem kein Wort wahr ist, Frau Tante, kein einziges kleines Wort... Wenn draußen die Sonne scheint, sagt er, es regnet, und er preßt dir den letzten Groschen aus und den letzten Tropfen Blut und die ganze Seele... Ich muß auf dem Strohsack liegen, und er schläft in seinem Drecksbett jede Nacht mit einer anderen Hur und weckt mich auf, damit ich Wasser warm mach... Beim Teufel haben Sie eingekauft...«

Der Neffe hat sich wieder gefaßt:

»Das ist der Dank«, wirft er hin, »daß ich eine genommen hab, die kein anderer anspuckt...«

Jetzt überschlägt sich Maschas Stimme:

»Frau Tante, geben Sie nicht nach! Vernichten Sie ihn! Zeigen Sie ihn an! Ich geh als Zeugin. Ich weiß von allem. Ich beschwör alles... Er ist schon einmal gesessen, ein halbes Jahr. Den kennt man auf dem Gericht, den Vorbestraften... Vernichten Sie ihn! Befreien Sie uns von diesem Scheusal!«

Teta umklammert mit der Rechten ihren Stock. Mit der Linken preßt sie das Täschchen ans Herz. Sie blickt verzweifelt um sich wie ein Mensch, der nicht weiß, wie er trockenen Fußes über einen verschlammten Weg hinwegkommen soll.

»Gehn möcht ich jetzt«, sagt sie.

Mascha macht zwei Hinkeschritte ins Zimmer. Sie bebt am ganzen Leib:

»Schenken Sies ihm nicht, Frau Tante«, hetzt sie, »ich würd einen Advokaten fragen...«

Der Neffe nickt vor sich hin, als sei ihm sein ganzes Lebensproblem jetzt erst klar geworden:

»Da sehen Sie es, wie weit ichs gebracht hab mit all Ihrer Hilfe, Tantchen... zu diesem Weib hier, das Tag und Nacht spekuliert, wie sie mein Leben auslöschen könnt... und ich hab mich ihrer erbarmt, ich und kein anderer, weil ich so ein böser Teufel bin... und es ist wahr, daß ich einen Prozeß verloren hab, und warum hab ich ihn verloren, weil ich ein böser Teufel war und einen anderen nicht hineinlegen wollt...«

Bei den Worten »ich hab mich ihrer erbarmt« schluchzt Mascha auf, als hätte er sie ins Gesicht geschlagen:

»Zum Richter, Frau Tante«, stöhnt sie. »Zum Richter gehen Sie, noch heut...«

Der Neffe geht zu seinem Schreibtisch und beginnt in den Papieren zu wühlen wie einer, der des lästigen Unsinns satt ist und zu ernster Arbeit zurückkehren will:

»Zum Richter, bitte sehr«, sagt er großzügig. »Was kann Ihnen aber der Richter zurückgeben, Tantchen... Nichts, gar nichts... Nur ich kann Ihnen etwas zurückgeben... einmal... vielleicht...«

In diesen Worten zwinkert ein neuer Klang, duckt sich eine ferne Hoffnung. Teta sagt zum zweitenmal:

»Gehn möcht ich jetzt...«

Der Neffe stellt sich dicht vor sie auf. Aus seinen verschwollenen Schlitzaugen, in denen man sich nicht auskennt, blickt er schmerzlich auf sie herab, schmerzlich und zugleich auch zuversichtlich:

»Jetzt wollen Sie gehen, Tantchen, wo alles so schlimm steht, jetzt, nachdem unsere alte gute Beziehung zerstört ist? ... Das dürfen Sie nicht! Bleiben Sie! Wir wollen alles bereden und in Ordnung bringen, nicht wahr. Trotz allem Elend steh ich doch in Saft und Kraft, Tantchen... Sehen Sie mich nur an, mit mir ist es noch lange nicht aus. Mein Kopf ist voll von Plänen, von ausgezeichneten Plänen, kann ich Ihnen verraten... Ich werd alles gutmachen, ich werd leben und sterben für Sie...«

Wieder dieses rasche Gewebe des Seidenspinners, das einen einhüllt, kraftlos macht, angenehm erwürgt. Mascha steht gebückt in der Küchentür, den kürzeren Fuß in Schwebe, den Leib abgebogen, die beiden Fäuste gegen die Magengrube gepreßt und weint und weint:

»Wenn er das verspricht, das ist das allerschlimmste, Frau Tante«, lallt sie. »Er kann nichts wiedergutmachen, nichts, ich habs ausgekostet... Nur Sie können es gutmachen... Befreien Sie uns!«

Der Neffe mit einer milden Kopfbewegung gegen die Weinende hin, diese verkörperte Anklage vor Gott:

»Gott verzeih ihrs«, sagt er und man könnte beim Klang seiner Stimme meinen, er sei wirklich ein geweihter und geübter Priester. »Gott verzeih ihrs, sie ist sehr arm... Aber sie wird uns beiden helfen, Tantchen, ich weiß es...«

Teta löst sich mit einer sichtbaren Anstrengung von ihrem Standort los. Drei kurze eilige Schritte zur Tür. Sie drückt die

Klinke nieder. Hinter ihr der abscheuliche Fettgeruch, Maschas abgerissenes Schluchzen, die obszönen Bilder, die Jux-Artikel auf dem Tisch, dieses ganze Zimmer mit dem verlotterten Bett, und jetzt noch die weiche einschmeichelnde Stimme, die ihr den Nacken kitzelt:

»Gehen Sie noch nicht, Tantchen... Geben Sie uns die Ehre... Ein Löffel Suppe...«

Sie aber stapft schon an ihrem pochenden Stock die mulmige Holztreppe hinab.

Die Winkelgäßchen der Neuen Welt. Wohin führen sie? Teta trippelt eilends dahin, als seien ihre Krampfadern und ihre siebzig Jahre ein Märchen. Sie möchte zu einer Straßenbahn gelangen, aber vergißt es immer wieder. Ohne Ziel geht sie und geht durch das menschenleere Labyrinth in irgendeine Richtung. Ihr schwarzer Stock klopft das katzenköpfige Pflaster. Wie soll sie fertig werden mit dieser Begegnung, mit dieser Verwirrung! Nach einem langen Leben voll Ordnung, voll Einteilung, Tag für Tag, Erwachen, Ankleiden, Morgenmesse, Feuermachen, Frühstückkochen, Aufräumen, Einkaufengehen, Zubereitung des Mittagessens, Geschirrwaschen, Tee oder Kaffee am Nachmittag, die verausgabten Summen zusammenrechnen, Abendessen richten, Geschirrwaschen, die Küche säubern, Schlafengehen. Nur an manchem Sonntag ein kurzer Ausgang, ein bescheidner Klatsch mit Kolleginnen, ein kleines Festchen im Verein katholischer Jungfrauen. Da hört man so manches, was im Leben vorgeht, und schließt die Nase wie vor schlechtem Fettgeruch und ist heilsfroh, daß es einen nichts angeht. Jetzt aber, im Siebzigsten, geschieht zum erstenmal etwas, das einen schrecklich angeht. Es ist, als wenn das über alle Weibheit verhängte Schicksal sich einen dunklen Gang gegraben hätte, um eine Unberührbare, eine Ledige, eine Lieblose, eine Gefeite knapp vor dem Ziel endlich doch einzuholen. Siehe, durch einen Neffen! Da hat zum Beispiel eine Ehefrau jahrelang halb und halb gewußt, daß ihr Mann sie betrügt, hat aber nie daran gerührt, sondern ist kunstvoll ausgewichen, bis das Leben sie schließlich gegen ihren Willen zwingt, dem Mann nachzuspionieren, und nun steht sie in einem ekelhaften halbdunklen Zimmer vor dem Lumpenpaar im Bett, und alles ist zu Ende. Da hat ein Mädchen ein uneheliches Kind geboren und mußte es in Kost geben aufs Land und hat gespart und hat gehofft, der Junge werde sie einst als Mutter anerkennen, lieben und ehren; es ist aber ein Wechselbalg, ein Verbrecher und liebt und ehrt sie nicht, sondern plündert sie aus und bricht ein bei ihr und bringt sie in unabsehbare Schande. So oder ähnlich ist das. Nein, nicht diese Gleichnisse sind ähnlich, sondern nur die Verstörung in Teta ähnelt den Zusammenbrüchen der hier geschilderten Frauen. Sie kann nicht fertig werden mit der Stunde, die hinter ihr liegt. Ist der Neffe, den sie heut in der tieferen Bedeutung des Wortes zum erstenmal sah, wirklich nichts anderes als der Beauftragte ihres Lebensplanes gewesen? Ist sie wirklich nur um den Himmel geprellt worden und nicht auch noch um die Erde? Waren die dreißig Jahre Obsorge mehr als nur der notwendige Eifer, um einst einen Mittler vor Gottes Thron zu haben und einen Geweihten nach dem Absterben, der alljährlich in Treue die hl. Totenmesse für die bedrohte Seele hält, damit sie nicht vergessen sei und verschollen hienieden, ehe sie ihre bleibende Stätte gewinnt? Hat sich in diesen kalten Eifer vielleicht doch etwas Gütiges eingeschlichen, etwas Warm-Quellendes? Allezeit hatte es sich doch wiederholt, dieses so Regelmäßige, dieses den Briefen Entgegenwarten, dieses Herzklopfen beim Empfang der Briefe, dieses zehnmalige Lesen jeder Zeile, dieses Zweifeln, dieses Glauben, dieser Ärger, diese Freude, das Ausfüllen und Absenden der Postanweisung, der Blick auf die Photographie des schönen jungen Priesters morgens und abends, und alles, alles hat im Guten und Bösen nur eines bedeutet: ein Mensch ist da auf der Welt für dich. Und du bist auf der Welt da für einen Menschen.

Wie hat er es vorhin zu nennen gewagt, dieser Mensch, dieser Lump, dieses Ungeheuer? »Unsere alte Beziehung, Tantchen!?« Ja, jetzt ist sie wirklich zerstört für immer, diese liebe alte Beziehung, diese verfluchte gottesschänderische Beziehung, zerstört durch die Wahrheit und den Anblick. Selbst in Hustopeč war sie ganz geblieben, auch noch in der schrecklichen Minute, da sich Mojmir Linek in Ottokar Janku verwandelte und Teta die Besinnung verlor. Sogar gestern noch im Kaufmannsladen Herrn Faschings lebte sie. Jetzt erst seit wenigen Minuten ist der Plan und Inhalt von dreißig Jahren verschüttet für alle Ewigkeit. Aus dem windschiefen Haus getreten, und schon war auch um sie die neue schreckliche Leere, durch die sie jetzt dahineilt im hundertstimmigen Schall der Prager Mittagsglocken.

Teta versucht in ihrem armen mürben Schädel alles zurückzurufen, was sie in jenem unheilvollen Zimmer gehört und gesprochen hatte. Ach, sie hat ja kaum etwas gesprochen. Nicht wie sie sichs vorgenommen hatte, konnte sie das Niederträchtige Punkt für Punkt aufklären, nicht den Schwindel mit der Primiz, nicht die Herkunft der Photographie, nicht die Missionsgeschichte vom Feuerland und nicht die letzte, die allergemeinste Irreführung, das Pfarrhaus von Hustopeč, der Voranschlag Herrn Faschings und die maßlos verwegene Einladung an sie, dort ihr Leben zu beschließen. Nie und nimmer würde sies verstehen, und all seine Reden machens nur noch unverständlicher. Und doch, hatte sie nicht warnende Stimmen genug in sich vernommen, die sie von dieser Reise zurückhalten wollten? Noch an der Tür M. Lineks war solch eine Stimme erwacht. Und hatte sie nicht der Neffe gerade deshalb für schuldiger erklärt als sich selbst, weil sie diesen warnenden Stimmen nicht nachgegeben? Der Neffe!! Einen Spitzbuben und einen Betrüger, den mußte sie erwarten seit dem Dienstag in Hustopeč. Daß es aber dieser Betrüger war, gerade dieser und kein anderer, das würgt ihr die Kehle. Lügen, schwindeln, veruntreuen, begaunern, anschummeln, das kann bald ein Mensch, der Neffe aber drechselt die Lüge auf der schnurrenden Drehbank seiner Reden, daß sie zur Wahrheit wird. Oft hat sie dort in dem unheilvollen Zimmer selbst nicht gewußt, ob ihre Sünde nicht größer sei als die seine, weil sie ihm schließlich die Bildung bezahlt hat, durch die er seinen Gott verloren und derentwegen er nun das allerheiligste Altarsakrament für gewöhnliches mit Wasser vermischtes Weizenmehl halten muß. Auch jetzt im Sturm der Mittagsglocken weiß sie es nicht, ob sie nicht schuldiger ist als er. Wo hinein hat der Seidenspinner sie mitverstrickt? Sie wollte doch nur das Allerbeste für sich und dadurch auch für ihn. Hilf, heilige Dreifaltigkeit! Könnte sie ihn nur vergessen, den Wirklichen und Leibhaftigen, und wieder an den Unwirklichen ihrer Photographie glauben! Wer sammelt die Scherben ihrer Himmelshoffnung? Was nun? Wohin jetzt? Der Donner der Mittagsglocken verrollt.

Teta schaut auf und erschrickt. Ihr Weg hat sie in die Irre geführt, nämlich zurück. Sie erkennt das schmutzige zweistöckige Haus wieder, das sie vorhin verlassen hat. Tückisch blitzen die Fenster sie an. Eilends flattert Teta auf die andere Gassenseite und versucht in umgekehrter Richtung der Neuen Welt zu entkommen. Der Stock taktiert laut neben ihr einher. Da mischt sich ein leichter Schritt in das atemlose Pochen. Noch ist der Schritt hinter ihr. Jetzt aber ist er bereits neben ihr. Der Neffe trägt einen fröhlichen Panamahut mit einem rot-weißen Frühlingsband und gelbe Handschuhe dazu. Er scheint sich in aller Eile umgekleidet und für den Spaziergang prächtig zurechtgemacht zu haben. Man kanns wohl begreifen, daß solch ein stattlicher Mann der armen Hinkenden allnächtlich untreu wird. Seine kanarifarbigen Schuhe haben einen weißen Vorstoß. Es sind offenbar sehr teure Schuhe, die man nur in den Geschäften der Inneren Stadt zu kaufen bekommt. Hausierer mit Jux-Artikeln und unanständigen Bildern pflegen sich schäbiger zu tragen. Der Anblick des Schuldners flößt der Gläubigerin erstikkende Angst ein. Sie ist ja so klein und alt und verloren in dieser fremden Neuen Welt. Werd ich ihn nie mehr loswerden, den Wirklichen, denkt sie und beginnt beinah zu rennen:

»Ich verlaß Sie nicht, Tantchen«, plaudert er, »ich bin schon eine ganze Weile hinter ihnen her... Sie haben mich nicht zu Ende reden lassen vorhin, das Wichtigste konnt ich Ihnen gar nicht mehr sagen... Der Eindruck, den Sie bekommen haben, ist ganz falsch, auf mein Wort... Die Mascha liebt mich, die Ärmste, sie geht für mich durchs Feuer. Nur diese ewigen Sorgen um das schwere Leben haben sie ein bißchen verdreht... Sie wird kein Hindernis sein für uns, im Gegenteil, sie wird alles tun, damit ich mein Seelenheil wiedergewinne, sie wird bleiben oder gehen, wie Sie es befehlen...«

Teta kann ihren Schritt immer noch mehr beschleunigen. Sie hätte solche Jugendkräfte nicht mehr in sich vermutet. Der Neffe aber hat lange Beine und spürt ihre Anstrengung gar nicht. Seine weiche Stimme zieht wieder verführerische Fäden um ihr Bewußtsein:

»Ich habs gefühlt in den letzten Tagen«, beginnt er in einem leichten, aber aufrichtigen Erzählerton, »ich hab genau gewußt, ob Sie mirs glauben oder nicht, daß Sie kommen werden, Tantchen, auf die Stunde... Dahinter steckt etwas. Die Zeit war reif, und auch ich war reif. Gott schickt Sie mir, um mir noch einmal eine Chance zu geben... Hören Sie, ich bin nicht mehr der Freigeist meiner Jugend, weiß Gott, ich hab draufzahlen müssen und nun sitz ich zwischen allen Stühlen... Der Vogel hat sein Nest, der Fuchs hat seine Höhle, der Katholik seine Kirche, der Kommunist seine Partei, nur des Menschen Sohn hat nicht, sein Haupt hinzubetten. Ich bin wie des Menschen Sohn, Tantchen, und habe nicht, mein Haupt hinzubetten... Wie sehn ich mich danach, etwas zu haben... Sie allein, als meine Mutter, können mich zurückführen. Sehen Sie mich an, hier bin ich und ich bin bereit... Denken Sie an das Verdienst, zu dem ich Ihnen jetzt mehr als je verhelfen kann, mehr als damals, wo ich ein ungehobelter Bauernbub gewesen bin...«

»Zur Elektrischen möcht ich«, sagt Teta atemlos.

Der Neffe nimmt zärtlich ihren Arm. Sie ist zu schwach, zu erschöpft, um sich zu wehren. Auch tut ihr die hilfreiche Berührung wohl. Er neigt sich im Sprechen zu ihr hinab. Sie bemerkt, daß in seiner Brusttasche das lila Seidentüchlein scharf parfümiert ist. Weinen möchte Teta über diesen unanständigen Duft eines von ihr zum Priester Bestimmten:

»Da kenn ich einen Obersten«, berichtet der Neffe, »Smetanka heißt er, der war konfessionslos und hat jetzt mit fünfundfünfzig Jahren konvertiert, ist bei den Franziskanern eingetreten und wurde vorgestern ausgeweiht, alle Zeitungen haben darüber geschrieben... Und ich bin doch erst einundvierzig und hab meine theologischen Studien beinah absolviert. Bei mir brauchts nur eine kleine Auffrischung, ein Jahr, anderthalb Jahre, zwei Jahre, was kann das kosten, und dann bekomm ich die Weihen und darf alles wiedergutmachen an Ihnen, Tantchen, als ein reifer, durchs Leben schwer geprüfter Mann, der in keiner Gefahr mehr ist... Sie wissen ja, dem Himmel ist ein bußfertiger Sünder lieber als zehn Gerechte, darauf kann man sich verlassen...«

»Gehts hier zur Elektrischen«, keucht Teta, die fühlt, daß sie nun bald zusammenbrechen wird.

Der Neffe drückt mit ehrerbietiger Vertraulichkeit ihren Arm:

»Wie wärs, Tantchen...? Die Mascha schick ich weg, sie ist ja nur meine Wirtschafterin, meine Pfarrersköchin sozusagen, Sie aber ziehen zu mir, damit Sie mich überwachen können, damit mich die Schwäche nicht wieder übermannt, damit ich an Ihrer Hand endlich zu meinem Heil gelange... Der Himmel hat uns gegenseitig für einander bestimmt, das ist keine Frage, ich bereite Ihren und Sie bereiten meinen Weg... Entscheiden Sie sich schnell! Sagen Sie Ja! Hier ist die Haltestelle...«

Teta bleibt stehen, taumelt, ringt nach Atem. Endlich kann sie sprechen, rauh und abgerissen:

»Geh fort, Neffe«, sagt sie, »nie sollst du mehr reden, nie mehr schreiben. Nie wieder will ich dich sehen...«

Diese einfachen Worte – auch sie entbehren nicht einer gewissen Größe – werden mit solch ungeheurer Entschiedenheit hervorgestoßen, daß dem Neffen der Laut im Munde erstirbt. Er muß einige Sekunden lang sein Gesicht wegwenden, um Haltung zu bewahren. Und dort rasselt der Wagen der Straßenbahn heran, rot und weiß. Der frühlingsfrisch herausgeputzte Mensch bekommt plötzlich schnelle und scheue Augen, Bettleraugen. Wenn es auch seinem gebildeten und überlegenen Wesen gemäß kaum glaublich klingen mag, er verwandelt sich durch Tetas Worte binnen einer Sekunde in den Hausierer mittelmäßiger Nachtlokale. So sehen die herabgekommenen Künstler aus, die mit Stift und Zeichenmappe von Tisch zu Tisch gehen und den Gästen ihre Porträts anbieten. Noch sieben Atemzüge und die unerschöpfliche Melkkuh seines Lebens ist entwichen für immer. Seine verschwollenen Schlitzaugen blinzeln und müssen echte Tränen unterdrücken. Auch die schmeichelhafte Verführerstimme klingt ganz welk und rostig:

»So helfen Sie mir wenigstens noch einmal aus, Tantchen... Mir bleibt sonst nichts mehr übrig als ein Strick oder der Gasschlauch...«

Teta gräbt mit steifen Fingern eine Banknote aus dem Täschchen hervor. Dann übergibt sie dem Wirklichen und Leibhaftigen die endgültige Abschlagszahlung an das verlorene Idol.

Kapitel acht

Fingerzeige

Die Cikán hatte Tränen in den Augen:

»Wir haben uns doch so schrecklich geängstigt um dich, Tetilein«, rief sie, »ich und der arme Trottel... Wollt schon auf der Polizei eine Verlustanzeige machen... Na ja doch, du warst nicht nur ein paar Täge auf dem Land hier herum, sondern beinah vierzehn Täge...«

Die Rechnung stimmte. Siebeneinhalb Uhr morgens war es am Samstag nach Ostern, als Teta in der Wohnung der Frau Oberrevident auftauchte. Sie hatte ihre Reisetasche eigenhändig die drei Treppen heraufgeschleppt. Jetzt ließ sie das Gepäckstück fallen, atmete rasselnd und konnte nicht sprechen.

Die wackelköpfige Mila umtanzte sie erregt:

»Ich gratuliere, Schwesterlein... Ich gratulier... Ich gratulier...«

Teta wandte ihr einen bösen vergrämten Blick zu.

»Sie gratuliert dir zum siebzigsten Geburtstag«, erklärte lächelnd die Cikán, »das ist doch ein großer Ehrentag im menschlichen Leben, und wir haben ihn nicht feiern können, weil du auf dem Land warst hier herum... Aber jetzt komm in den Salon, Tetilein! Und Mila bringt den Kaffee und frisches Gebäck, ganz warm noch...«

Salon wurde das Sterbezimmer des Herrn Oberrevidenten der vielen Einrichtung wegen genannt. Teta ließ sich kraftlos unter der Burgzinne des plüschenen Kanapees verstauen. Sie mußte ihre ganze Kraft zusammennehmen, um sich die auf harter Bank aufrecht verbrachte Nachtfahrt nicht anmerken zu lassen. Gierig trank sie ihren Kaffee und aß zwei Kipfeln, eine Portion, die Katherina von ihrer Pensionärin nicht gewohnt war. Nach dem Frühstück aber überreichte sie Teta eines ihrer unansehnlichsten Erbstücke als Geschenk zum Wiegenfest, wie sie feierlich sagte. Es war ein bemaltes Gipsfigürchen, das den heiligen Antonius darstellte:

»Du brauchst ihn nur zu bitten, Tetilein, und dann findest du alles, was du verloren hast...«

Teta nahm das Präsent ohne großen Dank entgegen. Antonius, der Schutzgeist der Vergeßlichen, war nicht ihr Heiliger.

»Nicht gut erholt hast du dich«, meinte jetzt die Cikán mit einem besorgt entlarvenden Blick, »du schaust blaß aus und grantig nach so viel Tägen Erholung...«

»Wie hätt ich mich auch erholen sollen in diesen Tägen«, versetzte Teta dunkel.

Mit harmloser Stimme legte die andere einen neuen Minengang:

»Du wirst dich abgerackert haben wieder, Schwester, ich kenn dich... über Ostern vielleicht bei einer gnä' Herrschaft als Aushilf... Auf dem Land hier herum...«

»Was redst du da«, wich Teta aus, »ich hab mich nicht abgerackert bei keiner gnä' Herrschaft...«

Die Frau Oberrevident öffnete einen viereckigen Riesenmund zu herzhaftem Gähnen:

»Langweilige Ostern waren das bei uns«, klagte sie. »Schönes

Wetter, aber so langweilig... Du aber, Tetinko, wirst uns Unterhaltliches erzählen können von deiner Reise...«

Teta stutzte, hob ein wenig den Kopf, zuckte die Achseln:

»Was soll ich Unterhaltliches erzählen? ... Eine kleine Reise mit Erlaubnis... Ihr wart in der Stadt und ich war auf dem Land...«

Die Frau Oberrevident, die einen lila verblichenen Kimono aus der Witwenerbschaft Nummer zwei trug, lächelte liebevoll nachsichtig:

»Wenn du gegen sieben angekommen bist, da mußt du doch schon in der Nacht abgefahren sein... (Oder nicht!?)...«

Teta starrte auf die Brotkrumen neben ihrer Tasse und sagte nichts. Die Cikán aber ging nach diesen Vorbereitungen zum frontalen Angriff über:

»Unterhaltliches wirst du doch gewiß zu erzählen haben... Von unserer Heimat, von Hustopeč, nach fünfzig Jahren...«

Teta lehnte sich zurück, schloß die Augen für ein paar Sekunden. Sie war viel zu erschöpft, um aufzufahren. Es stöhnte aus ihr:

»Woher weißt du das? Hast du mir aufgelauert? Hast du mich ausspioniert?«

Die abwehrende Gebärde einer unschuldig Gekränkten:

»Ich bin keine Spionin, Tetilein, und keine Auflaurerin«, sagte sie voll edler Verzeihung, »und du kannst mich beschimpfen soviel du willst, für mich wirst du immer wie eine Mutter sein... Und mich gehts nichts an und ich interessier mich nicht dafür, aber auf deiner Reisetasche draußen, da kleben ja die Zettel von der Grenze und von der Bahngarderobe... Und du brauchst mir nichts Unterhaltliches zu erzählen, und ich will nichts hören von unsrem Neffen, es geht mich nichts an, wenn er auch ebensogut mein Neffe ist, und ich hab dir ja mein Wort gegeben, daß ich darüber nicht mehr reden tu, und eine Frau Oberrevident weiß, was sich paßt...«

»Ich bin müde heut«, sagte Teta.

Sie ging in ihr Zimmerchen. Sie schloß die Tür hinter sich. Sie setzte sich auf das schlechte wackelige Eisenbett. Sie war unglücklich wie noch nie in ihrem Leben, nicht einmal in den schweren Zeiten der Jugend, wo jede Seele Not und Unrecht und Erniedrigung zu erleiden hat. Dieses Unglücklichsein aber war eine ganze große Welt, in der sie sich noch nicht auskannte. Sie mußte erst stehen und gehen lernen in ihr, wie ein Erblindeter in der seinen. Jetzt erkannte sie genau, wie glatt und milde ihr langes Leben verlaufen war, ohne Knoten gleichsam und ohne Stäubchen. An den verschiedenen Stätten ihrer Dienstbarkeit war ihr nie etwas Schlimmeres begegnet als dann und wann eine Rüge durch die gnä' Herrschaft, eine Verräterei durch das andere Personal, ein Anstand mit Herrn Bichler und dergleichen federleichte Ärgernisse sonst. Häuften sich die Mißhelligkeiten und schwoll ihr allzu sehr die Galle, dann sperrte sie sich in ihre stille Kammer ein. Dort konnte sie ihren heiligen Klausner betrachten, dort versenkte sie sich in den Anblick jenes jungen ätherischen Priesters, der ihr Neffe und Ziehsohn war; wie schnell besänftigte sich da ihr Blut, und alles kam in Ordnung. Ja, dieses war das Wort, auf dem ihr Lebensglück beruhte. Ordnung. Geregelt schien alles und ausgemacht und vorweggeschaut, das Bisherige und das Nachherige, das Vorübergehende und das Bleibende. Es drehte sich um einen einzigen Angelpunkt, um ihn, den edlen Jüngling des Bildnisses, der ihr allein zugehörte, und um den verwegenen Feuergeist der Briefe, der sie zwar stets erschreckte und ausbeutete, doch zugleich auch ihre Gedanken bis zum Rande erfüllte. Und jetzt? Was war ihr eigentlich so Böses begegnet? Mojmir Linek hatte sie nicht an den Bettelstab gebracht. Sie war reich genug, um ihre letzten Jahre in Unabhängigkeit zu verbringen. Sie konnte sogar bei einigem Mute daran denken, einen würdigeren Seminaristen ausfindig zu machen, dem sie mit ein paar Schillingen forthalf, um sich einen neuen priesterlichen Mittler zu verpflichten, wodurch ihr gescheiterter Lebensplan zur Not noch geflickt werden konnte. So hätte sie denken können, aber sie dachte nicht so. Das Schrecklichste war ihr geschehen: in grause Unordnung hatte sich die klare Ordnung verwandelt. Sie aber besaß nicht Verstand und Seelenkraft genug, um in Ordnung die Unordnung rückzuverwandeln. Es war ein machtloses Absinken und Niedergleiten, wobei der wirkliche Neffe in Panamahut und Geckenschuhen ihr immer wieder einen Stoß versetzte, wenn sie sich emporarbeiten wollte. Nun saß sie da nach der schlaflosen Nachtfahrt und war nichts als unglücklich. Was für ausfüllende Beschäftigung ist solch ein Unglücklichsein! Es war dies aber nicht das Unglück einer Siebzigjährigen, sondern das einer Siebzehnjährigen nach ihrer ersten Verwirrung.

Teta gehörte durchaus nicht zu jenen Frauen, die mit gefalteten Händen das Ungemach hinnehmen. Ganz im Gegenteil. In diesen ihren harten und abgearbeiteten Händen unruhete der Wille, etwas zu unternehmen, auf irgendeine Weise die verletzte Ordnung wiederherzustellen. Aus dem Täschchen – dies war die erste Unternehmung – holte sie ihren Schatz hervor und zählte ihn mehrmals ab. Nicht ohne eine sonderbare Befriedigung, die ihrer geizigen Natur durchaus widersprach, stellte sie die beträchtlichen Auslagen des Prager Aufenthaltes fest. Es war ihr, als sei dadurch nicht nur ihre Barschaft, sondern auch ihr Erdenleben um ein hübsches Stück verkürzt worden. (Es gibt Selbstmörder, die sich die Pulsadern öffnen und das verströmende Lebensblut mit süßer Schadenfreude betrachten.) Mit einem kurzen stumpfen Bleistift, dem abgenagten Rechengriffel aller alten Mägde, trug sie die verbrauchte Summe in ihr Büchlein ein, jene schief ungelenken Ziffern malend, die für all ihre ehemaligen Gebieterinnen schwierige Hieroglyphen bedeutet hatten. Dann aber – und dies war der zweite Schritt auf dem Wege zur Ordnung – holte sie die gehegte und geschonte Photographie ihres Idols hervor. Noch einmal versank sie in den Anblick des jugendlich reinen Geweihten, der sie fragend anschaute aus seinen kurzsichtig mystischen Augen und dem knabenhaft strengen Antlitz. Noch einmal runzelte das Gewölk hinter ihm die Stirn. Ihre Brust hob und senkte sich stockend. Nun wars an dem, und sie sollte mit eigenen Händen hinmorden den Unwirklichen, den frommen Begleiter ihrer Tage, den treuen Schlafhüter ihrer Nächte, das edelmütige Gefäß ihrer Hoffnung, an dem sie sich in den Stunden des Zweifels immer wieder gelabt hatte. Seit undenklicher Zeit hatte er Wohnung genommen in ihrem Gemüt und darin geleuchtet mit hoher Beständigkeit, als Fürsprech ihrer Seele, als Halt ihres künftigen Abscheidens, als heimlicher, rein empfangener Sohn. Sie drückte das Bildnis, das kühl war wie der Abgebildete, nicht an ihre Lippen, sondern an die Stirn. Diese Berührung aber rief nicht den Unwirklichen herbei, sondern den Wirklichen und jenes Zimmer in der Neuen Welt, den abscheulichen Fettgeruch aus der Küche, die Hinkende mit ihren grünen verzweifelten Katzenaugen und immer wieder ihn, den Verfertiger von Kreuzworträtseln, Jux-Artikeln und Meisterbriefen, wie er breiten Rückens dasaß, wie er beredsam auf und ab ging, wie er sie mit dem Kokon seiner Reden umspann, wie er sich niederwarf, Krokodilstränen vergießend, und wie er sie noch zum letzten Abschied als ein schäbiger Hausierer anbettelte. Oh, Teta hätte gewünscht, der Neffe würde sich als ein matter plumper Lump entpuppt haben, der nun nach all seinen Betrügereien als ein dicker Kleinbürger mit seinem ahnungslosen Eheweibe und vier Kindern irgendwo lebte und von seinen Taten ausruhte. Nur nicht dieser, dieser, für den die Worte fehlen. Aber gerade dieser mußte zurückbleiben, wenn der Unwirkliche verschwand. Einen dicken Familienvater könnte sie vergessen, ihn aber nicht, der mit seiner hartgesottenen Kraft und sieggewohnten Stimme weiter wirtschaftete in ihrer armen Seele. Da nahm sie die kühle Photographie des Unwirklichen von ihrer Stirn und zerriß sie in hundert Fetzen. Und sie stand auf und tat die hundert Fetzen ihres Idols in das eiserne Öfchen der Kammer.

Der nächste Schritt auf dem Wege zur Ordnung galt den gesammelten Briefen Mojmir Lineks. Teta hatte das himmelblaue Bändchen gelöst und den ganzen dicken Stoß in ihren Schoß gleiten lassen. Hilflos sah sie diese Fülle und ihre Hände zögerten, mit dem Morde zu beginnen, der weit verdienter war als der Mord an dem ätherischen Unwirklichen. Noch einmal naschen aber wollte sie an der süßen Bitterkeit. Sie setzte ihre Brille auf, wühlte in dem alten Papier, zog einen der Briefe heraus wie ein Lotterielos, fing zu lesen an:

»Als ich heute an den Altar trat, dachte ich mit ganzer Seele an Ihr ewiges Heil, liebes Tantchen...«

Entsetzlich, ungeheuerlich, unausdenkbar! Doch gerade mit diesem Briefe, der sie einst so sehr beglückt hatte, wollte sie das Zerstörungswerk nicht beginnen. Ein anderer!

»Ich muß Ihnen berichten, teuerstes Tantchen, daß ich gestern am hohen Pfingstsonntage bei der Anrufung des hl. Geistes sehr unaufmerksam gewesen bin. Anstatt seine sieben Gaben und die feurigen Zungen zu sehen in den Sonnenstrahlen, die unsere kleine Kirche durchwoben, ergriff mich plötzlich eine sonderbare Angst um Sie. Befinden Sie sich nicht wohl, um Gottes willen, haben Sie sich vielleicht erkältet, hat man Ihnen zu viel Arbeit zugemutet? Ach, warum gehören wir nicht zu den Reichen und zu den Herrschaften, sondern zu den Armen und zu den Dienenden!? Über diese Grundfrage meiner irdischen Existenz vermag mir oft nicht einmal der Trost unserer Religion hinwegzuhelfen. Hätt ich nur einen überflüssigen Hunderter, nichts hielte mich zurück, ich würde zu Ihnen fliegen, um Sie endlich umarmen zu dürfen, um Sie zu pflegen, wenn Sie krank sind, wie vielleicht jetzt. Ich habe niemanden auf der Welt als Sie, die mein Herz ständig mit Sorge und Unruhe erfüllt. Schreiben Sie sofort und beruhigen Sie Ihren Neffen...«

Mit langsamer Hand legte Teta diesen Brief zu den anderen. Wenn sie jetzt die verletzte Ordnung wiederherstellte, so war es nur die Ordnung dieser Briefe, dieser tückisch absonderlichen Liebesbriefe, der einzigen ihres Lebens. Jeder einzelne kam, nach dem Datum geschlichtet, wiederum an seinen alten Platz. Es war ein schweres Versagen, eine schmähliche Niederlage, als sie die himmelblaue Schleife abermals um die Briefe band. Teta belog sich nicht. Sie hatte die Kraft nicht mehr zur vollständigen Leere, den Mut nicht mehr zum völligen Neubeginn. Wenn dieser Stoß auch den unausdenklich gemeinsten Verrat enthielt, den die Welt kannte, sie wollte sich nicht ganz von ihm trennen, denn was sie selbst in all die Briefe hineingefühlt und hineingeträumt hatte, das war kein Verrat, sondern das aus hundert Blättern gepreßte Rosenöl ihrer Hingabe an Gott und an einen Menschen seit dreißig Jahren.

Wer sonst immer Teta Linek sah, mochte sie für eine hurtig arbeitsame Person in reifen Jahren halten, doch keineswegs für eine Frau ihres Alters. Hätte sie aber jetzt ein Zeuge erblickt, wie sie tief gebeugt auf dem elenden Eisenbette saß und vor sich hinstarrte, er hätte nicht gezweifelt, eine gebrochene Greisin vor sich zu haben. Dieser Zustand der Gebrochenheit freilich währte nicht lange. Teta ließ ihren Blick die grauen Wände des Kabinetts entlangwandern. Ja, dort war das Bild mit dem Schneeberg, der sie an Grafenegg gemahnte. Schöne gute Jahre warens gewesen im Hause Argan. Fast schien es so, daß ihr eigenes Unglück durch das größere der gnä' Herrschaft mitentfesselt worden sei. Denn ohne jene Schicksalsschläge hätte sie diesen prächtigen Posten gewiß nicht verlassen. Sie dachte flüchtig an das puppenhafte Totenantlitz Philipps und an das verschrumpfte Gesichtchen der kranken Doris. Unter ihren Augen waren sie großgeworden, die lieben Kinder. Mit der ihr eigenen Härte, die zugleich eine Angst vor dem Gefühl war, beschloß Teta, so wenig wie möglich die Erinnerung an die Familie Argan zu beschwören. Es war eine ihrer Herrschaften. Fremde Leute, was weiter? Das Bild mit dem Schneeberg aber wollte sie noch heute von der Wand nehmen lassen.

Auf einmal stockte ihr Blick. Die Vergißmeinnicht-Augen füllten sich mit Veilchenblau. Dort der größere Strohkoffer! Hatte sie recht gesehen? Sie kniff die Lider ein. Die durch die Schleifen des Koffers gezogene Eisenstange schien ihr um eine Spur verbogen zu sein. Jemand hatte Hand an ihr Besitztum gelegt. Die Müdigkeit war vergessen und alles andere. Mit einem Satz, wie eine ganz Junge, sprang sie hinzu, zerrte das Schlüsselchen hervor und öffnete das Kofferschloß. Und da, jawohl, da war der Beweis...

In Tetas Gepäck befanden sich wahrhaftig keine Kostbarkeiten, nichts, was einer Träne wert gewesen wäre, sondern nur das Armselig-Übliche, das sich im Leben einer Dienstmagd ansammelt, die es nicht und nicht übers Herz bringen kann, verbrauchtes Zeug fortzuwerfen: vor allem grobe Wäsche in Masse, hundertmal geflickt, vermottete Kleider und brüchige Schürzen und ausgetretene Schuhe und eine Unzahl von Schächtelchen und Büchschen, angefüllt mit Bändern und Stoffresten und Fetzen und Garnspulen und Sicherheitsnadeln und rostigen Fingerhüten und zerbrochenen Stricknadeln und halben Scheren. Solch ein Koffer ist ein Pharaonengrab der billigen Alltäglichkeit. Doch auch dieses Pharaonengrab hatten räuberische Hände durchwühlt, wenngleich sie ihre Spuren besser verwischt hatten als die Grabschänder Ägyptens. Teta wußte sofort, was geschehen war. Die Frau Oberrevident hatte nach Schätzen gegraben und ihr Eigen- und Heiligtum entweiht. Sie sah es an der veränderten Schichtung, sie roch es an dem gestörten Geruch. Da geschah, was im Zimmer des Neffen nicht geschehen war. Teta erlitt einen Tobsuchtsanfall, einen Wein- und Schreikrampf. Ist es möglich, daß die Menschen, die verwandten Menschen gar, solche Bestien sind!? Sie zertrampeln dein Ich, sie durchgraben mit schmutzigen Krallen dein kleines Hoheitsgebiet. Sie rauben und morden, und wenn du eine Sekunde lang wegschaust und dich nicht verteidigst, bist du verloren. Kann man in dieser Welt leben!? Was ist das überhaupt für eine Welt, die den himmlischen Aufenthalt unterbricht?! Ein Ekel bis zum Wahnwitz schüttelte Teta. Sie schrie gellend:

»Aufgebrochen hat sie den Koffer... Bestohlen bin ich und ausgeraubt... Aufgebrochen...«

Und immer wieder: »Aufgebrochen!!« Vor dem Koffer knieend schlug sie mit Fäusten auf das Weißzeug los. Manchmal traf ein Faustschlag die Zither, die zuoberst lag und harmonisch aufstöhnte. Teta hatte nicht oft im Leben geweint. Jetzt aber strömte es aus ihren Augen, als müsse das Versäumte in wenigen Minuten nachgeholt werden. Ihr Gesicht aber war von Tollwut auseinandergezerrt.

Inzwischen beganns an der Tür erregt zu pochen und die Stimme der Cikán drang zischend ein:

»Was schreist du da, Schwester, Maria und Josef, was willst du... Sei still doch... Das ganze Haus rennt schon zusamm...«

Teta schlug weiter wie eine Tolle auf das unschuldige Weißzeug, als wolle sie sich das Leben aus dem Leibe berserkern:

»Aufgebrochen«, raste sie... »Aufgebrochen den Koffer...«

»Was hab ich? ... Nichts hab ich aufgebrochen... Ich bin Staatsbeamtenwitwe und brech nicht auf... In meiner eigenen Wohnung das...«

Auch die Cikán hatte jetzt ihre Stimme kreischend erhoben. Dieser unangenehme Laut aber schien die Tobsüchtige sofort zu beruhigen. Sie wurde unvermittelt still. Man hörte nichts mehr draußen vor der Tür:

»Wie meine Mutter hab ich sie gehalten«, jammerte die Frau Oberrevident schon in den gemäßigteren Tönen eines tiefen Schmerzes. Da aber das Todesschweigen in dem Kabinett sich immer länger hinzog, bekam sies mit der Angst und fing von neuem an, zu klopfen, zu flüstern:

»Mach auf, Tetilein«, lockte sie. »Laß mich hinein... Ich hab dir schon wieder verziehen und deinen Worten... Niemand hat aufgebrochen... Was dir fehlt, ersetz ich... Nur mach auf, Schwester, um Gottes willen...«

Keine Antwort. Wie erschrak da die Cikán! Durch einen offenkundigen Selbstmord wär sie nicht gern zum sechsten Male Erbin geworden. Sie warf sich gegen die Tür, rüttelte an der Klinke, befahl der greinenden Mila, alle im Haus vorhandenen Schlüssel herbeizuschaffen, vielleicht sperrte einer davon. Als sie den ersten zu versuchen begann, öffnete sich die Tür innen von selbst und heraustrat Teta in Hut und Mantel, das Heiligenbild unter den linken Arm geklemmt, das Täschchen gegen die Brust pressend. Ihr Gesicht brannte. Ihre hellen Augen aber blickten schon friedlich drein:

»Ich werd bittlich sein, Schwester«, sagte sie mit nachzitternder und doch ruhiger Stimme, »daß ich jetzt auszieh aus deiner Wohnung mit Erlaubnis... Ich wollt dir ja eh nur ein paar Täge zur Last fallen, und muß um Entschuldigung bitten deshalb...«

Jetzt aber heulte die Cikán auf, ins Herz getroffen:

»Und das, weil du mich beleidigt hast mit deinem polizeilichen Verdacht...«

»Wenn ich beleidigt hab, werd ich um Verzeihung bitten«, erwiderte Teta versöhnlich, »es wird aber besser sein, wir machens wie früher, Schwester, und sehen uns nur besuchlich in Ehrbarkeit gegenseitig ... Und du schickst mir die Sachen nach, nicht wahr, auf meine Kosten ...«

Sie zwang sich ein höfliches Lächeln ab und gab der Cikán die Hand, als wär nichts vorgefallen, als sei es einer der verschollenen Feiertage, an welchen sie in früheren Zeiten die Schwester zu besuchen pflegte. Dieser aber fiel nichts ein, um die Scheidende zu bannen.

Teta hatte sich wegen einer Unterkunft an den Verein Katholischer Jungfrauen gewandt, als dessen würdig angesehenes Mitglied sie betrachtet wurde. Der Verein besaß im Lerchenfelder Stadtbezirk ein eigenes Altersheim, das den Namen »Theresienruh« führte. In diesem Hause fand Teta gegen ein geringes Entgelt Aufnahme und Verköstigung. Sie hatte fest angenommen, daß solch eine unbescholtene und ausdauernde Jungfrau wie sie ein eigenes Zimmerchen bekommen werde, ein bescheidenes Abbild und armseliges Vorspiel gleichsam jenes oberen Wohnsitzes, nach dem sie sich brennender sehnte als je, gerade weil er durch die Veruntreuung des Neffen so grausam in Frage gestellt war. Im Gegensatz zur himmlischen Pensionsstadt jedoch, die jeglicher verdienstvoll erworbenen Unsterblichkeit ein freundlich weißes und blumengeschmücktes Einbett-Stübchen zuwies, besaß »Theresienruh« nur fünf Einzelkammern und diese waren gegenwärtig besetzt. Eine davon, so versprach die Hausverwaltung, werde durch Ableben der Inhaberin über kurz oder lang frei werden. Diese jedoch, eine nicht minder robuste als fromme Natur, wehrte sich vorläufig noch, trotz all ihres Himmelglaubens, gegen die Übersiedlung in den ewigen Mieterschutz. Frau Linek müsse sich daher gedulden.

Teta war demnach zum erstenmal im Leben gezwungen, einen Schlafraum mit drei anderen Frauen zu teilen. Sie sah darin wahrhaftig kein Abbild und Vorspiel der himmlischen Endgültigkeit, sondern das Zeichen ihres irdischen Niedergangs, dessen Raub sie geworden, seitdem sie das Haus Argan verlassen und die verfluchte Forschungsreise angetreten hatte. Das Recht auf die Einsamkeit des Schlafes war ein ehrlich erworbenes und eifersüchtig bewahrtes Gut, das sie hoch über die Ärmsten und Niedrigsten der grauen Masse erhob. Man wird vielleicht fragen: Teta schließt in ihrem Täschchen einen Schatz in runder Summe. Warum geht sie nicht hin und mietet irgendwo eine Kammer, wo sie in Ruhe hausen kann? Auf diese klare Frage gibt es als Antwort nur Vermutungen. Der Widerspruch kam nicht nur aus Tetas Wesen, sondern auch aus ihrem Beruf. Sie hatte einerseits Furcht, der Schatz würde ihr unter den Fingern zerrinnen. Andererseits aber war sie, trotz ihres Unabhängigkeitsdranges, doch niemals selbständig gewesen in ihrem Leben. Dieses hatte sich ja immer im Rahmen anderer und übergeordneter Existenzen abgespielt. Sie war gewöhnt, »in Häusern« zu sein und dachte wahrscheinlich gar nicht an die Möglichkeit einer eigenen Wirtschaft. Gleichzeitig aber litt sie tief unter dem Absturz, unter dieser bitteren Teilansicht ihres Unglücks, das sie dem Neffen, dem Wirklichen verdankte. Hatte sie in all den Jahrzehnten jemals daran gezweifelt, daß sie die Tage ihres Alters in einem lauschigen Pfarrhaus an der Seite ihres geistlichen Mittlers und Sohnes verbringen werde? Jetzt wenigstens redete sie sich mit großer Verstocktheit ein, daß sie an dieser so heimeligen Zukunft nicht eine einzige Stunde gezweifelt habe.

Sie mußte also mit drei alten Schachteln zusammen schlafen und sich einer sogenannten »Hausordnung« unterwerfen, die nicht wie in früherer Zeit durch ihre Obliegenheiten bei einer gnä' Herrschaft vorgezeichnet war, sondern durch die gedruckte Kundmachung einer Direktion. Fast erging es ihr nach den Worten des Herrn Oberrevidenten: Das soziale Leben hatte sie ausgestoßen und mir nichts dir nichts in eine bessere Fürsorgeanstalt praktiziert. Am schlimmsten aber waren die Nächte. In den Nächten haßte man die Schlafgenossinnen glühend. Man mißtraute ihnen und lag starr und wach, den Schatz unter dem Kopfkissen, und belauerte den rasselnden, röchelnden oder blasenden Atem der Feindinnen. Es gab nur Feinde in diesem Leben. Wer etwas hat, wer etwas verbirgt, dem stellen alle Menschen als Feinde nach. Wer aber nichts hat, dem hilft keiner, der geht vor die Hunde. In diese Zwickmühle ist der Mensch gesperrt. Nicht aus Übertriebenheit hatte man sich stets am Abend eingeschlossen in besseren Zeiten. Wer aber vertrauensselig war, der kaufte seine Seligkeit beim Teufel ein, dreißig Jahre lang, und der Herrgott schützte ihn nicht, denn der kannte die Menschen und schien sie zu verachten. Wer eine Reise tat und stellte das Gepäck bei der leiblichen Schwester unter, dem wurde sein Eigentum entweiht, und der Herrgott schützte ihn nicht, denn der kannte die Menschen und schien sie zu verachten. Die Menschen bestanden nur aus zwei Sorten: aus Betrügern und aus Dummköpfen, und Betrug und Dummheit schien Sünde zu sein gleicherweise. Die Dummheit aber wurde schon hier unten bestraft, während die feinere Betrügerei erst drüben zur Rechenschaft gezogen werden konnte. Sie, Teta, hatte Teil an beiderlei Sündenformen. Seit der Begegnung in der Neuen Welt nämlich konnte sie das bestimmte Gefühl nicht abstreifen, sie sei auf eine vertrackte Art die Komplizin des großen Betrügers geworden. Der Neffe selbst hatte ihr durch seine Selbstverteidigung diesen Gedankenkeim eingesetzt, der zumal bei Nacht üppig aufging. Hätte sie nicht die Pflicht gehabt, in all den Jahren nach dem Rechten zu sehen, anstatt unbegreiflich träge und nachlässig dafür zu sorgen, daß die Betrügerei nur ja auf keine Schwierigkeiten stoße? Wenn sie nun auch ihre Unabkömmlichkeit als Dienstbote ins Treffen führte und die bestrickende Wirkung der Briefe, ihr Gewissen gab sich nicht geschlagen. Sie war die Hehlerin dieses Frevels und die höchste Instanz würde sie nicht freisprechen und alles war verpatzt. Warum hast du dreißig Jahre gewartet? Auf diese Frage des Richters wußte die Angeklagte keine Antwort. Da lag sie nun in den Nächten, schlaflos unter solcher Seelenlast, und belauerte den Atem ihrer naturgegebenen Feindinnen und war überzeugt, daß auch diese, schlaflos wie sie, den ihren belauerten. Es waren aber darunter bessere Damen, Herrschaften, sogar die Schwester eines ehemaligen Generals. Doch was half das? Die Nacht glich den politischen Mächten nach dem Kriege, dem unheimlichen, unheiligen. Sie erkannte keine Rangunterschiede an. Teta war nicht mehr allein wie früher. Und Teta war allein unter Feinden. Es mußte anders werden.

Sie entschloß sich, dem gefährlichen Müßiggang zu entsagen und wieder in Dienst zu gehen. Zu diesem Zweck suchte sie Herrn und Frau Argan auf, um ein »Zeugnis« zu erbitten, das sie für ihren weiteren Lebensweg nicht mehr als nötig erachtet hatte. Da es in diesen Tagen der jungen Doris besser zu gehen schien und eine neue Kur erstaunliche Fortschritte zeitigte, fand sie ihre ehemalige gnä' Herrschaft in hoffnungsreichster Geberlaune. Man schrieb ihr ein Zeugnis, desgleichen es kein zweites gab: eine Kochkünstlerin, die keinem Chef eines Ersten Hotels nachsteht, einundzwanzig Jahre der Treue, des Fleißes, der Redlichkeit. Teta ging mit diesem Prachtdokument zu den Vermittlungsbüros für Hausgehilfinnen, auf jene staubigen Menschenmärkte, die sie seit grauer Vorzeit nicht mehr betreten und als Inhaberin einer Lebensstellung verachtet hatte. Sie ließ ihren Stock zu Hause und trat einher wie eine resche Fünfzigerin, der auch die weitläufigste Küche und der gastlichste Tisch keinen Respekt einflößte. Sie sagte – und es war eine wunderliche, aber lautere Wahrheit –, daß es ihr mehr drauf ankomme, eine Arbeit zu finden als einen guten Verdienst, und sie wolle gerne unter dem Preissatz einer erstklassigen Herrschaftsköchin dienen, die laut Zeugnis keinem Chef nachsteht und auf einen zwanzigjährigen Posten in einer hochgnädigen Familie zurückblickt. Ganz sicher war dieses Dumping, zu dem Teta sich hinreißen ließ, kein sehr kluger Schritt. Die Menschen begreifen nichts weniger als den Adel, der darin liegen kann, daß jemand sich selbst unterbietet. Wer sich nicht selbst hoch einschätzt, der ist gewiß noch viel weniger wert als die Masse, die sich durch die Bank hoch einschätzt. Doch wie dem auch immer sei, Tetas Wunderzeugnis hatte einen dicken Schönheitsfehler, der sich nicht wegradieren ließ. Es war ihr Geburtsdatum. Wer würde in diesen Zeiten der arbeitslosen Jugend und des nachdrängenden Menschenüberflusses eine Siebzigjährige ins Haus nehmen? Auch waren in den letzten Jahren jene Häuser verdammt zusammengeschmolzen, welche sich eine »perfekte Köchin« leisten konnten. Man lebte im Zeitalter der »halbtägigen Bedienerinnen« und der »Mädchen für alles«. Teta wurde vertröstet. In einer Koch- oder Haushaltungsschule könne sich demnächst vielleicht eine Möglichkeit zeigen. Auch werde man an sie denken, wenn im Falle irgendeiner großen Hochzeit oder eines Hausballes eine Aushilfe verlangt werden sollte. Es zeigte sich nichts. Sie aber gab in ihrer altbekannten Zähigkeit die Hoffnung nicht auf. Denn wie sollte sie ohne Arbeit leben?

Gleich am Sonntag nach ihrem Auszug aus der Wohnung der Cikán bekam sie Besuch. Teta hatte gerade an ihr Kabinett gedacht und daß es schade sei vielleicht darum und daß sies eigentlich dort recht gut gehabt hatte. Da meldete ihr der ehrwürdige Hausdiener von »Theresienruh«, daß sie unten im Gesellschaftszimmer von einer Frauensperson erwartet werde. Es war fünf Uhr vorüber und die betagten Pensionärinnen des Jungfernheims waren ausgeflogen bis auf ein paar schwer Bewegliche, die in ihren Zimmern hockten. Der Gemeinschaftsraum war leer, und Teta fühlte sich erleichtert, weil niemand ihre Schwester Mila sah, die arme verkümmerte Närrin, die bei ihrem Kommen auf sie zuflatterte, ihre Hand an sich riß und küßte und mit der Stimme eines elfjährigen Schulkindes den Begrüßungsspruch hersagte:

»Ich bitt auch schön um Verzeihung, Schwesterlein, und sei wieder gut...«

»Warum soll ich auf dich böse sein, Mila«, sagte Teta und zwang die ängstlich Widerstrebende, Platz zu nehmen, »du hast mir ja nichts angetan...«

Mila war von der Frau Oberrevident prächtig herausgeputzt worden. Sie trug auf ihrem großen grauen Kopf ein Hütchen mit einem schäbigen Veilchenstrauß, vermutlich eine Reliquie aus einer der Erbschaften; hilflos schwebte es auf dem gedunsenen Scheitel der Unglücklichen. Ein altertümlicher Sonnenschirm in verwaschenem Lila verbesserte den ärgerlich kecken Aufzug nicht. Milas Stirn lag in angestrengten Rumpelfalten.

Ihre breiten Lippen über den auseinanderstehenden Zähnen bewegten sich fleißig. Offenbar hatte sie ein Verslein herzusagen. Nach längerer Gedächtnismüh brachte sie auch dieses ungereimte Verslein zustande:

»Ich bitt schön um Verzeihung, Schwesterlein, weil ich die Schuldige bin allein und nicht die Frau Oberrevident und ich hab deinen Koffer aufgebrochen, nur um nachzusehen... Aber ich bin doch ein armer Trottel und kann nichts dafür... Deshalb sei wieder gut und komm zurück zu uns...«

Nachdem sie diese verwunderlichen Worte heruntergeleiert hatte, blickte sie erlöst und triumphierend um sich. Sie schien sich der schweren Selbstbezichtigung gar nicht bewußt zu sein, sondern nur stolze Befriedigung darüber zu empfinden, daß sie ihr Verslein so gut eingelernt und angebracht hatte. Teta aber sah düster aus dem Fenster auf die blühenden Kastanienbäume. Dieser Mißbrauch einer geistig Armen, das war ein echter Einfall ihrer Schwester Katherina Cikán. Nicht sie, sondern die Cikán war des Neffen würdige und gleichgesinnte Tante. Den armen Trottel schicken, damit er die Schuld auf sich nehme, das entsprach beinahe den schönsten Briefen Mojmirs. Wie viel Scheußlichkeit beherbergte doch ihre Blutsverwandtschaft. Mußte sie nicht auch ihr Teil davon abbekommen haben? Wie recht hatte sie doch gehabt, diese grausliche Sippe immer zu meiden. Jetzt aber füllte sich Tetas Herz mit Abscheu und mit dem gramvollen Argwohn, daß sie auf irgendeine Weise mitverwickelt sei in dieses verwandtschaftliche Greuelwesen, und daß nicht sie mit all ihrer Zielstrebigkeit, sondern einzig und allein die Mila in den Himmel kommen werde. Dabei hatte sie noch kaum vor einer Stunde den Gedanken erwogen, das Kabinett der Cikán wieder zu beziehen. Sie atmete schmerzlich auf und sagte laut:

»Nein, Mila, das ist alles nicht wahr... Und du weißt doch, man darf nicht lügen, auch wenn es befohlen wird...«

Milas schwerer Kopf sank vor Entsetzen beinahe auf die Tischplatte:

»Schwesterlein, Schwesterlein, sags nur ja nicht der Frau

Oberrevident, daß es nicht wahr ist«, klagte sie mit der seltsamen Logik all derjenigen, welche kein eigenes Leben haben und deshalb auch keine eigene Wahrheit und keine eigene Lüge. Es gab für Mila nur einen einzigen Beweggrund: die Furcht. Und diese Furcht war gar nichts Widriges, sondern sogar ein Halt, eine Kraft, die der geistig Zurückgebliebenen zur Lebensfähigkeit verhalf und ihre Arbeitsleistung über das gewöhnliche Maß hinaushob. Aus demselben Grunde erliegen sklavische Völker den Diktaturen, ohne sich dabei besonders unwohl zu fühlen. Mila streckte jetzt der Schwester ihre großen verbeulten Arbeiterhände entgegen:

»Komm zu uns, Schwesterlein, komm gleich mit mir«, flehte sie... »Und ich werd auch immer zu dir halten... Komm gleich, sonst fürcht ich mich...«

Teta schüttelte den Kopf. Auch das unvorsichtig kühne Versprechen, Mila werde immer zu ihr halten, konnte sie nicht umstimmen:

»Ich werd besuchlich zu euch kommen, schon übermorgen«, sagte sie, damit kein offener Bruch herrsche zwischen ihr und der gefährlichen Staatsbeamtenwitwe und damit Mila nicht ganz mit leeren Händen heimkehre. Die Schwachsinnige aber schielte verzweifelt, und der mächtige Kopf mit dem lächerlichen Veilchenhut wackelte an dem dünnen Halsstengel hin und her. Um ihr einen Trost zu bieten, führte sie Teta in eine kleine Konditorei um die Straßenecke und ließ ihr ein Fruchteis und eine Schaumbäckerei auftischen. Ein überschwenglich gieriges Glück rötete sogleich die Wangen des armen Trottels. Schon war alles andere vergessen. Mit der zitternden linken Hand schützte sie furchtsam den Teller, damit ihr niemand etwas von diesem herrlichen Lebensgenuß wegesse.

Teta aber betrachtete sie mit einem tiefen Gram, der ihrem bisher so friedlichen Herzen ganz neu und fremd vorkam.

Schlimmer aber als Tetas weltliche war ihre geistliche Verstörtheit. Das Gift des Betruges hatte auch diesen, bisher so gesicherten Teil ihres Lebens nicht verschont. Wie ein winziger Tintenspritzer auf einem Löschblatt breitete es sich in ihrem Gemüt immer weiter aus. Nicht so sehr die verführerische Schlangenrede des Neffen trug Schuld – sie konnte deren Sinn nicht ganz wiederherstellen – wie die nackte Tatsache der Zulassung, daß Gott nämlich einen solchen Hohn und eine solche Schändung straflos duldet, während er unschuldige Kinder wie Philipp und Doris ohne Bedenken vernichtet.

Die Magd hatte fast sechzig Jahre lang keine einzige Morgenmesse versäumt. Diese sechzig Lebensjahre waren gleichzeitig sechzig volle Kirchenjahre. Das Kirchenjahr ist ein übernatürlicher Spiegel und eine liebliche Entsprechung des Erdenjahres. Wie in diesem Baumblüte, Ährenschnitt, Weinlese und Schneefall ihre Zeit haben, so in jenem der schöne Wandelgang der Feste, der sich unaufhaltsam wiederholt. Und wie der natürliche Mensch mit Leib und Seele am Ablauf des Erdenjahres teilhat, so der Frommgläubige am ewig gleichen Reigen des Kirchenjahrs. Beide blühen und reifen und welken in den verschiedenen Phasen des irdischen und überirdischen Sonnenumlaufs mit.

Wenn Teta auch die Tiefe der Messe nicht verstand, alles Äußere war ihr während dieser sechzig treuen Jahre in Fleisch und Blut übergegangen. Eine solche Beherrschung des Äußeren bedeutet aber zugleich in hohem Maße eine Teilhabe am Inneren. So begreift ein Bauer das Geheimnis des Wachstums, ohne etwas von den Gesetzen der Biologie jemals vernommen zu haben. Teta wußte zum Beispiel, daß der erste Sonntag nach Ostern »weißer Sonntag« hieß, daß sein Heiliger der Märtyrer Pancratius war, und sie müßte gar nicht erst zum Hochaltar hinschauen, um sich zu überzeugen, daß die Tagesfarbe der Priestergewandung schneeweiß leuchtete. Ja, Weiß blieb die Farbe bis zum Auferstehungstage, um dann in der Pfingstvigil vom brennenden Rot des Liebesgeistes abgelöst zu werden. Wie freute sie sich alljährlich auf dieses Rot, ihre Herzensfarbe, die den sommerlichen Kirchenraum in ein entzückendes und beunruhigendes Feuer kleidete. Durch sechzigjährige Erfahrung kannte sie jede Klangschwebung des liturgischen Gebetes und hätte jegliche der lateinischen Floskeln, die sie nicht verstand, Silbe für Silbe wiedergeben können. Aus den jeweiligen Predigten waren ihr geläufig Evangel und Epistel des Tages, und sie begrüßte die einzelnen Abschnitte des Heilsweges mit freundlich stolzem Wiedererkennen, wie sie alljährlich die hundertjährigen Linden auf Grafenegg in ihrer Blüte und in ihrem bunten Herbstkleide begrüßt hatte. Dies alles war gewissermaßen ihr höheres Leben, ihre Kunst, ihre Literatur, ihre Schönheit, ihre bleibende Festesfreude, ihr süßes Aufgehobensein.

Mit einem Male aber hatte sichs verwandelt. So erlebt vielleicht ein Wald- und Blumenfreund, von einer schleichenden Krankheit befallen, da die geliebtesten Bäume ihn plötzlich grau und gleichgültig anstarren. Dann denkt er erstaunt: was ist nur los? Die Natur spricht nicht mehr zu mir. – Zu Teta sprach jene andere Natur nicht mehr, in der sie sich ein ganzes Leben lang friedlich und sicher ergangen hatte. Jetzt saß sie trüb, gleichgültig, ja grimmig in der Kirche, inmitten der anderen Pfleglinge von »Theresienruh«, konnte sich öder Nebengedanken nicht erwehren, preßte ihr Täschchen diebsfürchtig an die Brust, fühlte sich scheel beobachtet und vergaß sogar – entsetzliche Folge der Vergiftung durch den Neffen – bei der Wandlung niederzuknien. In der Nacht lag sie dann wieder schlaflos und zerpeinigte ihr Gehirn und wußte nicht ein noch aus. Der Tod kam näher. Jahrzehnte waren in Rauch aufgegangen. Und sie war weniger bereit als nach ihrer ersten Kommunion.

Teta wußte, daß es nur einen Weg gab, sich aus diesem abgleitenden Zustand zu retten, der unweigerlich zum untersten, zum feuerpeinlichen Abgrund führte. Sie mußte als Mitschuldige, als Hehlerin des Neffen eine volle Beichte ablegen. Sie mußte ohne jede Scham ihr Innerstes einem Geweihten anvertrauen. Von ihren Hausgenossinnen aber sollte keine etwas davon ahnen. Für diesen Zweck erwählte sie zu später Tagesstunde eine kleine mittelalterliche Kirche in der Inneren Stadt, die immer erst nach Einbruch der Dunkelheit geschlossen wurde.

Draußen herrschte ein sommerlich bewegter Mainachmittag. Herinnen wars dunkel, leer und frostig fast. In einem Beichtstuhl schimmerte ein schwaches Licht. Teta sah, wie beim Schall ihrer klappernden Schritte ein junger schmaler Priester in den

Beichtstuhl huschte. Sie glaubte im fahlen Dunkel sein Gesicht wahrgenommen zu haben. Hätte ich, fragte es quälend in ihr, hätte ich in diesem da auch den Neffen erkannt? Oh wie gern, oh wie dankbar hätte sie in diesem da den Neffen erkannt. Hinter dem grünen Vorhang des Beichtstuhls räusperte es sich mahnend. Teta kniete hin, murmelte ihre Formel.

Dann aber, als sie sich sammeln und anklagen wollte, merkte sie gleich, daß sie ganz und gar Unmögliches sich zugemutet hatte. Ihr Geist war leer an passenden Worten. Allzu selten, allzu wenig hatte sie in ihrem Leben gesprochen. Ohne rechte Übung war sie, ohne die notwendige Ausdrucksweise, um diese verwickelte, verzwickte, schmachvolle und widerwärtige Geschichte in schneller Erzählung würdig darstellen zu können. Wo fängt man richtig an? Wo hört man auf? Was muß man preisgeben? Was darf man verschweigen? Ihr Gemüt gähnte schwarz und verstockt. War es wirklich nur der Mangel an rechten Worten? Das Täschchen wurde immer schwerer, als wachse das Gewicht der Briefe darin zur Steineslast. Und wieder ein schwaches Räuspern hinter dem Vorhang. Sie stammelte irgend etwas. Die Stimme im Beichtstuhl murmelte beruhigend:

»Lassen Sie sich nur Zeit, meine Tochter...«

Welche Stimme! Sie zerschnitt Tetas Herz. Genau dieselbe Stimme mußte der junge Geweihte auf ihrer leider vernichteten Photographie besitzen, nach der sie sich an jedem Morgen und Abend sehnte. Nur die Stimme? War nicht auch das unsichtbare Gesicht dasselbe? Nun kniete sie vor dem Unwirklichen, sollte beichten und vermochts nicht. Gleichzeitig aber erscholl ein langer hallender Schritt in ihrem Rücken und näherte sich dem Beichtstuhl. Bange Furcht, ja ein jäher Verfolgungswahn warf sich über die Verstörte, der Wirkliche und Leibhaftige könne um ihres Geldes willen ihr nachgereist sein und sie mit Hilfe der Schwester Cikán aufgespürt haben. Und jetzt ist er hier in dieser dunklen Kirche und hat sie im Beichtstuhl entdeckt und wartet dort hinten am Taufbecken, um sie abzufangen. Sie sah deutlich hinter ihren geschlossenen Lidern den frühlingsfrohen Panamahut mit dem weiß-roten Band, den der unverschämte Gotteslästerer auf dem Kopf behielt. Sie aber war unrettbar eingeklemmt zwischen dem Unwirklichen im Beichtstuhl und dem Wirklichen hinter ihrem Rücken. Da stöhnte Teta laut auf:

»Mit Erlaubnis... Wenn ich bittlich sein darf... Ich kann nicht...«

Die abgeblendete, aber warme Stimme hinter dem Vorhang beruhigte:

»Das kommt vor, meine Tochter. Gehen Sie eine Weile an die frische Luft... Ich werde warten, bis Sie zurück sind... Aber Sie müssen heut nicht zurückkommen... Vielleicht fällt es Ihnen morgen oder in den nächsten Tagen leichter... Warten Sie auf den richtigen Augenblick und kommen Sie erst dann zurück...«

Diese Stimme! Teta spürte ein kurzes heißes Würgen in der Kehle. Sie erhob sich verwirrt, blickte umher, ob der Verfolger mit dem Panamahut ihr nicht wirklich auflauere. Ihr Kopf dröhnte. Was war geschehen? Sie hatte die Fähigkeit verloren, zu beichten und daher auch in den reinen Stand zu kommen, das heilige Altarsakrament zu empfangen. Wenn der Tod sie jetzt ereilte, war sie vogelfrei.

Teta schlich aus der Kirche. Draußen empfing sie blaugoldnes Zwielicht. Die Bogenlampen surrten schon auf. Menschen eilten über den kleinen Platz. Ihre Gesichter waren allzumal finster und unangenehm. Nicht nur Teta war verändert, sondern die ganze Menschheit. Sie spürte es mit einem sonderbaren Erstaunen. Bevor sie diese Niederlage im Beichtstuhl erlebt hatte, waren Welt und Menschen ihr anders erschienen als jetzt. Auf der Plattform vor der kleinen Pforte sah sie etwas zu ihren Füßen schimmern. Es war ein Silberstück, ein Schilling. Sie hob ihn auf. Gott hatte ihr, der schlechten Magd, gewissermaßen ein verächtliches Trinkgeld hingeworfen. Wofür? Weil sie dreißig Jahre lang nicht ihre Pflicht erfüllt hatte? Die Hand krampfhaft um den Schilling geschlossen, ging sie die Kirchenstufen hinab, über den Platz, bis zur nächsten Straßenecke. Dann aber kehrte sie um, weil sie die gefundene Münze, Gottes verächtliches Trinkgeld, aus einem heimlichen Stolz nicht annehmen, sondern in die Armenlade der Kirche stecken wollte. Während sie aber zurückging, wurden ihre Beine immer schwerer und schmerzhafter, und ihr Herz drohte zu versagen. Die zwölf Stufen der Freitreppe bedeuteten jetzt eine kaum überwindliche Bergpartie. Als sie aber dann die kleine Holztür im Kirchenportal, keuchenden Atems, wieder aufstieß, da war ihre Hand so schwach und leblos geworden, daß ihr der Schilling entfiel. Er verrollte spöttisch unter dem Spalt der Schwelle. Teta bückte sich, um ihn zu suchen. Während sie sich aber bückte, wurde ihr ganzer Körper so schwach und leblos, daß sie hinfiel. Es war ihr selbst nicht klar, ob sie über irgend etwas ausgeglitten war oder sich hatte einfach fallen lassen. Da lag sie nun auf den mächtigen Steinfliesen der Plattform und atmete schwer. Dort unten eilten die Menschen mit finsteren und unangenehmen Gesichtern über den Platz. Keiner sah zu ihr hin. Keiner half ihr. Keiner sollte ihr helfen. Zuerst hatte Gott ihr ein Trinkgeld hingeworfen. Dann aber hatte Gott sie selbst hingeworfen, wie man etwas fortwirft, das keinen Wert mehr hat. Und die alte Welt war zu einer neuen Welt geworden, das erstemal in Tetas langer Laufbahn. Und diese Welt war voll von Katis und Milas, und Mojmir herrschte über sie, und es war kein Platz mehr in ihr für ein eigenes Zimmerchen. Die Unterbrechung zwischen Tod und Tod, die man Leben nennt, hatte jeden Sinn verloren. Hier lag Teta und wollte sich nicht erheben, denn es war gut, die Erde zu berühren wie ein Tier. Aus der Kirche trat eine Dame. Sie reichte der Magd eine Münze. Sie hielt die Hingestürzte für eine verkrüppelte Bettlerin, die sich auf ihren Beinen nicht fortbewegen kann. Auch dieses Geldstück fiel daneben und verrollte irgendwohin ins Nichts.

Endlich raffte Teta sich auf. Schwankend stand sie da, das Gesicht gegen die Laibung des Portals gewandt. Ihr Blick ruhte lange auf einer Ankündigung hinter Glas und Rahmen, die dort in Augenhöhe hing:

»Anmeldungen zur diesjährigen Pfingstpilgerfahrt nach Rom werden bis spätestens zum zehnten Mai in der Pfarrkanzlei entgegengenommen. Reisekosten pro Person Schilling 200 oder 400, letztere mit längerem Aufenthalt in Venedig, Bologna, Florenz, Siena und so weiter.«

Während Teta an diesen Zeilen noch las, stieg mit Macht aus ihrer fernsten Erinnerung eine Geschichte auf, die sie von Großmütterchen gehört hatte, von derselben, die ihr als Mittagshexe unter dem Birnbaum in Hustopeč erschienen war. Ein ganzes mährisches Dorf hatte durch ein schweres Verbrechen Sünde auf sich geladen und war insgesamt mit Weib und Kind zur Buße nach Rom gepilgert, und zwar zu dem damaligen Heiligen Vater, der Pius hieß wie der heutige. Diese Geschichte von der härenen Wallerschar und jenem ganz verlassenen Dorf, in dem fast ein ganzes Jahr lang nicht gesät und gemäht wurde, hatte tiefen Eindruck auf ihre Kindheit gemacht.

Bereits am nächsten Tag meldete sich Teta zu der angekündigten Pfingstpilgerfahrt nach Rom. Man fragte sie, ob sie die bescheidenere oder die kostspieligere Reiseform zu wählen gedenke. Letztere dauere einige Tage länger und schließe die ausführlichste Besichtigung der Heiligtümer und profanen Sehenswürdigkeiten Italiens ein. Teta entschied sich zu der teureren Form, nicht wegen der ausführlichen Besichtigungen, sondern um des deutlicheren Opfers willen. Denn wo das Opfer ist, dort wohnt noch immer die Hoffnung. Das wußte Teta seit einunddreißig Jahren.

—

Dritter Teil
Eine Pilgerfahrt

Kapitel neun

Madonnen und Nelken

Es kam ganz anders wie in Großmütterchens Geschichte vom mährischen Sündendorf. Nicht zogen unter Seufzerklang und frommem Gesang barfüßige Pilger im Muschelhut über staubige Landstraßen und herbergten auf nackter Erde, um durch solche Leibesnot Buße zu tun und sich auf den Ablaß ihrer Sünden vorzubereiten. Sowohl die Sünde als auch die Sühne hatten sich der modernen Technik angepaßt und konnten auf den zeitgemäßen Komfort nicht verzichten. Elegante Schnellzüge mit Speisewagen, schlanke Autobusse und große Hotels mit tadelloser Bedienung harrten der Waller. Eine zeitgemäße Pilgerfahrt schien mithin nichts anderes zu sein als eine köstliche Gemeinschafts- und Vergnügungsreise, die in einem feierlichen Empfang durch den Heiligen Vater Pius, den Elften, gipfelte. Teta bekam ein gedrucktes Programm eingehändigt, auf dem jede Station, jeder Nächtigungsort, jede Abfahrts- und Ankunftszeit, kurz der gesamte Stundenplan dieser Pilgerfahrt voraussichtig pünktlich eingezeichnet stand. Es war die erste große Auslandsreise ihres Lebens. Freudige Erwartung, kindliche Erregung hielt sie in Bann. Auch jetzt lag sie in den Nächten schlaflos. Aber es war eine andere Schlaflosigkeit als gestern noch, eine prickelnde und erwartungsvolle. Die alten Schachteln von »Theresienruh« störten sie viel weniger, und ihr bitteres Mißtrauen ließ nach. Wenn sie sich das Kommende ausmalte, dieses blauhimmlige Italien, von dem sie schon gar manches gehört hatte, dann wandelte sie ein neugieriges Vor-Entzücken an, das den tödlichen Gedanken an den Neffen, an das Mißlingen ihres Lebensplans, ja selbst an die unüberwindliche geistliche Verstörung langsam zurückdrängte. Es war, als ob das Heil und die Lösung der wichtigsten Fragen, die sie entschlossenerweise von dieser Pilgerfahrt erwartete, schon jetzt einen bläulich kühlen Schatten vorauswerfe. Dennoch aber verabsäumte sie es nicht, in den Stellenvermittlungen an Hand des Reiseplans ihre italienischen Adressen genau anzugeben. Denn welcher Art dieses künftige Heil auch sein mochte, es würde stets nur mit Arbeit verbunden sein, dessen war sie sicher. Sie zweifelte nicht, daß sie, die weitbekannte erstklassige Herrschaftsköchin, eine Dienststelle finden werde, über kurz oder lang. Seitdem sie die vierhundert Schilling für diese Pilgerfahrt entrichtet hatte, fühlte sie sich wieder erstaunlich jung. Siebzig Jahre, das war schließlich nur eine leere Ziffer. Wenn sie die anderen alten Jungfrauen von »Theresienruh« betrachtete, von denen gar manche viel weniger Jahre auf dem Buckel hatte, kam sie sich jünger vor, flinker und arbeitsfähiger in jeder Weise. Im übrigen aber würde sie vor Antritt des neuen Dienstes ihre jämmerlichen Venen nach dem ärztlichen Rate »veröden« lassen und dann frisch und neugeboren sein und ohne Wimperzucken alle Tage ein Festdiner für dreißig Personen und zu acht Gängen anrichten. Hatte sies nicht im vorigen Sommer noch geleistet, beim Geburtstagsfest der gnä' Herrschaft Argan? Seither hatte zwar der wirkliche Neffe ihrer Seele einen harten Stoß versetzt, ihre körperliche Gesundheit aber war unverändert. Die Leute sollten noch zu staunen haben über ihre Kraft und Standhaftigkeit. Mit solcher Zuversicht stärkte sie nach dem Zusammenbruch an der Kirchentür die Vorfreude ihrer ersten großen Reise.

Am Tag nach Christi Himmelfahrt versammelte man sich um sieben Uhr morgens am Südbahnhof. Teta erschrak sofort und wurde kleinlaut. Die Reisegesellschaft zu vierhundert Schilling bestand aus sechsundneunzig Menschen. Es war eine ziemlich kleine, aber um so erlesenere Pilgerschar, hoch im Range über einer armen Dienstmagd. Daran hatte Teta nicht gedacht, als sie sich das größere Opfer darzubringen entschloß. Es wäre für sie besser gewesen, zu der anderen ordinäreren Pilgerschar zu stoßen, für zweihundert Schilling pro Person. Dort würde sie einige ihresgleichen gefunden und sich weniger verloren gefühlt haben. Sie stellte sich klein und bescheiden an den äußersten Rand des fröhlichen Menschenhaufens, der sich gegenseitig mit seinen Titeln und Würden komplimentierte, denn beinah alle schienen miteinander bekannt zu sein oder mindestens voneinander zu wissen. Hier war ohne Zweifel lauter gnä' Herrschaft versammelt; gehörte vielleicht einer oder der andere zu den kleinen Leuten, so ließ er sichs für die Dauer dieser Reise nicht anmerken. Den Mittelpunkt bildete ein hoher Prälat mit Seidenhut und violettem Kollar, eine pyramidenförmige Prachterscheinung, für ihn zu kochen mußte ein Vergnügen sein. Neben dem Prälaten stand ein kleiner zarter Herr in grauem Reiseanzug. Er lächelte sanft gestört vor sich hin. Er wurde »Herr Minister« genannt. Man nahte ihm schonend und umständlich. Redete ihn ein Verwegener betulich grinsend an, so neigte er ihm leicht das feine Ohr zu und sah gespannt auf den Boden, als sei er außerstande, etwas anderes als Staatsgeheimnisse entgegenzunehmen und sie mit einem vieldeutigen »so« und »was Sie nicht sagen« zu quittieren. Teta sah beklommen dem Treiben zu, das sich um diese beiden Kernstücke der Pilgerfahrt entfaltete. Ging auch die Reise zum Heiligen Vater, der die Schlüssel des Himmelreichs für alle Katholiken verwaltet, so litt sie doch darunter, daß sie, das Dienstmädchen, sich der teuren herrschaftlichen Gruppe angeschlossen hatte, und zwar nur, um ihr sparsames Herz zu züchtigen. Sie gehörte zur »Niedrigkeit«, mit welchem Worte sie ihr soziales Abstandsgefühl selbst auszudrücken pflegte, denn unter »Obrigkeit« verstand sie nicht die Behörde, sondern jene Gesellschaftsklasse, welche nicht diente, sondern sich bedienen ließ. So lag es ihr im Blut. Und doch unterschied sie sich darin auffällig von der Frau Oberrevident, der es doch auch hätte im Blute liegen müssen.

Da war aber noch ein besonders festlicher Herr, der vor Geschäftigkeit und Lebenslust schwitzend, von einem zum andern lief, Fragen stellte, deren Beantwortung er nicht abwartete, und Antworten gab, nach denen man ihn nicht gefragt hatte. Ein großer dicker Mann wars mit einem puterroten Gesicht und einem ausrasierten grauen Backenbart. Er trug einen etwas zu kleinen steifen Hut auf dem mächtig kahlen Schädel und schwenkte eine lange Liste in der Hand. Daß er so lustig und gutgelaunt war, sprach für seine festen Nerven, denn allem Anschein nach lastete auf ihm die Sorge für das gute Gelingen der Pilgerfahrt und für das leibliche Wohl von sechsundneunzig Menschen. Er machte sichs nicht leicht. Von allem Anfang an suchte er in den Teilnehmern fröhliche Kameradschaft zu erwecken. Diejenigen, welche sich noch nicht kannten, stellte er einander mit Eifer vor, pries die trefflichen Eigenschaften jedes einzelnen gegenseitig hoch, nannte geläufig Titel, Würden, Orden, Ehrenzeichen, deren kleinste sein Gedächtnis verzeichnet hielt. Man könnte sagen: er ging umher und gab die Ehre. Ohne Zurückhaltung jeglichem und jeglicher. So kam er auch zu Teta, die neben ihrem neuen Suitcase abseits stand und zu der Pilgerschar, der sie selbst angehörte, verlegen hinüberlugte. Er lüftete schwungvoll die Melone und erkundigte sich freudestrahlend:

»Auch eine Rompilgerin, die Dame...?«

Teta nickte eilig und überreichte ihm wie zur Entschuldigung ihre Reisedokumente. Er warf einen kurzen routinierten Blick auf seine Liste und schüttelte Teta dann innig die Hand:

»Gestatten, ich bin der Kommerzialrat Josef Eusebius Kompert... Und Sie sind also die Frau Linek... Freue mich, freue mich... Hab schon auf die Frau Linek gewartet... Es wird eine besonders schöne Pilgerfahrt werden, Frau Linek... Seine Heiligkeit haben zugesagt, uns durch eine eigene längere Ansprache zu beehren... Jetzt aber werde ich Sie Monsignore vorstellen, Frau Linek, und dem Herrn Minister...«

Teta sträubte sich mit aller Kraft. Der Lebensvolle aber nahm sie bei der Hand, zog die Erschrockene mitten in den Strudel und präsentierte sie den beiden Großen:

»Herr Minister, Monsignore«, verkündete er schneidig, »das ist nämlich unsere Frau Linek...«

Seine etwas heisere Stimme posaunte stolz diesen Namen, als müsse ihn jedermann kennen, und er fügte, da er nicht anders vorstellen konnte, als Titel und Würde strahlend hinzu:

»Tätiges Mitglied des Vereins Katholischer Jungfrauen...«

Teta machte ihren tiefen Mägde-Knicks. Doch auch die hohen Herren verbeugten sich und reichten ihr die Hand. Nach dieser flüchtigen Berührung mit den Spitzen der Pilgerkarawane zog sich Teta in großer Eile wieder auf ihren früheren Posten am äußersten Rande der Begebenheiten zurück, wo sie auf das Zeichen zum Besteigen des schon bereitstehenden Zuges geduldig wartete.

Josef Eusebius Kompert gab dieses Zeichen noch nicht. Der ausladende Mann schoß unermüdlich umher, zählte immer wieder die Anwesenden an Hand seiner Liste ab, winkte die Bahnbeamten zu sich heran, stellte dringende Fragen, gab wichtige Aufträge, lief zum Gepäckwagen vor und zur Perronsperre zurück und zog jede halbe Minute stirnrunzelnd seine Uhr. Er war Reisemarschall aus reiner Begeisterung. Ein Ehrenamt wie so viele andere Ehrenämter, die auf Komperts kräftigen Mannesschultern ruhten. Ehrenämter sind bekanntlich Würden ohne Entgelt, es sei denn, daß man den Umgang mit hohen Persönlichkeiten und titelschweren Namen als entsprechenden Lohn ansehen will. In dieser Beziehung war Josef Eusebius ein für alle seine Ehrenmüh hochentlohnter Mann. Er kannte ringsum in der Welt jede Persönlichkeit von öffentlicher Bedeutung, und was weit ungewöhnlicher und wichtiger war, dieselbige kannte auch ihn. Man mußte ihn nur hören, wenn er schallend verlauten ließ: »Seine Exzellenz, Herr Minister X, ein guter Freund von mir«, oder »Seine Eminenz, der hochwürdigste Herr Kardinal, mein ganz besonderer Gönner«, oder »Seine bischöfliche Gnaden, mein alter Duzbruder, ein fesches Haus«. Er sagte das im schneidigen Ton eines Soldaten, der zu seinen Vorgesetzten, unbeschadet des schärfsten Gehorsams, in einem vertraulichen Respektverhältnis steht. Da Josef Eusebius Kompert aber ein seelensguter Mann war, behielt er seine ehrenvollen Freundschaften und Beziehungen nicht für sich selbst. Was er sich »oben« durch allerlei Dienste und Gefälligkeiten an Gunst erworben hatte, das verstreute er in Form großmütiger Protektion reichlich nach »unten«. Der Tag galt ihm als verloren, an dem er nicht für irgend jemanden bei seiner Exzellenz, Eminenz oder bischöflichen Gnaden intervenieren durfte. Im Gegensatz zu andern Sammlern hoher Gönnerschaften scheute er sich gar nicht, die betreffenden Herren zu Gunsten armer Teufel auf das nachdrücklichste zu belästigen. Dies bereitete ihm sogar ein besonders würziges Vergnügen. Hauptsache, man brachte etwas in Gang und führte die Leute zusammen. »Da muß etwas geschehen« und »Das wird der Kompert schon einfädeln«, so lauteten seine Lieblingswendungen. Mit noch größerer Leidenschaft als dem weltlichen diente er dem geistlichen Regiment. Der Kirche hatte er, wie sein Gesicht und sein Name verriet, nicht immer angehört. Neue Besen aber kehren gut, und Konvertiten übertreffen die Altgläubigen zumeist an Eifer. Sie habens ja nicht mitbekommen. Darum dürfen sie sich Gelassenheit oder gar Nachlässigkeit nicht leisten. Für sie hat keine Zeremonie einen schon müden und verbrauchten Klang, alles ist noch frisch und unsicher, und ihr eitles Herz treibt sie an, sich hervorzutun in dem, was für die Mehrzahl der anderen allzu oft nur eine matte Gewohnheit ist. Und so hatte Josef Eusebius trotz seiner gesetzten Jahre und weitläufigen Geschäfte auch diesmal nicht darauf verzichtet, sich hervorzutun und das beschwerliche Marschallsamt dieser Pilgerfahrt zu übernehmen. Um der redlichen Wahrheit willen aber soll die reine Uneigennützigkeit Komperts nicht übertrieben werden. Wenn die Reise glücklich und der Empfang im Vatikan klaglos verlief, so wars nicht ausgeschlossen, daß ihm ein päpstliches Ordenssternchen oder Kreuzchen winkte, das prächtige des »Heiligen Grabes« dritter Klasse etwa. Danach sehnte sich sein Herz schon lange, und er hätte es den anderen Ehrenzeichen seiner gepflegten Ordensbrust gerne hinzugefügt. Der Gedanke an diese Auszeichnung beflügelte seine emsige Sorglichkeit, und er schwitzte demnach sowohl aus reiner Begeisterung als auch im Hinblick auf ein köstliches Privatziel. Niemand wird leugnen, daß diese glückliche Mischung von Gemein- und Eigennutz einen seltenen Idealfall vorstellt.

Endlich wars soweit, und man konnte einsteigen. Der Reisemarschall hatte jedermann den Wagen, das Abteil, die Platznummer genannt, die ihm zugewiesen war. Er schaute auf strenge Ordnung, das mußte man sagen. Zuletzt hatte er noch mit eigener Hand jedem Pilger das Wahrzeichen dieser Wallfahrt um den Arm befestigt, ein weißes Band mit einem schwarzen

Kreuz darauf. Teta wartete geduldig, bis alle anderen eingestiegen waren. Es gehörte sich so, denn sie wußte, daß sie als einfacher Dienstbote die letzte und geringste Pilgerin unter allen war. Schon hatte sich der Bahnsteig ganz geleert, und nur die Schaffner liefen ab und zu. Nun hob auch Teta mit schwerer Müh ihre Reisetasche auf die Plattform des Waggons und erfaßte die Handgriffe, um sich aufs Trittbrett zu schwingen. Dieses lag aber sehr hoch und ihre Beine schmerzten verteufelt, sie tappte mehrmals ins Leere, ohne die Höhe erreichen zu können. Da fühlte sie sich plötzlich von starken Armen untergefaßt, und jetzt schwebte sie leicht und frei nach oben. Sie keuchte ihren Dank und drehte sich nach dem Helfer um, der hinter sie getreten war. Ein junger Mann wars, eher klein, in einem grauen Lüsterröckchen, wozu er jedoch wie zur Entschuldigung eine ernste schwarze Krawatte trug. Seine kastanienbraunen Haare wellten sich schön über einer an den Schläfen scharf abgekanteten Stirn, und helle blaue Augen hatte er, die denen der Teta auffällig ähnelten. Man konnte ihm den Geweihten gar nicht ansehen. Er lachte übers ganze Gesicht. Dies aber war kein gewöhnliches, mechanisches, zweckloses oder nervöses Lachen, sondern er lachte gewissermaßen aus einem reichen Vorrat innerer Freudenlaune hervor. Der junge Mann nahm Tetas Hand:

»Ein Mitpilger«, sagte er und »ich bin der Kaplan Johannes Seydel.«

»Und ich bin die Linek«, erwiderte Teta ihrerseits, und weil sie schon vom Herrn Reisemarschall gelernt hatte, daß der Mensch irgendeinen Titel oder Charakter angeben müsse, um vor den Augen einer Welt von gnä' Herrschaft zu bestehen, fügte sie hinzu:

»Tätiges Mitglied des Vereins Katholischer Jungfrauen...«

»Bravo, bravo«, lobte der Herr Kaplan diese Angabe, als sei er entzückt von ihr, ergriff kurzerhand Tetas Köfferchen und verstaute es im Reisenetz ihres Abteils, ehe sie noch diese ungehörige Dienstleistung verhindern konnte. Dann lachte er sie wieder mit seinem helläugigen, weißzähnigen frischen Jungengesicht an und sagte:

»Eine glückliche Reise wünsch ich Ihnen, Fräulein Linek... So, und jetzt wünschen Sie mir dasselbe...«

Teta gehorchte mit der artigen Stimme eines Schulmädchens:

»Ich wünsch dem hochwürdigen Herrn eine glückliche Reise...«

Dann aber mußte auch sie lachen, und es war ihr ganz eigentümlich zumut, wie sie auf ihrem Platz dasaß und durch die offene Tür dem jungen Menschen nachsah, der im Wagengang verschwand.

Sie wurde aber sofort abgelenkt, denn eine vierköpfige Familie drängte sich geräuschvoll mit Sack und Pack in das Abteil. Es waren höchst gewichtige Pilger. Der Vater wog seinen Zentner mindestens und hatte ein schwabberndes Tripelkinn und einen feuerroten Quadrupelnacken. Die prallen Töchter waren ihm nachgeraten. Nur die energische Frau hatte sich dank ihrem Charakter eine knochige Linie bewahrt. Sie ließ jetzt das Fenster herab und rief gellend über den Bahnsteig:

»Die Bagage bitte für Herrn Bezirksarmenrat Fleißig...«

Der Bezirksarmenrat, dessen Gestalt in so lebhaftem Widerspruch zu seinem Amte stand, wischte sich die Stirn, blies einen pfeifenden Luftstrom von sich und nickte Teta resigniert zu:

»Heiß wirds werden da drunt' in Italien...«

Die Träger schleppten das hochgeschwollene Pilgergepäck heran und bauten es kunstvoll in den Netzen auf, so daß Tetas kleiner Koffer darunter verschwand. Plötzlich stieß eine der dikken Töchter einen Schrei aus. Das Wichtigste hatte man zu Hause liegen lassen. Die Hutschachtel, in der sich die schwarzen Spitzenschleier befanden, die als Kopfbedeckung für die Frauen im Vatikan vorgeschrieben sind. Es war zu spät. Der Zug setzte sich in Bewegung. Die Töchter saßen vernichtet da, denn es waren kostbare alte Spitzen, ein vortrefflicher Gelegenheitskauf. Frau Fleißig klagte und höhnte abwechselnd. Der Herr Bezirksarmenrat aber, der häusliche Katastrophen über alles haßte, brummte gefällig, man werde drunt in Italien noch schönere Papstschleier zu kaufen bekommen, es sei ja das wahre und berühmte Land für dergleichen Textilien.

Teta beobachtete ihre Reisegefährten mit scharfen Augen. Sie hatte in Häusern aller Art gedient, in vornehmen und weniger vornehmen, und sich mit den Jahren ein Feingefühl erworben und einen sicheren Blick für die verschiedenen gesellschaftlichen Schattengrade. Wie die meisten Diener alter Schule war sie besonders empfindlich und unduldsam gegen die durch rasch erworbenen Reichtum verkleidete Grobheit und Gewöhnlichkeit. Sie mußte nur so lange warten, bis die Frau Bezirksarmenrat Fleißig die lila Stulpenhandschuh abgestreift und die Qualität ihrer Hände entblößt hatte, um der Sache ganz sicher zu sein. Ja, diese dort kam aus der »Niedrigkeit«, genau so wie sie selbst und die Katherina Cikán. Diese Erkenntnis aber erfüllte Teta keineswegs mit kollegialer Erleichterung, sondern mit ablehnendem Unbehagen. Nachdem das Unglück mit den vergessenen Spitzenschleiern bis auf die schale Neige ausgeredet war, wandte sich Frau Fleißig Teta zu. Die schwarzgekleidete Nachbarin mit ihrem ruhigen und aufmerksamen Gesicht schien ihre Neugier zu erwecken. So unscheinbar, so zurückhaltend sehen oft Damen aus, die sich später als vornehme Bekanntschaften entpuppen. Dies dachte zumindest Frau Fleißig, die keineswegs Tetas sozialen Scharfsinn besaß. Sie verfiel sofort in einen gedehnten, ermüdeten Ton, wobei sie sich mit der Zungenspitze immer wieder die Lippen netzte, was sie dem Anschein nach für unnachahmlich fein hielt:

»Es ist jetzt nicht die Saison für Italien«, begann sie, »meinen nicht auch gnä' Frau...?«

Teta nickte zustimmend. Das Wort »gnä' Frau« aber durchrann sie höchst unbehaglich. Die Fleißig schnatterte fort, ihre Lippen leckend:

»Wir hätten schon Ostern mit der Pilgerfahrt des Herrn Kardinals nach Rom gehen sollen. Wir waren von Seiner Eminenz persönlich eingeladen... Aber leider mein Mann war absolut unabkömmlich, ich bitte Sie, das Geschäft in den Feiertagen, man kann sich ja auf niemanden verlassen... Und dann hat uns Monsignore so gebeten, daß wir Pfingsten mitmachen... Da kann man doch nicht Nein sagen, nicht wahr, Sie verstehen das auch, gnä' Frau...«

»Mit Erlaubnis, ich bin keine gnä' Frau«, entfuhr es Teta beinahe wider Willen. Frau Fleißig erschrak und spitzte den Mund:

»Wie bitte?... Mit wem hab ich die Ehre?«

»Ich bin die Linek«, sagte Teta plötzlich zaghaft, nachdem sie sich in der Wahrheit verfangen hatte wie in einer Schlinge, »nur Hausgehilfin...« Und um den Schaden gutzumachen, flüsternd: »Von den Katholischen Jungfrauen bitte ein tätiges Mitglied...«

In Anbetracht dieses Bekenntnisses vereiste die Frau Bezirksarmenrat unverzüglich. Herr Josef Eusebius Kompert, der gute Freund, hätte dafür sorgen müssen, daß die angesehene Familie Fleißig, ein leuchtender Name des gewerbetreibenden Bürgertums, in besserer Nachbarschaft nach Rom pilgere als in demselben Abteil mit einem alten Dienstboten. Sie flüsterte ihrem Gatten etwas ins Ohr, der eine beschwichtigende Geste machte, im übrigen aber seine drei Kinnpolster trübselig hängen ließ. Auch die Töchter wurden strenge angezwinkert. Man richtete das Wort kaum mehr an Teta. Diese aber litt unter dem Schweigen nicht im geringsten, sondern bedauerte es nun immer wieder, daß sie nicht die volkstümlichere Pilgerfahrt gewählt hatte, wo es weniger frische gnä' Herrschaft gab, die sie durch ihre unpassende Teilnahme störte. Um nicht zu stören, blieb sie ruhig sitzen, als der geschäftige Reisemarschall, von Abteil zu Abteil hastend, die Essenszeit ausrief wie eine Siegesnachricht. Auch als die zweite Serie des Mittagmahls verkündet wurde, rührte sie sich nicht vom Platz.

Da stand aber auf einmal der junge Kaplan Johannes Seydel vor ihr und lachte sie an:

»Was ist denn mit Ihnen, Fräulein Linek?... Ihre Suppe wird kalt...«

Sie erschrak und wurde backfischhaft rot...:

»Der Hochwürdige selbst«, stammelte sie, »nein, aber so was... Wenn ich bittlich sein darf... Ich hab keinen Hunger...«

»Das gibts nicht, liebes Fräulein Linek... Unser Reisetag heut ist sehr sehr lang... Man braucht schon seine Kräfte... Und dann, was soll das denn heißen, Sie haben doch Ihr Essen bezahlt...«

Er reichte ihr die Hände, damit sie sich leichter erheben könne und lenkte sie durch die langen Gänge zum Speisewagen. Sie aber mußte wieder vor sich hinlachen, weil ihr so eigentümlich zumute war.

Johannes Seydel hatte recht. Es war ein unendlich langer Reisetag. Teta sah am Fenster hohe Berge vorüberfliegen, die Wolken, Seen und Burgen Kärntens und dann das weiße Flußbett der Piave und anders geformte Häuser und eine neue Landschaft. In mancher Stunde sog sie all diese Bilder einer Welt in sich ein, die so wohltätig von der ihren sich entfernte, Meile um Meile dahinbrausend. In anderen Stunden wieder saß sie mit geschlossenen Augen da, willenlos in die Fahrt eingeschmiegt. Da aber nahte sich ihr wieder die verlassene Welt und verflocht sich mit der vorüberfliegenden. Die Stimme der Cikán drohte im gefährlichen Rattern des Tunnels: »Was schreist du, Tetilein? Was mein ist, ist dein. Was dein ist, ist mein.« Sogar der uralte Herr Prossnitzer tauchte auf und wurde eins mit dem Reisemarschall Josef Eusebius Kompert. Hinter allem aber steckte immer wieder der Neffe, der Wirkliche und Leibhaftige, und es war noch weit niederträchtiger von ihm, daß er sich irgendwo in einem Nebenabteil verborgen hielt, als wenn er sich in seinem hellgelben Anzug mit violetter Krawatte offen gezeigt hätte. In den Bergen von Gemona begann die Nacht. Der Vollmond wanderte im Fenster mit. Sonst war alles leer in der Welt. Die ermüdeten Menschen schwankten und schliefen. Auch Teta wußte nicht mehr, wo sie war.

Noch ein drittes Mal an diesem Reisetag kam der müden Pilgerin ihr Beschützer zu Hilfe. Endlich hielt der Zug in der wimmelnden Bahnhofshalle von Venedig. Schon in Mestre hatte der besorgte Reisemarschall von Abteil zu Abteil die Weisung erteilt, jeder möge seine Siebensachen auf die großen Loris der Gepäckträger legen und, ohne sich weiter darum zu kümmern, so schnell wie möglich dem Ausgang zustreben. Venedig sei bekanntlich eine Wasserstadt, und man versammle sich auf der Landungsbrücke des Dampfers nächst dem Bahnhof. – Die Familie Fleißig hielt mit großer Aufregung das Kupeefenster besetzt, um ihr gewaltiges Gepäck den Trägern hinabzureichen. Die dicken Töchter standen ächzend auf den Sitzbänken und holten, gehässig einander beschimpfend, die schweren Koffer aus den Netzen, was immer erst nach mehreren vergeblichen Bemühungen gelang. Frau Fleißig zählte und zählte die Stücke, wobei sie sich stets verrechnete und allemal mit einem Schrekkensschrei nach dem oder jenem vermißten Wertgegenstand begehrte. Der Herr Bezirksarmenrat stand erschöpft, sorgenschwer und müßig daneben, die ungeschickten Arbeiterinnen teils tadelnd, teils antreibend. Teta konnte zu ihrem Koffer nicht gelangen. Sie wartete in ihrer Art geduldig und gleichgültig, bis sich die raumverdrängende Pilgerfamilie Fleißig endlich mit herablassendem Gruße davongemacht hatte. Als sie dann mit ihrem Gepäckstück auf dem Bahnsteig stand, war sie ganz allein und verloren. Dort eilten die Fleißigs dahin, ohne sich um sie zu kümmern, und sie waren schon die letzten. Die Träger riefen ihr Worte zu, die sie nicht verstand. Sie fürchtete sich einerseits, die Reisetasche aus der Hand zu geben, und andererseits war sie zu schüchtern dazu. Die Träger rollten mit ihren hochgeladenen Loris unter Spottreden davon. Teta trippelte, ihren Koffer schleppend, den hoffnungslos langen Bahnsteig dahin. Schon aber kam ihr Seydel entgegengelaufen und riß ihr die Last aus der Hand. Hoch atmend blieb sie stehen:

»Das geht doch nicht... Das schickt sich doch nicht, daß der hochwürdige Herr selbst...«

Der Kaplan stellte sich in Positur und schaute sie streng an:

»Wissen Sie was, Fräulein Linek«, sagte er mit übertrieben tiefer Stimme, »wir schließen einen Vertrag miteinand, ich sag zu Ihnen nicht hochverehrliches Mitglied des Katholischen Jungfrauenvereines, und Sie nennen mich nicht ›hochwürdiger Herr‹... Pilger sind arme Seelen allesamt und nicht hochwürdig oder hochverehrlich... Kaplan Seydel genügt, oder Kaplan Johannes, oder wie Sie wollen...«

Er lachte. Teta aber kämpfte verzweifelt um die Reisetasche:

»Ich kanns selbst tragen, Herr Kaplan ... Ich bin ja gewöhnt, Sachen zu tragen, oh jemine ...«

»Mir scheint, Sie haben keine Ahnung, wie stark ich bin«, erklärte Seydel und wurde ganz gravitätisch, »beinah wär ich ein Berufsathlet geworden, ich hab sogar einen Preis bekommen einmal ... Passen Sie auf, Fräulein Linek ...«

Er legte den Koffer auf seine flachen Hände, warf ihn in die Luft, fing ihn auf, und dies fünf- oder sechsmal und immer höher. Leute sammelten sich. Es gab Applaus und lustige Zurufe.

»Nein, der Herr Kaplan, das ist ja großartig«, staunte Teta und plötzlich stieg ein Lachen in ihr auf, mit dem sie gar nicht zu Ende kommen konnte.

»Also wenn Sie unartig sind, Fräulein Linek, da nehm ich Sie genau so wie diesen Koffer und spiele Ball mit Ihnen ...«

Das Lachen füllte Teta bis in den letzten Winkel ihres Selbst aus. Es tat ihr alles weh und wohl davon. Die Müdigkeit war weg. Der Kaplan aber nahm ihren Arm und stützte sie leicht und kräftig, daß sie hinzuschweben meinte. Sie traten auf den Vorplatz des Bahnhofs. Schwarz und ölig tanzte das Wasser des Kanals, spitzte tausend beglänzte Lippen. Die Gondeln mit ihren messerscharfen Silberkielen schaukelten im Vollmond, zersplittertes Licht unter sich. Die Vaporetti hasteten vorüber, von der dicken Flut umlispelt, und stießen kurze, heisere, besorgte Rufe aus. Gegenüber die Kirchenkuppel war giftig grün angestrahlt. Der grelle Marmor hegte hinter jedem Vorsprung und in allen Nischen scharfgerissene Schlagschatten, wie aus Ebenholz geschnitzt. Dies war Venedig, wie man es von den Ansichtskarten kannte, welche die gnä' Herrschaft Argan vor Jahren Teta zugesandt hatte. Dort aber auf dem Ponton winkte schon der Reisemarschall Josef Eusebius Kompert und machte erbitterte Zeichen. Immer noch an Seydels Arm, betrat Teta das Schiff.

Die Familie Fleißig und auch andere noch wunderten sich über dieses ungleiche Paar. Der junge Kaplan aber tat nichts anderes, als was sein Meister ihn hieß, der die Mühseligen und Beladenen zu sich entboten hatte. Unter dieser bürgerlichen Pilgerschar war Teta verhältnismäßig die einzige, die auf diesen Ehrentitel des Evangeliums Anspruch besaß. Kaplan Seydel wußte, was er tat.

Sie aber wußte nicht, wie ihr geschah...

Der Tag begann recht zeitig.

Nach der Morgenmesse, beim Frühstück im Gasthof – es wurde wie jede Mahlzeit an drei langen, dicht besetzten Tafeln eingenommen – klopfte Josef Eusebius Kompert an seine Kaffeetasse und erhob sich. Der Reisemarschall, ein Meisterredner, ließ keine Gelegenheit vorüberstreichen, ohne das Wort zu ergreifen, und sei es auch nur zum Tagesappell:

»Herr Minister, Monsignore, Pilger und Pilgerinnen«, begann er knapp und schneidig, »wir haben die Donaunixen verlassen, um die Lagunenfeen aufzusuchen...« Mit der Mythologie ins Gedränge geraten, machte er eine große Gebärde auf den Prälaten hin. »Eine Auszeichnung und ein Glück, daß Monsignore bei uns ist, einer der größten Kunstgelehrten und Kenner Italiens, wie man weiß... Also, Entschuldigungen werden nicht angenommen, Müdigkeit wird nicht vorgeschützt, wir haben heute zu erledigen, wie folgt.«

Er setzte seine Brille auf und las die zu besichtigenden Sehenswürdigkeiten herunter wie eine Ordre de bataille:

»Piazza San Marco, die Basilika, Dogenpalast, Akademie der schönen Künste, Scuola San Rocco, die Kirchen Frari, Maria della Salute, San Trovaso... Mittags begeben wir uns zum Lido, an den Strand des Adriatischen Meeres...«

»Werden Sie das alles ›miterledigen‹ wollen, Fräulein Teta?« fragte zwinkernd der Kaplan, der Teta gegenübersaß. »Fühlen Sie sich frisch genug nach der gestrigen Reise?«

Sie nickte heftig. Nicht ein Winkelchen wollte sie versäumen. Es war ja eine Erinnerung fürs Leben, das ihr eine zweite Pilgerfahrt nicht mehr bescheren würde. Ihre Beine mußten mit, ob sie wollten oder nicht. Sie glich nicht der Fleißig und einigen anderen Jammerweibern, die jetzt noch in den Federn lagen und hatten sagen lassen, sie würden nicht mithalten diesmal, weil sie ja Venedig von früheren Reisen genau kennten und außerdem nach der langen Eisenbahnfahrt sich ihre Haare müssen waschen lassen.

Teta stapfte tapfer los an ihrem Stock. Und niemand wußte es, nicht einmal sie selbst, welch ungeheure Willenskraft und Selbstüberwindung es sie kostete, Schritt zu halten mit den gesunden anderen. Was für diese eine interessante Besichtigung und ein fröhlicher Bummel war, das bedeutete für Teta einen schrecklichen Bußgang, einen echten Passionsweg, als hätte sie all die zahlreichen Stationen eines Kalvarienbergs auf den Knien emporrutschen müssen. Jeder Schritt war Feuerqual, bei der sich das matte Herz zusammenkrampfte. Und dann, sie durfte ja keine Miene verziehen, nicht durch das leiseste Wimperzucken und durch kein Räuspern verraten, was sie litt. Das war sie dieser Pilgerfahrt zu vierhundert Schilling und sich selbst schuldig. Man könnte hier von einem umgekehrten »Noblesse oblige« sprechen. In diesem Falle verpflichtete die »Niedrigkeit«. Das wäre ja noch schöner gewesen, daß sie, die letzte in dieser Pilgerschar, sich wehleidig zeigte, mit ihrem alten Kadaver Geschichten machte und die Herrschaften im Genusse der venezianischen Sehenswürdigkeiten störte. Also immer wieder die Zähne zusammengebissen und vorwärts!

Die wilde Sonne geißelte den unüberwindlich großen Platz und sog sich fest in Tetas schwarzem Kleid, daß es schwer war wie das Gewand einer Ertrinkenden. Wie ferne lag, von riesigen Fahnen umflattert, das golden bunte Portal der Kirche! Teta marschierte drauflos, unaufhaltsam wie ein kühner Soldat im Kugelregen. Ihr Gesicht war breit auseinandergezerrt und zu allem entschlossen. Ein oberflächlicher Beurteiler hätte sie für eine böse alte Frau halten können. Die Jugend unter den Pilgern machte sich ans Taubenfüttern. Teta aber schenkte keinen Blick den berühmten Vögeln von Sankt Markus, die wie geflügelte Schleier scharenweise aufwehten und zurückwallten in einem unfühlbaren Winde. Durch diesen erwünschten Aufenthalt gelang es ihr, nicht nur nicht zurückzubleiben, sondern unter den ersten die kühle Vorhalle des Domes zu erreichen. Das Dunkel brachte Linderung der Schmerzen. Auch schob man sich hier unter der Menge nur langsam weiter, was auch ein Vorteil für ihre Beine war. Teta sah sich nach einer Bank um. Da winkte sie Monsignore, der pyramidenförmige Prälat, leutselig zu sich heran:

»Kommen Sie nur, liebe Frau«, lächelte er, »und bleiben Sie dicht bei mir...«

Der Prälat hatte die Führung persönlich übernommen. Er war wirklich ein Kunstkenner und Historiker von Rang. Wie es die Art aller Eingeweihten ist, brannte er darauf, die Unbelehrten an seinem Wissensborne schwelgen zu lassen. Er wandte sich vorzüglich an Teta mit seinen Erklärungen, die er um ihretwillen in ein kindlich volkstümliches Gewand kleidete. Seiner gründlichen Natur entsprechend, legte er auf Vollständigkeit den höchsten Wert. Nichts an Wissenswertem blieb seinem Gefolge geschenkt. Alle drei Schritte machte man Halt, und dies war Teta höchst willkommen. Nicht willkommen hingegen war das ewige Halsverdrehen und Kopfzurückbiegen, das die Betrachtung der Mosaiken in Kuppel und Wölbung erforderte. Man glaubte, den Kopf im Nacken, die Besinnung verlieren zu müssen, während der hohe Herr ausführlich den morgenländisch-byzantinischen Charakter der Christus-Figur deutete und auf die bildlichen Kennzeichen hinwies, die im Paradiese den Baum des Lebens vom Baum der Erkenntnis unterschieden. Ein Diner für zwanzig Personen war leichte Mühe dagegen. Der Prälat lächelte schlau und erkor aus den Nächststehenden eine kleinere Gruppe, unter der sich selbstverständlich auch die arme Teta befand. Sie mußte mit diesem unnachgiebigen Führer in die Krypta und Schatzkammer hinab und ein entsetzlich steiles Treppenwerk zur umlaufenden Galerie emporsteigen. Dort hielt sie sich am Steingeländer fest, während sie meinte, ein kochender Wasserstrudel reiße ihr die Beine unterm Leibe fort. Christus und Adam und Eva und die Erzväter und Gold und Malachitgrün und Lazulithblau und das schallende Gedämmer drehten sich langsam feierlich um sie. Monsignore hatte trotz seiner Pyramidenförmigkeit einen leichten federnden Schritt. Wissen beflügelt die Korpulenz. Er zwängte sich geschickt durch jede Enge, neigte sich ohne Schwindel weit über den

Abgrund, vollführte tiefe Kniebeugen, blieb minutenlang in schwieriger Hockstellung, wenn es galt, ein köstliches Detail ins rechte Licht der Erklärung zu rücken, – und immer forderte er Teta als erste auf, es ihm gleichzutun. Durfte man wagen, einem Geweihten und noch dazu einem Geweihten dieses Ranges mit Teilnahmslosigkeit, Lässigkeit oder gar mit Ungehorsam zu begegnen? Teta also zwängte sich durch, neigte sich über den Abgrund, vollführte tiefe Kniebeugen, verblieb minutenlang in schwieriger Hockstellung und wagte es nicht einmal, trotz Schmerz und Schwindel, die Augen zu schließen. Sie hauchte immer wieder, starr vor Bewunderung, »nein, aber so was« und nickte und schüttelte den Kopf, damit weder Monsignore noch ein anderer bemerkte, daß ihre Seele einzig und allein damit beschäftigt war, ihren bresthaften Leib aufrechtzuhalten.

Als man dann wieder draußen stand, gottlob, im durchstrahlten, menschendurchschwärmten Portikus, trat der flotte Josef Eusebius an Teta heran, zwinkerte listig, strich mit beiden Händen den kurzen grauen Backenbart und fragte triumphierend:

»Nun, was sagen Sie, Fräulein Linek, zu unserem Monsignore? Das sind Kenntnisse, da fehlt kein I-Tüpfel, da haben wir was gelernt fürs Leben... Und wie gefällt Ihnen Venedig?«

Teta nickte zustimmend und schüttelte bewundernd den Kopf, eines nach dem andern:

»Ja, das ist eine Pracht«, sagte sie.

»Das will ich meinen«, bestätigte der Reisemarschall und gab durch seinen Gesichtsausdruck zu erkennen, daß er höchlich mit sich zufrieden sei, daß er alles aufs schönste zu lenken wisse, daß seine Pilgerfahrten bekanntlich besser klappten als die anderer Veranstalter, einschließlich Seiner Eminenz, denn bei ihm gebe es echt christlicherweise kein Hoch und kein Niedrig.

Teta aber mußte ihr altes Sprüchlein von der Pracht an diesem Tage noch oft wiederholen. Sie sagte es angesichts der Piazzetta und des vanillecrème-farbenen Dogenpalastes her, obgleich ihr dieser ziemlich merkwürdig vorkam. Er war wie umgekehrt. Der schwere obere Teil lastete auf dem durchbrochen leichten untern. Wie wenn jemand eine Schaumbäckerei auf den Kopf gestellt hätte. Aber es half nicht. Sie mußte sich durch die langen spiegelglatten Säle des Palastes schleppen und Monsignores lükkenlosen Belehrungen über die Geschichte Venedigs lauschen, über den geheimnisvollen Rat der Zehn und den steinernen Löwenrachen, der ein Postkastl für anonyme Briefe war. Nicht erlassen wurden ihr die Seufzerbrücke und die Gefängnisse unter den Bleidächern, wo es wiederum viel Gekrieche und Gehocke gab. Mittlerweile versteinten die Schmerzen in ihren Beinen sonderbar. Es war aber gut so. Sie ging wie auf schweren steifen Säulen, die jedoch nicht mehr brannten und stachen. Manchmal suchte ihr Blick den Kaplan Johannes. Der aber schien sie vergessen zu haben, kümmerte sich nicht mehr um sie. Warum soll er sich um dich kümmern, der Hochwürdige, der liebe, schalt sie sich selbst, du dumme Gans, du Alte, du Niedrige?!

Jetzt löste die Batterie aus San Giorgio den Mittagsschuß. Er brachte die Erlösung. Monsignore unterbrach die Schule. Die Pilger, alle mit ihrem weißen kreuzgeschmückten Band überm Arm, versammelten sich auf dem Schifflein, das zur Lido-Insel hinausfuhr, und Teta durfte niedersitzen. Sie atmete rasch vor lauter Wonne. Es war, wie wenn eine gewaltige Hand einen feurig wallenden Vorhang von ihren Augen weggezogen hätte. Die Welt wurde leicht und heiter. Es gab so viel zu sehen plötzlich ohne Sehenswürdigkeiten. Wie die Lagune, dieser weite stahlfarbene See, mit kleinen Wellchen das Schiff mutwillig umtanzte, mit einer Herde gleichsam, einer Wellenherde spitzköpfig hüpfender Tiere. Wie die flirrende Stadt mit ihren Gestaden vorüberzog, aufgelöst jedes Haus, jede Kirche, jeder Campanile, das Geschiebe der Dächer, die viereckigen Altane, alles geschmolzen, Venedig feuerflüssig aus dem Hochofen des Mittags quellend. Wie die Frauen hier in ihren schwarzen Spitzentüchern anders die Kinder trugen als die Weiber der Heimat. Wie man hier viel welker alt und viel lauernder jung war als zu Hause. Oh, Teta hatte immer ihre hellen Augen gehabt, um scharf zu beobachten, und oft war die gnä' Herrschaft Argan erstaunt gewesen, was sie alles zu sehen vermochte und in ihre kargen Worte kleidete.

Dann saß man wieder an mehreren Tafeln bei der Mahlzeit, dicht eingezwängt einer neben dem anderen. Man saß auf einer luftigen Terrasse und Teta hatte das Meer vor sich. Sie sah es zum erstenmal im Leben, und es griff ihr anfangs angstvoll ans Herz, mehr noch als die schroffen Felsgestalten des Toten Gebirgs sie einst angegriffen hatten. Es war hier draußen ein dunstiger Tag und ganz windstill mit einem Male. Die Fläche lag bewegungslos, ein mit Atemhauch stellenweise mattbeschlagener Spiegel. Eine Grenze zwischen Himmel und Meer bestand nicht. Sie waren aus einem Stück. Das Meer war verflüssigter Himmel und der Himmel verflüchtigtes Meer. Sie bildeten beide ein unendliches Silbernichts, das sich nirgends entzweibrechen ließ. Manch einer hätte angesichts dieser trägen Unendlichkeit gedacht: Kanns wirklich so schlimm sein, sich aufzulösen, zu verschwinden in diesem Silbrigen, aufzugeben die schmerzhafte Person, die doch zumeist aus brennenden Krampfadern besteht, aus Atemnot, Gallenschmerzen und Verstörtheit jeder Art? Verloren zu sein als schläfriges Nichts im schläfrigen Nichts? Manch einer hätte dies denken können, nicht aber Teta. Sie war nicht geschaffen zu solch schwächlichen Anwandlungen eines bequemen Pantheismus. Sie bestand mit allem Nachdruck auf der Ewigkeit ihrer einmal geschaffenen Person und deren vollkommener Instandhaltung bis ans Ende aller Dinge. Der Betrug des Neffen hatte nur die Ausführung ihres Lebensplanes verwirrt, nicht aber dessen Sinn und Ziel. Sie war müde zum Sterben, aber so sterbensmüde war sie wieder nicht, um sich selbst verlieren zu wollen, um sich ohnmächtig preiszugeben dem streng geregelten Verlauf der jenseitigen Ereignisse, der sie erwartete. So träumerisch und fiebermatt ihr auch zumute war, sie hielt ihr heiliges Ich – was unsterblich ist, das ist auch heilig – mit eisernem Willen fest in jeder Minute. Sie aß nur sehr wenig und vorsichtig von den Spaghetti, den kleinen gebackenen Fischen und dem Käse. Dafür trank sie zwei Gläser des üppigroten Veroneser Weins, und diese gaben ihr den Mut, den Aufgaben des Nachmittags mit Ruhe entgegenzusehen. Kaplan Johannes Seydel saß an einem andern Tisch.

Schon hatte sich der Meisterredner Josef Eusebius wieder erhoben und forsch kams von seinen Lippen:

»Müdigkeit wird nicht vorgeschützt... Entschuldigungen werden nicht angenommen...«

Nun hieß es wieder ohne Gnade, sich zusammenreißen, aufbrechen, die Elektrische besteigen, dann ein Schiff und wieder ein Schiff, um endlich vor der Akademie der Künste zu landen. Diesmal aber blieb Teta schlau zurück, entzog sich der lichtvollen Führung Monsignores und blieb inmitten eines großen Saals auf dem Rundsofa ruhig sitzen. Mit entsetzten Augen betrachtete sie ein riesiges Gemälde, auf dem der heilige Markus von Henkershänden vom Turm geschleudert, mit verrenkten, mantelumknatterten Gliedern im Sturz über der Erde schwebte, jetzt und für alle Zeit. Gleichgültige Gruppen von Venezianern standen auf diesem Bildwerk herum, betrachteten die grausame Hinrichtung nur mit einem halben Auge und schienen sich in der Abwicklung ihrer Handelsgeschäfte nicht wesentlich stören zu lassen.

Teta begriff diese Gleichgültigkeit der Bildfiguren nicht. Sie begriff auch nicht die Gleichgültigkeit der Beschauer, die mit ihrem roten Büchlein in der Hand an diesem Greuel lässig vorüberschlenderten. Es liegt ein großer Unterschied darin, wie ein Gebildeter und wie ein Ungebildeter ein Kunstwerk betrachtet. Der Gebildete gibt unverzüglich zu erkennen, daß der dargestellte Gegenstand für ihn keine Rolle spielt. Er zückt sogleich seine kennerische Rechte, mit der er die wichtigste Kurve der Komposition schwungvoll nachzeichnet. Angesichs des stürzenden Heiligen spricht er von der meisterhaften Verkürzung, dem Scurzo des Körpers. Wenn ein Hündlein auf einem Bild nach der herausgeschnittenen Zunge des Märtyrers schnappt, lobt er den Farbauftrag und die spielerische Manier dieser Einzelheit. Gebildet sein heißt gewissermaßen in den Kulissen stehen und das Schauspiel des Lebens und der Kunst als Habitué von hinten beobachten zu dürfen. Bildung wird also jener sauer erworbene Zustand genannt, welcher es einer gewissen Menschengruppe erlaubt, sich durch nichts imponieren zu lassen, weil sie selbst zu wissen meint, wie es gemacht wird. Bildung ist ein Rettungsring wie jeder andere. Wer ihn umgeschnallt hat, der gehört nicht mehr zu den Ausgelieferten, die geistig mit den Wellen kämpfen müssen. So stammt dieser wie jeder andere Snobismus aus dem urtümlichsten Streben des Menschen, welcher der ungeheuren Preisgegebenheit seines Daseins auf jede Weise entrinnen will. Der Ungebildete aber ist der Ausgelieferte schlechthin. Er ist dem Gegenständlichen des Lebens rettungslos verfallen und somit auch dem der Kunst, sofern er eine Seele besitzt. Beim Anblick der herausgeschnittenen Zunge, nach der das Hündlein schnappt, wird ihm übel. Er ist auch nicht fähig wie der Gebildete, fünfundsiebzig Gemälde in einer halben Stunde zu verschlingen. Nach Versenkung in ein einziges schon taumelt ihm der Kopf.

Oh, wie fühlte Teta sich übel, wie taumelte ihr der Kopf! Und dennoch gab sie sich noch immer nicht geschlagen. Ein wenig später in der Kirche der Frari, derselben, wo Tizians Himmelfahrt als Altarbild hängt, stand plötzlich der Kaplan Seydel neben ihr und nahm sie bei der Hand:

»So, Fräulein Linek, genug für heut, mein ich... Ich wollt vorhin dem Herrn Prälaten nicht ins Handwerk pfuschen... Aber jetzt müssen Sie sich ausruhen... Kommen Sie, ich hab etwas für uns entdeckt...«

Er lachte Teta mit seinem hellen, knabenhaften Gesicht an und führte sie in eine stille Seitenkapelle, wo sie sich im Gestühl niederließen. Der Sakristan zog mit einer Stange den Vorhang vor einem dreiteiligen Altarbild fort. Von der mittleren Tafel blickte die lieblichste Madonna des alten Giovanni Bellini auf sie herab.

»Ich wette, auch Sie haben solche Bilder gern, Fräulein Linek«, sagte der Kaplan mit einer verliebten Stimme.

Teta gedachte ihres betenden Klausners in prächtigem Farbdruck über den schmalen Betten ihrer verschiedenen Mägdekammern und bejahte heftig:

»Mit Erlaubnis, immer hab ich die heiligen Bilder so gern gehabt...«

Seydel schirmte seine Augen mit der Hand und murmelte:

»Und das dort ist eines der schönsten Bilder, die es überhaupt auf der Welt gibt...«

Teta nickte vollkommen überzeugt, obgleich ihre müden Augen in dem schwachen Licht nur die sanfte Bläulichkeit des Mantels, die Malvenfarbe der Gewandung und den süßen Fleischton des Kindes wahrnahmen. Der Kaplan, durchaus kein Schwärmer sonst, sondern ein kräftiger lustiger Mann, blickte verklärt. Er sprach vor sich hin, als säße nicht die alte Dienstmagd Teta Linek neben ihm, sondern eine wissende Seele seinesgleichen:

»Sehen Sie nur, liebes Fräulein Linek, diese dort, das ist wirklich die Jungfrau, die unberührte und unberührbare. Solche Hände, so fein, so lang, so spitzfingrig, so durchsichtig, die hat heute keine Lady, keine Gräfin, keine Fürstin, deshalb können solche Hände auch nicht mehr gemalt werden. Einmal aber wurden sie gemalt, einfach deshalb, weil die Maler Vorbilder für sie fanden... An den Händen zeigt sich unsere ganze Verderbtheit und Ordinärheit, oh wir Armen, mit unserer harten Arbeit, unserem Sport, unserm Trubel. Unsere jungen Frauen bedekken ihre Fingernägel mit Lack, aber es hilft nichts, sie können es nicht verbergen, daß ihre Hände abgegriffen sind und sich mit allem beschäftigt und alles berührt haben... Und doch, man spürt ganz genau, daß auch die Hände der Jungfrau dort ihre schwere Arbeit tun, sie wickeln den Bambino um, sie waschen Windeln, sie kochen und nähen... Diese Jungfrau ist ganz Jungfrau und doch auch ganz Mutter... Es ist so, als ob eine blaue Schwertlilie Mutter sein könnte, einem Blumenschoß ist das Kind entsprossen...«

Teta blickte auf ihre bräunlich verschrumpelten Hände hinab, beinah erschrocken. Seydel sah es und lachte:

»Die Ihren sind schon ganz richtig, Fräulein Linek.« Dann stand er auf:

»Jetzt sind die anderen bestimmt fort«, sagte er, »und wir haben unsere Ruh...«

Teta saß noch immer da und schien mit einem schwierigen Gedanken nicht fertig zu werden:

»Und haben der Herr Kaplan auch noch eine gnä' Frau Mutter«, fragte sie nach einer Weile.

Er habe weder Vater noch Mutter, erwiderte Seydel, sie seien beide gestorben, als er neun Jahre alt gewesen.

Teta nickte, als habe sie nichts anderes erwartet und sei gar nicht unzufrieden damit. Sie sah voll zu ihm auf:

»So haben der Herr Kaplan niemanden mehr«, erkundigte sie sich, jedes Wort betonend.

»Nein, Fräulein Linek, so schlimm ist es nicht... Ich hab wahrhaftig nichts entbehrt. Meine ältere Schwester, die ist besser zu mir als jede Mutter. Sie hat mich großgezogen, studieren lassen, ihr verdanke ich so gut wie alles...«

Teta nickte wiederum, als habe sies genau so erwartet. Dann glitt ihr Blick prüfend zu Bellinis Madonna hin. Ihre Gedanken schienen an folgender Feststellung recht lange gearbeitet zu haben:

»Es ist sehr gut, daß der Herr Kaplan eine gnä' Frau Schwester hat...«

»Fräulein Schwester«, verbesserte Seydel lachend, »ein Fräulein wie Sie... Nicht ganz so freilich... Aber immerhin, die Iren ist auch schon fünfundvierzig...«

Nach diesen Worten erhob sich auch Teta, als wisse sie nun genug. Sie verließen den Raum, denn der ungeduldige Sakristan hatte den Bellini wieder verhängt. Der Kaplan reichte Teta den Arm. Trotz der verschlungenen Passionswege dieses Tages fiel es ihr jetzt nicht mehr schwer, langsam dahinzuschlendern. In einem kleinen Café aßen sie Gefrorenes, dieses sonderbare Paar.

Kaplan Johannes hatte auf der Straße ein paar tiefrote Nelken gekauft und sie in Tetas Hofzimmerchen stellen lassen, das sie allein bewohnen durfte. Es war noch heller Tag. Sie aber lag in ihrer Erschöpfung auf dem Bett und starrte unaufhörlich die brennenden Nelken in der schmalen Vase an. Niemals ihr Lebtag hatte jemand Teta Blumen geschenkt. In Grafenegg war sie oft in den Wald gegangen, um Seidelbast zu pflücken, Knabenkraut, Zyklamen und hochstengligen Enzian, jedes zu seiner

Zeit. So hatte sie immer mit eigener Hand dafür gesorgt, daß ihre eifersüchtig versperrte Kammer mit frischen Blumen geschmückt war. Daß aber ein anderer Mensch, ein junger Mann noch dazu, ja ein geweihter Priester sogar, eigens hinging und ihr schöne Nelken kaufte wie einer gnä' Herrschaft, das ließ sich so schnell und so leicht nicht fassen.

So wars trotz aller Müh und Schmerzen heut doch ein großer, ein erfüllter Tag gewesen, dachte Teta hoch atmend auf ihrem Lager. Und sie freute sich aus ganzer Seele auf die nächsten Tage, es waren ja noch volle elf, und sie trug keine Sorge, daß ihre Beine standhalten würden. Was immer sie aber auch dachte, der Kaplan Seydel wollte nicht aus ihrem Sinn weichen. Der Raum um sie war ausgefüllt von seinem guten Lachen, seiner jungen Kraft, die mit Reisekoffern Ball spielte und sie, eine Zusammenbrechende, wiedererweckt und die längsten Wege spielend geleitet hatte. Was durfte sie nur tun, um sich ihm angenehm, liebreich und dankbar zu erweisen? Ihre fieberhafte Phantasie kreiste unablässig um diese schwierige Frage. Sie fand stets nur dieselbe Antwort, die freilich mehr den eigenen Wünschen diente als der Dankerstattung. Könnte sie doch sorgen für diesen Geweihten, sein Mahl bereiten, seine Wohnung hüten, seine Wäsche ausbessern und sich dieser stummen unbemerkten Tätigkeit ganz hingeben! Es war die reinste Narretei. Der Hochwürdige brauchte nicht ihresgleichen. Er besaß eine sorgliche Schwester, eine gnädige Dame, die hatte ihn aufgezogen und studieren lassen wie sie den Neffen Mojmir Linek. Gott aber hatte das Fräulein Seydel in ihrem Bruder gesegnet und Teta in ihrem Neffen verflucht. An diesem furchtbaren Urteil ließ sich nicht mehr rütteln! Und dann, jene Schwester, die auf den schönen Namen Iren hörte, war erst fünfundvierzig, stand also im kräftigsten Alter, während sie, Teta, schon siebzig vorüber war und daher am Rand des Grabes.

Im Sturze all dieser verwegenen Träumereien überflutete sie jäh ein schreckhaftes Erstaunen. Sie glaubte plötzlich zu verstehen, was sich doch gar nicht verstehen ließ. Das war kein Zufall. Der Herrgott hatte ihr zuerst den Schilling vor der Kirchentür hingeworfen. Als sie nichts merkte, hatte der Herrgott sie selbst vor der Kirchentür hingeworfen. Warum? Nur damit sie die Ankündigung der Pilgerfahrt lese. Nur damit er sie auf diesen Weg führe. Nur damit sie nach dem Unwirklichen und nach dem Wirklichen dem Einzig-Richtigen begegne, ihm, der kein Verklärter auf einer Photographie war und kein lumpiger Spitzbube und Gottfopper, sondern heilig und lustig zugleich. Es war nicht auszudenken, dieses Wunder. Aber was sollte sie mit dem Wunder anfangen? Eine leibliche Schwester war da, das gnä' Fräulein Iren, eine Gesegnete, und sie besaß den unteilbaren Anspruch auf den vollen Lohn. Ihr seliges Plätzchen auf Erden und in der himmlischen Stadt war beneidenswert gesichert und zugerüstet. Hatte der Herrgott Teta mit dem Einzig-Richtigen nur zusammengeführt, um ihr grausam zu zeigen, was verloren und vertan war durch ihre eigene verzwickte Mitschuld an dem Betrug des Neffen?

Es muß aber gesagt werden, daß diese theologischen Grübeleien Teta heute weit weniger bewegten als sonst. Sie konnte und konnte sich Johannes Seydels nicht erwehren, dessen Gesicht, dessen Stimme, dessen Lachen sie in bestürzenden Annäherungen unaufhörlich umgaukelte. Da ertappte sie sich plötzlich auf einem furchtbaren Gedanken, den man auch um der ewigen Seligkeit willen niemandem hätte beichten dürfen. Und dieser verbotene Gedanke wurde zum noch verboteneren Wort, das sie mehrmals ausstieß, ohne es zu wissen:

»Tät er nur mir gehören, er, tät er nur mir gehören!«

Dir gehören? Als was? Als Bruder? Ja als Bruder! Dazu bist du zu alt, zu uralt, du dumme Mittagshexe! Dann sollte er mein Sohn sein und ich seine Mutter!? Du eine Mutter!? Lachst du nicht selbst!?

Was hilft das Lachen? Tät er nur mir gehören! Bellinis Madonna huschte vorbei. Teta aber wandte sich von den Nelken ab und drehte ihr schamrotes Gesicht zur Wand.

Kapitel zehn

In den Katakomben

Teta hatte standgehalten, trotz des Santo in Padua, der Giotto-Kapelle und der Mantegna-Kapelle, trotz des Spaziergangs beim Petrarca-Haus in den eugeneischen Hügeln, trotz Bologna, trotz der Uffizien, des Palazzo Pitti, der Boboli-Gärten in Florenz, trotz Fiesoles, San Gimignanos und Sienas. Ihrer vernünftigen Natur gemäß und mit Unterstützung des jungen Kaplans hatte sie eine besondere Technik entwickelt, die es ihr erlaubte, sowohl bei jeder einzelnen Partie mitzuhalten, als auch gefährlichen Überanstrengungen aus dem Weg zu gehen. In den Kirchen und Bildergalerien nämlich setzte sie sich sogleich abseits und ließ geschickt die Pilgerkarawane unter Monsignores eifriger Führung an sich vorüberwandern. Oft schlug sich dann Johannes Seydel listig zwinkernd zu ihr, machte seine Scherze oder begann ein Bild zu erklären, nicht in volkstümlicher Ausgabe wie der Prälat, sondern in achtlosem Selbstgespräch, als zweifle er nicht daran, daß eine Frau wie Teta Linek seinen Worten werde folgen können. Und sie folgte ihnen auch mit durstiger Seele. Wenn Seydel an sie herantrat, wars immer zuerst ein Schreck, eine Angst, ein Fluchtgedanke und dann dieses lustvolle Durcheinandergeraten aller Empfindungen. Sie sagte zwar jedesmal und es wurde zu einer ihrer Formeln:

»Der Herr Kaplan sollten nicht bei mir sitzen. Der Herr Kaplan gehören doch zu den Herrschaften ... Hochwürden und der Herr Minister haben das sicher nicht gern und werden nach dem Herrn Kaplan fragen ...«

Dann brach Seydel jedesmal in spöttisches Gelächter aus:

»Wollen Sie unbedingt, daß ich mich zu Tode langweil, Fräulein Linek ...? Ich bin doch ein ehrgeiziger und ungeduldiger Mensch und laß lieber selbst mein Licht leuchten, als daß ich den Belehrungen anderer zuhör ...«

Darauf lachte auch Teta immer wieder ihr tiefes gurrendes

Lachen. Weiß Gott, es war nicht auszudenken. Das erträumte Ideal ihres Lebens ging da neben ihr in purster Vollkommenheit und doch in Fleisch und Blut, wenn auch nur für wenige Tage. Wär der wirkliche Neffe nicht nur der Unwirkliche auf der Photographie gewesen, sondern ein Erzengel in Person, der Traum hätte sich nicht herrlicher erfüllen können. Ein Mittler war neben ihr und war jung und stark und schön und verstand es auf unbegreifliche Art, wenn er schwierige Worte sprach, sie selbst, den dummen alten Dienstboten, emporzuheben zu seiner eigenen Überlegenheit. Und doch, es war nur ein grausames Gaukelspiel. Am Donnerstag nächster Woche würde es vorüber sein, und sie selbst blieb dann doppelt allein mit dieser greulichen Last der Neffenbriefe in ihrem Täschchen. Das war es auch, was die Ebbe und Flut ihrer Freuden so angstvoll machte und was zwischen ihr und dem Kaplan Johannes dunkel drohend stand.

Eine Pilgerfahr ist mit außergewöhnlicher religiöser Sorgfalt verbunden. In Bologna hatte Josef Eusebius Kompert verkündet, daß in der Metropolitan-Kirche zu San Petronio mehrere deutsche Beichtiger den Wallfahrern zur Verfügung ständen. Die ganze Schar war auch zur Beichte gegangen, allen voran diesmal die raumverdrängende Familie Fleißig. Nur Teta hatte sich nicht überwinden können, sondern knapp vor San Petronio einen andern Weg eingeschlagen. Wie war ihr das Herz stehengeblieben, als sich Johannes Seydel verwundert umblickte und ihr lange nachschaute, als sie sich kleinlaut davonschlich. Während die anderen ihren frommen Pflichten oblagen, ging sie zu einem Bandagisten – es gab so viele Bandagisten in Bologna – und probierte für ihre wunden Beine Gummistrümpfe an. Obgleich diese Strümpfe ihre Schmerzen zurückdrängten und gleichsam von ihr selbst entfernten, so bedeuteten sie doch ähnlich wie das schwarze Tuchkleid ein unbewußtes Werkzeug der Buße, denn sie verschärften die sommerliche Hitze Italiens bis an die Grenze des Erträglichen. Ja, die Hitze brannte höllisch außen und innen. Und innen wahrhaftig nicht weniger, denn Teta sehnte sich von Tag zu Tag schmachtender, ihr Herz auszuschütten und Absolution zu finden für ihre Mitsünde an der Lumperei des Neffen. Noch aber war sie nicht imstande, ihre Lippen zu öffnen, und trottete neben den anderen wie ein schwarzes Schaf durch die Hitze.

Nirgends aber war es heißer als heut und hier auf dem Platz von Sankt Peter zu Rom. Und es hatte eben erst neun geschlagen an diesem Strahlenmorgen des Pfingstsonntags. Wie ein Geysir schoß der kochende Obelisk in die Höhe. Das doppelte Halbrund der Säulenhallen – diese offenen Arme des Apostels, mit welchen er die ganze Welt an seine Brust zieht – schien sich in der Glut zu krümmen. Die Riesengestalten auf dem Portikus der Kirche standen schlaff, wankten im flirrenden Licht, wie vom Sonnenstich getroffen. Die Hitze bildete ein weißliches Medium, ein atmosphärisches Spinngewebe, das zwischen Himmel und Erde aufgehängt war, den Blick nach oben verlegte und die Atemzüge der Menschen kürzer und rascher gehen ließ.

Auf dem Platz von Sankt Peter, dieser mittelsten Mitte des katholischen Universums, hatten sich viele Tausende aus der ganzen Welt eingefunden. Pfingsten war vielleicht das freudvollste aller Jubelfeste, denn es verkündete die Allsprache der feurigen Zungen, die Ausgießung des Geistes über die Erde und war nicht gebunden wie Weihnachten und Ostern an die Stationen der menschlichen Natur, an Geburt, Leidensweg und Tod. Wie die Sonne, so trat auch die Kirche in die Jahreszeit ihres höchsten Triumphes, denn heute, da der zeugende Frühling dem gebärenden Sommer entgegendrängte, heute übernahm der Spiritus Sanctus die Königsmacht über den Kosmos. Daß aber – was in der irdischen Ordnung undenkbar schien – Macht und Geist in einen Meridian zusammenfielen, das war der Vorschein des Gottesreichs hienieden, wie immer die Gläubigen es sich ihrer Fassungskraft nach vorstellten, als ruhigen Schlummer jenseits, als behagliches Treiben in der himmlischen Pensionopolis, als Aufgehobenheit des geschaffenen Ichs über alle Begriffe oder auch nur als gerechtere Zukunftsverfassung der menschlichen Welt. Sie waren aus aller Herren Länder gekommen, um das Triumphfest an Ort und Stelle zu feiern, bei dessen

Hochamt der Papst persönlich zugegen sein würde. Es wurden um diese Zeit auch die letzten Pilgerempfänge vor den Ferien abgehalten, denn der schwerkranke Pius wollte schon in den nächsten Wochen seinen Sommersitz zu Castelgandolfo aufsuchen.

Pilgerzüge, bäurische und bürgerliche, Kongregationen, Seminarien, Vereine sammelten sich unter Bienengesumm und strömten den Pforten Sankt Petri entgegen. Man vernahm alle möglichen Sprachen. Man sah vielfarbige Gewänder. Die feuerroten Soutanen eines bekannten römischen Seminars stachen freudig aus der Menge. Doch nicht nur die Gewänder waren vielfarbig, sondern auch die Gesichter. Dort führte ein Negerbischof seine dunkle Herde, die mit gaumiger Inbrunst ihre Kirchenlieder sang, man erkannte nicht, obs lateinisch war, englisch oder eine Eingeborenensprache. Gruppen von Arabern, Hindus, Chinesen, Japanern standen umher. Johannes Seydel fühlte eine dumpfe Ergriffenheit. Hier war die Einheit unter den Menschen geschaffen. Diese Einheit war wirklich, wenn auch nicht vollständig. Und diese Einheit war universal wie nichts anderes auf Erden, denn sie erstreckte sich quer durch alle Rassen und alle Klassen. Es war auch die einzige Einheit auf Erden, deren Zweck nicht darin bestand, gegen irgend etwas gerichtet zu sein. Seydel dachte an die grauenvollen Irrlehren daheim und überall. Sie vergötzten die Teile, sie beteten das Fleisch an unter beiderlei Gestalt, als Blut und Art oder als Masse und Wirtschaftsform. Sie kannten in ihrem scharfsinnigen Schwachsinn nur einen Feind, und das war der Herr dieses Sonntags, der Liebesgeist. Die Jugend aller Nationen jubelte vor Vergnügen, weil man ihr den Geist aus dem Wege geräumt hatte, weil man sie ohne Unterschied im Animalischen ansiedelte, weil man ihr die Last der Freiheit abnahm, weil man sie zu keinem Gedanken kommen ließ und ihre innere Leere mit der Wollust des Hasses und der Geschwindigkeit anfüllte. Was sollte werden aus dieser Welt, in der kein junges Gesicht mehr vom Spiritus Sanctus ergriffen schien. Und auch die gutwilligen Ärzte wußten nichts Besseres, als das schwache Gegengift einer wurzellosen und unbegründeten Moral zu verordnen. War diese ergreifende Einheit vor und in Sankt Peter nur mehr der Nachklang einer schon vergehenden historischen Wirklichkeit oder war sie tatsächlich der Fels, der die Zeiten überdauern würde, und die Pforten der Hölle vermochten nichts gegen sie? Fand man nur mehr in den Augen alter alter Dienstmägde, in Teta Lineks hellen Augen, jenes sonderbar ruhevolle Glaubenszeichen, das ihn, Johannes Seydel, sogleich in Verwunderung gesetzt hatte? Die anderen, mein Gott, die anderen waren mittelmäßige Spießbürger, Kanonenfutter des Weltgeistes in Soutane oder Bratenrock, all diese Prälaten, Minister, Hofräte und Krämer mit den dazugehörigen Weibern. Sie würden umfallen und weggeweht werden beim ersten Angriff. Denn der Feind besaß die besseren Soldaten.

Die Pilgerschar aus Wien stand in guter Ordnung vor den mächtigen Treppenreihen der Basilika. Heute waren alle schwarz gekleidet, Männer und Frauen. Man ertrug die Bergeslast der Hitze und deren atemverschlagenden Dunst, ohne zu murren. Links und rechts strömte es in unaufhörlichen Wirbeln die Treppen empor. Josef Eusebius, der Reisemarschall, lief die Glieder seiner Kompagnie keuchend auf und ab, wie er die Eisenbahnzüge auf und abzulaufen pflegte. Er hatte seine viel zu kleine Melone mit einem ebenso ungenügenden Zylinderhut vertauscht, unter dessen Rand ihm das Wasser in Stirn und Nacken rann. Aufmunternd ließ er seine Stimme erschallen:

»Ich bitte Sie, meine Herrschaften... Wir müssen Ehre einlegen in Rom...«

Kompert machte den Eindruck eines alten, äußerst beflissenen Reserveoffiziers auf Manöver. Man hätte meinen können, er wolle dem Heiligen Vater eine blitzblank geputzte Seelentruppe vorexerzieren. In seinem naiven Sinn verband sich Pilgerschaft, Pfingstsonntag und Feierfreude mit den vergnügten Erwartungen eines Veteranenfestes. Und da er gewissermaßen als Ortsfremder erst kürzlich zu dem Verein gestoßen war, gab er sich zehnfache Mühe, damit die fromme Parade klappe. Der Orden des Heiligen Grabes schimmerte fern, aber hartnäckig in seinem

Bewußtsein, und jeder vergossene Schweißtropfen war ein Verdienst, das ihn näher heranlockte. Teta stand in der hintersten Reihe. Sie stützte sich krampfhaft auf ihren schwarzen Stock und spannte ihren ganzen Willen an, um den berechtigten Forderungen Komperts zu entsprechen. Leichtfüßigen Schrittes erschien jetzt der pyramidenförmige Prälat. Seinen Zylinder schwingend, machte der Reisemarschall Meldung. Daraufhin knickte er zu einer leicht zerknirschten Haltung zusammen, senkte den Kopf und faltete die Hände über dem Zylinder, den er gegen den Bauch gepreßt hielt. Einige ahmten diese vorbildliche Gebärde nach. Monsignore stellte sich an die Spitze der Schar und stimmte mit seiner schönen kühlen Priesterstimme das Credo an. Als erster fiel Josef Eusebius ein. Die anderen Männer folgten, dann auch die Frauen. Langsam setzte sich der Zug in Bewegung.

Und dies war die Weltkirche des ersten Apostels, die Stationskirche des heutigen hohen Tages. Wie unterschied sich doch Sankt Peter von den dämmerigen Kathedralen der Heimat, von Sankt Stephan zu Wien, von Sankt Veit in Prag. Dies war weniger eine Kirche des Gekreuzigten als der stolze Königspalast des herrschenden Gottes, der Ort der allerglänzendsten Hofhaltung diesseits. Es schien, als habe in diesem Thronsaal aller Thronsäle die ganze Menschheit Platz, sich den Stufen des Himmels-Monarchen und seines Vikars zu nahen. Tausende verloren sich hier, und selbst die Flut von Zehntausenden konnte bei weitem nicht alle Seitenschiffe, Nebenkapellen, Nischen und Winkel erreichen. Es herrschte keine Stille hier wie in jenen dämmervollen Tempeln, deren hallendes Echo jeden lauten Ton erschrocken übertrieb. Das römische Volk tat sich keinen Zwang an. Es rief, schwatzte, lachte erregt durcheinander und ließ seine ungezogenen Kinder schreien und greinen. Der Königsraum aber schmolz all dieses irdische Geplärre mit unbewegter Miene zusammen und machte es nichtig. Er wuchs mit seiner Kuppel viel zu hoch empor, als daß grober Menschenlaut ihm auch nur den Saum hätte verletzen können.

Heute war das Innere Sankt Peters, sonst so kühl und nüchtern, in Feuerfarbe getaucht. Man hatte all die gewaltigen Fenster, selbst die im Laternenrund der Kuppel, mit Vorhängen aus scharlachrotem Damast verhängt. Alle Baldachine, Verkleidungen, Fahnen waren rot. Kein Tageslicht sollte die Kraft der unzähligen Kerzenflammen herabmindern. Denn diese waren heute nichts anderes als eine Wiedererweckung und Versinnbildlichung der feurigen Pfingstzungen, die ihrerseits nichts anderes als eine Wiedererweckung und Versinnbildlichung des brennenden Sinai-Berges gewesen sind. So war eines über dem anderen gebaut in abgründigen Entsprechungen. Erst mußte das Flammenmeer des Gesetzes lodern, in dem der Vater sich offenbarte. Doch nur ein einziges Volk stand zu Füßen des feurigen Sinai. Dann erst durfte der befreite Geist der Liebe seine lodernde Zungengestalt annehmen, damit alles Trennende zwischen den Völkern niedergebrannt und die während des Babylonischen Turmbaus zersplitterte Allsprache neu geschaffen werde. Der Sturmwind aber brauste einher, beide Male und allezeit.

Trotz der berückenden Kerzenflut und der Herzfarbe, die in den riesigen Fenstervorhängen wie transparentes Blut aufglühte, fühlte sich Teta unglaublich traurig heut. Trauriger denn je in diesen Tagen. Dies war keiner von den festlich lieben Kirchgängen ihres Lebens, die sie stets mit der hellen Überzeugung erfüllt hatten, es sei mit jedem etwas Förderliches und Bleibendes verrichtet, das der Himmel in Evidenz halte. In dieser göttlichen Hofburg war man eine Null. Man konnts gar nicht glauben, daß man vom Höchsten auch hier nicht übersehen wurde, wo man so ganz klein dahinwimmelte. Der beständige Kampf der Seele ging doch immer nur um eins: um die Festhaltung der Existenz trotz Tod und Teufel, um die Bewahrung dessen, als welches man geschaffen war, ohne es gewußt und gewollt zu haben. Kam man sich aber so unwesentlich und auslöschenswert vor wie hier, so verloren alle Anstrengungen ihren Sinn, die man um des großen Zieles willen so lange ertragen hatte. Tetas große Traurigkeit war zugleich ein arges Ermatten. Zum erstenmal hier bei Sankt Peter war es ihr fast gleichgültig, daß sie an den Lumpen von Neffen ihre Kräfte und das reiche Gut ihrer Hoffnung verschwendet hatte. Niemand konnte sie lossprechen. Niemand konnte ihr helfen. Auch der Kaplan Johannes nicht, der freundschaftlich neben ihr stand. Zu dieser Stunde waren ihre traurigen Augen in dem abgemagerten Gesicht sehr rund und groß. Sie sah aus wie eine Eule.

Josef Eusebius forderte Teta auf, in die lange Reihe zu treten, die an der schwarzen Holzgestalt des Apostelfürsten vorüberwallte, um seinen abgewetzten Fuß zu küssen. Petrus, der Fischer von Galiläa, war heute in die Papstgewänder gekleidet und trug die Tiara auf seinem dunklen Haupt. Die alte Magd gehorchte, schlich Schritt für Schritt in der endlosen Reihe weiter, bis auch sie flüchtig und scheu den Fuß des Apostels mit ihren Lippen berührt hatte.

Dann aber tauchte ein Zug prächtiger Carabinieri auf, die in keinem Widerspruch standen zu diesem göttlichen Thronsaal. Sie drängten mit sanftem Zuspruch alle Gläubigen zurück, so daß um den Podest des Hochaltars ein freier Riesenkreis gebildet wurde. Teta stand irgendwo im römischen Gedräng, allein, fremd, verloren, eine aus der Ordnung gefallene Seele. Gerade hier bei Sankt Peter erlebte sie die tiefste Gottverlassenheit ihres Lebens. In der Höhe sprühte ein Chor energischer Knabenstimmen auf und verlor sich mit seinem Halleluja im Rund. Der Kardinaldiakon, Erzpriester von Sankt Peter, war eingezogen, eine rot-gold-violett-silbergestickte Schleppe von Erzbischöfen, Bischöfen, Ordensäbten als hohe Assistenz nachziehend. Wenn auch Teta mehrmals mit zusammengebissenen Zähnen versuchte, sich auf die Fußspitzen zu stellen, sie konnte nichts sehen. Da gab sie es auf. Bei Sankt Peter war keine Teilnahme am heiligen Vorgang möglich, nur ein Begaffen des Schaugepränges. Das Menschenmeer ringsum begann auf einmal in ein scharfes Geflüster auszubrechen, das die schallenden Knabenchöre verschlang. Der Zug des Papstes, hieß es, habe die Aula della Benedizione betreten. Zwei Atemzüge lang fiel Totenstille ein. Es war aber nur ein Gerücht, das sich mit Aufrauschen, Stillewerden und nachfolgender Enttäuschung noch zweimal wiederholte, ehe auf der Empore die langen silbernen Trompeten sich erhoben. Dies aber war etwas ganz anderes als das scharfe Geschmetter von gelbem Blech. Langgezogene Jubelschreie von Himmelswesen mit feurigem Haar kündeten von der Bergeshöh das Nahen des Herrn. Jetzt aber brüllte die Menge auf, nicht anders als bei einem Fußballmatch oder dem Einzug eines politischen Führers, und entfesselte einen endlos fortknatternden Applaus: »Evviva il Papa rè!«

Ein Wall von päpstlichen Gendarmen, Schweizergarden, Hellebardenträgern, Kardinälen, Prälaten, Mönchen, Herren in Frack, purpurrot gekleideten Hofchargen. Mitten drin schwankte die Sedia gestatoria, und neben ihr nickten die beiden Pfauenwedel, Pharaos Kennzeichen einst. Die weiße Erscheinung auf der Sedia, die dann und wann langsam die Hand erhob, um das Segenskreuz über den Köpfen zu zeichnen, war er, Pius, der elfte seines Namens, nun schon im sechzehnten Jahr Stellvertreter Gottes auf dieser kampfdurchtobten Erde. Teta konnte das Gesicht der weißen Erscheinung unter der juwelenbesetzten Tiara nicht sehen, obgleich der Heilige Vater über den Köpfen der Menge gemach einherschwebte. Nur manchmal blitzte das scharfe Augenglas auf. Ihr war so unsagbar bange, als sie auf die Knie sank wie rings die anderen alle. Vom Hochaltar her erschollen in Gregorianischer Kadenz die ersten Worte des pfingstlichen Introitus:

»Spiritus domini replevit orbem terrarum, alleluja!«

Die Erscheinung mit der Tiara hatte ihren Thron erreicht und nahm ihn regungslos ein. In Tetas Brust wuchs die Gottverlassenheit und das Bangesein so stark, daß sie Halsschmerzen bekam und nicht schlucken konnte. Es war ihr so feierlich verzweifelt ums Herz, als müsse sie die Arme flehentlich ausstrekken. Doch wer im Himmel und auf Erden und besonders hier bei Sankt Peter würde ihre ausgestreckten Arme bemerken und gar erkennen, warum sie diese ausstreckte? Mühsam versuchte sie, sich aufzurichten. Es gelang ihr nicht gleich. Betäubend brauste die Musik und wollte sie begraben. Da stützte sie jemand unter den Ellenbogen hoch, wie ers schon einmal am Trittbrett des Eisenbahnwagens getan hatte. Johannes Seydel hatte sie verloren, gesucht und endlich wiederentdeckt. Er lachte ihr zu wie immer.

Die Messe des Pfingstmontags wurde, wie es der Brauch vorschrieb, bei San Pietro in Vincoli gehört. Für den Nachmittag aber war der Besuch der Katakomben von San Stefano vorgesehen. Teta schwankte zwischen der Furcht, sich zu überanstrengen oder allein bleiben zu müssen. Mit Schrecken betrachtete sie ihre blutig offenen Beine. Dann aber erinnerte sie sich wieder an den Ausspruch des Kassenarztes, der ausdrücklich erst das Jahr 1940 als für sie gefährlich bezeichnet hatte. Mit dem guten Leichtsinn eines Menschen, der sein Lebtag nicht krank gewesen, schob sie jeden Zweifel an diesem zweideutigen und mißverstandenen Ausspruch beiseite. Wenn sie sich weiter vorsichtig hielt wie in den letzten Tagen, würde sie ohne großen Schaden heimkehren dürfen. Katakomben? Sie wußte nicht recht, was das bedeutete. Es war jedenfalls besser, sie blieb zu Hause, kam doch schon morgen der große Tag, an dem die Pilgerschar durch den Heiligen Vater empfangen werden sollte. Da brauchte man alle Kräfte. Trotz dieser Aussicht aber verschärfte sich Tetas Traurigkeit von Stunde zu Stunde, und sie hatte große Mühe, sich nichts anmerken zu lassen. Gegen zwei Uhr aber, als sie still in ihrer Kammer saß, fest entschlossen daheimzubleiben, klopfte Johannes Seydel an:

»Nun, Fräulein Linek, was ist mit uns?... Die Katakomben sollten wir doch nicht schwänzen. Dort haben die ersten Christen gehaust, tief unter der Erde, zur Zeit der Verfolgung durch Nero und die anderen römischen Kaiser... Vielleicht stehen diese Zeiten wieder vor uns, vielleicht wird unsereins demnächst ähnliche Wohnungen beziehen müssen, ich meine natürlich nicht Sie, sondern mich... Übrigens, wenn Sie nur ein ganz klein bissl müd sind, nehm ich Sie gar nicht mit in die Katakomben...«

Teta hatte sich ehrfürchtig erhoben, wie immer, wenn der Geweihte mit ihr sprach. Sie lächelte übers ganze Gesicht, als seien die bohrenden Schmerzen, von denen sie übrigens zu niemandem gesprochen hatte bisher, nicht der Rede wert:

»Aber was denkt der Herr Kaplan von mir, nein so was... Mit Erlaubnis bin ich heut nicht ein ganz klein bissl müd...«

Man fuhr in zwei Autobussen auf die Via Appia hinaus. Schwarz stand der Grabturm der Cäcilia Metella gegen den Junihimmel, der aus lauter Fischschuppen schmerzerregenden Lichtes zu bestehen schien. In der Campagna draußen schwebten einzelne Pinien wie erstarrte Fallschirme in der Windstille über der Erde. Die Albanerberge am Horizont waren ein durchscheinender Schlackenhaufen aus lila Glasfluß. Zwei Jagdflugzeuge sangen in der Luft oben, klein wie giftige Moskitos. Dort, wo die Sabinerberge sein mußten, sammelte sich eine Handvoll molkig trägen Gewölkes.

Die Führung durch die Katakomben war einem deutschen Karmelitermönch anvertraut. Er schwäbelte breit, aber man bekam den Argwohn, er tue es nur, um die deutschen Rompilger in eine heimelige Stimmung zu versetzen. Sein langer wohlgepflegter Rotbart wehte in zwei Flügeln nach rechts und links. Sie schienen wie Tragflächen seine Bewegungen zu erleichtern. Er verteilte an die Besucher gedrehte Wachslichte, worauf er mit fordernder Miene eine klappernde Sammelbüchse hinhielt. Dann gings über gefährlich steile Treppen in die Tiefe hinab.

Dies also war der frühe Maulwurfshügel jenes Heiligen Geistes, der im Thronsaal von Sankt Peter und in hunderttausend anderen Kirchen heute pfingstlich triumphiert. Hier hatten die ersten Wühlmäuse Christi geraschelt, geflüstert, sich verborgen und das Sternzeichen des Fisches in die Lehmwände geritzt. Zumeist aber hatten sie einander begraben hier unten, und zwar in übereinandergeschichteten Schiebegräbern wie daheim im Gelobten Lande, denn die ersten Wühlmäuse Christi sind zum größten Teile Hebräer gewesen. Sie hatten teilnehmen dürfen an Angst, Verfolgung, Gericht, Martertod, dies war ihr zugewiesen Teil. In den Palast des Sieges wurden sie aber nicht zugelassen. Bis auf Josef Eusebius Kompert natürlich, der die historischen Erklärungen des Mönches den Fernerstehenden in der langen Karawane schneidig vermittelte. Teta Linek besaß nicht den geringsten Sinn für Geschichte. Sie vermochte sichs nicht vorzustellen, daß es einmal eine Welt gegeben hatte, die nicht genau derjenigen glich, in welcher sie schon siebzig Jahre lebte. Auch diese siebzig Jahre waren für sie kein strömendes, sondern ein stehendes Wasser. Im Hang zum Eintönigen liegt gewissermaßen der Sinn für das Ewige begründet. Hier und Dort, Einst – Jetzt – Dann, das war alles fest gebunden an ihre eigene unveränderliche Person. Wie aber hätte sie gar begreifen sollen, daß die Glaubenswelt, in der sie lebte und webte, die Welt der flammenden Hochaltäre, der Glocken und geweihten Männer, vorzeiten hier unten einen niedrigen, ja schäbigen Anfang genommen hatte?

Mit ihrem brennenden Lichtchen zottelte Teta trübsinnig hinter den anderen durch dieses Labyrinth und schenkte den Erklärungen keine Aufmerksamkeit. In der Grabkapelle der heiligen Cäcilia, einem etwas größeren Raum, standen zwei Bänke vor dem Altar. Sie beschloß sofort, hier zu rasten und der weiteren Führung nicht mehr zu folgen. Als die verschiedenen Gruppen diese Nische verlassen hatten, setzte sie sich hin, ächzend vor Erleichterung. Nach einer Weile schlüpfte Seydel zu ihr, wie es schon seine Gewohnheit war:

»Sie haben recht, Fräulein Linek«, sprach er gedämpft und doch nicht ohne Leidenschaft, »alles was man hier unten sieht, ist gräßlich langweilig, das Große aber hier unten sieht man nicht, die Geduld... Um Gottes willen, bleiben Sie doch sitzen... Da haben Hunderte von Menschen, gewöhnliche, einfache Menschen die Geduld gehabt, zu warten, zweihundert, dreihundert Jahre, und zwar in Armut, Dreck und Elend, tief verachtet, immer Gefängnis und Tod vor Augen... Sie sind gestorben, ohne zu wissen, ob sie vergebens gewartet haben, und schon standen andere wieder bereit, um weiter zu warten und in Vergeblichkeit zu sterben, auch sie, und so fort, Generation nach Generation... Es ist das verrückteste Geheimnis der ganzen Weltgeschichte. Es ist die einzige gelungene Revolution der Menschheit, denn sie hat nicht nur die Verhältnisse umgestürzt, sondern die Ursache der Verhältnisse, den Menschen. Und nur durch dieses tolle, dieses gewaltige Wartenkönnen... Würde unsereins auch nur zwanzig, ja nur zehn Jahre auf das ganz und gar Unmögliche warten können, ohne gebrochen zu werden? Uns zerbricht vielleicht schon ein kurzes Exil. Was sind wir doch für schwächliche Luder gegen diese hier unten... Oh, Geduld, Geduld, Geduld, wer sie von ihnen doch lernen könnte!!«

Teta sah ihn schweigend an. Über sein junges feines Herrengesicht zuckte der Schein des Lichtrestes, den er noch immer in der Hand hielt. Den ihren hatte sie auf dem Pult der Bank befestigt. Was hörte sie da für Worte: Geduld, Geduld lernen? Der Kaplan Johannes gehörte vermutlich zu jener anderen Seite der Menschheit, welche Teta unter dem demütigen Begriff »gnä' Herrschaft« zusammenfaßte. Wahrhaftig, alles, was gnä' Herrschaft war, verstand nichts von Geduld. Hatte man ihr die Küchenuhr nicht vorgerückt, hundertmal, aus purer Ungeduld? Mußte man nicht täglich Gäste bei sich sehen, nur damit die Zeit schneller dahinschwand? Und waren keine Gäste da, ging man in die Oper, ins Theater, ins Kino, ins Restaurant, weil man nicht still sitzen konnte mit sich selbst. Diese Ungeduld der Gnädigen auf der ganzen Welt kannte sie genau. Aber mußte sie, Teta Linek, erst Geduld lernen, und sei es von denen, die in diesen niedrigen Katakomben hier Jahrhunderte herangeduldet hatten? Nein, nein, Geduld mußte sie von niemandem lernen. Hatte sie nicht voller Geduld bis zu ihrem Siebzigsten gewartet, damit das seit dreißig Jahren Geplante sich erfülle? Hatte sies je auch nur für eine Stunde vergessen und war abgesprungen davon, wie es jede gnä' Herrschaft von ihrem Vorhaben ständig tut? Besser, sie hätt es in Ungeduld vergessen und wär abgesprungen davon, als unwiederbringliche Zeit an die Geduld verschwendet zu haben.

Seydel beugte sich zur liegenden Steinfigur Cäcilias, der Schutzheiligen der Musik, und leuchtete sie an:

»Daß Sie Bilder gern haben, das hab ich letzthin schon erraten«, sagte er nach einer Weile, »aber ich mein auch, Sie mögen die Musik gern, Fräulein Linek, weil wir gar hier vor der heiligen Cäcilia sind...«

Teta sah noch immer traurig und starr aus wie eine Eule.

»So zwei oder drei Liedln kann ich spielen auf meiner Zither«, antwortete sie wegwerfend schamhaft. Dabei fiel ihr Wolf ein, der »Burschl«, jahrelang ihr musikalischer Vertrauter und Begleiter. Sie empfand eine jähe Sorge, und es vermehrte ihren Gram, weil sich Herr Bichler, der Feind, jetzt an dem alten blinden Hund rächen würde, wie sie genau wußte. Der Kaplan Seydel lächelte:

»Nächstens müssen Sie mir Ihre Liedln vorspielen, Fräulein Linek...«

»Nächstens«, wiederholte sie mit gesenktem Kopf. »Nächstens, das kann ja gar nicht mehr sein... Donnerstag fahren wir zurück, und dann werd ich den Herrn Kaplan nicht mehr wiedersehen dürfen...«

Johannes Seydel stutzte und blickte sie erstaunt an:

»Hören Sie einmal, Fräulein Linek... Warum sollen wir uns daheim nicht wiedersehen, nachdem wir als Pilger eine so nette Bekanntschaft geschlossen haben?... Ich möcht sogar um ein recht häufiges Wiedersehen gebeten haben...«

Teta schüttelte andauernd den Kopf:

»Der Herr Kaplan werden doch keine Zeit haben«, murmelte sie. »Der Herr Kaplan sind jung und haben Besseres zu tun und werden gebraucht, und ich kann auch nicht gut Zither spielen, sondern nur ganz langsam...«

»Jedenfalls möcht ich mir aufschreiben, wo Sie wohnen«, sagte Seydel.

»Ich werd wieder in Dienst gehen, hoffentlich«, sagte Teta.

Er kam näher an sie heran:

»Wollen Sie das wirklich tun«, sprach er mit einer sehr warmen und besorgten Stimme. »Hat das noch einen Sinn in Ihren Jahren...? No darüber reden wir noch in Wien...«

Tetas Kopf sank immer tiefer:

»Der Herr Kaplan sollen sich nicht um mich kümmern«, brachte sie leise hervor. »Der Herr Kaplan sollen seine freie Zeit lieber bei dem gnä' Fräulein Schwester verbringen...«

»Meine Schwester lebt in Salzburg«, sagte Johannes Seydel.

Die beiden Wachsspiralen waren zu Ende gebrannt und erloschen. Nur mehr das rote Öllämpchen über dem Altar gab eine Spur von krankhaftem Licht. Das Murmeln und Scharren der Karawane draußen war schon seit einigen Minuten verstummt. Sie hatten den Anschluß an die Rückkehr zum Licht versäumt. Jetzt saßen sie allein in diesem komplizierten Dachsbau des Todes, in diesem Gräberbergwerk, aus dem die Zeit längst alle Knochen und Zähne weggefressen hatte. Dem Kaplan schien dieses Mißgeschick Spaß zu machen, denn er lachte ins Dunkel:

»Fürchten Sie sich etwa, Fräulein Linek ...? Hier sind nur gute Geister, glauben Sie mir ... Auf jeden Fall haben Sie als Beschützer ein ehemaliges Mitglied des Leichtathletenverbandes Excelsior bei sich ... Eine halbe Stunde wird es mindestens dauern, bis uns die nächste Führung wieder hinaufhilft ... Der Herr Kompert hat uns nicht vermißt. Sehen Sie, so schnell wird man von den Seinigen vergessen ...«

»Ich fürcht mich gar nicht, mit Erlaubnis«, sagte Teta und stand auf. Der Kaplan streifte ihre Hand und merkte, daß sie eiskalt war und zitterte. Teta hatte aber nicht gelogen, denn dies war kein Zittern der Furcht. Die Katakomben machten nicht den geringsten Eindruck auf sie. Ein Gedanke aber hatte jetzt mit Macht sie ergriffen. Es war an dem. Ein geweihter Raum. Ein geweihter Mann, der unendlich lieb zu ihr war. Dunkelheit, Verborgenheit, wie im Beichtstuhl. Hier konnte sie reden, hier konnte sie endlich entsiegeln, was ihr seit der Rückkehr aus Prag die Brust zersprengte, was ihr den Aufenthalt in jeder Kirche vergiftete und sie vom Genuß der Kommunion ausschloß, die ihr so sehr nottat. Es würde eine Beichte sein und doch keine Beichte nach dem Beichtspiegel, sondern ein freies Bekenntnis über den wichtigsten Plan und den schrecklichsten Schiffbruch ihres Lebens. Wenn sie jemals die verfluchte Scham überwinden und reden konnte, so jetzt und hier vor dem jungen Geweihten, der wie eine beseligende Luftspiegelung ihres enttäuschten, aber nicht verlorenen Lebenswunsches war:

»Wenn ich bittlich sein darf«, stammelte sie mit harten abgerissenen Lauten, »ich hätt dem Herrn Kaplan was zu sagen ...«

Seydel spürte sofort, daß es um sehr Ernstes ging. Von allem Anfang an hatte er dieser einsilbigen und doch so sonderbaren Frau angemerkt, daß sie irgendein Leiden mit sich herumschleppte. Er war aber bisher der Meinung gewesen, dieses Leiden sei körperlich, eine Krankheit oder auch nur die Verbrauchtheit des proletarischen Menschen nach einem Leben voll schwerer Arbeit. Sanft zog er Teta neben sich auf die Bank:

»Wir haben Zeit, Fräulein Linek... Ungestörter als hier werden wir nirgendwo reden können... Wenn ich Ihnen helfen könnt, das wär für mich eine sehr große Freud...«

»Ich hab einen Neffen«, begann sie ebenso hart und stoßweise wie vorhin, »einen gewissen Mojmir Linek... Wie das gnä' Fräulein Schwester einen Herrn Bruder hat, bitte, so hab ich einen Neffen. Und ich hab den Neffen nach Olmütz ins Gymnasium geschickt damals für meinen Lohn und nach Prag auf die Universität, damit er das Geistliche studiert und ausgeweiht wird später...«

Und nun verlor sich die letzte Scham und klar und folgerichtig kam die ganze Geschichte über ihre Lippen. Sie unterdrückte nichts, nicht den Schwindel mit der Photographie, die ihr einen jungen Heiligen vorgespiegelt, nicht den Betrug mit der Missionsreise, und all die hundert phantastischen Gaunereien sonst, die ihr Jahr für Jahr immer neues Geld aus der Tasche gelockt hatten. Auch die schandvollste aller Blamagen, die von Hustopeč, wurde getreulich berichtet. Ihre herzklopfende Vorfreude in dem Lokalzug, der sie einem heiteren Lebensabend im dörflichen Pfarrhaus entgegenführen sollte, und später die niederschmetternde Enttäuschung, da der vermeintliche Mojmir sich als wackerer Janku entpuppte. Zuletzt schilderte sie die grauenvolle Begegnung mit dem Wirklichen und Leibhaftigen nach dreißig Jahren, das Zimmer mit dem Fettgeruch, die Hinkende und vor allem die vor Wahrheit gleißenden Ausreden des Lügners, in die sie sich seitdem verfangen hatte wie in Fußangeln. So knapp, gedrängt und doch vollständig erzählte sies in ihren harten und ungelenken Worten, daß die dreißigjährige Lumperei keine fünfzehn Minuten brauchte und am Ende der Spezialist für

Propaganda und astrologische Beratung in lebendigster Klarheit vor dem Kaplan stand.

»Schlimm, wirklich schlimm«, sagte er nach der Beichte. »Da haben Sie Ihren Lohn an einen ganz schlechten Menschen verloren, das viele schöne Geld Ihrer Arbeit...«

Teta, deren Atem laut ging, stieß scharf hervor:

»Mit Erlaubnis... Auf das Geld kommts nicht an... Ich hab ja neues verdient und hab genug...«

Aha, dachte Seydel, immer dieselbe Erfahrung. Diese sogenannten einfältigen Seelen sind verzwickter als die mit allem modernen Komfort ausgestatteten hochbürgerlichen Psychen. Da muß man doppelt vorsichtig sein und sich ja keine Blöße geben. Nach einer Pause erklärte er laut:

»Wir wollen sagen, es kommt bei dieser Ausplünderung nicht nur aufs Geld an, obwohl der Lohn eines ganzen Lebens wahrhaftig keine kleine Sache ist.«

In der fast völligen Finsternis hingen Tetas Augen leidenschaftlich an dem Schein, der von Seydels Gesicht da war:

»Ich möcht wissen vom Herrn Kaplan, ob es auch mich trifft, die Sündigkeit des Neffen...«

»Das versteh ich nicht ganz, Fräulein Linek... Was heißt das, ob es auch Sie trifft?«

»Ich möcht vom Herrn Kaplan ganz genau wissen, ob ich schuld bin, daß der Neffe so geworden ist und das getan hat...«

Johannes Seydel mußte sehr lange nachdenken. Diese alte Dienstmagd hier ließ sich nicht mit religiösen Halbheiten abspeisen. Mit dem Katechismus der Schulen kam man da nicht aus. Andere hätten geklagt, geschimpft, geflucht und dem Gelde nachgejammert. Sie aber stellte die feinste und verzwickteste aller moralischen Fragen: inwiefern ist ein Mensch in die Schuld eines anderen mitverwickelt? Hier, in diesem Stollenwerk eines jungen Heils, das noch nicht an die Erdoberfläche zu tauchen wagte, herrschte eine würgende Schwüle, die den Nakken herabbeugte und in dicken Tropfen den Schweiß aus dem Leibe preßte. Immer wieder blinzelte Seydel zum finsteren Ausgang hin. Wann endlich kam die nächste Führung, um ihn aus dieser Stickluft zu befreien? Und wenn heute keine neue Führung mehr kam, was würde er tun? Geduld, Geduld! Zwei und drei Jahrhunderte hatten sie gewartet hier unten, und seine Nerven begannen schon in der ersten halben Stunde zu versagen. Von Zeit zu Zeit ging ein dumpfes Grollen durch die nackten Wände, diesen Schlupfwinkel der Urchristenheit. Es war wie ein mystisches Nachbeben der verschollenen Martyrien, die einst von hier aus die Welt um und umgepflügt hatten. Manchmal schillerten aus einem Winkel die juwelenfeurigen Augen eines Nachttiers, das hier unten in den leer gebrannten Grüften der Heiligen hauste. Vielleicht aber gehörten diese Augen gar keinem romantischen Nachttier, sondern nur einer von den ordinär gefleckten Katzen, die in der Pförtnerei bei den Karmelitermönchen lebten und sich hier unten zu ihren Liebesstunden einfanden. Der junge Kaplan ergriff abermals Tetas Hand. Sie war noch immer eiskalt:

»Ich hab jetzt mein eigenes Gewissen erforscht«, fing er an, und es war keine seelsorgerische Finte, sondern die lautere Wahrheit, »ich hab nachgedacht darüber, ob ich nicht selbst des öfteren in der Gefahr gewesen bin, abtrünnig zu werden, abzufallen wie Ihr Neffe, Fräulein Linek... Und da muß ich Ihnen offen eingestehen, ich war einige Male in schwerer Gefahr, so wie ich bin, zu erliegen und alles hinzuschmeißen... Wie soll ichs Ihnen nur erklären, damit Sie mich genau begreifen?... Ein junger Mensch, der sehr viel liest, studiert, denkt, der Geist seiner Zeit packt ihn, er will alles untersuchen, alles bewiesen haben und nichts voraussetzungslos hinnehmen. Dieser Zeitgeist ist ja die Luft, die er atmet, und atmen muß man... Freilich, es gibt unter meinen Kollegen brave Leute, anständige Handwerker Gottes, die ihre religiösen Verrichtungen treulich erbüffelt haben wie andere die Medizin oder die Schusterei, die über nichts nachdenken müssen und ihren Beruf sonst ganz prächtig ausüben. Aber wer zu diesen Handwerkern – kein Wort gegen sie – wer zu ihnen nicht gehört, der hats schwer, der muß äußerst schwüle Zeiten überstehen, es bleibt ihm nicht erspart...«

Teta sah im Dunkel das weiße Taschentuch, mit dem sich der Herr Kaplan immer wieder die Stirn wischte.

»Der Herr Kaplan haben es auch schwer gehabt und doch nicht hingeschmissen«, sagte sie und ihre Stimme war ganz blaß.

»Es ist nicht mein Verdienst, Fräulein Linek... Als ich nach den schwülen Zeiten endlich regelrecht zu denken gelernt hatte, da hab ich erkannt, daß kein Zeitgeist, auch der unsere nicht, in Widerspruch zu stehen braucht zu unserer christlichen Religion. Im Widerspruch zu ihr stehen nur eine große Menge von gebildeten und gescheiten Leuten, denen es aber nicht gegeben ist, ganz fein, ganz scharf, ganz innig, ganz hoch zu denken... Entweder schenkt es einem die Gnade von Anfang an wie allen Gläubigen und Frommen, oder man ist ein armer Schlucker und muß nach einer schweren Zeit der Verwirrung mit seinem Verstand und seiner ganzen Willenskraft um diese Gnade kämpfen, denn wenn ihr klopfet, wird euch aufgetan.«

»Und nur deshalb haben es der Herr Kaplan nicht hingeschmissen wie der Neffe«, forschte Teta, als seis eine wohlerwogene und wichtige Frage innerhalb eines Prozesses. Die Antwort Seydels erfolgte auch ebenso vorsichtig und langsam wie eine Zeugenaussage:

»Nein, Fräulein Linek, nicht nur deshalb... Wissen Sie, die Liebe der Iren, ich will sagen, die Liebe meiner Schwester ist mir dabei sehr zu Hilfe gekommen...«

»Die Liebe des gnä' Fräulein Schwester«, hauchte Teta, und man konnte es diesen Worten anspüren, daß sie sich getroffen fühlte.

Es war ursprünglich gar nicht die Absicht des Kaplans gewesen, sich selbst als eine Art Gegenbeispiel aufzustellen. Jetzt aber konnte er nicht mehr zurück:

»Wir sollten eigentlich nur von Ihrer Angelegenheit sprechen, Fräulein Linek, es hilft aber nichts, ich muß nun doch ein bißchen auch von mir erzählen...«

Es sei ursprünglich der Wunsch seiner Mutter gewesen, daß aus ihm ein Geistlicher werde, berichtete er knapp. Diesen

Wunsch habe dann die Iren als Vermächtnis übernommen. Gräßlich schwer hatte sies gehabt als Älteste. Sie mußte die drei viel jüngeren Geschwister ganz allein durchbringen. Die zwei anderen starben knapp nacheinander vor wenigen Jahren. »Denn unter uns bin ich der einzige Gesunde«, sagte Johannes Seydel wörtlich. Alle aber hatten sie in ihrer Jugend von dem kleinen Wäscheladen der Schwester gelebt. Am Mönchsberg lag dieser Wäscheladen, leider sehr abseits. Ein ziemlich elendes Geschäft, bis auf den Monat der Festspiele. Der aber genügte nicht. »Die Iren muß sich schrecklich plagen und hat doch immer wieder alles herbeigeschafft für uns«, schloß er.

Teta hob stolz den Kopf. Die Plage und Fürsorge des Fräulein Iren für ihre Geschwister rührte sie nicht:

»Ich hab mich auch geplagt und alles herbeigeschafft«, sagte sie.

Der Kaplan beeilte sich, ihr zuzubilligen, daß sie nichts versäumt habe. Keineswegs wollte er die Schwester vorrücken:

»Sie haben gewiß für Ihren Neffen dasselbe getan wie die Iren für mich... In der schlimmsten Zeit ist sie zu mir gefahren und hat gesagt: ›Zwing dich um Gottes willen zu nichts, Hans, du sollst nichts tun, wozu du dich nicht berufen fühlst. Ich werd immer zu dir stehen, wie du dich auch entscheidest.‹ – Und sehen Sie, Fräulein Linek, gerade diese Worte der Iren haben mich gerettet...«

Ein längeres Schweigen. Dann klang Tetas Stimme noch härter als vorher:

»Ich bin nie zu dem Neffen gefahren«, sagte sie.

»Aber er ist doch zu Ihnen gekommen dafür«, sagte er.

»Der Neffe ist nie zu mir gekommen«, sagte sie.

»Ja, Sie müssen ihn doch in diesen dreißig Jahren dann und wann gesehen haben«, sagte er.

»Ich hab ihn nie gesehen in diesen dreißig Jahren bis zuletzt«, sagte sie.

Er versuchte die Ahnung ihres Eulengesichts im Dunkeln zu durchdringen:

»Das müssen Sie mir aber erklären, Fräulein Linek. Warum?«

»Ich weiß nicht, warum.«

Dieses kurze Zwiegespräch war wirklich Schlag auf Schlag erfolgt und doch abgemessen und überlegt wie in einer Gerichtsverhandlung. Der Kaplan ließ eine Zeit vergehen, ehe er seine neue Frage stellte, eine Frage, die ihr zu Hilfe kommen wollte:

»Haben Sie vielleicht keine Zeit gehabt, keinen Urlaub vom Dienst, kein Geld?«

Sie habe Zeit gehabt, erwiderte die Geständige, und auch Urlaub, soviel sie wollte, und Geld genug. Seydel spürte, daß er hier an den schmerzhaften Nervenpunkt geraten war. Eine Stimme in ihm mahnte, jetzt nicht weiterzuforschen. Es war vielleicht nicht gut, schon beim erstenmal dieses Gespräch auf die Spitze zu treiben. Dennoch aber konnte er sich nicht überwinden, noch einmal zu fragen:

»Erinnern Sie sich an den Tag, wo Ihr Neffe mit seiner Mutter das erstemal zu Ihnen gekommen ist?«

»Ich erinner mich genau«, erwiderte Teta stoßweise und mit großer Bereitwilligkeit, »es war bei der gnä' Herrschaft Hofrat Slabatnigg...«

Der Kaplan meinte, er könne Teta durch diese Analyse dazuhelfen, einen ihr selbst noch unbekannten Grund für ihr Verhalten zu finden:

»Damals muß Ihnen der kleine Junge doch besonders gefallen haben, Sie müssen ihn liebgewonnen haben, nicht wahr, sonst hätten Sie die Bitte der Mutter nicht erfüllt und so viel Lasten auf sich genommen...«

Der Kaplan hörte beinah das angestrengte Nachdenken Tetas in dieser finsteren Nische der Katakomben. Endlich kamen ihre Worte:

»Gefallen hat mirs, bitte, wie er damals die Gedichte aufgesagt hat... Aber getan hab ichs nicht für ihn, sondern für mich...«

Johannes Seydel war aufgestanden und machte ein paar unsichere Schritte in der Enge. Es war also der gewöhnliche Grund. Gar manche Bäuerin oder Kleinbürgerin bringt das Opfer und läßt einen ihr nahestehenden jungen Menschen Theologie studieren. Er selbst ist auf keine andere Weise Priester geworden. Diese

Frauen glauben sich damit einen Stein im himmlischen Brett zu verdienen. Es ist sehr rührend und sehr töricht. Warum aber ist diese da gestraft worden? Und so exemplarisch noch dazu? Und wie tief sitzen ihre Skrupel, als wäre die Betrügerei des Neffen nicht nur ein Pech, das sie betroffen, sondern wirklich ihre eigenste Sünde! Worin liegt diese Sünde? Dem Kaplan ging plötzlich eine Epistelstelle des Apostel Paulus durch den Kopf:

»Mir fällt ein berühmter Ausspruch des Heiligen Paulus ein«, sagte er laut, nur weil das Schweigen schon zu lange dauerte. »Er spricht, Sie kennen diese Worte sicher, von Glaube, Liebe, Hoffnung und verkündet, daß die Liebe unter diesen dreien die größte ist...«

Sofort tat es ihm leid, daß er sich hatte zu diesem seelsorgerischen Zitat hinreißen lassen, hinter dem sich ein Vorwurf verbarg, zu dem er sich keineswegs berechtigt fühlte. Um ihn zu verwischen, ging er schnell darüber hinweg und stellte beinah im Plauderton eine neue Frage:

»Und so haben Sie dreißig Jahre lang nur Briefe miteinander gewechselt, Fräulein Linek, Sie und Ihr Neffe...«

Teta hatte längst schon das dicke Briefbündel ihrem Täschchen entnommen und hielt es mit stark zitternder Hand dem Johannes Seydel hin:

»Ich werd bittlich sein«, sagte sie, »daß der Herr Kaplan die Briefe des Neffen lesen, alle Briefe...«

Kaplan Seydel nahm ziemlich achtlos das Bündel entgegen und steckte es ein. Teta richtete sich auf, weil diese brennende Last von ihr gefallen war. Mit der Übergabe der Briefe an den Seelsorger war merkwürdigerweise wirklich eine »Entlastung« eingetreten. Sie fühlte sich in diesem Augenblicke freier als seit Jahren. Der Kaplan dachte wieder eine Weile nach. Diese Einfältige leidet wahrhaftig nicht unter dem verlorenen Geld und dem vergeudeten Opfer, sondern unter der Verantwortung vor dem letzten Gericht. Oh demokratische Kraft des Glaubens, der die Seele einer Königin oder Köchin, wenn sie ergriffen wird, zur selben Höhe zu heben vermag. Er sagte:

»Liebes Fräulein Linek, wenn es hier eine Schuld geben sollte, so ist es die, daß Sie Ihrem Neffen den Schwindel zu leicht gemacht haben, vielleicht... Ich sag nur ›vielleicht‹, denn darüber muß ich mir erst ein genaues Urteil bilden...«

Teta seufzte tief auf vor Erleichterung:

»Ich werd bittlich sein«, wiederholte sie hartnäckig, »daß der Herr Kaplan die Briefe des Neffen liest, alle Briefe, und genau...«

»Noch heute tu ichs«, versprach der junge Priester, der in der Tiefe der Katakomben ohne Form Tetas Beichte entgegengenommen hatte. Er war ziemlich erregt und machte noch einige Schritte durch die seltsam enge Finsternis. Sein eigenes Herz sehnte sich jetzt danach, zu reden und dieser alten Magd anzuvertrauen, was schwer auf ihm lag. Es war vielleicht unzulässig, daß er es tat. Er beugte sich zu Teta herab:

»Ich werd jetzt so aufrichtig zu Ihnen sein, Fräulein Linek, wie Sie zu mir waren. Vielleicht hätt mir auch die ganze Liebe und der gute Zuspruch meiner Schwester Iren nicht geholfen. Vielleicht wär ich trotz allem in meiner Haltlosigkeit auch nur eine Art Strolch geworden, sehr möglich ist das. Wissen Sie, was mich gerettet hat? Nicht die Worte der Iren damals, sondern etwas Hundsgemeines, Schreckliches, Grauenhaftes... Die Iren nämlich ist krank, todkrank, unheilbar, die eine Lunge ist ganz hin und mit der anderen hats auch bereits begonnen. Zwei Geschwister von uns sind schon gestorben an demselben. Die Iren hat vielleicht nur mehr ein Jahr zu leben, nachdem sie von ihrem ganzen Dasein nichts gehabt hat, wirklich und wahrhaftig rein nichts... Sehen Sie, und das hab ich immer vor mir gehabt und habs immer weiter vor mir, und keine Stunde läßt es mich los. Meine Pflicht wärs, die Iren in ein gutes Sanatorium zu bringen, in die Schweiz, in zweitausend Meter Höhe, oder irgendwohin anders. Aber ich bin ein armer Hund mit meinen zweihundert monatlich und kann gar nichts tun, kann ihr nicht danken. Viel ärger ist es, einem solchen Menschen nicht danken zu können, als ein Gauner zu sein... So sieht es in mir aus, Fräulein Linek, voll Schuld fühl ich mich bis daher. Und nicht einmal der Herrgott kann mich von dieser Schuld lossprechen, zu der ich doch ziemlich unschuldig verurteilt bin... Sehen Sie, so verteufelt geht es auf der Welt zu mit der Sünde. Wenn ich kein kleiner Kooperator wär, sondern ein Ingenieur, ein Arzt oder ein Geschäftsmann, dann könnt ich vielleicht für die Iren sorgen und wär frei von meiner Schuld, von der ich als Priester nie freikommen kann... Gott weiß, warum ich Ihnen das alles erzähl... Haben Sie etwas gesagt?«

Teta hatte nichts gesagt. Es war auch zu spät, etwas zu sagen, denn nach einer vollen Stunde der Pause ergoß sich soeben die neue Karawane in die Katakomben. Als sie mit dieser später zum Licht emporstiegen, verrollte der letzte Donner des Junigewitters am Horizont. Dieses Gewitter wars, was dem Kaplan in der Tiefe wie ein mystisches Erdbeben vorgekommen war. Überall auf den Plätzen und Straßen der Oberwelt spiegelten die Pfützen dieses Wolkenbruchs einen erleichterten Himmel.

Auch Teta war verwandelt, als sie wieder im Zimmerchen ihrer Herberge saß. Freilich, das Gewitter ihrer Seele hatte sich noch nicht verzogen. Der Sturm arbeitete rastlos aus den verschiedensten Windrichtungen des Gefühls. Da war vorerst die große Befreiung und Entlastung durch ihre Beichte. Mit der Übergabe der Briefe an den Kaplan hatte sie gewissermaßen die ganze Verstörung ihres Lebens auf einen Dritten abgewälzt. Er mochte nun ihre Mit-Sünde genau erforschen und abwägen, das hatte er gelernt, dazu war er bestellt. Sie hatte durch ihr Geständnis alles Böse von sich abgetan und gleichsam in Arbeit gegeben wie ein schadhaftes Gewand. Es war nunmehr die Sache des Priesters, herauszufinden, wie der Schaden gutgemacht werden könne. Teta hatte Seydels Anspielung auf das Apostelwort über die Liebe genau verstanden. Sie machte sich auch nichts vor und bekannte es ohne weiteres, daß der Wirkliche nur als Werkzeug ihrer Absicht gedacht war und daß ihr der stupsnäsige Rotzbub mit den verschwollenen Schlitzaugen, dieser Sproß eines verlotterten Bruders und einer widerwärtigen Fremden, schon beim ersten Anblick durchaus nicht liebenswert erschienen war. In dem Jungen steckte sichtbar schon damals der künftige Lügner und Herausfopper. Gut, sie wußte nun, daß ihre Hauptsünde hierbei in der Lieblosigkeit bestand. Zur Liebe aber gehören zwei, sagte man, und niemand kann zur Liebe gezwungen werden. Der Herr Kaplan wird mit dieser Frage schon fertig werden. Für jede Sünde gibt es eine Buße, das steht fest. Für ihre höchst läßlichen Sünden hatte sie bisher nach der Beicht stets nur leichte Bußen aufgebrummt erhalten, zum Beispiel fünfzig Ave Marias und ähnliches. Diesmal war sie mit Freude bereit, den entsprechenden Bußbefehl aus dem Munde des Herrn Kaplan entgegenzunehmen, je schwerer, desto besser. Vielleicht würde der Herr Kaplan gerechtermaßen in Erwägung ziehen, daß es seine Schwester Iren nicht schwer gehabt hatte, ihn zu lieben, den Schönen, Lustigen, Guten. Wäre der Neffe statt eines Mojmirs ein Johannes gewesen, oh wie hätte ihn Teta geliebt...

Hätte? Hier aber entsprang der zweite Strom ihres aufgewühlten Gefühls, ein wahrer Golfstrom übrigens, heiß und widerspruchsvoll durcheinanderstrudelnd. Die alte Magd wußte selbst nicht, was es war, das sie an jenem Abend in Venedig zu dem krampfhaften und gänzlich tollen Ausruf übermocht hatte: »Tät er nur mir gehören!« Es war seitdem nicht besser geworden. Dieser täglich sich erneuende Schreck, den Herrn Kaplan zu sehen, diese ängstliche Erwartung, diese freudige Scheu, wenn er mit ihr sprach, wenn er sich zu ihr setzte, wenn er sich nicht genierte, einer solchen Alten den Arm zu reichen oder gar das Gepäck nachzutragen! Er schien ja gar nicht daran zu denken, daß er sich damit vor den anderen lächerlich machte. Sehr lauernd, sehr verschlagen hatte sie heute in den Katakomben folgende Worte gewagt:

»Donnerstag fahren wir heim und dann werd ich ja den Herrn Kaplan nicht mehr wiedersehen dürfen.«

Äußerst schmerzhafte Worte. Sie ätzten die Kehle, hatten aber jene herrliche Entgegnung hervorgelockt, die Teta in ihrem Gedächtnis selig aufbewahrte:

»Ich möcht sogar um ein recht häufiges Wiedersehen gebeten haben.«

Hatte das der Herr Kaplan ernst gemeint? Wie kann man so

dumm fragen? Wenn der Herr Kaplan auch sehr lustig ist, er meint alles ernst, was er sagt, das ist es ja gerade. Er wird sie nicht vergessen. Sie werden einander daheim wiedersehen, vielleicht noch in dieser Woche. Warum nicht?

Es muß also ohne weitere Bedenken und längere Umschweife eingestanden werden: Teta liebte den Kaplan Johannes. Welche Art von Liebe freilich das war, das ist eine sehr heikle Frage. Wahrscheinlich eine Mischung von jeder Art: die Liebe einer Dienerin, einer Mutter, einer Schwester, einer reifen Frau, eines gläubigen Beichtkindes und nicht zuletzt die Liebe eines Backfischs mit lächerlich unverbrauchtem Herzen. Am allerwenigsten aber war ihr die von Seydel zitierte Liebe des Apostel Paulus zugemischt, von der es im Korinther-Brief wörtlich heißt, »daß sie nicht eifert und daß sie nichts für sich will«. Teta, die demütige und bescheidene, wollte gar manches für sich, und sie bekam wildes Herzklopfen, wenn sie an die Möglichkeiten der Zukunft dachte. Die Stürme des Gefühls hatten ihren klaren Planungssinn nicht verdunkelt. Wahrhaftig, wenn man diese Möglichkeiten der Zukunft berechnend abtastete, stockte einem der Atem. Gott hatte seine Magd doch nicht verworfen und ihre Mühen schmählich ausgelöscht, wie sie es in den Wochen ihrer tiefsten Zerrüttung hatte annehmen müssen. Etwas ganz und gar Wundersames war ihr von oben zugemessen worden. Nach der durch sie selbst mutig unternommenen Entlarvung dieses Teufels von Mojmir hatte ihr der Himmel diesen Engel von Johannes gnadenvoll an die Seite gestellt, damit der Lohn ihres Daseins nicht verloren sei. Welch ein Ersatz, welche bestürzende Verkettung, natürlich und übernatürlich zugleich! Und es war noch nicht zu spät. Und sie fühlte sich noch ziemlich frisch bei Kräften. Und die dumme Geschichte mit ihren Beinen mußte sofort nach ihrer Rückkehr in Ordnung gebracht werden. Es galt nun mit höchster Klugheit, Umsicht, Zurückhaltung den neuen Lebensplan aufzubauen, der den ersten, verfehlten an Wert tausendfach übertraf, daran zweifelte sie nicht.

Der Himmel wirkte sichtlich zu Tetas Gunsten. Da war das arme Fräulein Iren, des Herrn Kaplan gnä' Schwester. Fünfundvierzig Jahre, das ist das rechte Todesalter für alle Tuberkulosen, die es zu dieser Jahreszahl überhaupt gebracht haben, davon hatte man schon oft gehört. Fräulein Iren mußte vermutlich schon kommenden Winter ihr kleines Wäschegeschäft und die große Welt verlassen, spätestens aber irgendwann im Lauf des nächsten Jahres. Dann stand der Herr Kaplan allein.

Es kam Teta gar nicht in den Sinn, daß sie durch solche Spekulationen das arme Fräulein Iren übervorteilte und sich keck selbst an die Stelle der Schwindsüchtigen setzte. Warum auch nicht? War die gnä' Schwester des Herrn Kaplan im großen und ganzen nicht beneidenswert? Sie hatte sich nicht volle fünfundfünfzig, sondern nur fünfundzwanzig Jahre abrackern müssen und währenddessen ihren heiligen Lebensplan rein, restlos und ohne höllische Störung verwirklichen dürfen, anders als Teta. Der göttliche Ratschluß zog Fräulein Iren ihr zweifellos vor, wenn ers jetzt genug sein ließ und die Kranke abberief, damit sie hier unten nicht mehr fiebern, spucken und die Nächte durchhusten mußte. Der Herr Bruder war ein Geweihter der herrlichsten Art. Der Herr Bruder hatte heut in der unterirdischen Kapelle der Heiligen selbst gesagt, daß er lieber ein Gauner geworden wäre, als zur Undankbarkeit verdammt zu sein. Was wollte das gnä' Fräulein Schwester noch? Der Herr Kaplan wird nicht zur Undankbarkeit verdammt sein, Teta weiß es genau und sie weiß auch warum. Der Herr Kaplan wird am Sterbebett des gnä' Fräulein Schwesters sitzen. Seine unerschöpfliche Dankbarkeit wird sich in unzähligen Gebeten und hl. Seelenmessen zu ihrem Gedächtnis folgenreich auswirken. Nach all dem, einem vorbildlichen Erdenwandel unter beständig glühender priesterlicher Fürbitte, sichert der Himmel ohne Zweifel dem Fräulein Iren einen Wohnplatz, der an Glanz und vornehmer Lage den von Teta erhofften weit übertrifft. Und das ist ganz in Ordnung so. Der Herr Kaplan und sein gnä' Fräulein Schwester gehören ja einem unabschätzbar höheren Rang an. Teta hats auf Erden nicht hochherrschaftlich gehabt und verlangt auch im Jenseits nicht den Aufstieg in eine höhere Klasse, die ihr keineswegs gebührt. In all ihren kühnen, das Jenseits umspielenden Träumen ist ihr niemals der Gedanke gekommen, das dortige Leben könne auf einer Gleichheit aller Seelen begründet sein. Sie möcht es gar nicht haben so. Zu ihrem Ich, dessen Fortbestand sie unverändert wünscht, gehört einmal die »Niedrigkeit«. Keine Idee ist Teta fremder als die des Fortschritts oder des Aufstiegs. Angesichts der Ewigkeit gibt es keine Verbesserung, die ja nur dort einen Sinn hat, wo die Zeit abläuft. Es kommt mit einem Wort nicht aufs Wohnen an, sondern aufs Leben. Wie aber dem auch immer sei, das gnä' Fräulein Schwester muß nächstens sterben, gleichgültig, ob sie, Teta, es bedauert oder heimlich wünscht. Sie kann es nicht ändern. Warum aber sollte sie nicht mit leidenschaftlichem Eifer vorsorgen, daß sie selbst nach Fräulein Irens seligem Hinscheiden die Erwählte ist, die sich des Herrn Kaplans freiwerdende Dankbarkeit durch Dienst und neues Opfer erwirkt, solang ihr noch Zeit bleibt. Sie wußte bereits, auf welche Weise sie das anzustellen habe.

Die Dialektik aller Liebe ist trüb, obwohl der Völkerapostel in seinem wundervollen Hymnus behauptet, »die Liebe eifere nicht«. Teta rechnete in ihren durcheinanderflutenden und doch so zielstrebigen Gedanken kaltsinnig wie ein Kind mit Irenens baldigem Tode. Sie machte ihn, berauscht von köstlichen Vorahnungen, zum Eckstein ihres neuen Gebäudes. Mit ihrem eigenen Tode hingegen rechnete sie nicht. Dieses ansehnliche Kalkül fehlte in der Dialektik ihrer Liebe, die ja eine erste Liebe war, ausgestattet mit allen raschen Wallungen und verwegenen Schwärmereien eines mädchenhaften Gefühls. Das mahnende Gebrechen des Körpers war vergessen, oder richtiger, es sollte unterdrückt und niedergekämpft werden.

Sie saß und starrte vor sich hin und ging nicht zum Abendessen und machte kein Licht. Die langatmige Dämmerung des Juni lag noch im Raum, als ihr Blick auf einen uneröffneten Brief fiel. Man hatte ihn während ihrer Abwesenheit auf den Tisch gelegt. Die Stellenvermittlung schrieb:

»Werte Frau Linek, erhalten soeben durch Empfehlung des Herrn von Argan eine Anfrage der Frau Baronin Perera, ob Sie bereit wären, ab ersten Juli dieses in der Villa in Gössl am

Grundlsee als Aushilfsköchin einzutreten. Wenn Ihre Dienstleistung der Frau Baronin konveniert, ist Ihr ferneres Verbleiben auch in der Stadt nicht ausgeschlossen. Umgehende Antwort und frdl. Angabe Ihrer Lohnforderung anher bestens erbeten.«

Ein wahrer Triumph! Von Gott zur rechten Zeit gesandt, in diesem feierlichen Augenblick des Neubeginns und der Wiederaufrichtung. Der Brief entfiel ihrer vor Freude schwachen Hand. Sie war noch immer etwas wert, die werte Frau Teta Linek, und die hohe Welt wußte es. Wer kannte nicht den Namen Baronin Perera, eine erstklassige gnä' Herrschaft, ein hochvornehmes Haus mit Kammerdienern, Zofen und zwei Küchenmädchen mindestens? Von der Villa in Gössl am Grundlsee hatte Teta sehr oft reden hören, es war eigentlich ein Schloß mit vierzig Zimmern. Dort bedeutete eine Köchin ihrer Art die höchste Standesperson gleich nach der Herrschaft. Sie wurde nicht überanstrengt und mit sorgfältiger Schonung behandelt wie eine Kostbarkeit. Teta wird wie ein richtiger Chef in der Küche thronen und den Untergebenen ihre Weisungen erteilen und ein prächtiges Zimmerchen besitzen und Arbeit und Muße haben, gerade richtig verteilt. Der Grundlsee, sie kannte ihn gut, lag in der Nachbarschaft von Grafenegg, am südlichen Absturz des Toten Gebirgs. Sie konnte daher dann und wann nach Grafenegg hinüberfahren und sich um Burschl kümmern. Vor allem aber wird nun die liebe alte Leier wieder beginnen, nach der ihr schon so bange gewesen ist, ein unberührter Hunderter legt sich auf den anderen, bis dann endlich nach dem seligen Absterben in Gott des Fräulein Iren der große Tag der Erfüllung anbricht.

Teta sprang jugendlich von ihrem Stuhl auf. Zu gewaltig war das Frohlocken in ihrem Herzen, als daß sie hätte länger sitzenbleiben können. Sie versuchte, ihren neuen Arbeitsraum sich vorzustellen. Hier die Anricht, dort der Herd. Lachend tanzte sie zwischen diesen erträumten Punkten hin und her. Aber was war das? Sie spürte ja nicht den leisesten Schmerz in den Beinen. Wie wird sie erst tanzen können, wenn sie nach der Verödung aus dem Krankenhaus kommt! Ende der nächsten Woche schon. Hin und her und hin und her. Sie schleuderte ihren schwarzen

Stock krachend in einen Winkel. Die Freude riß sie immer wilder fort. Sie konnte sich nicht halten. Und jetzt tanzte sie wirklich im Dreivierteltakt einen Walzer. Wann wars das letztemal gewesen, daß sie getanzt hatte? Vor fünfundfünfzig Jahren. Auf dem Tanzboden von Hustopeč beim Fiedelfest. Doch nicht daran dachte sie. Sie dachte daran, wie sie Gott vor der Kirchentür hingeworfen hatte und wie sie dagelegen war und in ihrer Verzweiflung die schmutzige Erde berührt hatte wie ein Tier. Jetzt aber tanzte sie nicht nur, sondern summte auch den Walzer dazu.

Es war schon ganz finster. Teta hatte in ihrer Siegestrunkenheit das Klopfen überhört. Sie tanzte noch immer, als der Kaplan schon die Tür geöffnet hatte, durch die jetzt ein breiter Lichtbalken fiel. Er sah, wie die alte Magd sich im Dunkel mit ausgebreiteten Armen feierlich im Sechsschritt drehte und von einer Zimmerseite zur andern wankte. Das ist wahrhaftig keine schlechte Reisebekanntschaft, die ich da gemacht hab, dachte Johannes Seydel. Dann schaltete er das Deckenlicht auf.

»Ich stör Sie, Fräulein Linek«, entschuldigte er sich. »Aber ich muß Sie stören... Ich hab nämlich schon zwei Drittel der Briefe gelesen...«

Teta keuchte, rang nach Atem und schob mit geradezu leidenschaftlicher Gebärde dem Kaplan einen Sessel hin:

»Der Herr Kaplan haben wirklich gelesen«, stammelte sie.

Seydel setzte sich nicht, sondern stützte nur die Hände auf die Stuhllehne:

»Das ist ja abscheulich, empörend, ungeheuerlich«, rief er aus, »ein solches Gaunerspiel zu treiben mit Ihnen und mit Ihrer guten Absicht, und immer wieder und immer wieder anders. Ein amüsanter Satan dabei. Das grenzt ja schon an Defraudation des Seelenheils. Und diese Einfälle, mit denen er seinem lieben Tantchen immer neue Löcher in die Tasche bohrt. Und dieser Stil, Herrgott noch einmal, dieser talentierte Stil, geschraubt und verschlagen, teils aus einem Erbauungsbuch, teils aus irgendwelchen Feuilletons. Ich habe viel für möglich gehalten, das aber nicht... Nein, hören Sie, Fräulein Linek, ich nehm alles zurück. In den Katakomben war ich fast überzeugt, daß Sie es dem Burschen gegenüber an Liebe und Teilnahme haben fehlen lassen. Jetzt aber dank ich Gott, daß Sie diesem Beutelschneider der Seele gegenüber nur eine einzige Schuld gehabt haben, die Furcht vor der Wahrheit... Ein ganz großes Unglück wärs gewesen, wenn Sie ihn wirklich gern gehabt hätten...«

Teta unterbrach ihn und hob die Hand wie eine Schülerin:

»Wenn ich bittlich sein darf, ist das eine sehr schwere Sünde, die Furcht vor der Wahrheit?«

Seydels knabenhaftes Gesicht lächelte sie voll an:

»Das ist keine Sünde, Fräulein Linek, sondern nur eine Schwäche. Eine sehr menschliche Schwäche übrigens. Von ihr kann man oft nicht einmal die Kirche freisprechen... So, und nun machen Sie sich keine Skrupeln mehr. Sie stehen rein und schuldlos da, wenn auch Ihre gute Absicht schiefgegangen ist.«

Teta schwieg lange, wog ihre Worte und brachte sie schließlich abgehackt vor wie immer in großen Augenblicken:

»Würden der Herr Kaplan nach einer heiligen Beicht dasselbe gesagt haben zu mir...?«

Er berührte mit beiden Händen leicht ihre Arme:

»Es ist eine Beicht«, sagte er, »und ich hab mir nachher genau überlegt, daß es eine volle Beicht war, und jetzt muß ich zu Ihnen nicht einmal sprechen: Absolvo te...«

Teta stand eine Weile mit gesenktem Kopf und geschlossenen Augen ganz still. Dann aber warf sie sich vor Seydel auf die Knie, riß seine beiden Hände an ihren Mund und bedeckte sie mit Küssen und Tränen.

Kapitel elf

Der Pilgerfahrt letzte Station

Nachdem Johannes Seydel gegangen war, ließ sich Teta Schreibzeug und Briefpapier bringen. So erregend es für sie war, Briefe zu erhalten, gehörte es doch zu den größten Selbstüberwindungen ihres Lebens, sich hinzusetzen und mit schiefgeneigter kindischer Schrift diese Briefe zu beantworten. Der Sprache selbst mündlich nur in ihrer eigenen, abweichenden Art mächtig, fiel es ihr doppelt schwer, sie schriftlich zu gebrauchen, da sie sich jeder Fehlerhaftigkeit bitter schämte. Es half aber nichts. Obwohl die Zeit nicht drängte, zwang sie ein unabweisbarer Willenstrieb, Ordnung zu machen und mit der Wiederaufrichtung noch in dieser Nacht zu beginnen. Zuerst schrieb sie den Brief an die Stellenvermittlung. Eine harte Mühe! Sie mußte gewaltig nachdenken, um die ihr gemäße unterwürfige und doch eigensinnige Ausdrucksweise im Schriftwort festzuhalten, noch dazu mit der diesem Eigensinn angepaßten falschen Rechtschreibung. Sie nahm den Antrag der Baronin Perera, deren Hände küssend, gehorsamst an und wurde bittlich, daß Ihre Hochgnaden mit Gunst möchten denselben Monatslohn genehmigen, welchen die erstklassig perfekte Köchin im herrschaftlichen Hause Argan zuletzt bezogen hatte. Zu diesem mit großer Besonnenheit stilisierten Brief brauchte Teta eine ganze Stunde. Sie wollte bei der künftigen gnä' Herrschaft ganz bewußt den Eindruck hervorrufen, daß sie keineswegs zu der unverschämten Klasse der neuen Dienstboten gehöre, und daß der Nachteil ihrer Jahre durch den unabschätzbaren Vorteil gepflegter Umgangsformen und feierlichen Abstandsgefühls vor adliger Herrlichkeit voll aufgewogen werde. Sie kannte genau die Ehrbedürfnisse der Gnädigen aller Gesellschaftsschichten, angefangen von der neureichen Unsicherheit der Bezirksarmenrätin Fleißig bis zur wegwerfenden Huld wirklicher Aristokratinnen.

Nachdem Teta mit angestrengten Strichen die Adresse auf

den Umschlag gemalt hatte, blieb sie eine Weile erschöpft sitzen. Dann aber schritt sie zur Tat. Sie entnahm dem Täschchen ihren Schatz, den sie gegen alle Devisenvorschriften auch in Italien mit sich führte, und häufte die neunzehntausend, die sie noch von ihrem Schatz besaß, hoch vor sich auf. Mit verdunkelten Augen starrte sie diesen Reinertrag ihres Lebens erst lange an, ehe sie ihn wieder einmal abzählte und in zwei ungefähr gleiche Pakete teilte. Was wars? Was wollte sie damit?

Vor allem wars der Überschwang ihres Gefühls für Johannes Seydel. Sie sehnte sich mit einer bebenden, ihr ganz und gar unbekannten Ungeduld danach, den Herrn Kaplan fassungslos vor Glück zu sehen. Durch Teta, die unscheinbarste aller Pilgerinnen, deren er sich freundlich angenommen hatte, sollte der Herr Kaplan urplötzlich in die schwindelerregende Lage versetzt werden, seinem gnä' Fräulein Schwester den Lebensdank abzustatten. Tetas Gemüt bäumte sich vor süßer Lust, wenn sie den Herrn Kaplan heranträumte, wie er bestürzt, mit offenem Munde dasteht, da er nun das viele viele Geld in der Hand hat, um Fräulein Irens letztes Lebensjahr zu erleichtern und zu vergolden. Sie war der Summe wegen mit sich zu Rate gegangen und zu dem Schluß gelangt, daß auch die vornehmste Heilanstalt nicht mehr als einen Tausender im Monat begehren könne. Zuerst hatte sie von ihrem Schatz zwölf Tausender abgesondert, dem Fräulein Iren noch ein volles Jahr zubilligend. Später aber nach einigen Zögern rundete sie die Summe auf zehntausend herab; man durfte ja füglich annehmen, die Kranke werde die nächsten Frühlingsstürme trotz aller Sanatorien und ärztlichen Kapazitäten nicht überstehen. Möge sies gut haben durch Tetas Geld und dann von den besten Ärzten und Krankenschwestern gepflegt, von dem geweihten Bruder betreut, sanft dahinschlummern, früher oder später. Es kam Teta durchaus nicht darauf an, daß es dank ihrer Hilfe auch etwas später werden könnte. Sie fühlte sich im Besitz einer unbeschränkten Wartezeit. So merkwürdig es war, eine vollständige Genesung des Fräulein Iren zog sie ebensowenig in Betracht wie eine Gefährdung ihres eigenen Lebens vor dem Jahre 1940. Und hier lag nun das schöne Geld. Und es gehörte nicht mehr ihr. Sie schob es von sich. Ihr Gesicht aber erstrahlte vor inbrünstiger Freude.

Diese Inbrunst, diese Lust war jedoch nur die äußere Erscheinungsform dessen, was sie ganz erfüllte. In der Tiefe arbeitete ihr klarer Verstand an demselben Werke. Sie bewies damit in ihrer Art eine echte Durchdrungenheit von der katholischen Religion, die ja auch nur zu einem Teil mystische Hingabe ist, zum andern aber eine streng logische Ordnung. Teta wußte genau, daß sie den neuen Lebensplan so wenig wie den alten ohne Opfer verwirklichen könne. Wieviel Opfer hatte sie der Neffe gekostet, abgesehen von den zahlreichen Tausendern seit einunddreißig Jahren, wieviel Schwierigkeiten, schlimme Zweifel, schlaflose Gedanken, ein quälendes Heiß und Kalt immerzu. Der Herr Kaplan kostete, so schien es ihr, bedenklich wenig Opfer. Den Hauptteil ihrer Ersparnisse, auf welche die Cikán lauerte, zehntausend und basta. Die wunderbare Fügung der Dinge machte ihrs beinah zu leicht, jetzt wo sie wieder arbeiten und sparen konnte wie früher. Ein mittelmäßiges Opfer vom Herzen gerissen und dem geliebten Herrn Kaplan dargebracht, und schon ist die Straße zu seiner demnächst freiwerdenden Dankbarkeit gebahnt. Rettungslos verpflichtet bleibt ihr dann der Herr Kaplan. Ihr schamloser Stoßseufzer »Tät er nur mir gehören«, dieser verbotene närrische Wunsch geht mit Zauberschnelle in Erfüllung, und der Herr Kaplan gehört wirklich ihr. Der Himmel hat sie um den nichtswürdigen Lumpen jahrzehntelang hangen und bangen lassen, den reinen schönen fröhlichen Engel aber schenkt er ihr im Schlaf, von einem Tag zum andern: ›Aber Fräulein Linek‹, wird der Herr Kaplan sagen, ›das kann ich ja gar nicht annehmen. Wir haben nur eine liebe Pilger-Freundschaft geschlossen, gleich auf den ersten Blick, das aber geht trotzdem zu weit, ich bin außer mir, wie soll ich Ihnen jemals entgelten, was Sie damit für meine arme Schwester Iren tun...‹ Teta aber wird drauf wegwerfend erwidern: ›Hauptsache, daß die gnä' Schwester wieder gesund wird in der Schweiz im allerbesten Sanatorium, und daß man nichts versäumt. Mit Erlaubnis, der Herr Kaplan brauchen sich sonst keine Sorgen zu machen. Ich hab doch selbst die größte Freud damit, daß es dem gnä' Fräulein bald wird besser gehn, und daß sie nach einem Jahr gesund zurückkommt. Wenn aber auch traurigenfalls der Herr Kaplan nächstens sich eine eigene Wirtschaft einrichten, so werd ich bittlich sein, daß der Herr Kaplan an mich denkt. Die alte Linek ist noch immer so flink wie keine andere und ihr Apfelstrudel ist berühmt in den hochgnädigsten Häusern und auch die ganz feinen französischen Vorspeisen und ihre Soufflés, Creme-Torten, Eiskrapfen wie vom Zuckerbäcker Demel. In meiner Jugend hab ich ja volle fünf Monate in der Küche vom Hotel Sacher mitgeholfen...‹ Darauf wird der Herr Kaplan wieder über sein ganzes liebes junges Gesicht lachen: ›Wo denken Sie denn hin, Fräulein Linek, ich mit meinen zweihundert monatlich, da gibts keine Soufflés, Creme-Torten, Eiskrapfen, wenn ich auch wirklich nach all dem schlechten Fraß sehr gern eine gute eigene Wirtschaft haben möcht...‹ Teta macht, während sie dieses innere Zwiegespräch führt, eine großzügige Handbewegung. ›Darüber müssen der Herr Kaplan auch nicht nachdenken‹, fällt sie eifig ein, ›das macht die alte Linek schon, die kennt sich aus. Die hat ihre Quellen in jedem Bezirk. Der Herr Kaplan sollen nur nach Haus kommen und sich an den Tisch setzen...‹ Auf diese Versicherung hin wird der Herr Kaplan die alte Linek um die Hüfte fassen und in die Höhe heben, der Athlet, vor lauter Glück und Lustigkeit.

Ein leichter Zweifel mischte sich ein. Was aber, falls der Herr Kaplan die Gabe zurückweist? Ausgeschlossen! Wenn er auch der äußerste Gegensatz zum Neffen ist, er würde kein liebender Bruder sein, wenn er diese sehnsüchtig erträumte Summe zurückwiese, die es ihm ermöglicht, der mütterlichen Schwester seines Lebens endlich den Dank abzutragen. Man muß es nur besonders fein und vorsichtig anstellen, damit der Herr Kaplan sich nicht verletzt oder bedrückt fühlt, von einer Niedrigen Geld annehmen zu sollen. Wie sie das anstellen werde, wußte Teta noch nicht. Ob die Übermittlung des Geldes schon in Rom zu erfolgen habe oder erst daheim und in welcher Form, das mußte noch reiflich überlegt werden. Jetzt nahm sie einen Briefbogen und schrieb darauf folgende Worte, die in ihrem Stil und in ihrer nicht wiederzugebenden Rechtschreibung so sehr ihr Eigen waren, wie alles was sie dachte, sprach und tat:

»Endesuntergefertigte überweist hiedurch den beigelegenen Betrag von Schilling zehntausend dem Herrn Herrn Kaplan Johannes Seydel Hochwürden zum gefälligen Kurgebrauch gnädigen Fräuleins Schwester, Irene Seydel Hochwohlgeboren. Teta Linek, derzeit Private.«

Glücklicherweise fand sie einen groben Umschlag, der groß genug war, die dicke Summe aufzunehmen. Nun lag nur mehr der zweite, kleinere Haufen ihres Schatzes vor ihr, den sie aufmerksam betrachtete. Da aber stieg etwas in Teta auf, das mit der klaren Zielbewußtheit ihrer bisherigen Überlegungen nichts zu tun hatte. Es war das traurige Bild Mila Lineks, des armen Trottels, das auf einmal alle anderen gaukelnden Wunschbilder durchkreuzte. Sie hatte Milas wegen niemals irgendeine Verpflichtung oder Schuld empfunden. Jetzt aber drängte sich die Schwachsinnige mahnend vor, als sei es ihr gutes Recht, in solcher Stunde des Überglücks einen verwandtschaftlichen Anteil auch für sich zu fordern. Teta sah die Verkümmerte mit dem großen grauen Wackelkopf vor sich, wie sie in der Konditorei ihr Fruchteis verschlang, den Teller mit der linken Hand mißtrauisch gegen eine feindselige Welt verteidigend, die ihrs nicht gönnen wollte. Sie sah die Ärmste, wie sie die ängstlich geöffnete Trinkgeldhand hinhielt, und sie hörte in ihrer römischen Kammer hier deutlich Milas Stimme, diese Stimme eines elfjährigen Kindes: ›Damit mich die Frau Oberrevident nicht aus dem sozialen Leben fortschickt, Schwesterlein!‹ Und was ihr noch niemals im Hinblick auf Milas Los zugestoßen war, ihr stiegen bei der Erinnerung an diese Stimme Tränen in die Augen. War es zu fassen, daß es in ein und derselben Welt ein Glück gab wie das ihre und ein Unglück wie das des armen Trottels? Da spielte Teta ein paar Minuten voll einander widerstrebenden Empfindungen mit dem Geldpaket, ehe sie sorgsam fünf andere Tausender abzählte und zur Seite tat. Und nun wieder ein Briefpapier bereitgelegt, die Feder eingetunkt und mit schwerer Not und tief gerunzelter Stirn folgendes hingekritzelt:

»Endesuntergefertigte ist bittlich, daß der Herr Herr Kaplan Johannes Seydel Hochwürden infolge Todesfalles beigelegene Summe von Schilling fünftausend vormündig zur Beschützung ihrer geistesarmen Schwester Mila Linek, wohnhaft bei Frau Oberrevident Katherina Cikán, Ottakringerstraße 315, bestens anwendet. Teta Linek, derzeit Private.«

Dies war klarerweise eine testamentarische Verfügung, denn mit den Worten »infolge Todesfalles« meinte Teta ihren eigenen Todesfall. Keineswegs erwartete sie diesen in absehbarer Zeit, fühlte sie sich doch durch ärztlichen Befund bis zum Jahre 1940 vollkommen gesichert. Dennoch aber wars ihr vorhin ein aus der Tiefe hervorbrechendes Bedürfnis gewesen, in der glückhaften Neuordnung aller Dinge des armen Trottels nicht zu vergessen und ihn umsichtig vor den Listen der gierigen Erbwitwe zu bewahren. Diese Schenkung bedeutete eines der guten Werke, zu welchen das selbstische Menschenleben so selten die Veranlassung nimmt. Es muß aber zu Tetas Ehre gesagt werden, daß sie trotz all ihrer theologischen Verschlagenheit, mit der sie um ihren Platz im Himmel kämpfte, diesmal gar nicht daran dachte, sich durch gute Werke ein diesbezügliches Verdienst zu erwerben. Das gute Werk war nur eine Nebenleistung ihres liebenden Herzens, das sich durch jene zehntausend dem Gegenstand seiner Schwärmerei für ewig verbinden wollte. Daß sie sich nach einem Leben voll Gleichgültigkeit Milas endlich erbarmte, gehörte für sie zu den schönen Wundern dieser Nacht. Als sie jetzt auch diese fünftausend kuvertierte, mußte sie plötzlich hell auflachen. Die Vorstellung der rasenden Cikán war eine besondere Würze des guten Werks.

Der Schatz war jämmerlich zusammengeschmolzen. Ihr blieben nur mehr viertausend. Sie seufzte. Aber es war kein klagender Seufzer, sondern ein Seufzer der Müdigkeit, einer grenzenlosen Müdigkeit. Welch ein Tag, welch ein Abend, welch eine Nacht! Die Zubereitung eines Hochzeitsmahls kann nicht müder machen. Sie verschloß die beiden an Seydel gerichteten Briefpakete in ihrem Täschchen, das sie gewohntermaßen unters Kopfkissen schob. Dann aber, trotz ihrer Müdigkeit, wusch sie sich noch von Kopf zu Füßen mit kaltem Wasser. Sie wusch sogar ihre noch immer dunklen, aber schon etwas dünngewordenen Haare. Als sie nach dieser Mühe zu Bett torkelte, hatte sie ein wundersames Gefühl, das man am besten mit den kühnen Worten bezeichnen könnte: Bräutliche Sauberkeit. Sie schlief sofort ein, schlief traum- und regungslos durch bis fünf Uhr morgens. Wunderbar ausgeruht erhob sie sich. So frisch und leicht hatte sie seit Jahren sich nicht mehr gefühlt. Um sechs Uhr fuhr sie mit den eifrigsten Pilgern zur Messe nach Sant' Anastasia. Es war die Stationskirche des heutigen Tages. Sie hörte, wie der Herr Kaplan zu einer Gruppe sagte:

»Im heutigen Introitus wird das einzige Mal nicht die Herrlichkeit Gottes, sondern die des Menschen verkündet. Es heißt: Empfanget die Wonne eures eigenen Ruhms... Ich finde, wir Bagage verdienen auch diese einmalige Erwähnung nicht...«

Nach der Messe empfing Teta die Kommunion, das erstemal seit ihrer tragischen Entdeckungsreise.

Eine Stunde später, in der Herberge, bat sie der Herr Kaplan, einen Augenblick zu ihm zu kommen. Er bewohnte eine abgeschrägte Dienerkammer unterm Dach. (Die Pilgerfahrt machte er natürlich nicht auf eigene, sondern auf Kosten des Komitees mit, das ihn gewissermaßen zum Seelsorger dieser Reise erwählt hatte.) Lachend wies er auf seine Soutane, die übers Bett gebreitet lag.

»Heut muß ich die Uniform anziehen, Fräulein Linek, ich tus nicht sehr gern, die Leut schauen einen so merkwürdig an, selbst in diesem heiligen Rom, aber ich kann doch vor meinem höchsten Oberhaupt nicht gut in Zivil auftreten... Und da haben wir die Bescherung. Fünf Knöpfe sind mir abgesprungen, drei Hafteln und zwei Ösen... Das ist zu viel für einen alleinstehenden jungen Mann, auch wenn er sich sonst vor einem Fingerhut nicht fürchtet... Übrigens, Fingerhut, Nadel, Zwirn, Schere, Knöpfe, Hafteln, Ösen und so weiter sind in reicher Auswahl vorhanden, da staunen Sie, was...«

Teta setzte sich hin, fädelte aufmerksam, während ihr die Brille ein wenig über die Nase rutschte, den Zwirn in die Nadel und begann ruhevoll und feierlich die Knöpfe an die Soutane zu nähen. Sie zog dieses Werk mit Absicht in die Länge. Es war ja ein unbeschreiblicher Genuß, eine andächtige und witzige Entzückung, in der Wohnung des Herrn Kaplan zu sitzen und, magdlich für ihn sorgend, die schöne Zukunft vorwegzuerleben. Am andächtigsten und witzigsten aber dünkte sies, daß sie sich nicht hatte aufdrängen müssen, sondern daß der Herr Kaplan aus freien Stücken sie zu seinem Dienst berief, ohne zu ahnen, was in ihrem Herzen schon längst über ihn beschlossen war.

»Haben der Herr Kaplan niemanden, der sich um die Wäsche des Herrn Kaplan kümmert?« fragte sie harmlos in die Arbeit versunken.

»Wenns gar zu arg wird«, gestand er, »pack ich das Zeug zusamm und schicks der Schwester... Die besserts mir aus...«

Teta blickte höchst mißbilligend von der Arbeit auf:

»Das ist ja aber sehr unpraktisch mit Erlaubnis«, erwog sie. »Gnä' Fräulein Schwester wohnt doch in einer anderen Stadt und hat Plag genug im eignen Geschäft...«

Johannes Seydel stand am Fenster und sah hinab auf das Gewimmel der Via Nazionale:

»Sehr richtig, meine Liebe«, sagte er. »Ich bin halt von Kind auf gewöhnt, die Güte meiner Schwester zu mißbrauchen... Man nimmts halt an wie den lieben Sonnenschein...«

Teta nähte eine Weile ruhig weiter, ehe sie hinwarf:

»Wenn ich bittlich sein darf, könnt ich mich ja kümmern um die Wäsch vom Herrn Kaplan, anstatt dem gnä' Fräulein Schwester, die ja Arbeit genug hat und schwer krank ist...«

Seydel stand noch immer am Fenster, aus dem er sich jetzt weit hinausbeugte:

»Eine prachtvolle Idee, wirklich«, rief er aus und war fühlbar mit ganz anderen Gedanken beschäftigt.

Teta spürte diese Unaufmerksamkeit. Sie kam ihr nicht ganz ungelegen:

»Ich könnt jeden Samstag das Paket abholen und Dienstag bring ichs dann zurück...«

So drang sie, ein unaufhaltsamer Stratege, Schritt für Schritt weiter vor.

»Eine prachtvolle Idee, Fräulein Linek«, wiederholte Seydel, unterbrach sich aber plötzlich und wandte ihr sein Gesicht zu, »das kann ich ja gar nicht annehmen so ohne weiters...«

Teta kicherte leise vor sich hin, verwandelte aber ihr verräterisches Lächeln schnell in ein kleines Hüsteln. Ich hab viel prachtvollere Ideen, und der Herr Kaplan werden noch ganz anderes annehmen müssen von mir. Der Herr Kaplan wissen gar nicht, was die alte Linek da drin in ihrem Taschl hat. Laut sagte sie:

»Die gnä' Herren zerreißen halt ihre Strümpf so gern.«

»Eine scharfe und tiefeindringende Beobachtung«, lachte Seydel.

Teta aber stand auf, schon ein wenig gebieterisch:

»Da könnten wir mit Erlaubnis gleich nachschauen...«

Bereitwillig öffnete der Kaplan seinen Kasten. Teta unterzog die Wäschestücke einer langen und stirnrunzelnden Prüfung. Sie zeigte sich äußerst unzufrieden:

»Diese Leut waschen mit Chlor«, tadelte sie, »und stopfen die Strümpf immer mit anderen Farben... Ich werds gleich heut ausbessern mit Erlaubnis...«

»Ich glaub, wir ergänzen uns sehr gut, Fräulein Linek«, sagte Johannes Seydel, in ferne Gedanken versunken, und dieser Satz war dennoch eine verheißungsvolle Gunsterklärung und beinahe schon ein Pakt.

Es klopfte, ein Chasseur trat ins Zimmer und meldete, der Herr Kaplan möge sofort zu Herrn Kompert hinunterkommen. Es sei äußerst wichtig. Teta blieb allein. Sie packte die Wäschestücke zusammen. Dann setzte sie sich damit zum Fenster. Ihre Hand strich über die kümmerlichen Socken und Hemden des Kaplans. Ihre hellen Augen aber umfingen die Mansarde mit einem Blick unabwehrbarer und innigster Besitzergreifung.

Im Speisesaal der Karawanserei stürmte Josef Eusebius Kompert in hellster Erregung auf und ab. Es war etwas geschehen, was seinen Erfolg als Reisemarschall dieser Pilgerfahrt ernsthaft bedrohte. Ein Telephonanruf aus dem Innersten Heiligtum der vatikanischen Paläste. Die schmerzlich weiche Stimme eines diensttuenden Prälaten hatte mitgeteilt, daß der für die heutige Mittagsstunde im Saal der Konsistorien angesagte Pilgerempfang wahrscheinlich nicht werde stattfinden können, da Seine Heiligkeit eine ziemlich schlechte Nacht verbracht habe und man ihr jegliche Strapaz fernhalten müsse. Noch sei die letzte Entscheidung darüber nicht gefallen, denn diese liege bei dem Sehr Heiligen Vater selbst, doch man mache sich am besten schon jetzt damit vertraut, daß weder heute noch in den künftigen Wochen mit einer persönlichen Begrüßung der treuen Kinder durch den gemeinsamen Vater werde zu rechnen sein. –

Die Enttäuschung kam nicht unerwartet. Aus den Zeitungen wußte man, daß Pius, der Achtzigjährige, einen Heldenkampf gegen seine Todeskrankheit kämpfte. Ganze Monate lang blieb der willensstarke Greis Sieger über den versagenden Körper. Dann aber kamen Tage – zumeist nach den großen Festen oder Empfängen –, da er sich kaum vom Bette zu erheben und in seiner Privatkapelle die Messe zu lesen vermochte. An solchen Tagen bedeutete es für den Papst das allergrößte Problem, die schlichte Wohnung des Menschen Achille Ratti im dritten Stockwerk des Vatikans zu verlassen, um in die Prunk- und Staatsräume des Statthalters Christi hinabzusteigen, die im zweiten Stockwerk lagen. Ähnlich wie bei der niedrigen Magd Teta Linek hatte auch die Krankheit des höchsten Priesters aller Gläubigen die schlimmsten Verheerungen in den Beinen angerichtet. Bei der Magd warens offene Krampfadern und entzündete Venen, beim Pontifex schwere Verkalkungen und Gangrän, dort die Folgen einer allzu stehenden, hier die einer allzu thronenden Lebensweise. Keine gefährlichere und schmerzhaftere Beanspruchung gab es für den dreigekrönten Greis als die häufigen Pilgeraudienzen und unter ihnen die mittleren und kleinen weit mehr als die großen. Mußten nämlich mehr als tausend Pilger empfangen werden, so fand sich ein gutes Auskunftsmittel. Man versammelte sie unten in dem berühmten Damasus-Hof und Pius erschien auf der purpurbekleideten Loggia, von wo herab er seine Ansprache hielt und den summarischen Segen erteilte. Weit weniger bequem aber hatte er es bei jenen Empfängen, wo sich nur einige Hunderte in der Sala Clementina oder in der Halle der Konsistorien drängten. Da mußte Seine Heiligkeit die langen Defilees der Knienden entlang schreiten, einem jeden den Fischerring zum Kusse hinhalten und persönlich seinen päpstlichen Segen spenden. Nicht genug damit, der gemeinsame Vater durfte sichs nicht ersparen, diesen oder jenen, der ihm besonders gebrechlich oder unmündig erschien, durch einige Fragen in dessen Nationalsprache auszuzeichnen. Es war dies jedesmal eine schwere körperliche Arbeit, und einer vom Gefolge hatte es ausgerechnet, daß der Papst an manchen Tagen oft mehr als fünf Kilometer auf solche Weise zurücklegen mußte, Pilgerkilometer könnte mans nennen, wie man von Stundenkilometern spricht. Kein Einsichtiger wird es demnach dem päpstlichen Leibarzte Dr. Milani verargen, daß er heute nach einer beinahe schlaflosen Nacht des Patienten auf Absage der vorhergesehenen Empfänge drängte. Freilich, Josef Eusebius Kompert war kein Einsichtiger. So glühend er auch den Heiligen Vater verehrte, das Gelingen der von ihm bisher so glänzend vorbereiteten und durchgeführten Pilgerfahrt ging ihm weit über die menschliche Person des leidenden Greises. Alles hatte vortrefflich geklappt bis zu diesem Tage. Fiel aber Sinn und Krönung des Ganzen aus, so wars ein voller Mißerfolg, ein beschämender Fehlschlag und man durfte nicht mehr von einer verdienstvollen Pilgerfahrt reden, sondern nur von einer gleichgültigen Vergnügungsreise nach Italien, wie sie jedes Reisebüro ebensogut veranstaltet. Josef Eusebius jagte vorerst den Minster und Monsignore in den Vatikan, damit sie dort ihren Einfluß geltend machten. Die Notablen kehrten ohne Erfolg zurück. Sie brachten kein Ja und kein Nein. Und neun Uhr war schon vorüber.

Da entschloß sich der Reisemarschall kurzerhand, selbst sein Glück zu wagen. Wenn er zu diesem Unternehmen auch durch nichts anderes legitimiert war als durch seinen Mangel an Zaghaftigkeit, so schien er doch fest davon überzeugt zu sein, daß seinem persönlichen Ansturm weder der Hofstaat noch die Krankheit Seiner Heiligkeit würde gewachsen sein. Er strahlte und schwitzte vor wilder Energie. War er auch vom Glauben der Väter abgefallen, so lebte doch in seinem Blute ungebrochen die vererbte Bereitschaft weiter, sich inbrünstig mit jeder Schwierigkeit zu messen und nichts Unmögliches für unmöglich zu halten. Einem todkranken Papste den Pilgerempfang im letzten Augenblick doch noch abzuhandeln, das war eine begeisternde Aufgabe, die nicht nur den Konvertiten, sondern auch den ursprünglichen Herrn Kompert aufs höchste anlockte. Er bat den jungen Kaplan, ihn zu begleiten. Sie fuhren im Taxi zu jenem geheiligten Eingang des vatikanischen Palastes, der Portone di Bronzo genannt wird. Kompert reckte seine ausgiebige Gestalt hoch und tat mit seiner schneidigsten Stimme den Schweizer Hellebardieren kund, daß er im Auftrag des österreichischen Pilgervolkes erscheine und an höchster Stelle bekannt und erwartet sei. Dabei schwang er irgendeine Einladungskarte als unwiderstehliche Signalfahne hoch in der Rechten. Die Türhüter der Garde, denen er ohne Zweifel imponierte, gaben salutierend den Weg frei. Johannes Seydel wunderte sich über Komperts sonore Sicherheit nicht wenig. Dieser trat schallend die tausendjährigen Steinfliesen und schien sich im Dunstkreise des Papsttums ziemlich zu Hause zu fühlen, hatte er doch schon sieben Audienzen und darunter zwei intimen beigewohnt, wie er nebenbei anmerkte. Seydel hingegen fühlte sich beklommen und scheu und wär am liebsten auf Zehenspitzen gegangen. Der Reisemarschall führte ihn raschen Schrittes durch den Korridor der Schweizer, den Damasus-Hof, über die majestätische Scala Regia in das zweite Stockwerk, wo sie eine Anzahl von großen Sälen durcheilten, immer wieder von den Offizieren der Garden aufgehalten und nach Komperts selbstbewußtem Auftreten immer wieder durchgelassen. Allein wäre Seydel nach Überwindung des Portone di Bronzo vermutlich nicht einmal bis zur Scala Regia vorgedrungen. So aber gelangten sie dank Komperts hemmungslosem Vordrang wie durch ein Wunder in die »Scala dei Parafrenieri«, die bereits der päpstlichen Anticamera nahe liegt. Hier saß an einem völlig leeren Schreibtisch unter dem hohen Fenster ein sehr würdiger Herr in Frack mit glänzend steifer Hemdbrust. Auf einigen weit auseinandergestellten Sesseln an den Wänden warteten ein paar geistliche Herren mit Aktentaschen im Schoß, lautlos, unbewegt und in sich versunken. Es waren gewiß hohe Beamte aus den verschiedenen Ämtern der Kurie, die ihre Relationen in der Privatkanzlei des Papstes abzugeben hatten. Dem Kaplan fiel es auf, daß die meisten Gesichter in der Hofhaltung des Pontifex sich auf eigentümliche Weise glichen. Er konnte es in seinen Gedanken nur widerspruchsvoll ausdrükken: Sie schienen von ungesunder Gesundheit zu glänzen. Sie waren glatt, gespannt, rosig, feucht und dennoch wie von Wachs. Er mußte an künstliche Blumen denken oder an gewisse Orchideenarten, die bei elektrischem Licht gezüchtet werden, um ihre unnatürlich nuancierten Färbungen zu gewinnen. Vielleicht hatten die Hofchargen der urzeitlichen Priesterkönige ähnliche Gesichter besessen, blühend und leichenhaft zugleich.

Besonders der Herr in Frack, völlig haarlos und ohne Augenbrauen, rief in Seydel diesen Eindruck hervor. Es war einer der »Sediari«, wie die Diensttuenden der Anticamera heißen, die den Grenzerdienst zwischen der Außenwelt und den innersten Kreisen der päpstlichen Arbeitszimmer versehen. Auf ihn trat nun Kompert mit einer eingeweihten Verbeugung zu, stellte sich und seinen Auftrag vor und verlangte in einem ebenso verwegenen wie mangelhaften Italienisch des fraglichen Empfanges wegen vor »Seine Exzellenz, den Doyen« geführt zu werden. Die kugligen, etwas fischhaften Augen des Reisemarschalls traten bei diesen Worten ziemlich stark aus ihren Höhlen. Seydel wunderte sich abermals über Komperts vertrauenerweckende Kenntnis der pontifikalen Hofämter. Wer mochte das sein, Seine Exzellenz der Doyen? Der Herr in Frack richtete den erloschenen Blick in seinem rosig polierten Gesicht auf dieses reife Pilgerhaupt mit geradezu leidenschaftlicher Teilnahmslosigkeit, sagte nichts, sondern gab nur die Initiale eines Lächelns zur Antwort, das aber ebensogut eine kleine schmerzhafte Verzerrung des eingefrorenen linken Mundwinkels hätte sein können. Dann erhob er sich und schwebte in seinen ausgeschnittenen Lackhalbschuhen davon, durch diese Fortbewegung die Stille im Raum gleichsam noch verdoppelnd. Es lag eine unbeschreibliche Behutsamkeit, Demut, ja Zerknirschung in seinem Gang, der nicht innerhalb einer einzigen Generation erlernbar war, weshalb sich auch das Amt der »Sediari« in gewissen Familien durch Geschlechter weiter vererbte. Diese »Sediari« gingen mit jedem ihrer knieweich und doch geschmeidig schwebenden Schritte wie durch hocherlauchte Sterbezimmer oder durch Räume, in denen ein Heiliger in visionärer Verzückung liegt. Sie drückten mit ihren Beinen nicht ohne Anmut die wandelnde Erstorbenheit aus, welche der Umgang mit den letzten Dingen erfordert. Ob sie Frack und hohen Stehkragen trugen oder ihre starre Livree von rotem Atlas, sie spürten die brennende Glut dieses Tages nicht, sie schienen Durst und Hitze nicht zu kennen, sie hatten ihre gewöhnlichen Menschenleiber aufs wunderbarste dazu trainiert, nichts anderes zu sein als der dienstbare Schatten, den das Pontifikat wirft. Selbst der Frack des jetzt Entschwebenden schien aus Schattenstoff gewoben zu sein.

Nach zehn Minuten, während derer niemand im Raum, nicht einmal Josef Eusebius, sich auch nur geräuspert hatte, kam der Sediaro wieder zurückgeschwebt. Er verneigte sich leicht vor Kompert und setzte sein angefangenes Lächeln genau dort fort, wo ers vorhin abgebrochen hatte. Er zeigte mit zwei sehr weißen und müden Fingern auf die hohe Tür im Hintergrund und glitt voran, um sie ohne den geringsten Ton zu öffnen. Josef Eusebius Kompert folgte mit schmählich knarrenden Stiefeln, diesen Symbolen unabstreifbarer Erdenschwere. Als er dann nach ziemlich langer Zeit wieder aus derselben Tür tauchte, war sein breites Bankiersgesicht naß, pfirsichrot und seine Augen, noch kugliger als sonst, funkelten den Kaplan triumphierend an. Er sagte aber in diesen Räumen des Schweigens kein Wort, bis sie auf dem Rückweg ungefähr die Mitte der Scala Regia erreicht hatten. Dann konnte er nicht länger an sich halten und zerriß mit seinem Siegesruf die ehrfürchtig geschonte Stille ringsum:

»Ich hab es erwirkt, daß der Doyen bei Seiner Heiligkeit noch einmal persönlich angefragt hat. Seine Heiligkeit haben nachdrücklich erklärt, daß sie trotz des schlechten Befindens und ärztlicher Einsprache ihre lieben Österreicher empfangen werden. Denn die haben ja eine besondere Ermutigung notwendig, nach den eigenen Worten Seiner Heiligkeit...«

Und jubelnd prustete es aus ihm:

»Ihr aber, was tätet Ihr alle ohne euren braven Kompert?!«

Johannes Seydel mußte ihm recht geben.

Daheim stand die ganze Pilgerschar in der unruhigsten Bereitschaft. Die Männer hatten schon zu dieser Stunde ihren Frack oder Bratenrock angelegt, die Frauen ihre hochgeschlossenen Kleider und die schwarze Spitzenmantilla. Keiner von ihnen hatte an die Absage glauben wollen, die ja diese schöne Romfahrt entwertet und geradezu entheiligt hätte. Jedermann empfand es als einen berechtigten Anspruch, das Antlitz des Heiligen Vaters sehen und seine Stimme hören zu dürfen. Man nahm also die Triumphmeldung Komperts mit wohlwollendem Beifall entgegen, ohne sie in ihrer ganzen Größe zu würdigen. Ein verfluchter Kerl, dieser vierschrötige Jude, der zurzeit auf die rechte Seite getreten war, der Schlaumeier. Auf die Tüchtigkeit dieser Menschensorte, die alles herbeizuschaffen verstand, konnte man sich verlassen. Der brave Reisemarschall schien von diesen tükkischen Gefühlsströmen unterhalb des allgemeinen Wohlwollens nichts zu ahnen. Berauscht von seiner hohen Notwendigkeit, die er soeben glanzvoll bewiesen, warf er sich in Gala und befestigte die fünf Orden an seinem Frack, die er sich durch seine hartnäckigen Dienste an der gesellschaftlichen Wohltätigkeit schon erworben hatte. Auch Johannes Seydel fuhr eiligst in seine Soutane.

Teta stand längst schon gerüstet in ihrem schwarzen Festkleid, das sie durch das Halsband aus blaßroten Korallen – dieser Perlenschnur der Dienstmägde – ein wenig belebt hatte. Ihre Mantilla freilich ließ sich mit den kostbaren Spitzenüberwürfen der Damen Fleißig, deren Erwerbung zwei volle Vormittage in Anspruch genommen hatte, nicht im entferntesten vergleichen. Es war nämlich gar keine Mantilla, sondern ein schwarzes gestricktes Kopftuch, das inmitten einer Versammlung von gnä' Herrschaft ihren dienstbaren Stand besonders zur Geltung brachte. Sie fühlte es und hielt sich noch mehr abseits als sonst. Johannes Seydel bemerkte, daß Teta heute ohne Stock ging. Deshalb kam er sogleich auf sie zu und reichte ihr den Arm. Sie sah ihn zum erstenmal in der Soutane. Sein helles freies Gesicht wirkte durch das geistliche Gewand noch knabenhafter. Heut erst war es wirklich der frohe Schutzengel, der neben ihr ging. Wie hatte sie nun alles bei sich, das zu ihr gehörte: den sinnvoll aufgeteilten Schatz im Täschchen und den geweihten Jüngling an ihrer Seite, der ihr durch eine unausdenkliche Fügung vom Himmel selbst zugeteilt worden war. Glücks genug, um andächtig ein- und auszuatmen. Trotz dieser nie erträumten Erfüllung, trotz dieser seligmachenden Neuordnung, in der Teta nunmehr wandelte, konnte sie doch nicht zum Vollgenuß all des Gewährten kommen. Ihr Geist war ganz merkwürdig benommen. Die Welt schwankte vor ihren Blicken. Rasche Schwindelanfälle zwangen sie, immer wieder die Augen zu schließen. Schwer hing sie am Arm ihres Schutzengels.

Als sie den Portone di Bronzo durchschritten, überfiel sie ein wildes Herzklopfen. In dieser unbekannten Erregung wußte sie minutenlang nicht, wo man sich befand. Ihr wars, als ginge sie durch die endlosen Gänge, Treppenhäuser, Wartehallen eines gewaltigen Bahnhofs. Dieser Bahnhof aber war auf irgendwelche Weise schon in den Himmel eingesprengt. Von anderen Bahnhöfen unterschied er sich durch eine Art reger, ja überfüllter Totenstille, die an den Nerven nicht weniger zerrte als der hastigste Lärm. Ganz oben, weit in der Ferne, hinter tausend Räumen, mußten die Züge kommen und gehen. Pilgerzüge mit langen Wagenreihen. Hier hörte man sie nicht, es sei denn, das dumpfe Rauschen in den Ohren kam vom Rollen jener Züge her. Die gelb und blau gestreiften Schweizer mit ihren Pumphosen, faltigen Baretten und langen Lanzen marschierten in kleinen Abteilungen vorüber, aber so stramm sie auch ausgriffen, man hörte ihren festen Soldatenschritt nicht. Alle waren sie riesengroß und jung und kühn. Konnten sterbliche Männer so schön und so gleichmütig sein? Diese Schweizer waren nicht mehr ganz Menschen und noch nicht ganz Engel, eine Vorstufe des himmlischen Militärs gleichsam. Vielleicht hingen ihre Paradeflügel in der Waffenkammer. Erbarmungslos zog sich der Weg. Die Stufen der Scala Regia nahmen kein Ende. Teta blieb stehen. Sie hatte keinen Atem mehr. Johannes Seydel machte eine weite Handbewegung:

»Was sagen Sie zu all dem, Fräulein Linek«, fragte er.

Am liebsten hätte Teta gekeucht: Kehren wir um, mit Erlaubnis des Herrn Kaplans. Ich hab solche Angst, da hinauf in diesen Himmel zu steigen. Nie mein Lebtag hätt ich geglaubt, daß ich am liebsten vor dem Himmel davonlaufen möcht. Ich hab solche Angst, den Heiligen Vater mit meinen Augen zu sehen. Ich bin doch nur ein alter niedriger Dienstbot. Wenn ich bittlich sein darf, das ist nichts für mich. – In Wirklichkeit aber sagte sie, heftig den Kopf schüttelnd:

»Ja, das ist eine Pracht dahier...«

Es war auch eine Pracht. All der Marmor, das Gold und Blau in der Höhe, die riesigen Fenster, durch die nicht der kochende Junitag, sondern das gedämpfte Licht kahler Höfe drang. Über der königlichen Pracht aber herrschte eine grausame Nüchternheit, die Nüchternheit des entsagenden Geistes und eines eiskalten Scharfsinns, der Schrecken einflößt. War dies hier ein in den Himmel gesprengter Vorbau, so konnte der Himmel selbst nicht besonders gemütlich und einladend sein. Jedenfalls wars ein anderer Himmel als der von Teta seit ihrer Kindheit eifervoll umworbene, dieser liebliche Ruheort, diese von allem Übel gelüftete und gereinigte Fortsetzung des innig Gewohnten.

Die schwarze Herde der Pilger hatte die Scala Regia überwunden und ergoß sich nun in das berühmte zweite Stockwerk. Wie klein jedoch erschien die Schar von hundert Menschen unter den Riesenmassen dieser Säulen, Bogen und Deckengewölbe. Am Kopf der Treppe wurde sie von drei Sediari empfangen, die hier keinen Frack trugen, sondern die enganliegende Livree aus feuerrotem Atlas. Die alterslosen, blühend wächsernen Gesichter dieser sakralen Lakaien glichen einander so aufs Haar, daß man sich fragte, wer sie wohl auseinanderzuhalten vermochte. Sie schienen tagsüber belebte Puppen oder hell aufgeschminkte Mumien zu sein, die man nachts in den Glasschränken der vatikanischen Sammlungen verwahrte. Sie schwebten jetzt behutsam und lautlos dem Monsignore, dem Minister und dem Reisemarschall voran, die an der Spitze der Pilgerschar schritten.

Die Sala Clementina öffnete sich. Über dem Eingang dämmerte ein kolossales Wandgemälde. Eine vollbesetzte Barke im Sturm mit knatternden Segeln. Reiherartige Vögel strichen durch die Lüfte. Teta dachte an die Störche ihrer Heimat, die auf den Dächern nisteten. Vor dem ungeheuren Kamin stand in breitbeiniger Paradehaltung ein völlig erstarrtes Pikett der Schweizergarden. Diese regelmäßige Druse kristallisierter Tapferkeit schien nicht zu atmen. Jeder einzelne Mann war ein erzgegossenes Kriegerdenkmal seiner selbst. An der Eingangstür zum nächsten Saal warteten wieder drei purpurne Sediari und vor ihnen ein schwarzer Sottomaestro di Camera. Sein Gesicht wiederholte und übertrieb die maskenhafte Glätte und erstorbene Sanftmut der roten Höflinge. Er verneigte sich leicht vor den Führern der Pilger und schwebte durch die Tür voraus, deren hohe Flügel sich vorsichtig und wiederum unbeschreiblich stumm öffneten.

Man war am Ziel. In der riesigen Halle der Konsistorien. Die konnte mehr als tausend Pilger leicht fassen. Hier wurden von den Päpsten die Beratungen des heiligen Kollegiums abgehalten, hier den neuen Eminenzen der Kardinalshut aufgesetzt. Von dem baldachingekrönten Throne dort oben nahmen die Enzykliken und Bullen ihren Weg in die Christenheit. Auch in diesem Saal wuchs aus dem mosaikdurchwobenen Steinboden eine ehern erstarrte Druse der Schweizer. Je näher der Anticamera, um so kriegerischer schienen diese Landsknechte der Statthalterschaft Gottes auf Erden zu sein. Hier trugen sie Visierhelme mit Federbusch, Harnisch und Schwedenkoller. Der Sottomaestro di Camera trat mit einer angedeuteten Verbeugung auf den pyramidenförmigen Prälaten zu, der heute in

Violett ging. Das milde glatte Gesicht des Schwarzen war völlig in ein regungsloses Lächeln feinhörigster Verzeihung getaucht. Diesem gnadenvollen Ausdruck gemäß, hatte man es hier mit einem Funktionär der höheren Rangstufen zu tun. Er neigte sich sanft zu Monsignores Ohr und flüsterte ihm tonlos und doch mit geübter Deutlichkeit einige Wünsche zu. Monsignore seinerseits wandte sich an den Reisemarschall und gab die Anweisungen des Sottomaestro mit weniger geübter Tonlosigkeit an diesen weiter. Josef Eusebius Kompert, ganz in seinem Element, sprengte wie ein berittener Adjutant mitten unter die Schar und bildete aus ihr, während die Bewegung und Erregung sein blendendes Frackhemd knickte, einen weiten Halbkreis um den päpstlichen Thron. Jetzt lächelte der Sottomaestro di Camera noch um einen Grad verzeihender als vorhin. In einer knappen Flüsterrede verkündete er, daß Seine Heiligkeit den heutigen Empfang der österreichischen Pilger gegen den ausdrücklichen Willen des Leibarztes abhalte. Es müsse dafür Sorge getragen werden, daß sich die Zeremonie möglichst mühelos für den Sehr Heiligen Vater abwickle. Vor allem sei es ganz ausgeschlossen, daß jeder einzelne Pilger zum Handkuß gelange. Es mögen daher sieben oder acht Persönlichkeiten ausgewählt werden, um recht unauffällig vor den übrigen zu knien.

Eine äußerst schwierige Sache! Da war zum Beispiel gleich die vierköpfige Familie Fließig, von der kein Mitglied darauf verzichten wollte, zu diesen Ausgewählten zu gehören. Ohne den Fischerring geküßt zu haben, wäre für die Fleißigs diese ganze Pilgerreise eine Niete gewesen. Sie mußten doch dafür belohnt werden, daß sie die Wallfahrt »außerhalb der Saison« und nicht in der allerbesten Gesellschaft angetreten hatten. Andere ihresgleichen wurden angesteckt. Es kam zu halblauten Auseinandersetzungen mit dem verzweifelt schwitzenden Reisemarschall, den gehässige Augen umfunkelten. Der Sottomaestro di Camera ließ den Streit eine Zeitlang hin und herwogen und lächelte noch um einen weiteren Grad verzeihender. Dann aber trat er selbst auf Katzensohlen vor den Halbkreis und musterte ihn mit halbgeschlossenen, aber verklärten Augen. Plötzlich ließ er das Kinn auf die Brust sinken und sah in die Richtung, wo Teta Linek mit ihrem schwarzen Kopftuch am äußersten Ende und ganz hinten stand:

»Wenn ich bitten darf.« Diese Worte sprach er wie ein Mann, der die Stimme verloren hat und sich mit großer Kunst nur durch die Bewegung seiner Lippen verständlich macht.

»Vorwärts, Linek«, zischte Kaplan Seydel und schob die Widerstrebende in den leeren Raum. Da stand Teta nun ganz einsam, das Täschchen ans Herz gepreßt, und hatte Angst. Sie sah sich nach ihrem Schutzengel um, ob er ihr nicht helfen wolle, Angst zu haben. Der aber schien davon nichts zu spüren und zwinkerte ihr stolz zu. Er freute sich für sie. In diesem Augenblick war es Teta so, als sei sie durch eine lautlose Stimme, gegen die es aber keinen Einspruch gab, vor die Reihe aller Menschen gerufen worden, um Gott ganz einsam gegenüberzustehen. Eiseskälte kroch ihr die Glieder empor. Nach Teta wurden noch sechs andere Pilger ausgewählt. Ein sehr alter Staatsbeamter, ein dürres Fräulein von krankhaft blassem Aussehen, ein fünfzehnjähriger Bursche, nebenbei gesagt ein widerwärtiges Subjekt, eines der dicken Fleißig-Mädel, der Minister und der Reisemarschall in seiner ganzen Ordenspracht. Sie sollten nur einen halben Schritt vor den übrigen knien, damit Seine Heiligkeit nicht den Eindruck einer regelwidrigen Bevorzugung gewinne. Diese letzte Verfügung traf der Sottomaestro di Camera noch, ehe er davonschwebte.

In dieser Sekunde beginnt das dichte Mittagsgeläute Roms. Man könnte glauben, die Halle der Konsistorien liege mitten im Brennpunkt allen Glockenläutens der christlichen Welt. Wer denkt da nicht an das schöne Karfreitagsmärchen vom Pilgerflug sämtlicher Kirchenglocken nach Rom? Der Schall wird immer drängender und überschwemmt die Stille. Auch die Kalten und Nüchternen durchschleicht eine unerklärliche Erregung. Teta aber tastet mit den Händen um sich, als suche sie eine Stütze, um nicht hinzustürzen.

Die Glockenflut ist noch nicht verhallt, als auf einen Wink des unbemerkt zurückgekehrten Sottomaestro die sechs feuerroten

Sediari zu einer der inneren Türen treten und ihre Flügel sanft aufstoßen. Man sieht in einen damastroten Salon, in dem wiederum zwei gemeißelte Hellebardiere Wache halten und zwei Sediari die Tür hüten. Auch diese Tür öffnet sich mild und damit der Durchblick in einen zweiten Salon, der dem vorigen genau gleicht, denn auch in ihm wurzeln zwei Geharnischte. Dasselbe wiederholt sich nun siebenmal. Perspektivisch verjüngt sich diese weite Flucht von roten Räumen und ausgerichteten Türen in eine flächig verdämmernde Ferne. Die letzten Garden wirken nur mehr wie gemalt. Es ist, als ob man nicht in eine wirkliche Raumtiefe hineinsähe, sondern nur in ein Spiegelbild dieser Raumtiefe. Da beginnt sich auf einmal in der Ferne, dort wo alles nur gemalt zu sein scheint, eine leichte Bewegung abzuzeichnen. Es ist eine kleine Gruppe von roten, schwarzen und violetten Tönen, die langsam wie aus der Unendlichkeit näherkommt. Man kann es aber nicht eigentlich ein Näherkommen nennen, sondern eher das Heranfließen eines hellen Schweigens inmitten des dunkleren Schweigens ringsum. In den einzelnen Räumen sinken nach und nach die Garden und die Sediari aufs Knie, wie gefällt. Jetzt erst gewahrt man, daß die farbige Gruppe einen schneeweißen Kern hat. Unter den Pilgern gibt es kein Herz mehr, das nicht in schnellem Takt davonläuft. Ein Fleck unaussprechlich weißer Gewißheit wird immer deutlicher. Kurz ertönt ein halblauter Kommandoruf. Auch im Thronsaal knien nun die Schweizer. Ihre Rechte umklammert ziemlich hoch den Schaft der Hellebarde. Mit der Linken salutieren sie. Ihre Männergesichter unter dem Visierhelm sind Marmor.

Johannes Seydel ist, wie man weiß, durchaus kein Schwärmer. Er selbst sieht in sich mehr einen Vernunft- als einen Gefühlsmenschen. Ihm hats der Herr nicht im Schlaf gegeben. Eine bittere Jugend voll schwerer Seelenkämpfe liegt hinter ihm. Er hat dort unten in den Katakomben zu Teta die volle Wahrheit gesprochen. Wenn auch kein Strolch, so hätte aus ihm doch etwas ganz anderes werden können als ein braver kleiner Kaplan mit der Anwartschaft auf eine mühselige Pfarrstelle irgendwo in Stadt oder Land. Noch heute ist er wahrhaftig nicht frei von gewissen Anfechtungen. Insbesondere das Verhältnis zur kirchlichen Hierarchie ist ein schwacher Punkt in seiner Katholizität. Allzulange und allzu vorsichtig, so scheints ihm, hat die Kirche zu den Greueln dieses Zeitalters geschwiegen, und wenn sie ihre bannende Stimme erhob, so verdammte sie lieber die begreifliche Ketzerei der Armen und Beladenen, den Kommunismus, als die gefährlichere und gemeinere Häresie der Reichen, den Faschismus in all seinen Formen, diese teuflische Revolte der internationalen Jeunesse dorée. Viel Groll lebt deshalb in der Brust des jugendlichen Priesters, der sich noch nicht zu bescheiden gelernt hat und schlaflose Nächte wegen des spanischen Bürgerkriegs verbringt. Jetzt aber ist ihm der Mund trocken von einer ganz seltsamen und unbekannten Erschütterung. Die weiße Gestalt dort! Man möchte die Augen schließen vor ihr. »Der Diener aller Diener Gottes« lautet ihr schönster Titel. »Tu es Petrus!« Ja, von Petrus zu Pius reicht die ungebrochenste Linie der ganzen Weltgeschichte. In Pius ist Petrus und mehr als Petrus. Mit seinem Herzschlag stärker als mit seinem Verstand begreift Seydel plötzlich das Geheimnis der Menschwerdung der Gottheit, an dem die Päpste in ihrer Art teilnehmen. Achille Ratti, ein gewöhnlicher Mensch und Priester, kein gottbegnadeter Geist, sondern ein stiller Gelehrter, zärtlicher Bibliothekar und tüchtiger Alpinist in seinen kräftigen Jahren. Eines Tages treten die Kardinäle zusammen, gewöhnliche Erdenmenschen alle siebzig, und erheben Achille Ratti auf Petri Stuhl. Und nun ist der Mensch Pius nicht mehr nur Mensch allein. Ein Tropfen des köstlichen Balsams, der sich seit dem Tage des Galiläischen Fischers, der mit dem Herrn umging, angesammelt hat, verwandelt den gewöhnlichen Menschen und fügt etwas zu seiner Natur hinzu, das nicht von dieser Welt ist. Einem flachköpfigen Intellektuellen könnte Seydel dies nicht erklären, aber er ist überzeugt davon, daß auch dieser flachköpfige Intellektuelle es jetzt und hier in allen Nerven spüren würde wie er selbst. »Ecce sacerdos«, denkt er. Du hoher Priester, der du zurückreichst in die unerschöpfliche Tiefe der Zeiten, der du fast zweitausend Jahre alt bist als Träger deines Amtes, hilf uns Verlorenen, führe unsere Sache, denn du mußt die einzige Macht auf Erden sein, die gut ist und von Gott.

Der weiße alte Mann hat unter Vorantritt des ersten Maestro di Camera, eines Prälaten, der den Sottomaestro an Sanftmut und Erloschenheit noch weit übertrifft, den Saal betreten. Das schwarze, rote und violette Gefolge hinter ihm bleibt zurück und verschwimmt. Die Füße des Papstes in den roten, mit einem goldenen Kreuz gezierten Maroquinschuhen bewegen sich langsam stockend. Jeder Schritt kostet den Kranken sichtbare Selbstüberwindung. Sein Antlitz ist beinahe so bleich wie sein Kleid. Nur die Haare an den Schläfen, die unter dem Gipfelschnee des Käppchens hervorhängen, sind noch auffällig schwarz. Die goldeingefaßte Brille funkelt stark unter den beiden mächtigen Buckeln der Stirn, zwischen denen eine Schlucht schwermütiger Gedanken dämmert. Manchmal durchdringt ein Blick das Funkeln der Gläser. Es ist ein stolzer, prüfender und gescheiter Blick, hinter dem jener wache Humor lauert, mit welchem sehr seelenstarke Leidende ihren eigenen Schmerz ironisieren. Die schmalen, ein wenig zusammengekniffenen Lippen mit den abwärtsstrebenden Mundwinkeln ironisieren aber den Schmerz nicht, sondern geben ihn preis. Bei jedem dritten Atemzuge öffnen sie sich zu einem asthmatischen Luftschnappen. Dies ist das wohlgebildete Gesicht des achtzigjährigen Pius, das aber weniger alt wirkt, als erschöpft durch Leiden und Schlaflosigkeit. Der Körper in der weißen Soutane ist nicht mager, sondern abgemagert. Die breite Gürtelschärpe aus crèmefarbenem Moiré – neben dem Juwelenkreuz die einzige Nuancierung des Papstgewandes – verhüllt deutlich die zusammengeschmolzene Behäbigkeit.

Abseits von dem hohen Gefolge steht Giovanni Malvestiti, der Kammerdiener Seiner Heiligkeit in Frack und Escarpins, eine hochwichtige Person, der die irdische Existenz des Elften Pius fast völlig anvertraut ist. In vorgeneigter Haltung beobachtet Malvestiti scharf seinen Herrn, als sei er jeden Augenblick bereit, herbeizuspringen und den Sterbenden in seinen Armen aufzufangen. Und diese angstvolle lauernde Gebärde des Kammerdieners überwältigt mehr als alles andere das Herz des jungen Kaplans und stößt ein schwarzes Schluchzen in seine Kehle.

Pius besteigt nicht seinen Thron – es wäre eine überflüssige Strapaz –, sondern macht unter der ersten Stufe halt. Er steht da, eine weiße Vertiefung der Totenstille. Seine Züge sind erstarrt. Seine Augen fallen zu. Er muß vor allem einen großen Vorrat von Atem sammeln und sich mit Stärke über den wüsten Schmerz in seinen Beinen erheben. Mit beiden Händen umkrampft er die dünne Goldkette des großen Juwelenkreuzes, das er auf der Brust trägt. Es ist eine gewohnte Geste, die jede Ansprache einleitet. Heute aber scheint er sich an dieser dünnen Kette, seinen einzigen Halt, festzuklammern. Ein matter Blick durch die halbgeschlossenen Lider auf die regungslose Pilgerschar zu seinen Füßen. Wer sind diese? Woher kommen sie? Eine Weile noch Geduld, bitte! Der Weg vom Arbeitszimmer hierher war äußerst lang. Erst muß das arhythmische Herz und mit ihm die arhythmischen Gedanken in Ordnung kommen. Diese Gedanken aber spielen allerlei Streiche. Da ist gleich diese Geschichte mit dem Rasierapparat. Pius hatte ihn einst von seiner Schwester Donna Emilia geschenkt erhalten. Gewohnt, sich selbst mit dem nackten Messer zu rasieren, mußte er nur während der langen Bettlägerigkeit davon eine Ausnahme machen und seine Wangen einem Barbier preisgeben. Dr. Milani, der Leibarzt, hatte drauf bestanden. Jetzt aber war er ja wieder genesen. Ein Papst durfte nicht krank sein. Ein kranker Papst, das ist ein Widerspruch in sich selbst, das ist kein Schicksalsschlag, sondern eine Art von mutwilligem Verstoß, unter dem die ganze Kirche zu leiden hat. Seine Genesung ist urbi et orbi verkündet worden. Also fort mit den Regellosigkeiten und Verhätschelungen! Der Barbier wurde zur Erhärtung dessen abbestellt. Und heute hatte sich Pius wieder selbst rasiert, zum Schrecken Milanis und Malvestitis. Da er aber seinen ermatteten Händen noch nicht traute, wurde anstatt des nackten Messers das Geschenk der Schwester zum erstenmal in Gebrauch genommen. Was für ein kompliziertes Ding, solch ein netter, kleiner, goldener Rasierapparat! Von fünf bis sechs Uhr morgens hatte sich Seine

Heiligkeit mit dem komplizierten Ding abgeplagt, vor seinem kleinen Spiegel und dem armseligen Schälchen mit kaltem Wasser. Er hatte sich dreimal geschnitten, einmal in die Wange, einmal in die Oberlippe und einmal sogar in den Zeigefinger. Und nachher war er erschöpft gewesen wie am Abend nach der Heiligsprechung der lieben Therese von Lisieux. Als dann Malvestiti um sechs Uhr wie alltäglich ins Zimmer trat, hatte Pius nur zum Schein in seinem Brevier gelesen, in Wirklichkeit aber den schrecklichen Lufthunger kaum verbergen können. Wie schwer war ihm das Ankleiden gefallen, nachdem er seine ganzen Kräfte bereits an diesen netten Rasierapparat verausgabt hatte, mit dem er leider noch nicht gut umzugehen verstand. Die päpstliche Toilette, das ist auch keine Kleinigkeit. Da sind zuerst die weißen engen Seidenstrümpfe mit den goldgestickten Strumpfbändern. Von diesen Strumpfbändern kann man leider nicht absehen. Sie brennen überm Knie wie das höllische Feuer und sind gewiß der neugewonnenen Gesundheit gar nicht zuträglich. Aber den Doktor hat er trotz allem ganz gut zum Narren gehalten. Milani tritt ein, kniet hin. Er reicht ihm den Ring zum Kuß und gibt den Segen. Damit ist die ärztliche Visite zu Ende, ehe Milani den Mund öffnen durfte. Nicht einmal ein kleiner Scherz war nötig wie damals auf dem Höhepunkt der nun endgültig überwundenen Krankheit, als Milani ein ärztliches Konsilium berufen wollte und er, der kranke Papst, sichs mit der ruhigen Bemerkung verbat, ein einziger Doktor genüge vollauf, um einen einzelnen Patienten umzubringen. Was für ein ehrfürchtig saures Lachen auf den Zügen des guten Milani. Es ist nicht Milanis und nicht seine eigene Schuld, daß er nun wieder herumgehen und seine geistlichen Kinder empfangen kann. (Nur nicht im Rollstuhl fahren müssen! Von der Sedia gestatoria in den Rollstuhl, welch eine widerwärtig lächerliche Vorstellung!) Wie oft hatte er dem Herrgott sein Leben als Opfer angeboten in all diesen Tagen. Er weiß aber genau, daß dies kein übermäßig loyales Angebot bedeutet, das Leben eines Achtzigjährigen, der an Herzasthma und sklerotischen Veränderungen in den Beinen leidet. Ebensogut könnte ein Bankrotteur mit seinen Schulden ein wohltätiges Liebeswerk finanzieren wollen. In der hohen vatikanischen Aristokratie erzählen sich die alten Damen, daß die heilige Therese von Lisieux, an die er sich so gern im Gebete wendet, die Heilung auf ihn herabgefleht und damit ein neues Wunder vollbracht habe. Nun, nun, die gute liebe Heilige hätte dadurch weder ihm selbst gedient noch den Interessen der Kirche. In diesen Zeitläuften der satanischesten Irrlehren seit den großen Konzilien gehört ein Riese in den Vatikan, der nur drei Stunden schläft und die übrigen dreimal sieben Stunden arbeitet, arbeitet, arbeitet. Ein großer Papst müßte zornig sein und wie ein eingesperrtes Gewitter in seiner Bibliothek hausen, stündlich bereit, mit Blitz und Donner dreinzufahren. Er aber ist kein Zorniger. Er hat immer wieder behauptet, etwas wirklich Neues könne sich gar nicht ereignen, und alles lasse sich an Präzedenzfällen messen. Er hat immer wieder geglaubt, die Menschen seien nicht halb so böse wie ihre Taten. Nun aber, in diesen letzten Jahren sind die Taten der Menschen so böse geworden, daß für ihre eigene Bosheit kein Maß mehr hinreicht. Ein großer Papst müßte die Geschichte und die Tagespolitik von siebzig Nationen beherrschen bis in die feinste Einzelheit. Er müßte das Seelenleben des geringsten mexikanischen Kulis ebenso vollinhaltlich in sich umschließen wie das des Herzogs von Alba, wahrhaftig die Seele jedes einzelnen Menschen in der Welt, präzis, in unzähligen Sprachen, in unzähligen Lebensformen. Nur dann könnte es ihm gelingen, die einzelnen unsterblichen Seelen wieder aus der abscheulich klebrigen Verpackung herauszulösen, aus dem Zustand der tierischen Massenhaftigkeit, in welche sie die Proletarisierung und die modernen politischen Theorien zusammengedrückt haben. Nur dann könnte er, Pius, wirklich sein, was er zu sein hat: der große konzentrische Kreis des Weltgewissens, der all die zahllosen kleineren Lebenskreise in strenger Liebe umfängt und versöhnt. Was aber ist er, Pius? Ein schlecht geflicktes Wrack, das sich nicht mehr aus dem Hafen traut. Was sind die wichtigsten Fragen für ihn? Seine Strumpfbänder oder die Treppen zur Bibliothek hinab oder der lange Weg in die Halle der Konsistorien. Woran scheitert Pius heut? An einem vergoldeten Rasierapparat, mit dem er sich nicht auskennt und der ihm die Kraft eines ganzen Tages fortnimmt. Damit ist der Zickzack der Gedanken schnell wieder zu seinem Ausgangspunkt zurückgekehrt.

Seine Heiligkeit richtet sich ein wenig auf, schöpft mehrmals Atem, tritt auf den knienden Monsignore zu und reicht ihm den Fischerring zum Kuß. Der Wiener Prälat, der vor Erregung seine rosige Wangenfarbe verloren hat, stammelt eine kurze Ansprache, in welcher er dem Heiligen Vater seine treuen österreichischen Söhne und Töchter vorstellt. Aus den Zügen des Papstes weicht jede Müdigkeit, sie werden auf einmal straff und transparent von einem innerlichen Leuchten. Pius spricht mit einer klaren, warmen, etwas skandierenden Stimme ein sehr langsames Deutsch, das durch den italienischen Tonfall aufs schönste zugeschliffen ist.

»Unser sorgenerfülltes Vaterherz«, beginnt er wörtlich, »wollte es nicht zulassen, daß die österreichischen Pilger von Rom nach Hause fahren, ohne Uns gesehen und begrüßt zu haben.«

In dieser gefährlichen Epoche, fährt er fort, sei es von höchster Notwendigkeit, daß der Vater die Kinder suche, die Kinder aber auch den Vater. Wie jede kleine, so müsse sich in Zeiten der Verleumdung und Verfolgung auch die große katholische Familie eng zusammenscharen. Mit besonderer, ja mit angstvoller Liebe denke er stets an die schöne Heimat der hier Versammelten, dort wie überall, wo deutsch gesprochen wird, lauere der tückische Verführer, der das Unterste der von Gott eingesetzten Werte zu oberst kehren wolle und das Evangelium der Liebe in ein Disangelium des Hasses verwandle, schwache Seelen durch die Lust der Überheblichkeit an sich lockend. Pius erinnert seine Kinder an die Worte des Heilands: »Seid wachsam und betet!« Und er schließt damit, daß er von seinem eigenen sehr langen Leben spricht. Er habe in diesem langen Leben immer wieder erkannt, daß jede Unternehmung und jede geleistete Arbeit, die einem noch am Abend recht gut erscheint, sich schon am nächsten Morgen als minder gut entpuppt. »Es gibt nichts, was man schon gut gemacht hat«, sagt er mit seinem italienischen Akzent, »man muß es immer wieder besser machen jeden Tag...«

Nach dieser kleinen Rede lächelt Pius ein wenig hinter dem Gefunkel seiner Augengläser. Vielleicht denkt er, besser werd ichs nicht mehr machen, so gern ich auch möchte, aber diese Schmerzen sind wirklich zu groß, und ich werde unendlich zufrieden sein, wenn ich den Empfang beenden kann, ohne daß jemand etwas merkt. Dann tritt er zu dem knienden Minister, reicht ihm den Fischerring zum Kuß und stellt, plötzlich in eine Wolke von Wohlwollen gehüllt, einige Fragen.

Teta kniet als sechste in der Reihe. Das Knien ist diejenige Haltung, welche ihr die unerträglichsten Beschwerden verursacht. Unter anderen Umständen hätte sie gewiß vor Schmerzen geschrien. Jetzt aber sind die Schmerzen und sie selbst zweierlei. Eine schneidend wollüstige Buße sind sie für ein ganzes Leben und für die ungeheure und schreckliche Auszeichnung dieses Augenblicks. Sie bohrt krampfhaft die Fingernägel in ihre Handflächen. Nun erkennt sie, warum sie solche Angst gehabt hat vor diesem Augenblick. Er ist einfach zu groß für sie. Das Herz will an ihm zerschellen. Ihre ganz verdunkelten Augen hängen mit starren Pupillen an dem weißen alten Mann. Der weiße alte Mann ist der Heilige Vater, der Geweihte aller Geweihten, der Papst. Ach, was weiß sie vom Papst? Der weiße alte Mann ist beinahe Gott selbst, der sie seit ihrem ersten Atemzug so nahe, so fühlbar umwaltet hat. Aber was weiß sie von Gott selbst? Mit diesem weißen alten Mann ist für sie die mögliche Sichtbarkeit Gottes auf Erden durch jene hohe Tür getreten. Sie hat seinen Worten angestrengt gelauscht, ohne sie zu verstehen. Nur daß man heute alles besser tun müsse als gestern, diese Lehre ist haften geblieben. Sie selbst hat ja das Ihre zuerst schlecht gemacht, um es für die Zukunft verbessern zu dürfen. Aber Teta denkt jetzt nicht einmal flüchtig an die zehntausend für Fräulein Iren und an den geliebten Herrn Kaplan. Was könnte Johannes Seydel in dieser Minute für sie bedeuten, da sie dem sichtbaren Unsichtbaren begegnet, nach dem sie sich gesehnt hat, seitdem sie denken kann? Alle Berechnungen und

Hoffnungen ihres Lebens verdrängt der Anblick des weißen alten Mannes dort. Die Qualen der Knienden wachsen von Sekunde zu Sekunde und mit den Qualen und mit dem flatternden Herzschlag wächst diese unfaßbare Sehnsucht nach ihm, der Gott vertritt, nein, ist. Teta weiß es gar nicht, daß sie zaghaft ihre Arme dem Heiligen Vater entgegenstreckt...

Pius schreitet langsam von einem zum andern der geschickt Vorgeschobenen. Er hält die Hand zum Kuß hin, er lächelt ernst, er macht mit seiner schon ausgeschriebenen Segenshand das heiligende Zeichen. Sein Gefolge, zu dem nun auch Monsignore, der Minister und der stolz aufgeblühte Reisemarschall getreten sind, bleibt hinter ihm zurück. Nur der Maestro di Camera folgt ihm dicht auf dem Fuß. Abseits schleicht beobachtend und mit gebeugtem Rücken Giovanni Malvestiti, immer auf dem Sprung.

Der Heilige Vater hat Teta erreicht. Er hält den Ring zum Kuß hin. Teta aber küßte die Hand. Er macht das Segenszeichen über sie. Kaum aber ist er damit zu Ende, als er wankt, sich noch bleicher verfärbt und die Linke gegen das Herz preßt. Eine Atemnot!? Eine gefährliche Schwäche in den Beinen!? Seine rechte Hand greift in die Luft und sucht nach einer Stütze. Sie findet eine Stütze und ruht einige Sekunden lang schwer auf Tetas Scheitel, als wolle sie das Gewicht des Segens verzehnfachen. Doch auch Tetas Schmerzen und ihre Sehnsucht haben nun jedes Maß überschritten. Ihre Hände tasten flehend an der weißen Soutane hoch. Es sind vielleicht nur zwölf Sekunden, in denen das Oberhaupt der katholischen Kirche und ihre bescheidenste Magd einander berühren, beide von der Wucht ihrer irdischen Not überwältigt. Teta aber berührt in diesen unausdenklichen Sekunden zugleich den Gott, an den sie glaubt. Und schon steht Giovanni Malvestiti an der Seite des Papstes. Dieser winkt dem Helfer mit einem leichten, aber ärgerlichen Verkneifen der Mundwinkel ab. Dann sagt er mit allzu starrer Formelhaftigkeit zu Teta:

»Ich erteile meinen Segen nicht nur Ihnen, sondern auch allen, die Ihnen teuer sind...«

Und nun geht es bereits wieder. Pius reicht dem letzten Pilger den Ring zum Kuß. Dann wendet er sich noch einmal gegen die Versammlung und grüßt sie feierlich lächelnd mit den beiden erhobenen Händen. Lautlos öffnen sich die Türflügel. Man sieht wieder die spiegelbildhafte Flucht der acht Salons. Und dann ist alles zu Ende. Josef Eusebius Kompert schwingt seinen Zylinder und schreit mit traumhaft erstickter Stimme:

»Lang lebe Seine Heiligkeit!«

Er hat gehört, daß Franzosen und Italiener am Ende der Empfänge in solche Rufe ausbrechen. Niemand aber stimmt ein. Auf allen Gesichtern liegt es wie dumpfe Betäubung. Teta ist vornüber gesunken. Die Hände sind ausgestreckt. Ihre Stirn berührt den Steinboden. Johannes Seydel hält es anfangs nur für die Gebärde der tiefsten Prostration. Erst als er sich über sie beugt, bemerkt er, daß sie ohnmächtig ist.

Während der langen Regierungszeit des Elften Pius hatte sich bei den allgemeinen Audienzen ein Todesfall nie, eine schwere Erkrankung nur drei- oder viermal ereignet. Teta Linek war seit Menschengedenken der erste Pilger, der den vatikanischen Palast nicht gehenden Fußes verlassen konnte. Zwei palatinische Gendarmen, sogenannte Bussolanti, trugen sie auf einer altertümlichen und verstaubten Tragbahre so schnell und so unauffällig wie möglich in das Marodenzimmer der Garden im Erdgeschoß. Dort ließ man ihr die erste Hilfe angedeihen und brachte sie wieder zu Bewußtsein. Es stellte sich jedoch schnell heraus, daß die alte Frau rechtsseitig gelähmt war und die Sprache verloren hatte. Sie konnte nur Undeutliches lallen. Die Thrombose, von dem mürrischen Kassenarzt durch eine leichtfertige Redensart für 1940 in Aussicht gestellt, hatte Teta schon drei Jahre früher eingeholt, und zwar im machtvollsten Augenblick ihres ganzen Lebens. Ein Blutgerinnsel aus den überanstrengten und gemarterten Venen hatte eines der kleinen Hirngefäße verstopft und zerrissen. Sie schämte sich und war auch ein bißchen stolz, als hätte sie irgend etwas nicht ganz Unwürdiges geleistet. Immer wieder glaubte sie folgendermaßen zu ihrer Umgebung zu sprechen: ›Nur nicht viel Umstände mit mir, wenn ich bittlich sein darf. Es geht schon wieder gut. In einer halben Stunde spätestens ist alles in Ordnung... Hoffentlich haben Seine Heiligkeit nicht bemerkt, daß die dumme alte Linek solche Geschichten aufführt, das wäre ja noch schöner... Mit Erlaubnis, der Herr Kaplan muß vielmals entschuldigen, es wird nicht wieder vorkommen, denn zu Haus laß ich mich jetzt gleich veröden, damit ich am ersten Juli die Stelle bei der Frau Baronin Perera in Gössl antreten kann, frisch und froh, und dann, und dann, der Herr Kaplan weiß ja noch nicht, was sich die Linek ausgedacht hat... Wenn ich bittlich sein darf, sollte man nicht so gut und lieb zu mir sein, all die gnä' Herren Offiziere, warum denn nur, das geht doch nicht, ich bins nicht gewöhnt... Und der Herr Kaplan soll nicht zornig werden, denn der Herr Kaplan wird ganz sicher keine Anstände mehr haben mit der Linek...‹

Dies und noch manches andere meinte sie durcheinanderzuschwätzen und schien ihres hastigen Gelalles gar nicht bewußt zu werden. Ihre schönen Augen waren vergißmeinnichtblau wie noch nie. Da die rechte Gesichtshälfte etwas verzogen war, konnte man glauben, daß sie immerfort lächle, und zwar ein bißchen mokant. Teta wunderte sich sehr, als man sie später auf ein Rettungsauto hob. Welche überflüssige und allzu zärtliche Fürsorge wegen einer solchen Kleinigkeit. Und das alles für Teta Linek aus Hustopeč. Die gelb und blau gestreiften Landsknechte des Himmels vom Portone di Bronzo umstanden mit ihren langen Hellebarden diese Teta Linek aus Hustopeč und salutierten ihr ernst, als sei sie eine Verwandte Seiner Heiligkeit mindestens: ›Nein, aber so was!‹

Man brachte sie in das Hospital der Barmherzigen auf der Tiber-Insel. Dort lag sie nun in einem engen, aber eigenen Krankenkämmerchen, in einem leichten schneeweißen Bettchen. Alles erschien ihr so winzig, so kahl, so eigen, wie sies liebte, wie sies brauchte. Jawohl, hier konnte man bleiben für immer, wenn es nötig war, und der Herr Kaplan verließ sie nicht. Er ging nicht einmal aus dem Zimmer, als ihr der Arzt irgend etwas in die Venen spritzte. Der Herr Kaplan schien ebenso freudig gestimmt zu sein wie sie selbst. Er lachte über das ganze jungenhafte Gesicht und machte immerfort Witze:

»Sie haben den Vatikan mit einem Schlag erobert, Fräulein Linek«, zwinkerte er, »passen Sie auf, nächstens werden Sie dort gegen den Brauch durch päpstliche Bulle als Küchenchef engagiert...«

Auf einmal verfinsterte sich Tetas Antlitz. Sie sah unruhig umher:

»Wa... ma... ta...« lallte sie.

»Suchen Sie Ihre Tasche«, fragte Seydel, der ihr den Behälter des Schatzes nachgetragen hatte. Sie nickte heftig und begann mit der freien linken Hand im Innern des Täschchens eifrig zu wühlen. Der Kaplan trat ans Bett und half der Kraftlosen.

»Ne... me... win...« wiederholte sie immer von neuem.

»Wollen Sie diese beiden Briefe da haben, Fräulein Linek?«

Teta nickte begeistert. Seydel entnahm dem Täschchen die beiden dicken Briefpakete und sah, daß sie an ihn gerichtet waren.

»Soll ich sie jetzt öffnen und lesen, diese Briefe«, fragte er sehr laut, als habe die Kranke nicht nur die Sprache, sondern auch das Gehör verloren. Teta schüttelte zornig den Kopf.

»Soll ich diese Briefe einstecken und bei mir behalten, bis Sie wieder gesund sind?« schrie er noch lauter.

Teta nickte jetzt triumphierend. Ein glückseliges Lächeln breitete sich über ihr Gesicht. Aber es hatte auf der rechten Seite einen Sprung wie ein Gefäß. Seydel ließ die schweren Kuverts in die Taschen seiner Soutane gleiten. Er vermutete darin testamentarische Verfügungen, machte sich aber weiter keine Gedanken. Teta schloß die Augen vor müder Befriedigung. Ihr fehlte nichts mehr.

Eine Stunde später erschien Josef Eusebius Kompert mit einem gewaltigen Strauß roter Pfingstrosen und einer Mandeltorte aus dem Café Arragno. Die Klosterfrauen, die hier die Kranken pflegten, hatten ihn nicht vorlassen wollen, aber der Reisemarschall war nicht der Mann, dem eine Tür verschlossen blieb. Glänzend von Schweiß und tätiger Munterkeit setzte er sich an Tetas Bett und hielt mit anspornender Stimme diese Ansprache:

»Ja unsere Frau Linek, die ist ein Mittelpunkt geworden, direkt... Wir alle haben sie liebgewonnen, herzlich lieb auf unserer Pilgerfahrt, die doch voll gelungen ist, das kann man jetzt ruhig sagen, nach den herrlichen Worten Seiner Heiligkeit, an denen ich nicht unschuldig bin, wie ich mir schmeicheln darf, nicht wahr, sehr verehrter Herr Kaplan... Und wir werden unsere Frau Linek hier nicht zurücklassen, auf mein Wort, wenn sie Donnerstag noch nicht reisefertig ist, so warten wir bis Freitag oder Samstag, das macht der brave Kompert schon, das richtet er schon so ein... Und wenn Ihnen etwas nicht recht ist hier oder nicht paßt, liebe Frau Linek, dann wissen Sie, an wen Sie sich zu wenden haben, an Ihren Reisemarschall natürlich. Ein guter Reisemarschall, der ist auch ein Beschwerdebuch. Und Seine Gnaden, der Herr Generalabt, ist mein Freund, Sie sollen es hier gut haben wie der Herrgott in Frankreich... Und Sie haben Aufsehen gemacht, das will ich meinen, tadellos, man hat sich erkundigt nach Ihnen und ich durfte Auskunft geben und man war direkt sehr angetan... Und es kommt noch etwas für Sie, etwas sehr Schönes mein ich, etwas ganz Besonderes, vielleicht von Seiner Heiligkeit persönlich, wer kann das wissen... Und jetzt werden Sie nur schnell gesund, und nachher daheim veranstalten wir eine prachtvolle Feier, ganz allein für Sie, Frau Linek...«

»War... me... mi... hn...« lallte Teta mehrmals und sie wollte damit sagen:

›Nur keine solchen Umstände, wenn ich bittlich sein darf... Wofür bringt mir der gnä' Herr die vielen hochherrschaftlichen Blumen und eine Torte zu sechs Personen, was fangen wir damit an... Ich hab mich ja gar nicht gut benommen, sondern sehr dumm und sehr ungeschickt. Und Donnerstag bin ich sicher gesund, und man wird nicht auf mich warten müssen, das wär noch schöner, und ob ich mit Erlaubnis hier liege oder im Schnellzug sitz, das ist doch ganz egal und ich küß die Hände für das hochgnädige Präsent und ich verdiens ja gar nicht...‹

Nachdem Teta diese abwehrende Erklärung geleistet zu haben glaubte, verfiel sie sofort in schweren Schlaf. Auf dem Gange draußen fragte Kompert den jungen Kaplan, ob er ihn in die Stadt begleiten wolle. Seydel verneinte. Er werde bei der Kranken ausharren, solange ihr Zustand sich nicht zum Besseren gewendet habe. Die Ärzte seien ziemlich bedenklich. Dergleichen Anfälle pflegen sich knapp hintereinander zu wiederholen und enden öfters tödlich. Er selbst wisse nicht genau, was er diesem alten Dienstmädchen wünschen solle, einen raschen glücklichen Tod oder noch ein paar Jahre eines elend hingeschleppten Lebens.

»Ich würde mich immer fürs Leben entscheiden«, seufzte der vitale Josef Eusebius aus dem Grunde seines Herzens, das sehr weich war. Er mußte sich die Augen wischen. Dann aber klopfte er Johannes Seydel anerkennend auf die Schulter:

»Bravo, bravo... Das ist sehr schön von Ihnen, lieber Herr Kaplan...«

Und in seiner naiven Bewunderung für Lebenserfolg und Karriere fügte er prophetisch hinzu:

»Man wird auf Sie aufmerksam werden, Verehrter... Lassen Sie nur den Kompert dafür sorgen...«

Der Kaplan kehrte in Tetas Kammer zurück, um der Magd zu dienen, deren höchster Ruhmestraum es gewesen war, ihm dienen zu dürfen. Kaum war der Reisemarschall gegangen, als einer nach dem andern die Pilger erschienen, um sich nach dem Befinden der Mitpilgerin zu erkundigen und ihr Geschenke zu bringen. Teta hatte mit den meisten kaum gesprochen, sondern in ihrer Art stets den Abstand gewahrt. Vielleicht aber erklärt sich gerade daraus die tiefe Wirkung, die der tragische Zwischenfall im Saal der Konsistorien auf die Seelen der Pilger ausgeübt hatte. Sie beurteilten ihn nicht einmal ganz falsch. Eine schlichte, volksfromme Seele, meinten sie, war durch die überwältigende Nähe des Höchsten Priesters auf Erden niedergeworfen worden. Es gibt also noch Gläubige und Katholiken reinsten Wassers. Die Pilger brachten Nelken und Gladiolen und Rosen und Pfingstrosen und viele andere Blumen und kleine Marienbildchen und Mandeltorten und Wein und Likör und Bonbons und allerhand unschuldige Hausmittelchen aus ihren Reiseapotheken, die sich bei Typhus, Schnupfen, Schlaganfällen und Rotlauf gleicherweise erfolgreich bewährt haben sollten. Es gab unter den sechsundneunzig kaum einen, der sich nicht mit irgendeinem Angebinde einstellte. Als Teta nach zwei Stunden tiefsten Schlafes erwachte, lag sie in einem verzauberten Garten. Sie konnte kaum zu sich kommen vor Staunen. Ungläubig starrte sie die Fülle der Geschenke an, die sie umgaben.

»Die Weihnachtsbescherung kann sich sehen lassen«, lachte der Kaplan, »und morgen haben wir erst den Quatembermittwoch nach Pfingsten...«

Teta, ganz beschattet von diesem Märchengarten der Aufmerksamkeit und Sympathie, der dem letzten Tag ihres Lebens entsproßte, bewegte unaufhörlich die Lippen. Es war wohl ihr altes Sprüchlein, das ihr immer wieder aus dem Herzen drang: ›Das ist eine Pracht!‹

Kaplan Johannes hob zwei Flaschen mit Asti spumante hoch:

»Und die hat mir der Herr Bezirksarmenrat Fleißig höchst persönlich übergeben... Mir scheint, Fräulein Linek, Sie haben sogar seine widerliche Alte zu sich bekehrt...«

Teta bestarrte noch eine Weile dieses Wunder, ehe sie ganz begriff, was sich da ereignet hatte.

»Sa... se... sche...« lallte sie, plötzlich beunruhigt.

Seydel beugte sich über sie: »Bitte noch einmal.«

Sie brachte dieselbe Lautreihe hervor. Er aber hatte schon gelernt, die zu verstehen:

»Sie meinen wohl, daß all das Gute hier alt und schlecht werden wird...«

Teta lächelte erlöst und nickte eifrig.

»Ja was sollen wir da tun«, erwog er stirnrunzelnd.

Teta fädelte dieselben Laute zusammen wie vorhin.

»Sie wollen etwas davon essen«, tastete der Kaplan.

Teta schüttelte äußerst empört den Kopf.

»Meinen Sie, daß ich davon etwas essen soll, vielleicht«, blinzelte Johannes Seydel.

Teta atmete tief auf und nickte beglückt.

»Keine schlechte Idee«, meinte der Kaplan, »denn ich hab einen jämmerlichen Hunger.«

Mit seinem Taschenmesser schnitt er sich ein mächtiges Stück von einer der Mandeltorten ab und schenkte dazu ein Glas Wein ein. Gierig kaute und trank er und sah dabei gedankenvoll aus dem Fenster auf die hohe breitästige Zeder des Anstaltsgartens. Seinen Heißhunger mit dieser ersten Mahlzeit des heutigen Tages stillend, bemerkte er nicht das überschwengliche Glück in Tetas Augen, das sich bis zum Ausdruck verwegener und verschlagener Lustigkeit steigerte. Ja, da aß und trank er, der liebe Herr Kaplan. Und wenn sies ihm auch nicht zubereitet und kredenzt hatte, so nahm er die Speisen doch gewissermaßen aus ihren Händen entgegen. So wird es werden, so wird es sein vielleicht schon nach einem Jahr. Und er hat das Geld bei sich für das gnä' Fräulein Schwester Iren und für den armen Trottel. Und der Bund ist geschlossen für immer. Und eigentlich bleibt nichts mehr zu tun übrig. Und wär sie nicht ein bißl krank geworden – nicht der Rede wert – wer weiß, ob sichs hätte so schön und unauffällig einfädeln lassen. Sie lallte zärtlich etwas vor sich hin. Er verstands nicht. Johannes Seydel aber hatte den letzten Bissen noch nicht geschluckt, als etwas sehr Großes geschah. Die Tür tat sich sanft auf, der Prior des Hospitals trat persönlich über die Schwelle und meldete nicht ohne frohe Teilnahme:

»Monsignore Caccia im Auftrag Seiner Heiligkeit...«

Ein noch ziemlich junger Priester trat ein, in schwarzem Habit mit violettem Kollar. Sein Gesicht war rundlich und rosig und glänzte feucht. Das schwerlose und ein wenig scheue Lächeln aller Vatikanmänner lag auf diesem Gesicht. Er bewegte sich graziös und feierlich zugleich wie ein sakraler Tänzer. Der Prior schob ihm einen Stuhl ans Bett. Monsignore Caccia ließ sich leicht nieder, und zwar so, als sitze er nicht völlig, sondern deute das Platznehmen nur an und bleibe eigentlich in Schwebe. Er legte der Kranken ein Lederetui auf die Bettdecke, das einen schönen großen Rosenkranz aus rötlichen Achatkugeln enthielt. Er sprach leise mit dem gebändigten Organ eines Sängers, das seinen Resonanzreichtum meisterhaft auf kleine Räume abzustimmen versteht:

»Seine Heiligkeit sendet mich zu Ihnen, meine Tochter, um dieses persönliche, mit eigener Hand geweihte Geschenk zu überreichen. Der Sehr Heilige Vater lassen ferner gute Besserung wünschen und erneuern den heute mittags erteilten Segen. Seine Heiligkeit beauftragen mich schließlich mit der Botschaft, daß Sie morgen bei der Frühmesse Ihrer, meine Tochter, im Gebete gedenken wollen...«

Der Prälat sprach ein fließendes, gut geglättetes Deutsch ähnlich wie Pius, sein Herr und Meister. Diese drei Geschenke der großen Menschenliebe eines achtzigjährigen Papstes, der selbst bei Tag und bei Nacht mit dem Tode kämpfte, waren in die feine Trockenheit und streng durchdachte Sauberkeit einer diplomatischen Note eingekleidet. Caccia stellte darauf noch einige Fragen an den Prior und den Kaplan, dann verbeugte er sich ziemlich tief vor der Kranken und entwich so feierlich anmutig, wie er gekommen war. Als sie wieder allein waren, sagte Johannes Seydel, der während des hohen Besuches regungslos in einer Ecke gestanden war:

»Hätten Sie sich das je träumen lassen, mein liebes Fräulein Linek, daß einmal der Heilige Vater selbst Sie in sein Gebet einschließen wird...«

Teta schüttelte unaufhörlich den Kopf. Träumen lassen? Sie hatte sichs träumen lassen, ihre alten Tage an der Seite des geistlichen Neffen irgendwo in einem kleinen Pfarrhaus zu verbringen. Und das war schon ein übertriebener und allzu hoch gegriffener Traum, der schmachvoll in Brüche gehen mußte. Aus der Tiefe verlorener Zeiten herauf hatte sie stets die große Angst begleitet, sie, die alte Jungfer, werde einmal ganz allein sein in der Stunde des Absterbens und niemanden haben, der sich ihrer erinnert, der sich ihrer erbarmt und der armen Seele die notwendigen Hilfen leistet in der bitteren Spanne zwischen Hier und Dort. Jetzt aber!? Wer konnte sichs träumen lassen? Wer konnte es ausdenken? Jede Stunde überhöhte die vergangene durch eine neue unberechenbare Gnade. Der Herrgott selbst schien sich ihr zuliebe an Gunstbeweisen zu überstürzen. Und alles geschah so gleitend, so selbstverständlich, so mir nichts dir nichts. Der zähe Lebenswunsch der kleinen Dienstmagd hatte sich zu mächtiger Wirksamkeit zusammengeballt und begrub sie jetzt in einer Lawine der Erfüllung. Vor vierzehn Tagen noch ist Teta eine verstörte Frauensperson gewesen, die nicht ein und aus wußte. Vor zwölf Tagen hatte sie den Herrn Kaplan noch nicht gekannt. Seit gestern nachts aber besaß sie einen Geweihten, einen Schutzengel, der ihr allein zugehörte. Der Ahnungslose trug die starke Fessel in der Tasche, die ihn an sie band für immer. Und morgen früh wird der heiligste und göttlichste Mann unter allen Menschen, der himmelhoch über der allerhöchsten gnä' Herrschaft steht, der selbst schon ein Stück Jenseits im Diesseits und fast wie Gott ist, morgen früh wird der Heilige Vater für die perfekte Köchin Teta Linek bei seiner hl. Morgenmesse beten. Welche unüberwindliche Sicherung gegen alle Gefahren wird ihr damit zuteil. Man kann sogar annehmen, daß durch das päpstliche Gebet für sie das Reinigungsfeuer keine besondere Unannehmlichkeit bedeuten werde. Das lasse sich ein kühnerer Träumer träumen, das denke sich ein besserer Kopf aus als der ihre. Sie kann nicht. Sie streckt sich aus. Sie gibt sich anheim. Doch gerade jetzt, da sie unter ihrem rasch dahinkreisenden Spintisieren wohlig verdämmern will, überkommt sie ein mächtiger, ein gefährlicher, ein entscheidender Gedanke. Und er lautet: Warum nicht sterben heute noch? Meine rechte Hand ist ja gelähmt. Die Frau Baronin Perera wird mich nicht aufnehmen. Für den Herrn Kaplan werd ich nichts taugen. Alles, was nach dieser Stunde kommt, wird eine Abschwächung sein und ein Elend.

Teta bemerkte sofort, daß dieser Gedanke nicht den anderen Einfällen und Träumereien gleicht, die ihren Kopf umsummen wie einen Bienenstock. Es ist ein winziges, aber selbständiges und kraftbewußtes Flügelwesen, das jetzt aus dem Bienenstock hervorstößt, einen Augenblick lang über den vielen Blumen im Zimmer schweben bleibt und dann durchs Fenster davonsurrt. Noch könnte sie ihn zurückrufen, den Gedanken. Aber sie ruft ihn nicht zurück, obgleich es ihr leid tut.

Die Vorsehung hat Teta heute Wunschfreiheit verliehen. Die flügelstarke Imme des Gedankens ist schon angelangt, und man empfängt sie unverzüglich, und als hätte man nur auf das Stichwort dieses Wunsches gewartet, ist ihm schon stattgegeben. Man geht an diesem Tage mit der Dienstmagd Linek um wie mit den bevorzugten Sonntags- und Lieblingskindern, die erst dann sterben, wenn ihr innerster Wille darum ansucht. Wieder gerät ein Blutgerinnsel in den Kreislauf und zerreißt ein kleines Gefäß, diesmal in der Lunge. Die Kranke wird durch einen gräßlichen Erstickungsanfall heimgesucht, beugt sich auf und erbricht Blut. Die rasch herbeieilenden Schwestern und Ärzte meinen schon, es gehe zu Ende, denn das Herz vergißt zu schlagen und vibriert nur noch. Sie täuschen sich jedoch über diese eiserne Natur. Der Tod, den sie gemäß der verborgenen Selbstherrlichkeit ihrer Seele durch souveränen Entschluß heranbefahl, hat kein leichtes Spiel mit Teta. Nach einigen Minuten beginnt das Herz wieder regelrecht zu schlagen, wenn auch hundertachtzigmal in der Minute. Ein rascher wilder Fieberanstieg bis zu den höchsten Graden des Thermometers. Wahrscheinlich bildet sich eine Lungenentzündung. Man quält aber Teta nicht mehr durch langwierige Perkussion.

Mit der emporschießenden Körpertemperatur dringt allerlei eiliges Fiebergesindel in den Raum. In der Maskenleihanstalt des Vergessenen hat es auf diese übermütige Stunde gelauert. Wie unglaublich reich ist doch solch eine arme Seele, mag ihr Lebenslauf noch so eintönig und gradlinig gewesen sein wie der Tetas. Es könnte fast scheinen, die arme Seele bringe schon mehr auf die Erde mit, als sie hier dazu erhält. Es wäre im übrigen nicht nötig, dem eindringenden Phantasievolk besondere Aufmerksamkeit zu schenken, käme mit ihm nicht auch Mojmir Linek, der Neffe, ein letztesmal, um Abschied zu nehmen vom Tantchen, seiner standhaften Wohltäterin.

Der Neffe sitzt an ihrem Bett. Teta weiß übrigens nicht genau, ob sie nicht etwa schandbarerweise auf dem zerwühlten Lotterbett in der Neuen Welt liegt. Mojmir trägt eine lange violette Soutane aus purer Seide. Er ist also Priester. Er ist Prälat oder noch etwas Höheres. Er hat es weitergebracht als der arme Kaplan Johannes. Teta zerquält sich den Kopf, wie das nur möglich ist, daß dieser Lump sogar den Heiligen Vater hereinlegen konnte. Sie ist unsagbar bekümmert, weil dieser Violette – merkwürdig hell, fast lila ist die Farbe – sich durch seine gehauten Praktiken unter die reinsten Diener der Kirche eingeschlichen hat.

»Ich hab Sie dreifach beschwindelt, liebstes Tantchen«, lächelt der Neffe aus seinen verschwollenen Schlitzaugen, »nur um mich selbst zu strafen. Ich bin nämlich ausgeweiht schon seit zwanzig Jahren, wie Sie sehen können, und Seine Heiligkeit haben mich durch päpstliche Entschließung heut in den Vatikan engagiert. Ich hab aber auch eine feine Protektion durch mein Tantchen. Und nun hol ich Sie ab, damit Sie Seiner Heiligkeit und mir die Wirtschaft führen. Stehen Sie auf! Es ist Zeit, das Nachtmahl zu kochen. Viel wird es Sie nicht kosten, vier Hunderter oder fünf Hunderter als Anzahlung...«

»Hab ich dir nicht gesagt, Neffe«, schreit Teta aus vollem Halse, »daß du nicht kommen sollst und nichts mehr reden und nichts mehr schreiben...«

Mojmir beugt sich über sie, es ist zum Rasendwerden, und streichelt ihr mit seinen schmutzigen Händen, die aber parfümiert sind und die dunkelroten Nägel der Fleißig-Damen zeigen, liebevoll die Wange:

»Ich bin kein Lügner, Tantchen, das wissen Sie ja schon längst... Alles ist gebeichtet: Absolvo te, wir können wieder frisch beginnen... Es ist wahr, ich hab mein Gelübde gebrochen und ein Verhältnis gehabt, ein einziges, denn ein Mann ist ein Mann... Aber es war doch ein ehrbares und christliches Verhältnis mit einem Krüppel...«

»Ich bin nicht eifersüchtig auf dich«, wütet Teta. Plötzlich aber erkennt sie, daß der Neffe gar nicht der Neffe ist, sondern der Herr Kaplan. Da überwältigt sie ein ungeheurer Schmerz, der größte ihres Lebens. Denn sie fühlt, daß auch der liebe liebe Johannes Seydel es nicht gut mit ihr meint, sondern sie betrügt, anders und doch genau so wie der Neffe. Was soll sie tun, um dieser entsetzlichen Prüfung zu entkommen?

»Ich bin nicht eifersüchtig auf dich«, schluchzt sie und unaufhaltsame Tränenströme verwirren alles. Durch ihre Tränen hindurch aber gewahrt Teta, daß der Neffe oder der Herr Kaplan, sie weiß nicht welcher, sich in zwei geistliche Personen geteilt haben. Wer ist Mojmir? Wer ist Johannes? Sie kanns und kanns nicht unterscheiden. Die beiden stürzen aufeinander los, schlagen sich mit Fäusten und taumeln im Ringkampf durch die kleine Kammer, die der unterirdischen Kapelle der heiligen Cäcilia gleicht. Wild flattern die Soutanen in der tiefen Dämmerung. Teta will aus dem Bett herausfahren, um dem Kaplan zu helfen. Sie sitzt schon am Rand. Glücklicherweise aber erfüllt Burschl den Raum mit seinem Gebell und springt an einem der Ringer schrecklich hoch. Das blinde Hundl wirds schon wissen, welcher der Richtige ist.

»Los, Burschl, auf den Mann«, brüllt Teta, »auf den Neffen, Burschl«, und sie beobachtet beinahe freudig diesen leidenschaftlichen Kampf der Männer, der um ihren Besitz ausgefochten wird. Nicht genug kann sie plötzlich haben von diesem Kampf im Dunkel. Erst das aufstrahlende Deckenlicht macht dem Dunkel und dem Duell ein Ende. Johannes Seydel ist Sieger geblieben. Teta aber hat den Neffen und den Zweikampf längst wieder vergessen.

Der Herr Kaplan neigt sich liebevoll über sie. Fern und doch deutlich vernimmt sie seine Stimme:

»Möchten Sie jetzt nicht gerne die heiligen Sakramente empfangen«, fragt er und fügt tröstend hinzu, »das hat schon vielen Kranken zu rascher Genesung verholfen... Auch Ihnen wirds guttun...«

»Ja«, sagte Teta, ganz deutlich und ohne zu lallen, »ja, ja...«

Was dann geschieht, geht linde über sie hinweg wie Sommerwind und Baumschatten über einen, der im Halbschlaf auf einer Wiese ruht. Nur zweierlei tritt etwas klarer in ihr Bewußtsein. Das eine sind gewisse Worte, die der Priester öfters wiederholt: »Ancilla tua...« Oder: »Ancilla domini, Teta Linek...« Sie weiß nicht, daß diese lateinischen Wendungen »deine Magd« bedeuten oder »die Magd des Herrn, Teta

Linek«. Da sie sich aber namentlich angerufen hört, lächelt sie dienstbeflissen, wie es sich geziemt, wenn die gnä' Herrschaft etwas verlangt. Ihre Vergißmeinnicht-Augen sind groß und friedlich geöffnet. Das zweite, das ihr deutlich wird, ist ungemein angenehm. Wie es die sakramentale Handlung vorschreibt, macht der Kaplan dreimal auf jede Fußsohle der Hinscheidenden das Kreuzeszeichen mit dem geweihten Öl. Viaticum, Wegeslabung heißt dieses Sakrament daher. Teta spürt ein höchst lustvolles Kitzeln auf den Sohlen. Diese Empfindung aber vergeht nicht, sondern ruft eine andere, noch stärkere hervor. Sie glaubt jetzt, ein Kreuz aus goldenem und kühlem Feuer auf jeder ihrer nackten Fußsohlen zu tragen. Wohin sie nun auch gehen muß, des ist sie sicher, sie wird auf ihren eigenen Füßen gehen, die durch das golden und kühl brennende Kreuz gefeit sind.

Teta ist nun versehen, gesichert und in Ordnung, sie weiß es. Was ist jenes Gefühl der bräutlichen Sauberkeit, das sie gestern bei ihrem vorletzten Einschlafen auf dieser Erde empfunden hat, gegen das Bewußtsein der Ordnung jetzt!? Mit aufmerksamem Ausdruck liegt Teta regungslos da und wartet. Die Prozedur des Todes könnte nun beginnen. Er aber, der nicht nur ein Leiden ist, sondern auch ein Tun, beginnt erst gegen zehn Uhr nachts. Teta, die Magd, muß erst in gewohnter Bescheidenheit die letzte Schwäche ihres Herzens herandulden.

Wie die Geburt ein schmerzhaftes Geheimnis zwischen Mutter und Kind, so ist das Sterben ein schmerzhaftes Geheimnis zwischen Schöpfer und Geschöpf. Es ist dafür gesorgt, daß wir jenes vergessen müssen und dieses nicht mehr verraten dürfen. Ehe aber die unverratbare Mühsal des Todes anhob, geschah mit Teta etwas, das sich noch zur Not berichten läßt. Es war eine sehr freundliche Verwandlung des eigenen Körpergefühls. Sie meinte, nicht mehr rundlich zu sein und untersetzt und alt. Vor allem, dieses Altsein, diese Runzeln, diese Hängebacken, diese Augensäcke entpuppten sich als eine Art Verzeichnung, die sich auf einmal rasch und wie von selbst berichtigte. Teta hatte das klare Bewußtsein, daß ihr ein dichter Schwall kastanienbraunen

Jugendhaares, lose aufgesteckt, in den schmalen Nacken hing. Und da war es Donnerstag, und sie fuhr nach Hause. Sie fuhr nicht allein. Ein Begleiter war bei ihr. Obs der Herr Kaplan war, das wußte sie nicht. Kann sein, er wars. Kann sein, er wars nicht. Der Einzig-Richtige war er auf jeden Fall. Wie glatt und kühl fühlte sich ihr Gesicht an. Nur das schöne Haar wurde immer schwerer.

»Also, mit Erlaubnis, das bin ich?« fragte sich Teta verwundert.

Kapitel zwölf

Kleiner Epilog in einem Park

Ich hatte hier in Paris an einem hellen Vorfrühlingstag des Jahres 39 die letzten Seiten dieser Geschichte einer Magd niedergeschrieben. Und an demselben Tag kam durch eine jener sinnreich unentwirrbaren Verknüpfungen, die Zufall heißen, Livia Argans Brief mit der Mittagspost. Es war das erste Lebenszeichen meiner Freunde seit mehr als einem Jahr. Man wird ermessen können, mit welcher Mischung aus Schreck, Freude und Angst ich diesen Brief öffnete, oder besser minutenlang nicht öffnete. Livia schrieb sehr vorsichtig. Doch durch den verschleiernden Rätselstil hindurch, der den Untertanen der modernen Despoten auferlegt ist, sah ich schon bei der ersten Zeile, daß sich unerwartet Gutes ereignet hatte und daß Livias Herz in neuer Hoffnung blühte. Vor allem: Leopold war frei. In dem Brief hieß es, er sei braungebrannt vom Wintersport heimgekehrt. Der braune Satan hatte ihn also aus seinen Krallen entlassen, und wenn ich gewisse Andeutungen richtig verstand, schienen die Nerven meines empfindsamen Freundes nach fast einem Jahr Konzentrationslager noch nicht zugrunde gerichtet zu sein. Livia schrieb sogar ausdrücklich über die ruhige und abgeklärte Geistesverfassung, deren sich Leopold »trotz seiner übermäßigen sportlichen Leistungen« erfreute. Auch Doris ging es viel viel besser. Sie stellte nach den Worten ihrer Mutter eine Art medizinisches Wunder vor. Die Lähmungen waren bis auf eine leichte Schwäche im linken Bein vollkommen zurückgegangen und von irgendwelchen Trübungen des Bewußtseins war nicht mehr die Rede. Um die letzten Spuren der entsetzlichen Krankheit auszutilgen, wollte Livia mit dem Kinde nach Lourdes wallfahren, wovon sie sich die völlige Heilung versprach. Sie, die in unseren Gesprächen zumeist die Rolle der unbestechlichsten Zweiflerin gespielt hatte, schrieb mit einer gläubig erregten Inbrunst von Lourdes, die mir an ihr ganz fremd war und mich erschütterte. Was alles mußte ihre Seele seit Philipps Tod ertragen und überstanden haben!? Vielleicht war die gänzliche Wiederherstellung von Doris doch nicht so ausgemacht, wie sie hoffte. Warum sonst der Weg nach Lourdes? Im übrigen berichtete sie, daß seit einigen Wochen das Kind seine Gesangsstudien wieder aufgenommen habe, und daß die Stimme schöner und rührender klinge denn je.

Livia bat mich, ein nettes und billiges Hotel ausfindig zu machen, denn Leopold, Doris und sie würden spätestens in vier Wochen in Paris eintreffen. Bei dieser Stelle ließ ich den Brief sinken. Ich hatte also mit meinen zudringlichen Bitt- und Bettelaktionen, die mich, einen bemerkenswert schlechten Supplikanten, bis in ein Ministerzimmer geführt hatten, offensichtlich Erfolg gehabt. Was ich längst nicht mehr zu denken wagte, es schien gegen alle skeptische Vernunft am Ende doch eine Intervention von seiten der hiesigen Regierung erfolgt zu sein. Leopold Argan war nicht nur frei, er durfte sogar die Grenzen seiner geschändeten Heimat verlassen und hatte vermutlich schon für sich und die Seinen das sonst fast unerschwingliche französische Visum in der Tasche. Dieser zweite März war der beste und stolzeste Tag meines bisherigen Exils.

Ich lief wie närrisch in meinem Hotelzimmer hin und her. Im Blitztempo meines unheilbaren Illusionismus träumte ich mir eine liebe wunderschöne Zukunft zusammen. Die Emigration gewann plötzlich einen höheren Sinn, denn sie vereinigte mich mit meinen Freunden auf einer neuen Stufe des Lebens. Wie tief war ich in der Schuld der Argans, seit zwei Jahrzehnten schon. Sie hatten an mir gehandelt wie an einem Bruder, ach, der Vergleich ist falsch, denn an leiblichen Brüdern handelt man im allgemeinen nicht halb so freundschaftlich. Ich erkannte grell, wie sehr mich meine peinlich offene Lebensrechnung bisher gequält hatte. Nun aber würde ich ein kleines Häuschen für die gemeinsame Menage mieten. In einer der reizenden Ortschaften der Banlieue, am besten an den Ufern der Seine. Vielleicht in Malmaison oder in Le Vésinet. Da gab es sehr hübsche Villen mit drei oder vier Zimmern, inmitten gepflegter Gärten, die man schon für fünfhundert Franken im Monat zu mieten bekam. Eine Filmgesellschaft hatte bei mir angefragt, ob ich die Ausarbeitung eines bestimmten Szenariums übernehmen wolle. Es handelte sich um ein dummes, ja um ein unwürdiges Sujet, das ich inbrünstig verabscheute. Ich hatte mich bisher trotz meiner äußerst mageren Einkünfte vor Arbeiten bewahren dürfen, die nicht auf meinem eigenen Acker gewachsen waren. Sofort entwarf ich nun ein Telegramm an jene Filmgesellschaft, in welchem ich das Angebot annahm und um den Vertrag bat. Ich ertappte mich dabei, daß ich mir beinah wünschte, die Argans würden ohne alle Mittel ins Exil gehen, damit ich für sie sorgen dürfe fortan. Der Ewige Gast fühlte sich plötzlich in der erhabenen Rolle eines Pater familias. Erst am Abend dieses glorreichen Tages erkannte ich, wieder ernüchtert, wie zweideutig auch unsere sogenannten edlen Regungen sind. Mein stürmischer Wunsch nach Dankerstattung war rettungslos an den Trieb der Selbstüberhebung gekettet. Verfluchtes Ich, das nicht einmal in der Liebe und Sympathie über seinen eigenen Schatten springen kann! Leopold und Livia waren trotz aller Künstlerschaft keine vagabundierenden Gäste des Lebens gleich mir, sondern Herren ihres Hauses. Auf der Messerschneide der Wahl zwischen dem Vaterland der Grausamkeit und der Grausamkeit jeder Fremde, was mußten sie leiden!? Ich dachte nicht an sie. Ich dachte nur an mich, und daß mir schon nach vier Wochen ein neues Leben in der Nähe Livias beschert sein würde, hundertmal enger, intimer, wärmer als das frühere. Mein Blick umfing mit einer Freude, deren Kraft ich schon verloren zu haben glaubte, eine Photographie der Terrasse von Grafenegg, auf der sie alle vier umschlungen nebeneinander standen, auch Philipp. Es war dies ursprünglich ein kleines Amateurbildchen, das ich hier in Paris hatte vergrößern lassen.

Ich legte den Brief neben das offene Manuskript der Legende. Die Tinte der letzten Zeilen war noch ganz licht. Tetas Name sah mich mit den hellen Augen dieser Schrift an. Mir wars, als spräche der harte Tonfall ihrer Stimme zu mir. Ich konnte sie aber nicht verstehen. Unmöglich, länger allein zu bleiben an diesem Tage! Ich hatte nur sehr wenig Bekannte in Paris. Wen sollte ich aufsuchen? Sofort fiel mir der Kaplan Johannes Seydel ein. Er wohnte in einem Hotel am anderen Ufer, in der Rue de Seine. Das Sirenengeheul der Mittagsstunde in meinem Quartier verebbte soeben. Ich rief Seydel an und fragte ihn, ob er Lust habe, mit mir irgendwo in der Banlieue zu speisen. Er war einverstanden. Eine halbe Stunde später trafen wir uns auf der Gare Saint-Lazare. Wir nahmen den nächsten Vorortzug nach Saint-Germain-en-Laye. Dort aßen wir in einem kleinen Restaurant des Schloßplatzes zu Mittag. Als wir nachher am Bahnhof vorbei das Gittertor des berühmten Parks durchschritten, wurden gerade die neuen Zeitungen ausgerufen. Auf der ersten Seite der Blätter sahen wir mächtige Bilder aus dem Vatikan. Vor mehr als zwei Wochen schon war Pius der Elfte gestorben, die Worte »Gesù« und »Pace« auf den Lippen. Jetzt ruhte er lange schon in der Krypta von Sankt Peter. Die Sedisvakanz ging zu Ende. Das Konklave hatte begonnen. Vielleicht wurde schon heute von der Loggia der Stadt und dem Weltkreis verkündet: »Habemus papam.«

Der Park von Saint-Germain ist eine der schönsten und ältesten Anlagen Europas. Den Hauptteil bildet ein riesiger Eichenwald, der sich meilenweit ins Land zieht. Ich bin überzeugt, daß sein Ursprung auf einen heiligen Druidenhain zurückreicht. Dafür spricht eine tausendjährige Wundereiche, deren heidnische Tradition trotz oder in dem Madonnenbild fortbesteht, das sie schmückt. Oh Frankreich, Land der Bäume, aus deren Geäst deine Heiligen die weissagenden Stimmen vernehmen! Noch griff das Wipfelgewölbe der Eichen kahl wie ein breitmaschiges Netzwerk in den blassen Himmel, der soeben von einer schweren Krankheit genesen zu sein schien. Ein paar Krähen taumelten zwecklos durch die Luft, und eine einzige ebenso freche wie verfrühte Amsel mit frisch gestrichenem Gelbschnabel hüpfte über unseren einsamen Weg. Wir gingen zu der von Le Nôtre erbauten Terrasse hinab. Sie gleicht einem endlosen Quai, der am Steilufer eines mächtigen Binnensees entlang wandert. Dieser Binnensee in der Tiefe ist das verschwebende dunstige Seine-Tal, an dessen jenseitigem Ufer die Vorstädte von Paris liegen. Beim Rosarium setzten wir uns auf eine Bank und sahen schweigend hinaus. Es war warm wie an einem Maitag. Das junge Licht des Jahres aber tat noch nicht weh. Ganz in der Ferne überm Montmartre, in Schwebe gleichsam zwischen Himmel und Erde, aufleuchtete manchmal die Gralsburg von Sacré-Cœur, eine Fata Morgana des Glaubens in der Wüste.

»Sie werden sich erinnern, lieber Freund«, begann ich nach einem längeren Schweigen, »in diesem Winter haben wir uns immer wieder über eine gemeinsame Bekannte unterhalten. Die alte Köchin meiner Freunde Argan... Es wird Sie übrigens interessieren, Leopold Argan ist endlich freigekommen, und ich erwarte ihn und seine Familie in den nächsten Wochen...«

»Das ist schön, da freu ich mich aber für Sie«, lächelte der Kaplan aufrichtig und kindlich. Ich verglich ihn mit dem jungen Menschen, den ich in meiner Geschichte geschildert hatte. Er schien längst nicht mehr so jugendlich und fröhlich zu sein wie jener Schutzengel Tetas auf der Pilgerfahrt. Sehr mager sah er aus, blaß und fast gelbsüchtig, und hatte nichts mehr von einem Athleten an sich. Wahrscheinlich war er ziemlich verhungert. Wovon soll auch ein nicht inkorporierter Geistlicher im Exil leben? Der graue Anzug machte einen überaus geschonten Eindruck. Mir fiel auf, daß Seydel zwar sehr abgetragene schwarze Schuhe anhatte, gleichzeitig aber neue Handschuhe aus hellem Glacé-Leder. Ich wollte einiges erfahren, was ich noch nicht wußte. Solange ich an meiner Geschichte gearbeitet hatte, war es mir peinlich gewesen, immer wieder von demselben anzufangen. Jetzt tastete ich mich vor:

»Sie haben mir so viel von den letzten Tagen dieser Teta Linek erzählt und all die erstaunlichen Briefe und ihre letzten Verfügungen gezeigt. Eines aber ist mir noch nicht klar. Was ist eigentlich aus dem Geld geworden, aus der Erbschaft mein ich?«

»Wasser«, lachte Seydel, und es klang lustig und höhnisch zugleich. »Das kommt daher, wenn man anständig handeln will. Aber Scherz beiseite, ich wollte gar nicht anständig handeln. Ich hatte ja nicht den geringsten inneren und äußeren Anspruch auf diese Erbschaft...« Gleich nach Tetas Begräbnis, fuhr er fort, habe er die Summen der italienischen Behörde übergeben, die den Akt über die Verstorbene aufnahm. Sofort erfolgte die Sequestrierung des Schatzes. Devisenvergehen, Erbschaftssteuer, Gott weiß was noch, ein sehr komplizierter Fall zwischen zwei Staaten. Der Kaplan habe damit auch daheim noch eine Menge Scherereien gehabt und sei immer wieder allen möglichen amtlichen Inquistionen unterworfen worden. Unverzüglich habe sich eine äußerst energische Dame in das Spiel der verschiedenen Finanzstellen sehr resolut eingeschaltet. Eine gewisse Katherina Cikán, eine Staatsbeamtenwitwe, der Teta Linek leibliche Schwester. Wie das Spiel ausgefallen sei, das wisse der Kaplan nicht mehr genau. »Das Ende Österreichs hat uns überholt«, sagte er. »Ich zweifle aber nicht, daß die Dame Cikán Siegerin in diesem Kampf geblieben ist. Denn genau so ist die Welt!«

»Schlimm für Teta«, sagte ich, »sie wird sogar in ihrem Himmel toben, wenn sies erfährt... Aber Sie haben recht. Genau so ist diese Welt...«

Mich hielt etwas zurück, nach dem Schicksal von Fräulein Iren zu fragen. Ob sie lebte oder nicht, die beiden waren getrennt, wahrscheinlich für immer.

»Nehmen Sie mir meine Neugier nicht übel«, fing ich nach einer Weile wieder an. »Aber ich muß mich vor Ihnen zu einer Schuld bekennen. Ich hab nämlich die Geschichte der Teta Linek niedergeschrieben. Auch Sie kommen darin vor, lieber Herr Kaplan, und ich hoffe, wahrheitsgemäß. Es ist eine Art Vita, die Biographie einer Magd...«

»Eine Biographie«, fragte er und sah mich verletzt an.

Ich spürte seine Kritik sofort, wollte sie aber durch Scherze überwinden:

»Meine Kollegen schreiben scheffelweise Biographien über Nebukadnezar, Dschinghis-Khan, Semiramis, Landru und den Schah von Persien. Warum soll ich Widerspruchsgeist nicht die Biographie einer böhmischen Köchin schreiben? Es ist übrigens gar keine Biographie...«

Seydel sprach vor sich hin, ohne mir sein Gesicht zuzuwenden. Ich hatte die Empfindung, er wolle Teta vor mir schützen:

»Und aus welchem Grunde haben Sie das geschrieben?«

Es war die Wahrheit, zu der ich mich bekannte:

»Angefangen hab ich damit, um hier im Exil eine Weile wieder mit meinen Freunden zu leben und in ihrem Haus in Grafenegg, mit dem auch ich sehr viel verloren hab...«

Johannes Seydel schien mit dieser meiner Wahrheit nicht zufrieden zu sein:

»Das ist doch kein Grund«, sagte er, »um einen einfachen Menschen, der doch im allgemeinen Sinn gar nicht interessant ist, zum Helden eines ganzen Buches zu machen...«

Die Ablehnung des Kaplans brachte mich in Bedrängnis. Ich mußte alle meine Kraft zusammennehmen:

»Sie haben recht«, gab ich zur Antwort. »Das ist kein Grund. Aber gibt es überhaupt einen Grund in diesen Dingen? Ich habe Teta Linek oft gesehen, ich hab ein paarmal mit ihr gesprochen. Eine schreckliche Nacht mußte ich mit ihr gemeinsam am Totenbett eines jungen Menschen durchwachen. In dieser Nacht konnte ich das beklemmende und doch auch erhebende Gefühl nicht loswerden, diese alte fromme Jungfer sei ein besonderer Mensch, ein Held in ihrer Art, wie Sie sagen, ich fühlte mich damals klein. Später hab ich die Briefe des famosen Neffen gelesen und von Ihnen selbst die Geschichte der Pilgerfahrt nach Rom gehört. Ich kenne also die Person anders als der Schriftsteller gewöhnlich seine Geschöpfe kennt. Er muß sie entweder erfinden, und das ist zumeist ein bedenkliches Verfahren, oder es sind historische Bombennummern, die er aus anderen Büchern zusammenkratzt. Teta Linek aber ist keine Erfindung, ist kein Mosaik, sie ist wirklich, sowohl außerhalb meiner als in mir. Sie hat nicht aufgehört in mir zu sein und zu wachsen seit jener Nacht am Totenbette Philipp Argans, trotz allem, was inzwischen geschehen ist. Ich habe im letzten Jahr von Hunderten furchtbaren Lebenstragödien gehört und gelesen. Denken Sie nur an die vielen Schiffe, die auf den Meeren verfaulen, weil kein Land ihre Menschenfracht aufnehmen will. Jedes einzelne dieser Schicksale wäre vermutlich wichtiger und würdiger, gestaltet zu werden, als die Geschichte von einem betrogenen Dienstmädchen. Doch gegen alle diese von Aktualität gellenden Schicksale hat sich Teta Linek in meiner Phantasie zähe durchgesetzt. Ich weiß nicht warum. Es ist halt ihre Kraft. Sie ist hier in Paris bei mir in meinem Hotelzimmer geblieben und war nicht fortzubringen. Eine gebieterische Person, trotz ihrer dienstbaren Demut, das werden Sie mir zugeben.«

»Diesen Grund versteh ich«, sagte Johannes Seydel, schien aber mit dem Vorwurf meiner Geschichte noch immer gar nicht einverstanden zu sein. Mir gefiel sein Widerstand. Er paßte gut zu ihm, der sich Tetas im ersten Augenblick schon so liebevoll angenommen hatte, daß er mich mit Strenge zurückwies. Plötzlich fühlte ich mich nicht mehr gehemmt, sondern sogar freier als sonst:

»Und doch, mein lieber Herr Kaplan«, sagte ich, »der eigentliche Grund für meine kleine Schrift zu Ehren Teta Lineks liegt ganz anderswo. Ich will ihn mir und Ihnen zu erklären suchen, wenn Sie mir ein bißchen Geduld schenken. Sie wissen, daß ich extra muros stehe. Sie werden aber auch aus unseren Gesprächen erkannt haben, daß ich jedem Glauben, vor allem aber dem katholischen mit größter Liebe und Verehrung zuneige. Das ist ein Widerspruch. Bitte! Davon will ich aber heute nicht sprechen... Ich verabscheue unsagbar den allgemeinen Geisteszustand unserer modernen Welt, jenen religiösen Nihilismus, der als Erbschaft längst verschollener Eliten seit drei Menschenaltern das Gemeingut der Massen geworden ist. Verwechseln Sie mich aber nicht mit jenen Snobs, die nur deshalb als Mystiker und Orthodoxe herumlaufen, weil schon alle Schneider, Schullehrer und Journalisten wissenschaftsgläubige Atheisten sind. Bei mir geht dieser Abscheu, dieses Entsetzen vor der Leugnung einer geistigen Welt bis in die Jugend und Kindheit zurück. Wenn ich als junger Mensch durch die Straßen der Städte ging, da war mirs, als müßt ich all diese dahinhastenden Leute mit ihren stumpfen Gesichtern festhalten und ihnen zuschreien: So bleibt doch stehen und denkt einmal nach und kostet es aus dieses ungeheure Woher – Wohin – Warum! Ich hab schon sehr früh erkannt, daß der Aufstand gegen die Metaphysik die Ursache unseres ganzen Elendes ist. In den protestantischen Völkern ist er logischerweise zuerst ausgebrochen, der Puritanismus hat ihn zum Sieg geführt, indem er Zeit – Arbeit – Geld an die Stelle der göttlichen Dreifaltigkeit erhob, und den tollsten Triumph dieses Aufruhrs erleben wir jetzt in unserer eigenen Heimat. Dabei ist der Aufruhr selbst noch weniger verabscheuenswert als die Gleichgültigkeit in seinem Gefolge, die kosmische Verdummung des Menschen. Ich sags noch einmal, sie ist der absolute Urgrund all unseres Elends. Es gibt noch immer Narren, die meinen, man könne den Flecktyphus mit Aspirin heilen, weil es das Fieber heruntersetzt. Der Sozialismus ist solch ein braves Aspirin. Es handelt sich aber um eine Seelenpest. Unsere Seelen wollen nicht mehr an ihre Unzerstörbarkeit glauben und damit an ihre ewige Verantwortung. Der veruntreute Himmel ist der große Fehlbetrag unserer Zeit. Seinetwegen kann die Rechnung nicht in Ordnung kommen, weder in der Politik noch auch in der Wirtschaft, denn alles Menschliche entspringt derselben Quelle. Eine konsequent gottlose Welt ist wie ein Bild ohne Perspektive. Ein Bild ohne Perspektive ist die Flachheit an sich. Ohne sie ist alles sinnlos. In der totalen Sinnlosigkeit sind aber auch unsere natürlichen Menschenrechte sinnlos, selbst das Recht, nicht getötet zu werden.

Folglich gibt es heute nur ein einziges Recht, nämlich die sogenannte Macht der Tatsachen oder das Gesetz des Dschungels. Es wird unbesiegbar solange herrschen, als der Zeitgenosse das ist, was er ist. Da er an keinerlei Unzerstörbarkeit glauben kann, bekennt er schon das Teufelscredo. Alles ist für ihn vorübergehend und nichts bleibend, die Natur zeigt ihm, daß dieses Vorübergehende Dreck ist und in Fäulnis übergeht. Somit ist alles für ihn im Grunde Dreck. Daran kann auch die Kirche nichts ändern, wenn sie sich nur als Institution erhält und nicht von einem ungeahnten neuen mystischen Feuer entbrennt. Einmal, wenn uns Technik, Sport und Realgesinnung zum Halse heraushängen werden, dann wird die Sehnsucht nach diesem Feuer, die Sehnsucht nach einem neuen metaphysischen Bewußtsein die fortgeschrittenste Empfindung einer verwegenen Avantgarde sein. Bis dahin aber wird nichts gegen die Geistesverfassung des ungegliederten Massenmenschen aufkommen, gegen den Roboter, den motorisierten Golem, der hilflos an seinen Schmerzen laboriert und von einem Krampf in den anderen fällt... Verzeihen Sie, verehrter Kaplan, es ist unverschämt von mir, Ihnen mit einer Predigt ins Handwerk zu pfuschen.«

Ich hatte sehr lange gesprochen und besser als im allgemeinen. Dennoch fühlte ich mich nicht sehr wohl dabei. Die leidenschaftliche Bitterkeit in meinen eigenen Worten störte mich. Was bitter ist, das ist noch nicht ganz richtig. Ich sah, daß der linke Ärmel des Kaplans ziemlich durchgewetzt war. Da erkannte ich, daß ich in meiner Philippika unserer schreienden Notdurft nicht Rechnung getragen hatte. Der Mensch lebt gewiß nicht von Brot allein, aber ebenso wenig vom Geiste allein. Wenn man die materialistische Ketzerei ablehnt, kommt man leicht in Gefahr, ein spiritualistischer Ketzer zu werden. Wann endlich wird der große Mensch erstehen, der den echten Sozialismus mit der Metaphysik versöhnt?

»Sie haben mir freilich nichts Neues gesagt«, erwiderte Seydel, »ich selbst hätte es vielleicht weniger kraß und zugespitzt formuliert. Ich glaube mit der Kirche, daß auch Ihr Aufstand gegen die Metaphysik von der Vorsehung verordnet ist wie alles Weltgeschehen, wie Kriege, Revolutionen, Erdbeben und Epidemien. Er ist nichts als ein starkes Medikament, verflucht stärker als Aspirin, eine wüste Roßkur, die der Freiheit unserer seelischen Entscheidung zu Hilfe kommen soll. Gerade Menschen wie Sie sind ein Beweis dafür...«

Mein Auge hing an den großen Zillen, die in ununterbrochener Kette die Seine flußabwärts zogen. Sie erschienen mir wie ein Gleichnis, ich wußte aber nicht wofür.

»Das ist der ganze Unterschied zwischen uns«, sagte ich, »Sie haben einen festen und ich hab einen wirren Glauben. Zum Beispiel: Ich bin tief davon überzeugt, daß die Offenbarungen des Alten und Neuen Bundes und damit die Kirche selbst das allergrößte Ereignis der gesamten bisherigen Menschengeschichte bedeuten. Dann aber muß ich mir sagen, diese Geschichte steckt doch noch in den Kinderschuhen. Ist es nicht ziemlich hirnverbrannt, anzunehmen, daß in den nächsten hunderttausend Jahren nichts mehr in dieser Richtung erfolgen werde, und daß wir ewig angewiesen bleiben sollen auf die biblischen Ereignisse, die mit dem Jahre 33, mit Sinai und Golgatha zu Ende sind?«

»Wer nimmt das an«, lächelte der Kaplan und blickte mir jetzt zum erstenmal wieder ins Gesicht. »Nur Gott steht fest. Alles andere wandelt an ihm vorüber, auch die Kirche. Die ganze Menschheitsgeschichte ist ja nichts anderes als eine Entwicklung unseres Erkenntnisvermögens in abwechselnden Verdunkelungen und Erhellungen. Es sind noch viele Offenbarungen nicht offenbart...«

Er unterbrach sich und suchte meinen Blick. Er schien versöhnt zu sein:

»Was aber haben all diese hohen Fragen mit unserer gemeinsamen Freundin Teta Linek zu schaffen?«

»Vielleicht doch einiges«, gab ich zur Antwort. »Teta Linek war eine Persönlichkeit von großem Seltenheitswert in dieser Zeit. Sie hat ihr ganzes Leben ausschließlich im Hinblick auf das Bleibende gelebt. Ich hab es ihr angespürt, eh ich noch etwas von diesem Leben wußte... Zwar hatte sie von diesem Bleibenden nur primitive Vorstellungen...«

»Wieso primitiv«, fiel er mir rasch ins Wort. »Sind nicht alle Vorstellungsinhalte des Menschen primitiv, weil sinnlich gebunden? Wir können doch nur in Zeichen denken und reden. Halten Sie diese Zeichen in Dantes Paradies etwa für primitiver als zum Beispiel in einem psychoanalytischen Buch? Wir müssen auch fein unterscheiden zwischen Einfalt und Primitivität, das sind ganz verschiedene Werte... Aber Sie haben recht. In Fräulein Linek war ein ganz großer Durst nach Ewigkeit und Seligkeit.«

Jetzt störte mich das Wort: Durst. Es erschien mir fast pfäffisch:

»Warum sagen Sie Durst«, fragte ich. »War es nicht mehr? Was beweist der Durst...?«

»Der Durst beweist die sichere Existenz von Wasser«, sagte der Kaplan und stand auf. Denn es war spät und wir wollten noch bis zum Lustschloß am Ende der Terrasse spazieren.

Wir hatten noch keine hundert Schritte zurückgelegt, als durch die unnatürliche Wärme dieses Tages der silbergraue Dunst des Seine-Tales sich in schweren Nebel verwandelte, der in trägen Schwaden die Terrasse überflog und den Park langsam einzuwolken begann. Schweigend gingen wir weiter, obwohl wir beide dachten, es wäre jetzt besser, heimzufahren. Völlig einsam lag die Straße vor uns. Während der letzten halben Stunde war uns nur ein Reiter und eine Gruppe von Negersoldaten in feuerroten Mänteln begegnet. Da aber kam, aus dem Nebel brechend, eine Gestalt auf uns zu. Es war eine alte Frau, rundlich, untersetzt, schwarz gekleidet. Das Geländer der Terrasse streifend, trippelte und wackelte sie an einem Stock, als leide sie an Fußschmerzen. In der linken Hand trug sie ein Einkaufsnetz. Der Kaplan und ich, wir beide blieben stehen wie auf ein Kommandowort. Langsam näherte sich uns die Erscheinung. Als wir ihr aber ins Gesicht sehen konnten, da erkannten wir nicht Tetas slawisch-mongolische Züge, sondern das heitere Antlitz einer französischen Kleinbürgersfrau. Wir zogen den Hut. Freundlich dankte die Alte: »Bonsoir, Messieurs«. Nachdem sie vorbei war, drehten wir uns um. Der schwarze Rücken und der Gang gehörte wieder Teta Linek. Jetzt hatte sich der Nebel völlig geschlossen. Wir standen im Nichts oder im All. Wir sahen die alte Frau nicht mehr. Aber wir folgten ihr.

Bibliographischer Nachweis

Der veruntreute Himmel. Die Geschichte einer Magd. Roman. Die erste Fassung entstand in der Zeit vom Mai bis zum Juni 1939; die Handschrift befindet sich in der University of Texas, Austin. Zur Entstehungsgeschichte vgl. Peter Stephan Jungk, ›Franz Werfel. Eine Lebensgeschichte‹, Frankfurt am Main: S. Fischer Verlag 1988, S. 265–267. – Erste Buchausgabe: Stockholm: Bermann-Fischer Verlag 1939; Textvorlage.

Anmerkungen

13 *neblig-saturnisch*: dem von Nebeln umgebenen Planeten Saturn ähnlich; im Aberglauben ein Unglücksbringer

14 *Agathe, Amelia, Elsa, Leonore*: *Agathe*: Gestalt aus ›Der Freischütz‹, Romantische Oper in drei Akten (fünf Bildern) von Carl Maria von Weber (1786–1826); *Amelia* Grimaldi: Gestalt aus ›Simone Boccanegra‹, Oper in einem Vorspiel und drei Akten (fünf Bildern) von Giuseppe Verdi (1813–1901); *Elsa* von Brabant: Gestalt aus ›Lohengrin‹, Romantische Oper in drei Akten (vier Bildern) von Richard Wagner (1813–1883); *Leonore*: Gestalt aus ›Fidelio‹, Oper in zwei Akten (vier Bildern) von Ludwig van Beethoven (1770–1827)

Kameenkopf: erhaben in einen Stein geschnittener Kopf

Gemmenteint: wie bei einem geschnittenen Edelstein durchscheinende Gesichtsfarbe

15 *Adalbert Stifters berühmte Schilderung der Sonnenfinsternis von 1842*: Adalbert Stifter (1805–1868), ›Die Sonnenfinsternis am 8. Juni 1842‹

18 *der spanische Bürgerkrieg*: begann am 18. Juli 1936 mit einer Militärrevolte in Spanisch-Marokko unter General Franco

gegen die Volksfront-Regierung in Madrid; endete im März 1939 mit dem Sieg Francos

19 *die von außen und innen bedrängte Unabhängigkeit Österreichs*: die österreichische Regierung unter Bundeskanzler Kurt Edler von Schuschnigg (1897–1977) hatte am 11. Juli 1936 mit der deutschen nationalsozialistischen Reichsregierung ein Unabhängigkeitsabkommen geschlossen, mußte sich aber im sog. Berchtesgadener Abkommen vom 12. Februar 1938 Hitlers Druck beugen und den Nationalsozialisten Arthur Seyß-Inquart (1892–1946) als Innenminister in die Regierung aufnehmen

21 *Arbeitsart der Penelope*: Odysseus Gemahlin trennte das über Tag Gewebte wieder auf, um ihre Zusage an die durch die jahrelange Abwesenheit ihres Gatten um sie freienden Bewerber, sich für einen von ihnen zu entscheiden, sobald ihr Tuch zu Ende gewebt sei, nicht einhalten zu müssen

22 *Berglehne*: Berghang

25 *Zyklamen*: Alpenveilchen

28 *Spandln*: Späne
Butte: Traggefäß

29 *Propagator*: eigenwillige Wortwahl FWs; das lateinische Wort bedeutet Züchter, aber auch Verlängerer; hier ist wohl von der Arbeit abhalten gemeint

31 *Kabinettformat*: das Format von photographischen Platten, 10 × 14 cm

33 *Selenit*: Gips

34 *chimborassohaft*: eigenwillige Wortwahl FWs; Chimborasso ist ein Berg in Südamerika – also weitab europäischer Kultur

36 *Kemenate*: Frauengemach einer Burg

40 Jan *Neruda*: (1834–1891)

41 *Gefrett*: (Gfrett), Ärger, Plage

43 *Dantes Hölle viel plastischer... als sein Paradies*: Dante Alighieri (1265–1321) schildert in seiner ›La Divina Commedia‹ (›Die Göttliche Komödie‹) – entstanden um 1307–1321 – eine Wanderung durch die drei Reiche des Jenseits: Hölle, Fegefeuer und Paradies

45 *Primiz*: feierliche Messe eines neugeweihten Priesters
47 *Alumnat*: Schülerheim
53 *Begängnisse*: feierliche Bestattung
59 *Dalmatika*: liturgisches Obergewand des Diakons aus weißer dalmatinischer Wolle
Sustentation: Unterstützung, Versorgung, Unterhalt
67 *Mehltau*: durch bestimmte Pilze hervorgerufene Krankheit, bei der die Pflanzen wie mit Mehl bestaubt aussehen
Heliotropie: eigenwillige Wortbildung FWs; Heliotropismus (Phototropismus) ist die Krümmungsreaktion vieler Pflanzenteile bei einseitigem Lichteinfall
70 *Staccati*: (Staccato) die einzelnen Töne kurz abstoßende musikalische Vortragsform
Fiorituren: Verzierungen
71 *Fexereien*: Fex ist jemand, der in etwas vernarrt ist
74 Thomas *Koschat*: (1845–1914), Kärntner Liederdichter und -komponist
75 *Hutweide*: gemeindeeigene Weide, auf die das Vieh täglich getrieben wird
80 Ferdinand *Raimunds* (1790–1836) Komödie ›(Das Mädchen aus der Feenwelt oder) *Der Bauer als Millionär*‹ (1826)
92 *Sublimatfärbung*: Sublimat ist eine Quecksilberverbindung
99 *Zyklamen*: vgl. Anm. zu Seite 25
100 *kaustisch*: scharf
102 *»Noch ungespeist in seiner Sünde Maienblüte...«*: nach William Shakespeare, ›Hamlet, Prinz von Dänemark‹, Erster Aufzug, Fünfte Szene, und Dritter Aufzug, Dritte Szene (Geist und Hamlet)
105 *Kästen*: Schränke
106 *Lampisterie*: Vermutl. meint FW Lamperie (Lambris), Wandverkleidung
108 *gemmenhaft*: vgl. Anm. zu Seite 14
Blumenbuschen: Blumenstrauß
110 *Refraktäre*: Widerspenstige
... daß Gott nicht will, daß Gott sei: Anspielung auf Jean Pauls (eigtl. Johann Paul Friedrich Richter, 1763–1825) ›Rede des

toten Christus vom Weltgebäude herab, daß kein Gott sei‹ (›Blumen-, Frucht- und Dornenstücke; oder Ehestand, Tod und Hochzeit des Armenadvokaten F. St. Siebenkäs‹, Zweites Bändchen, Erstes Blumenstück)

111 *Encephalitis lethargica*: Gehirnentzündung

119 *Kabinett*: kleines Zimmer mit einem Fenster

120 *präsumptiv*: als wahrscheinlich angenommen

124 *Meinl*: Ladenkette in Wien mit Filialen in allen Stadtteilen

126 *Turfspieler*: jemand, der sich an Wetten bei Pferderennen beteiligt

Kasten: vgl. Anm. zu Seite 105

128 *Jago*: in William Shakespeares ›Othello‹ intriganter Gegenspieler

136 *Suitcase*: kleiner Handkoffer

141 *Blust*: Blüte

142 *Ausgeding*: Altenteil

143 *Mahr*: Alp, quälendes Gespenst

148 *Zibeben*: große Rosinen

150 *Vol-au-vent*: Pastete aus Blätterteig, gefüllt mit feinem Ragout

154 *Tarock oder Mariage*: Tarock ist ein Kartenspiel; Mariage beim Kartenspiel das Zusammentreffen von König und Dame in der Hand des Spielers

155 *Kollar*: steifer Halskragen des Priesters

Gründung des neuen Staates in Versailles: Böhmen und Mähren gehörten bis 1918 zu Österreich-Ungarn; am 30. Mai 1918 schloß Thomas G. Masaryk mit slowakischen Verbänden in den USA den Pittsburger (!) Vertrag über den künftigen Zusammenschluß der beiden Völker. Am 28. Oktober 1918 wurde in Prag die tschechische Unabhängigkeit ausgerufen. 1919 beschränkte der Friedensvertrag von Saint-Germain (!) die Grenzen der Republik Österreich

156 *Matrikel*: Personenstandsregister

158 *Strazza*: Kladde

159 *Claque*: Chapeau claque, zusammenklappbarer Zylinder

168 *Kriminal*: Gericht
180 *versehen*: die Sterbesakramente reichen
186 *Primiz*: vgl. Anm. zu Seite 45
207 *Evangel und Epistel*: liturgische Handlung und vorgeschriebene Schriftlesung
212 *Wallerschar*: Pilgerschar
217 *Kollar*: vgl. Anm. zu Seite 155
221 *Lüsterröckchen*: kurze Jacke aus glänzendem, etwas steifem Halbwollgewebe
225 *Loris*: Gepäckkarren
227 *Vaporetti*: Wassertaxis
228 *Ordre de bataille*: Schlachtordnung
229 *»Noblesse oblige«*: Adel verpflichtet
232 *Altane*: vom Erdboden aus gestützter balkonartiger Vorbau, Söller
234 *Scurzo*: Herkunft des Begriffs nicht ermittelt
Habitué: Kenner
235 *Giovanni Bellini*: (um 1430–1516) Maler, Hauptmeister der Frührenaissance in Venedig
240 *Giotto* di Bondone: (um 1266–1337), Maler und Architekt
Andrea *Mantegna*: (1431–1606), Maler und Kupferstecher
Francesco *Petrarca*: (1304–1374)
248 *»Evviva il Papa rè!«*: Es lebe Seine Majestät der Papst!
Sedia gestatoria: Tragsessel des Papstes bei feierlichen Aufzügen
»Spiritus domini replevit orbem terrarum, alleluja!«: Der Geist des Herrn erfüllt den ganzen Erdkreis, halleluja!
249 *Nero*: Claudius Caesar Augustus Germanicus (37–68; römischer Kaiser 54–68), lenkte den vielleicht unberechtigten Verdacht der Brandstiftung beim Brand Roms im Jahre 64 auf die Christen ab und ließ sie verfolgen
261 *Glaube, Liebe, Hoffnung*: Nun aber bleibt Glaube, Hoffnung, Liebe, diese drei; aber die Liebe ist die größte unter ihnen. (1. Kor. 13,13)
269 *Defraudation*: Betrug, Unterschlagung
279 *Chasseur*: »Jäger«, Bote

280 Ambrosio Damiano *Achille Ratti*: bürgerlicher Name von Papst Pius XI. (1857–1939), wurde 1922 zum Papst erwählt

Gangrän: feuchter Brand des Gewebes und der Knochen

282 *Hellebardiere*: Soldaten mit einer Hieb- und Stichwaffe, die aus einem langen Stiel mit axtförmiger Klinge und scharfer Spitze besteht

283 *Relationen*: Berichte

285 *Bratenrock*: Gehrock

288 *Pikett*: kleine Abteilung von Soldaten

Schwedenkoller: breiter Spitzenkragen, wie er vor allem in Schweden im 17. Jahrhundert Mode war

292 *Spanischer Bürgerkrieg*: vgl. Anm. zu Seite 18

293 *Moiré*: mattschimmerndes Muster auf Stoffen, das feinen bewegten Wellen oder einer Holzmaserung entspricht

Escarpins: leichte Schuhe mit Schnallen, besonders im 18. Jahrhundert getragen

294 *urbi et orbi*: der Stadt und dem Erdkreis

295 *Therese von Lisieux*: (Thérèse de Lisieux, Theresia vom Kinde Jesu, 1873–1897), Patronin der Weltmissionen

Sedia gestatoria: vgl. Anm. zu Seite 248

297 *Disangelium*: negative Botschaft

300 *Prostration*: liturgisches Sichhinstrecken auf den Boden

301 *Anstände*: Schwierigkeiten

305 *Rotlauf*: eigtl. Infektionskrankheit bei Schweinen; FW meint vermutl. Bluthochdruck

306 *Kollar*: vgl. Anm. zu Seite 155

309 *Perkussion*: Untersuchung von Organen durch Abklopfen der Körperoberfläche

310 *gehaut*: durchtrieben, listig, schlau

314 *Supplikant*: Bittsteller

315 *Pater familias*: Familienoberhaupt

316 *Sedisvakanz*: Zeitraum, während dessen das Amt des Papstes unbesetzt ist

317 André *le Nôtre*: (1613–1700), französischer Gartenarchitekt; leitete seit 1661 die Anlage des Parks von Versailles

318 *Sequestrierung*: (Sequestration) amtliche Bestellung eines Treuhandverwalters für umstrittene Sachen

320 *extra muros*: außerhalb der Mauern, hier: nicht zur christlichen Glaubensgemeinschaft gehören

322 *Philippika*: anprangernde, aufwiegelnde Rede

323 *Zillen*: flache Lastkähne

324 *Dantes Paradies*: vgl. Anm. zu Seite 43

Franz Werfel
Geheimnis eines Menschen
Novelle

Band 9327

Die Geschichte eines Bilderfälschers, Saverio, in ein venezianisches Dämmerlicht, in Zwielicht getaucht, ist bei aller atmosphärischen Dichte keine Schilderung eines Verbrechens; sie gibt keine Erklärung, wie es zu der Fälschung kam, auch dem in das Geschehen einbezogenen Ich-Erzähler nicht – nur in klarerem, kälterem Licht scheint dies im Ansatz möglich; sie ist eine Charakterstudie: »der große Fälscher muß sein Selbst minutiös zerstören, sorgfältig ausrotten, denn ein letzter Rest, ein schwacher Schimmer von Persönlichkeit könnte ihn verraten« (Franz Werfel); Saverio bleibt der Wahnsinn, um die Lösung des Rätsels, die Tat, als sein Geheimnis zu bewahren.

Fischer Taschenbuch Verlag

fi 1501/1